Julie Metz

Perfezione

Storia di un tradimento

Traduzione di
Lisa Maldera

GIUNTI

Titolo originale:
Perfection

Nota ai lettori

Ho cambiato i nomi (tranne il mio) e altri particolari delle persone descritte in questo libro. Non ho cambiato il nome di un certo cane che calzava a pennello sia alla bestiola sia alla mia storia. A volte la realtà supera la fantasia persino nei dettagli. Ho cambiato, in qualche occasione, la successione degli eventi, migliorando il flusso narrativo senza alterarne la sostanza. Per il resto tutti i dialoghi e i fatti si sono svolti così come li ricordo e li racconto in queste pagine.

www.giunti.it

Via Bolognese 165 – 50139 Firenze – Italia
Via Dante 4 – 20121 Milano – Italia
Prima edizione: luglio 2011

Ristampa	Anno
6 5 4 3 2 1 0	2015 2014 2013 2012 2011

Per la mia Chimwemwe,
spero che questo libro possa darti le risposte
quando sarai pronta a fare le domande.

E per Clark,
per essere amorevole e tenero,
proprio come avevi promesso.

In memoria di mia madre,
che è stata coraggiosa, fino in fondo.

Mia moglie
Da Henry, San Valentino 2002

Il tuo nome
Una mensa imbandita per le mie orecchie fameliche
Il tuo volto
Tavolozza di gioia per il pittore nei miei occhi
Una vita con te
Sufficiente al mio spirito in eterno

Parte prima

NEBBIA

«Spiegando. È così che ci cacciamo nei guai.»
Richard Ford, *Sportswriter*

Uno

8-12 gennaio 2003

È andata così: il rumore dei passi di Henry sul vecchio pavimento di legno. Lo scarico del water. Altri passi, probabilmente sulle scale. Silenzio. Poi quel tonfo.

Stavo lavorando nel mio ufficio al piano di sotto, un mercoledì pomeriggio di freddo pungente. Il mio studio era nella veranda attigua alla sala da pranzo, le vetrate sui tre lati incorniciavano la vista delle colline innevate oltre la strada. Avvolta in uno scialle, i piedi gelidi infilati nei calzettoni di lana, rimasi concentrata sullo schermo del computer. A quarantatré anni ero grafica da almeno venti, freelance, specializzata in copertine per l'editoria. Stavo lavorando a un progetto per un romanzo strappalacrime con dei cowboy per protagonisti, che avrei dovuto consegnare il giorno prima, come al solito. Smisi di armeggiare con i vari font non appena mi cadde l'occhio sull'orologio del computer: avevo un'ora di tempo per fare una corsa in macchina e arrivare puntuale per le tre e dieci a prendere nostra figlia Liza, di sei anni e mezzo, all'uscita da scuola. Henry era rimasto tutto il giorno a letto malato. Così avrei dovuto sorbirmi l'attesa al freddo e le solite chiacchiere tra mamme nel cortile, per poi tornare di volata a casa a finire il lavoro. Se non altro avrei indossato il mio montone nuovo, rimandando a un giorno più caldo i sensi di colpa per aver speso una follia. A pensarci bene il malinconico font *sans serif* funzionava meglio con l'immagine solitaria di un cowboy appoggiato alla staccionata.

Improvvisamente il mio cervello riavvolse il nastro.

"Non è stato il corriere che ha fatto cadere un pacco."

Squillò il telefono nello studio. Risposi all'istante. Era il fotografo, mi chiese cosa ne pensavo delle immagini che aveva spedito per e-mail.

"Non sono stati i gatti che hanno buttato giù la spesa dal ripiano della cucina."

«Adesso non ho tempo. È successo qualcosa.» Interruppi la chiamata bruscamente.

Nelle stanze regnava il silenzio mentre correvo su per le scale chiamando Henry. Incrociai due dei nostri quattro gatti che schizzarono via dai gradini graffiando il parquet. La camera da letto era vuota. Mi precipitai giù per le scale. Trovai Henry supino, le braccia spalancate sul pavimento della cucina, la testa a pochi centimetri dal forno. Respirava ancora. La sagoma del suo corpo si stagliava contro il blu mare del pavimento. Immaginai il gessetto della polizia tracciare il contorno della vittima sulla scena del crimine. Fui sopraffatta dalla sensazione di essere allo stesso tempo dentro e fuori dalla scena, come se stessi guardando la tv, la prima sequenza di un episodio di *Six Feet Under*, la nostra serie preferita. Di solito qualche personaggio secondario muore entro i primi cinque minuti. Henry inspirò flebilmente. Piccole gocce di saliva sulle labbra contratte, il colorito del volto giallastro. Emise un sibilo. Gli occhi semiaperti, tremolanti. Gli parlai, volevo che capisse che ero lì con lui, ma per la prima volta in vita nostra non riuscì a rispondermi.

Trascorse un lungo e dilatato minuto, come un elastico teso che tutt'a un tratto si spezza: "È in questi casi che la gente chiama il 911? O tra un attimo Henry si tirerà su e mi dirà di smettere di essere sempre così apprensiva, proprio come ieri dopo che è svenuto? Probabilmente sarà la stessa cosa". Era rientrato in casa, dopo aver portato fuori la spazzatura ed era caduto a terra. Il dottore aveva detto che tutti gli esami andavano bene.

Chiamai il 911, mi sedetti sul pavimento accanto a lui, accarezzandogli la fronte, controllando che respirasse. Emetteva un suono sibilante, la saliva vibrava fra le sue labbra.

"Se avessi matita e taccuino... Henry vorrebbe che prendessi appunti. L'ambulanza starà arrivando. Lo visiteranno. Andrà tutto bene. E alla prossima cena con gli amici racconterà di aver sfiorato la morte: 'Corre voce che sia morto. Direi che è un'esagerazione', ecco cosa dirà. Tutti rideranno e io mi sentirò patetica per essermi preoccupata così tanto. Sarò ben felice di sentirmi patetica se – diotiprego fa' che sia così! – andrà tutto bene."

Chiamai di nuovo il 911, per sicurezza. Chiamai Emily che abitava a soli cinque minuti di distanza e di solito alle due del pomeriggio era a casa. Anna era più affidabile – sapevo che non avrebbe mai perso la testa, qualunque cosa fosse successa – ma stava a dodici minuti da casa mia. Poi chiamai Matthew, il migliore amico di Henry, che abitava con sua moglie in una città vicina.

"Ogni minuto potrebbe fare la differenza. L'ambulanza sarà qui a momenti. Porteranno le bombole d'ossigeno, i defibrillatori e le flebo. Andrà tutto bene. Emily mi aiuterà a trovare una babysitter per Liza, poi verrà con me all'ospedale e quando arriveremo là Henry sarà sveglio, a ridere e scherzare come al solito."

Mi sedetti accanto a lui sul pavimento blu, accarezzando quelle rughe familiari, la cicatrice sopra la palpebra, il piccolo neo sullo zigomo.

Inspira. Espira. Un velo blu si stese sul suo viso. La pelle diventò cianotica.

«Respira!» gli urlai. «Hai capito? Respira!» Lo colpii al petto. Non mi stava a sentire. Appoggiai la bocca sulla sua e soffiai dentro aria. Per un attimo il blu divenne rosa, come la sfumatura di un acquerello. Ma fu solo per un istante. Era inerte. L'uomo che per sedici anni mi aveva amata, mi aveva fatto diventare matta, aveva litigato con me, mi aveva nutrita, aveva fatto l'amore con me, aveva fatto una figlia con me, stava esalando l'ultimo respiro, l'aria che io stessa avevo soffiato nei suoi polmoni.

Alzai gli occhi, distratta dal rumore della porta scorrevole della veranda, seguito da una folata di aria fredda. Erano arrivati i ragazzi del pronto intervento, con una barella e tutto il necessario. Mi spinsero gentilmente fuori dalla cucina. Emily arrivò subito dopo.

Capisci che le cose si stanno mettendo male quando ti fanno accomodare nella piccola sala d'aspetto. Emily mi reggeva per il braccio sinistro. Aveva il viso pallido, le labbra ancora arrossate per il freddo, il suo caschetto di capelli scuri spuntava sotto il solito cappello a cloche. Matthew sedeva alla mia destra. Alto, statuario. Il giovane dottore dallo sguardo triste ci disse che era stata un'embolia polmonare. Un grumo di sangue, formatosi nella gamba, era risalito e si era depositato nel polmone causando l'arresto cardiaco. Avevano fatto il possibile. *Ma...*

Mentre cercavo di elaborare quello che avevo appena sentito, tutto si muoveva al rallentatore. Non poteva essere vero, aveva solo quarantaquattro anni. In ogni puntata di *Six Feet Under* il protagonista alla fine se la cavava sempre. Scivolai dalla sedia sul pavimento e urlai.

«Puoi stenderti accanto a lui se vuoi» disse Emily. Era straordinariamente calma, guardava il corpo senza vita di Henry adagiato sul lettino. «Vai, per me non è un problema.»

Salii faticosamente sullo strettissimo lettino e mi stesi accanto a lui. Di sicuro avrebbe voluto che annotassi ogni dettaglio: il suo petto ancora caldo, le braccia già rigide e fredde, le dita contratte e blu. Aveva un livido sul lato sinistro del viso. Mi era di grande conforto poter restare lì, abbracciata a lui, toccandolo come avevo sempre fatto, consolata dall'avere ancora un compagno, anche se silenzioso.

Aveva piedi bellissimi, dita eleganti, come quelle di una statua greca. Sollevai la maglia per vedere la cicatrice sul petto: da ragazzino si era tagliato con una foglia di granturco mentre lavorava in una fattoria. La cicatrice della ferita, lunga qualche centimetro, era leggermente rialzata, e amavo toccarla al buio. Sfiorai il neo grande e scuro sulla spalla sinistra. Sentii la cicatrice sopra l'occhio destro, quella che si era fatto da bambino in un hotel di Honolulu – progettato da Frank Lloyd Wright, puntualizzava Henry tutte le volte che raccontava quella storia – quando il vetro di una finestra era caduto da un cornicione mentre lui passava là sotto insieme alla sua famiglia. Tutti segni che conoscevo a memoria, come sassolini che mi indicavano la strada di casa nel buio della foresta.

Entrarono due infermiere. «Dovrebbe andare a casa a riposarsi un po'» disse una. Mi mise una mano sulla spalla e la strinse delicatamente.

Emily mi prese sottobraccio, scendemmo, percorremmo i corridoi illuminati dalla luce fluorescente dei neon e uscimmo nel crepuscolo blu, carico di nuvole basse. Uno stormo di uccelli neri si alzò in volo muovendo le ali all'unisono, come un vessillo funereo.

«Mi sento come se mi avesse investito un camion» aveva detto Henry per scherzo due settimane prima di morire. Per le vacanze di Natale eravamo andati a trovare un amico del college di Henry e la sua famiglia a Bainbridge Island, al largo della costa di Seattle. Nelle poche ore di luce, sotto la cappa grigia del cielo nuvoloso del Nordovest, i bambini giocavano e bevevano cioccolata calda, mentre noi adulti pensavamo a cucinare, decoravamo l'albero e ci occupavamo dei preparativi per l'arrivo di Babbo Natale. Henry, che adorava ogni festa tranne il Natale, stava a guardare dal divano.

Sapevo bene quanto gli piacesse fare il melodrammatico. A sedici anni, sbucando da una curva particolarmente stretta in sella alla nuova moto di un amico, era finito dritto contro un pickup bianco. Adorava raccontare quella storia, aggiungendo ogni volta qualche nuovo particolare.

«Sono a terra sanguinante, con la gamba destra fratturata in sette punti diversi, il tizio sta piangendo e mi scongiura di non morire. Ho dovuto calmarlo io, in modo che andasse a chiedere aiuto.» La gamba di Henry era stata rimessa a posto, ma il dolore non era mai sparito, così doveva mandar giù ogni giorno la sua dose di antidolorifico. Già s'immaginava che a cinquant'anni avrebbe avuto bisogno di un'operazione al ginocchio e a sessanta di una sedia a rotelle.

Scherzi a parte, ero preoccupata: vedevo Henry sonnecchiare, leggere una rivista, scribacchiare al computer, sonnecchiare un altro po'. Durante quei giorni di vacanza si era a malapena alzato dal divano. Quando gli chiedevo come stava, rispondeva che era semplicemente stanco per tutti i viaggi dell'ultimo anno e che non vedeva l'ora di tornare a casa per iniziare a scrivere il suo libro.

L'argomento del libro era l'*umami*, una parola giapponese

che, se riferita al cibo, significa «perfezione». *Umami* si può tradurre come «il quinto gusto». «Saporito», se vogliamo dirlo alla maniera occidentale. Gli altri gusti sono dolce, aspro, salato, amaro. *Umami* significa assaporare qualcosa di assolutamente delizioso e sentirsi pienamente soddisfatti dopo il pasto. *Umami* è il gusto della proteina accarezzata dal grasso. La consistenza piacevolmente viscosa di uno stufato di carne, il sapore di una ricca salsa, di un boccone di formaggio cremoso. C'è *umami* in un morso di frutto maturato al sole o in un bicchiere di vino ben strutturato. In parole povere: i colossi alimentari pagano appositamente gli scienziati per aggiungere esaltatori chimici di *umami* a cibo che altrimenti sarebbe insapore – Big Mac, patatine e tutti quei surgelati che stanno dentro ai freezer. *Umami* è anche il vituperato esaltatore di sapidità, il glutammato monosodico propinato dai ristoranti cinesi.

La missione di Henry era scovare la vera essenza dell'*umami*. Aveva battuto i sentieri della Costa occidentale dove la genuinità del cibo, soprattutto della materia prima, interpretava l'idea della perfezione assai meglio dei grossi carichi di pomodori acerbi e di pesche farinose fuori stagione che si trovano solitamente sulla Costa orientale. Sotto contratto con un editore, metà anticipo già versato, aveva viaggiato su e giù per la costa durante tutto il 2002, assaggiando la frutta maturata nei campi, varietà esotiche di alghe e frutti di mare, e vini regionali.

Aveva trascorso la maggior parte dell'anno avanti e indietro, facendo almeno otto viaggi all'Ovest, alcuni lunghi anche tre settimane. Pranzava in templi del cibo come The French Laundry a Napa Valley e The Herb Farm a Woodinville, nello stato di Washington. Assaggiava ostriche appena pescate e funghi selvatici raccolti in Oregon. Faceva visita a produttori ed esperti di vino. Mi scrisse una lunga mail sulle rarissime fragole Marshall che aveva assaggiato in una delle piccole aziende agricole a conduzione familiare nelle San Juan Islands, sempre nello stato di Washington, durante un viaggio con David Karp, noto intenditore di frutta.

Henry tornava con vasetti di conserva di limoni Meyer, passata fatta in casa e un ingegnoso arnese chiamato rifrattometro Brix, capace di misurare il contenuto di zuccheri nella frutta. Il gestore del supermercato locale rimase molto impressionato quando Henry infilò il suo coltellino dentro arance e nettarine con l'intenzione di estrarne il succo per fare la prova. La FedEx ci sorprese con un altro tesoro. Una cassetta di pesche biologiche della Frog Hollow Farm di Brentwood, in California. Ogni morso succoso innescava un tale frenetico lavorio delle mie ghiandole salivari da risultare quasi fastidioso. Una volta io e Liza lo seguimmo in una lunga trasferta programmata per il mese di maggio. Alloggiavamo alla Sooke Harbour House, un hotel ristorante a Vancouver Island, British Columbia.

Liza, che già dava segno di aver ereditato il gene culinario, adorava i frutti di mare e fare il tour della cucina. Io e lei trascorrevamo le giornate divertendoci a passeggiare e a giocare all'aperto, mentre Henry e il proprietario dell'albergo andavano a fare immersioni per scovare creature sottomarine. Un pomeriggio tornarono con il racconto di una bombola d'ossigeno quasi esaurita, un grosso polpo e delle capesante giganti. Più tardi il polpo e le capesante finirono in una zuppa. Il profumo intenso e composito del brodo – in vita mia non avevo mai assaggiato nulla di simile – era l'essenza stessa dell'*umami*.

Liza, che non aveva nemmeno sei anni, dopo aver finito di mangiare annunciò il fermo proposito di aprire un hotel-ristorante. Il suo hotel avrebbe offerto lezioni di yoga per me e servizio in camera per i suoi gatti.

31 dicembre. Eravamo tornati a casa dalla nostra vacanza di Natale a Bainbridge Island. Henry se ne stava in piedi in mezzo alla cucina mangiandosi l'unghia dell'indice destro, mentre metteva a punto gli ultimi preparativi per la nostra annuale festa di Capodanno. Con la pancia tonda strizzata dentro al grembiule macchiato, prese un calice di vino e bevve un sorso generoso, caricandosi in vista del lavoro che lo aspettava. Dopodiché passò alle unghie della mano sinistra.

A volte, quando percorrevamo il tratto della statale fiancheggiato da centri commerciali, Henry abbassava il finestrino e sputava fuori i pezzettini di pelle e unghie che si era staccato con i denti, come se fossero le lische di un trancio di pesce. Era la stessa energia che metteva nello sgranocchiare compiaciuto le ali di pollo e nello spolpare le costolette fino all'osso, mostrando i canini affilati con l'impeto di un cane famelico.

Henry appoggiò il bicchiere sul tavolo e raschiò la parte esterna del cosciotto d'agnello già disposto su un vassoio. Ne assaggiò un pezzettino, per assicurarsi che i suoi ospiti rimanessero soddisfatti. Si avvicinò al frigorifero e tirò fuori un piatto con un trancio di salmone affumicato artigianalmente. Un gesto rapido con il coltello affilato e le sue dita unte mi offrirono una sottilissima strisciolina di salmone marinato, rosa corallo e lucido come ambra. Il pesce mi si sciolse in bocca. Era squisito. E sarebbe stato ancora meglio più tardi, all'arrivo degli ospiti, sopra i crostini con i capperi e le cipolle rosse tritate. Tagliò un altro pezzettino e me lo infilò in bocca.

Tredici anni prima Henry mi aveva imboccato la nostra torta nuziale con lo stesso infantile e spensierato entusiasmo, spingendo un grosso pezzo di cioccolato dentro la mia bocca. Ero rimasta sbigottita e imbarazzata al tempo stesso. Ma la sua irriverenza era la promessa segreta che insieme avremmo vissuto una vita non convenzionale e piena di passione. Aveva leccato dalle dita quel che restava della torta e mi aveva lanciato uno dei suoi larghi sorrisi da Stregatto. Era irresistibile nel suo smoking blu notte, la pelle scura, gli occhi a mandorla, i capelli ricci messi in risalto dalla camicia bianca. E quando improvvisamente mi aveva tirata a sé afferrandomi per la vita, sussurrandomi all'orecchio quanto mi amava, mi sciolsi.

Dopo aver rimesso il salmone in frigorifero, Henry tirò fuori un piccolo contenitore di plastica con del ristretto di vitello, conservato da una precedente avventura culinaria costata molta materia prima e molte ore di lavoro. Vuotò il contenuto in un pentolino e ottenne una salsa fatta con il ristretto, il fondo dell'arrosto rimasto nel tegame e del Porto.

Lo guardavo all'opera e intanto cercavo di mettere un po' d'ordine in quel caos. In grembiule bianco, spugna e carta assorbente alla mano, raccoglievo i chicchi di riso sparsi, le rigaglie del tacchino e le bucce cadute sul pavimento blu. Avevo scelto un colore che mostrasse tutto in netto contrasto: non c'era modo di camuffare o nascondere qualcosa. E adesso si vedevano pezzettini di salmone incastrati fra le assi del parquet e non potevo farci niente.

Quando arrivai a pulire attorno a lui, lottando contro quel disastro, la sua faccia si contrasse in una smorfia. «Stammi alla larga, dannazione, non vedi cosa sto facendo?»

Alla festa mostrammo un grande affiatamento, ma la verità era che Henry e io riuscivamo a malapena a far passare una settimana senza urlarci contro. All'inizio della nostra relazione discutevamo di politica. In seguito, invece, combattevamo battaglie domestiche su come crescere i figli e mandare avanti la casa. Una volta, durante uno degli scontri più animati, Henry mi aveva tirato addosso il volume primo dell'*Oxford English Dictionary*.

Non mi aveva colpita, ma mi ero sentita comunque ferita dal peso di quel libro pieno di parole che io non conoscevo, parole che non ero stata capace di mettere insieme per rispondere in maniera adeguata all'offesa. Più tardi si era scusato e così fece anche in quell'occasione, rapidamente e in modo carino.

Scesi in cantina per scovare i bicchieri da champagne in plastica. Nonostante l'alcol provocasse nei nostri ospiti una certa disattenzione – cosa che mi faceva temere moltissimo per le nostre stupende flûte di Murano – Henry insisteva sempre per toglierle dalla vetrina all'arrivo dei primi invitati. Incantato dal loro sfavillio, adorava pavoneggiarsi con quei bicchieri, anche se c'era il rischio che qualcuno si rompesse. Io, invece, li proteggevo come un piccolo tesoro e avrei preferito tenerli da parte per occasioni più intime. Erano il regalo di nozze di un amico generoso, costavano troppo per poter essere sostituiti. Tornai di sopra con i bicchieri di plastica e li misi su un lato del tavolo in sala da pranzo insieme ai piatti di carta, ai tovaglioli e alle posate. Di lì a poco, sopra quel tavolo sarebbe stato imbandito un banchetto da imperatori. C'era già un largo recipiente pieno di ghiaccio e di ostriche, pronte per essere sgusciate. Non provai nemmeno a chiedere a Henry quanto fossero costate. Esortarlo a darsi un limite era completamente inutile. Quando prendeva la mia carta di credito per andare a fare la spesa in vista di una cena, la cosa migliore che potevo fare era evitare di guardare gli scontrini. Vivere con Henry significava condividere l'impellente necessità di spendere centocinquanta dollari per trenta grammi di tartufo bianco.

Quando rientrai in cucina lui sorrideva: mi fece assaggiare la sua pozione magica. La salsa era vellutata e corposa, i sapori delle cene passate si mescolavano a quello del fondo di cottura dell'agnello e al Porto, una foglia d'alloro navigava sulla superficie del liquido scuro. Lanciai uno sguardo al disordine che regnava in cucina: tutto il mio raccogliere e pulire non aveva potuto nulla contro l'uragano.

«Cosa manca?» domandò.

«Niente.» Lo guardai mescolare con devozione. Per lui si trattava di una faccenda seria. Peccato che non fosse diventato un vero chef, con uno stuolo di tirapiedi al suo servizio ad ammirarlo e a mettere ordine in cucina.

Si prodigò ancora qualche istante, mescolando, assaggiando. «Credo che serva un po' più di sale.»

«È eccellente» dissi. «Perfetta. Davvero.» Sospettai che la sua salsa avesse bisogno di un pubblico più numeroso e adorante.

Liza scese di corsa giù dalle scale per vedere se erano arrivate le sue amiche. A sei anni e mezzo aveva il viso di una bambina d'altri tempi, una combinazione eclettica di lineamenti presi dal patrimonio genetico disponibile: l'origine anglo-asiatica di Henry e, da parte mia, la varietà del popolo ebraico dell'Europa dell'Est.

Di Henry aveva ereditato la pelle olivastra e le labbra a cuore, che mi ricordavano un bocciolo di rosa. I capelli color miele le ricadevano in riccioli perfetti sulle spalle e incorniciavano i grandi occhi a mandorla, acqua di mare su un fondale di granito. Aveva il mio mento deciso e le mie dita squadrate, risolute e adorabili in taglia minuscola, specialmente se dipinte di smalto turchese come quella sera.

Arrivarono i nostri primi ospiti, portando dentro una ventata gelida di neve e l'odore delle foglie morte del cortile ghiacciato. Ci consegnarono bottiglie di champagne ben fredde, torta di mandorle e biscotti svedesi al cioccolato, fatti in casa da amici appassionati di dolci.

Emily e suo marito Justin arrivarono in anticipo. Potevo

sempre contare su Emily per portare in casa un tocco bohémien, quello stile metropolitano che mi ero lasciata alle spalle. Avevo voluto sapere chi fosse dopo averla intravista con la sua famiglia al ristorante locale. Quel taglio di capelli, le labbra rosse, il cappello a cloche. "Ecco una donna che potrebbe essere mia amica." Come molte altre nella nostra piccola città, Emily non lavorava e quando i bambini erano a scuola dedicava il tempo libero alla scrittura e alla pittura. La mia vita era piena di scadenze, ma visto che ero una freelance, potevo parlare con lei di libri e arte tutti i giorni, mentre lavoravo al computer. Al pomeriggio, dopo la scuola, spesso portavo Liza da lei. Sua figlia più piccola, Zoe, era diventata una delle migliori amiche di Liza. Le bambine giocavano e io ed Emily potevamo continuare le nostre conversazioni davanti a una tazza di tè. Sapeva essere davvero spassosa, una ventata d'aria fresca nella mia vita fin troppo tranquilla, ma a volte, contrariamente alla sicurezza che mostrava, era fragile come una bambina.

Piombò in cucina per assistere ai preparativi, calandosi nel suo personaggio festaiolo – una starlette tutta sorrisi da red carpet –, per essere al centro dell'attenzione.

«Dio mio! Guardate qua che roba!»

Henry le mise un braccio attorno alle spalle, abbracciandola affettuosamente e baciando con entusiasmo la sua guancia accesa.

«Sei *il migliore*, Henry, assolutamente *il migliore*!» Prese il bicchiere di Murano che Henry le offrì brindando in suo onore, ridacchiando e arrossendo felice, mentre le bollicine risalivano la flûte.

Anna, un'amica conosciuta più di recente, suo marito John e suo figlio Leo, entrarono sbattendo i piedi nell'ingresso. Leo si sfilò gli stivali da neve e corse di volata al piano di sopra, felice di poter deliziare le ragazze con la sua presenza.

Esuberante, con scintillanti occhi azzurri e lunghi capelli ricci colorati di rosso – una «correzione», era così che chiamava la tinta –, Anna vestiva come una vera newyorkese. Rimasi di stucco quando mi disse che era cresciuta in Ohio. Se n'era andata subito dopo il diploma per trasferirsi a New York. Lavorava al negozio di Betsey Johnson, a SoHo, e la notte andava a divertirsi nell'East Village. Bastava guardare i suoi capelli rosso fuoco per credere a tutti i racconti sui suoi scatenati anni ottanta.

Dopo essere state presentate da un collega, la nostra amicizia si era rinsaldata nella lotta ai chili di troppo dopo la maternità. Ci eravamo iscritte a un corso massacrante di aerobica al fitness club locale. Saltelli, flessioni, corsa sul posto. Ogni lezione era come una brutta mattinata di educazione fisica a scuola, ma alla fine entrambe eravamo riuscite a perdere ben due chili e mezzo. Il dolore muscolare che seguiva ogni lezione era stato un'esperienza che ci aveva legate moltissimo. Dopo otto settimane di addestramento militare avevamo deciso di meritare qualcosa di più soft.

Per i due anni a seguire ci eravamo date allo yoga. Io non vedevo l'ora che arrivasse il giorno della nostra uscita settimanale. Anna guidava fino a casa mia, strombazzando con il clacson non appena arrivava di fronte al vialetto. In macchina avevamo il tempo di lagnarci del lavoro, preoccuparci dell'istruzione dei nostri figli e ascoltare il nostro cd preferito di Lucinda Williams. Ci piaceva essere accomunate dal medesimo senso pratico. Entrambe lavoravamo come grafiche. Condividevamo anche un collaboratore. Crescevamo figlie della stessa età. Lei brontolava se io ero in ritardo alle lezioni. Io mi irritavo se lei si dimenticava dei nostri appuntamenti per pranzo. Ci capivamo a vicenda.

Eravamo sempre impegnate, le nostre vite erano programmate di mezz'ora in mezz'ora. Non erano ammessi imprevisti, distrazioni superflue, sprechi di tempo.

Il nostro gruppetto di amici più giovani, non sposati e senza figli, includeva Tomas e il suo coinquilino Nick, il mio collaboratore. Tomas se ne stava sulle sue, reggendo una birra con la mano esile. Gli rivolsi un sorriso amichevole mentre mi davo da fare per intrattenere gli ospiti. La festa alla fine si era animata, le persone se ne andavano in giro e socializzavano, parlavano, ridevano. Quando mi diressi verso la sala da pranzo per andare a cambiare musica fu Tomas a sorridermi.

Eravamo diventati amici negli ultimi anni e il rapporto si era stretto ancor di più dopo il viaggio in Costa Rica che avevamo fatto lo scorso inverno insieme a lui, alla sua ragazza di allora, Lindsay, e ad altri della compagnia. Quando aveva dovuto ristrutturare la sua nuova casa, nella cittadina a nord della nostra, Tomas era venuto a stare per un paio di mesi in mansarda da noi. Era davvero un bel ragazzo, alto più di un metro e ottanta, con i capelli castano chiaro. Cambiava così spesso taglio che le sue trasformazioni periodiche ormai non mi sorprendevano più. A volte si rasava i capelli corti, come un giovanotto degli anni cinquanta. Poche settimane dopo era capace di sfoggiare barbetta e capelli ricci stile sono-appena-tornato-da-tre-settimane-nella-giungla, oppure presentarsi con una frangetta che ricordava una pop star degli anni sessanta o un monaco pronto a prendere gli ordini sacri. La sua personalità era fatta di estremi. La notte era felice di tracannare birra con gli amici, ma di giorno lavorava in solitudine, modellando grandi sculture figurative nel suo studio in cima a una collinetta dietro casa.

Era stato un ottimo acquisto per la nostra famiglia. A Henry piaceva cucinare per un amico in più, pronto a elogiarlo: spesso li trovavo insieme in cucina, a bere birra, completamente immersi nella conversazione. Quando entravo mi sentivo un'intrusa. Loro smettevano di parlare e io me ne andavo in fretta, con l'impressione di aver interrotto un momento di confidenze. Tutti sapevano che Tomas aveva problemi sentimentali, grande argomento di gossip nella nostra piccola città. Era da noi la sera in cui la fidanzata lo aveva lasciato per telefono. Era venuto in camera nostra, si era messo a sedere sul letto e aveva pianto. Noi, la coppia di lunga data, avevamo cercato di sostenerlo e confortarlo con discrezione.

Liza adorava correre su per le scale in groppa a Tomas e fare la lotta con lui sul tappeto in sala. Quando le faceva il solletico, veniva còlta da attacchi di ridarella. Tomas restava ad ascoltare pazientemente i suoi racconti scolastici: chi era stato cattivo, chi si era cacciato nei guai, con chi aveva giocato nell'intervallo. Liza adorava disegnare insieme a lui sul tavolo della cucina.

E avere un ospite attorno faceva sì che io e Henry evitassimo di bisticciare.

Un giorno, mentre stavo piegando il bucato, Tomas mi aveva guardata in modo strano e mi aveva detto che ero bellissima. Lo avevo ringraziato – mentre il mio stomaco si stringeva – e avevo continuato a piegare i panni. Trascorrevo la maggior parte del tempo a casa, lavorando e facendo la mamma. Mi sentivo invisibile agli occhi degli altri uomini, specialmente agli occhi degli uomini giovani e belli.

Dopo l'allacciamento di luce e acqua a casa sua, Tomas aveva lasciato la nostra mansarda. Ero rimasta sorpresa di quanto mi mancasse la sua compagnia. Quando mi ero trovata di nuovo a piegare il bucato mi era venuto da sorridere, ricordando il suo complimento, felice di non correre rischi data la sua assenza.

Henry invidiava la nuova vita da scapolo di Tomas. Una sera, mentre pulivamo la cucina, aveva provato a dire: «Che ne diresti se io andassi a stare con Tomas e venissi a trovare voi ragazze nei weekend? Sarebbe un po' come se tu fossi la mia fidanzata».

Avevo alzato gli occhi dal lavello pieno di pentole sporche e mi ero sforzata di ridere, tanto per fargli capire che sapevo che non stava dicendo sul serio. «Dico che non mi piacerebbe affatto.»

«E tu dovresti proprio farti una storia con Tomas» aveva continuato, chiaramente divertito dal gioco. «Non trovi che sia attraente? Per me non ci sarebbe nessunissimo problema.»

«Tomas è davvero un bel ragazzo, ma al momento sarei sposata con te. Come diavolo ti viene in mente di dirmi certe cose?»

Henry non si arrendeva mai. Era come un cane felice di giocare con il suo osso. «A te dispiacerebbe se uscissi con la sua nuova fidanzata? Mi attizza proprio, con quell'aria da donna del boss.»

«Non esiste che ti lasci uscire con la "donna del boss".»

Sfregai un pentolino sporco con un po' troppa veemenza. A volte Henry era semplicemente esasperante, anche se c'era sempre qualcosa di irresistibile nella sua propensione a spingersi oltre il limite.

Rientrata pienamente nel mio ruolo di padrona di casa, mentre andavo in cucina a prendere altre tazzine di plastica, sfiorai per sbaglio Tomas. Lui bevve un sorso di birra e mi sorrise di nuovo, timidamente. Noi due eravamo simili. Entrambi preferivamo la solitudine e la tranquillità e probabilmente ci sentivamo un po' fuori luogo in mezzo a tutta quella gente che faceva festa.

Cathy, suo marito Steve e la loro figlia Amy arrivarono con alcuni amici della parrocchia. Steve era alto, bello in un modo molto americano, con la mascella squadrata. Preso un bicchiere di vino, come da accordi, si mise a servire le ostriche. Attorno a lui si raccolse subito un gruppetto di persone: era raggiante al centro della scena. Amy corse di sopra a cercare Liza.

La mia amicizia con Cathy era il risultato della nostra comune condizione di genitori di provincia. Ti trasferisci in un posto nuovo con tua figlia che non ha ancora due anni. Dopo aver trascorso il martedì al centro commerciale a comprare sgrassatori, detersivi e pannolini in quantità, decidi di andare ai giardinetti. Tua figlia vede un'altra bambina della stessa età, costruiscono castelli di sabbia, vanno insieme sull'altalena e fanno amicizia. Dai un'occhiata ai genitori. Forse non sono esattamente il tipo di persone che avresti scelto come amici, ma ti sembrano educati, responsabili, non dei serial killer.

Anche se avevano personalità molto diverse, Cathy e Henry erano entrambi scrittori e pareva fossero riusciti a legare facilmente proprio grazie al loro lavoro.

Fino alla scorsa estate Cathy e io ci incontravamo ora a casa dell'una, ora a casa dell'altra più o meno tutti i giorni. Andavamo a prendere le nostre figlie all'uscita da scuola. Ci aiutavamo a vicenda quando c'era un imprevisto. Ospitavamo a turno un pigiama party per le bambine. Mangiavamo insieme tutte e quattro. Le nostre case erano quasi intercambiabili. Avevo passato moltissimo tempo con la madre della migliore amica di mia figlia, ma in realtà sapevo molto poco di lei.

Cathy e Steve erano un po' antichi nel loro modo di essere genitori e le loro opinioni politiche erano decisamente più conservatrici delle mie. Anche se talvolta si calava nella parte della ragazza che si scola birre alle feste, Cathy era cresciuta nella provincia benestante di New York. Lei e Steve erano molto attenti alle buone maniere a tavola, cosa che trovavo esagerata nei confronti di due bambine di tre e quattro anni – a me interessava di più che mia figlia mangiasse e basta. Mi veniva da sorridere di fronte ai vestiti seriosi che la madre di Cathy mandava a Amy per Natale – abiti compassati, formali, gonne scozzesi in taffetà, scarpette di pelle lucida –, un abbigliamento scomodo che non avrei mai imposto a Liza, simile alle cose che portavo io negli anni sessanta.

Henry spesso faceva commenti sarcastici sull'aspetto di Cathy, cosa che a me sembrava davvero sgarbata. Minuta, alta giusto qualche centimetro più di me, aveva capelli scuri, piccoli occhi chiari, pelle bianca. Era magra, faceva jogging tutti i giorni, una vittoria invidiabile sul grasso lasciato dalla gravidanza. Henry diceva che sembrava una megera rinsecchita per il troppo esercizio. Io però invidiavo le sue gambe snelle. Le altre amiche che frequentavo non sapevano bene cosa pensare di lei e mi ritrovavo spesso a doverla difendere. «È timida» dicevo quando si lamentavano dei suoi modi. Da sole, io e lei conversavamo in maniera avvincente di libri e film che ci piacevano, ma alle feste Cathy si isolava, si nascondeva in un angolo con una birra in mano, a disagio, in attesa che l'alcol la facesse sciogliere. Dopo un paio di birre diventava imprevedibile. L'anno prima era arrivata alla nostra festa e mentre si stava ancora togliendo la giacca aveva annunciato sommessamente: «Voglio ubriacarmi da far schifo». Mantenne la promessa: tracannò birra per il resto della serata, ridendo sguaiatamente. Finì con il passare la prima ora del 2002 vomitando violentemente in bagno, mentre le nostre figlie dormivano abbracciate sul tappeto del salotto. Speravo proprio di non dover assistere alla stessa performance anche quell'anno. A dir la verità il suo aspetto suggeriva l'opposto. Indossava un vestito viola, dal taglio semplice, lungo fino al ginocchio, scollo tondo, décolleté nere e calze. Sembrava pronta per andare alla messa della domenica.

Mi chiedevo se la sua recente abitudine di andare in chiesa ogni settimana fosse più il tentativo di guadagnare consensi anziché un sincero slancio verso entità superiori. Henry mi aveva raccontato di un viaggio in macchina con le ragazze, durante il quale Amy aveva cantato allegramente un gospel – *He's got the whole world in his hands* – con tanto di mossettine e battimani. Pur essendo agnostica, di vaga educazione ebraica, anch'io avevo cantato quella canzone al campeggio estivo episcopale.

Volevo crescere Liza in modo diverso. Cathy e Steve l'avevano invitata spesso a partecipare alla funzione domenicale. Ma nostra figlia si stava rivelando una scettica, proprio come i suoi genitori. Se non potevi vederlo, annusarlo o sentirlo, come poteva Dio esistere? E ad ogni modo, perché Dio doveva essere un «lui»?

Di punto in bianco, a giugno Henry mi aveva detto che non aveva più nessuna intenzione di passare il proprio tempo con Cathy e Steve. «Lei è la persona più gretta e conformista che conosca» aveva annunciato. Io ero rimasta di stucco, però mi sentivo liberata di un peso e non gli avevo fatto pressioni.

Ma in settembre, nel cortile della scuola, Cathy era scoppiata in lacrime, sconvolta per il fatto che l'avessimo allontanata in quel modo. E Amy sentiva la mancanza di Liza nei pomeriggi di gioco, aveva detto. A me non mancava affatto Cathy, ma mi sembrava sgarbato tagliare i ponti con lei in maniera così brutale e soprattutto ferire sua figlia. Avevo organizzato un pomeriggio di giochi per le bambine e quando si erano avvicinate le vacanze avevo pregato Henry di invitare anche Cathy alla nostra festa annuale. In segreto speravo che Liza si facesse altre amiche.

Il cenone di Capodanno proseguiva rumorosamente. Henry, fin troppo servizievole, gironzolava per le stanze con bottiglie di champagne, pronto a riempire i bicchieri vuoti. Finalmente il suo lato brillante sembrava essersi risvegliato.

Una famiglia aveva portato un telescopio. Mentre Henry intratteneva i nostri ospiti, io mi rifugiai fuori per trascorrere un momento in tranquillità con il nostro amico e suo figlio, giovane appassionato di astronomia, a guardare attraverso le lenti la luna piena. Il ragazzino mi spiegò con entusiasmo che c'era un raro allineamento della luna e dei pianeti. Era una notte limpida, i crateri lunari sfavillanti nel freddo della notte.

Dopo il brindisi di mezzanotte, i genitori chiamarono a raccolta i propri figli. Mentre li aiutavo a cercare cappelli, guanti e stivali da neve, facemmo vaghi programmi per gli ultimi giorni di vacanza prima dell'inizio della scuola e dichiarammo la festa un vero successo.

La promettente energia della festa di Capodanno ebbe vita breve. Pochi giorni dopo Henry cadde in letargo. Dormiva molto e iniziò a lamentare problemi di respirazione, forse collegati alla sua asma. Il suo inalatore, comunque, non aiutava. Mi disse che aveva fissato un appuntamento con il dottore.

6 gennaio. Alleggerita dal lavoro e con Liza di nuovo a scuola, accolsi l'invito di Henry a prendermi una pausa con lui quel pomeriggio. Andammo di sopra per fare l'amore. Ho sempre amato la luce della nostra camera da letto. I muri erano dipinti di un grigio delicato. I deboli raggi invernali filtravano attraverso lo strato di polvere sui vetri delle finestre, illuminando le lenzuola sgualcite e la testata del letto intagliata, un'eredità di famiglia. Sotto le coperte, l'atmosfera era tenera, calma e familiare. Sapevo esattamente quando sarei venuta. Avrei potuto fare mentalmente il conto alla rovescia prima del decollo. Restammo stesi a letto in silenzio.

«Sei una donna stupenda e io ti amo tantissimo» mi disse Henry. Distesa accanto a lui, con la testa che ronzava, io gli credevo.

La mattina dopo era martedì 7 gennaio, giorno della spazzatura. Mentre preparavo il porridge di Liza, sentii da fuori lo scricchiolio degli stivali di Henry sulla ghiaia ricoperta di neve e i bidoni dell'immondizia che raschiavano l'asfalto del vialetto. Henry riapparve dalla veranda sul retro e lottò con la porta scorrevole in uno sforzo insolito. Entrò barcollando in casa, piegato a metà, fece pochi passi malfermi e poi cadde disteso sul pavimento di legno.

Mi precipitai e appena gli fui accanto riprese i sensi. Ignorando le sue proteste infilai lui e Liza in macchina. Mollai Liza a scuola e guidai difilato verso l'ambulatorio del dottore, anticipando l'appuntamento. L'elettrocardiogramma e la pressione erano a posto. Il dottore fissò una visita con il cardiologo per il lunedì seguente, sei giorni dopo.

Avrei voluto che fosse prima.

«Oh Julie, finiscila con queste paranoie» disse Henry senza dar peso alla mia ansia. Cercai di non preoccuparmi. Ma preoccuparmi è nella mia natura.

Lo shock del mattino mise in moto Henry. Passò la serata a pulire il suo studio mentre io leggevo per lavoro a letto. A mezzanotte aveva messo insieme tre sacchetti di immondizia, accanto a contenitori d'archivio pieni di fogli ben organizzati. Sembrava stanco ma soddisfatto. «Domani sarò pronto a cominciare il mio libro» disse con un sorriso affaticato.

Mi tornò in mente quella sua stanchezza mentre Emily mi riaccompagnava a casa dall'ospedale, dopo aver lasciato Henry là, sul lettino. Matthew, che era stato vicino alla famiglia di Henry per venticinque anni e amico mio per sedici, aveva deciso che sarebbe stato meglio dar loro la notizia di persona. Si era offerto di portarmi in macchina quella sera stessa ed era andato subito via dall'ospedale. Io ero terrorizzata al pensiero del compito che mi attendeva. Liza era ancora a casa di un'amica, completamente ignara di quel che era successo nel pomeriggio.

Ormai era buio. Anna era arrivata a casa mia. Le avevo telefonato nel tragitto dall'ospedale, ma lei aveva già appreso la notizia dal nostro contabile, il cui figlio era, per pura coincidenza, uno dei ragazzi del pronto intervento venuti a casa nostra.

Irena, una delle mie più care amiche di Brooklyn, i miei genitori, mio fratello e mia cognata, erano venuti tutti in macchina da New York. Era arrivato anche un piccolo gruppo di amici che avevano saputo cos'era successo. Anna e Irena mi accolsero sulla porta. Ero grata a Irena per essere riuscita a organizzarsi così in fretta, lasciando tutti gli impegni che aveva al lavoro. I suoi capelli, esuberanti riccioli neri che di solito teneva sciolti, erano domati da un fermacapelli senza la solita piuma decorativa. Una spanna più alta di me, si era sempre comportata come una sorella. Realizzai improvvisamente quanto avessi bisogno che una persona mi dicesse che sarebbe andato tutto bene. Irena mi accompagnò fino a un divano e lì crollai. Tutti si erano radunati sull'altro divano e sulle sedie di fronte al camino, creando una strana atmosfera, come prima di una festa. Tremavo, nonostante avessi ancora il montone addosso. Afferrai una coperta e me la avvolsi attorno alle gambe.

Appena dopo le otto, Liza tornò a casa dal pomeriggio di giochi che Emily era riuscita a organizzare in fretta e furia, quando ancora speravamo che andasse tutto per il meglio. Si guardò intorno, con un sorriso un po' forzato, cercando Henry, chiedendosi perché i suoi nonni e tante altre persone fossero venuti a farci visita. Era una festa, pensò. Ma dov'era il cibo? Dov'erano gli altri bambini? Venne da me sul divano e mi saltò in grembo.

«Mamma, perché hai ancora la giacca?» La stanza era immersa nel silenzio. Tutti rimasero in attesa.

«Lizzie, ti ricordi che il papà non stava bene? Che l'altro giorno era caduto per terra nell'ingresso? Sai, oggi pomeriggio, mentre tu eri a scuola, è caduto di nuovo. Ho chiamato subito l'ambulanza e lo hanno portato all'ospedale. I dottori hanno fatto del loro meglio per salvarlo. Ma è morto.»

Liza ascoltò – pochi secondi di silenzio totale – e poi scoppiò a piangere tra le mie braccia. Pianse a lungo, profondamente, singhiozzando disperata. Io ero troppo afflitta per piangere.

Quando riuscì a smettere, restò seduta addosso a me in silenzio per parecchi minuti, guardando gli adulti attorno. Molti versavano lacrime silenziose. Vedevo che stava pensando a qualcosa, i suoi occhi scandagliavano la stanza: ora capiva perché erano tutti a casa nostra.

Con un moto improvviso, saltò giù dal mio grembo e andò alla mensola dove tenevamo le ceneri di Chester, il nostro amato micio morto. Prese la piccola scatola di metallo, la aprì e andò in giro per la stanza mostrando le ceneri a tutti.

«Chester, il nostro gattino tigrato, era molto malato. Un giorno ci siamo svegliati e lui stava steso in veranda e non voleva più mangiare, più bere, più alzarsi. L'abbiamo dovuto portare subito dal dottore, ma il dottore ci ha detto che era troppo malato per vivere. Allora ha detto che gli avrebbe fatto una puntura per addormentarlo per sempre, ma senza fargli male.»

La morte di Chester, l'anno prima, era servita a uno scopo poetico e pedagogico.

Irena restò per la notte. Dormimmo l'una accanto all'altra come due ragazzine. Matthew, Anna, Emily e Tomas si presentarono presto la mattina seguente per organizzare la cerimonia di commemorazione. Io stavo stesa nel letto mentre Irena e gli altri erano indaffarati nello studio di Henry, dall'altra parte del corridoio, di fronte alla camera da letto. Sentii rumori angoscianti, scoppi di collera e un urlo di donna soffocato. Mi misi in piedi ed entrai con passo malfermo nello studio. Qualcosa non andava. Anna mi riportò subito a letto e mi rimboccò amorevolmente le coperte. Io ero grata di essere di nuovo stesa e basta.

Più tardi sentii la voce di Cathy chiamare Matthew mentre saliva le scale. Scomparve dietro la porta dello studio di Henry. Altre voci sommesse, non riuscivo a capire le parole. La porta di Henry si aprì di nuovo. Mi misi a sedere sul letto e guardai verso il corridoio. Cathy si stava precipitando giù dalle scale. "Perché non si è fermata da me?" Mi stesi di nuovo, cullandomi avanti e indietro. Il mio primo giorno di vedovanza: ovattato, nebbioso, irreale.

Arrivammo presto alla camera ardente per la veglia, in modo che Liza potesse restare sola con lui. Lei si avvicinò spavaldamente alla bara aperta, posizionata su una piattaforma troppo alta per lei.

«Mamma, mi dai una sedia alta?»

Trovammo uno sgabello.

«Mamma, guarda, non si riesce a muovergli le dita. Le labbra del papà sono screpolate. Possiamo metterci qualcosa?» Frugai nella mia borsa e trovai un burrocacao, che Liza applicò con cura. La figlia di Cathy, Amy, venne verso di noi e trovammo un altro sgabello anche per lei. Le due bambine, sedute l'una accanto all'altra, parlavano e indicavano Henry. La naturalezza della loro amicizia mi era di grande conforto mentre mi guardavo attorno, salutando le persone che entravano. Arrivarono i familiari di Henry e si misero a sedere, ammutoliti e scioccati, nei posti in prima fila. Arrivò gente della nostra città, alcuni solo conoscenti, altri perfetti sconosciuti. Gli amici del liceo di Henry vennero tutti insieme a salutarmi. Quella che era stata una delle sue prime ragazze mi strinse la mano, afflitta.

Cercai con lo sguardo Liza vicino alla bara. Al suo posto vidi Cathy. Singhiozzava isterica, con la testa e le braccia sopra al busto senza vita di Henry. Steve era dritto accanto a lei, stoico, a disagio. Quando tirò su la testa il suo viso era rosso e bagnato di lacrime. Nemmeno io, la vedova, mi ero lasciata andare così in pubblico. Una signora della nostra cerchia, con viso corrucciato, si fece avanti per parlare a Steve mentre Cathy continuava a piangere a dirotto. Finalmente Steve la allontanò dalla bara. Il momento imbarazzante fu superato. Vidi con sollievo che tutti tornarono a stringersi le mani e a conversare sommessamente.

Il giorno dopo la veglia rimasi stesa a letto, ancora stordita e imbambolata, in un groviglio di lenzuola sudate. La luce filtrava attraverso la polvere delle finestre che offuscava le montagne e il fiume avvolto dalla nebbia. Henry era morto, io ero vedova. Irena dormiva stesa accanto a me, il suo respiro regolare mi era un po' di conforto. Ma presto lei sarebbe dovuta tornare in città e io sarei rimasta abbandonata lì, con Liza. Henry se n'era andato.

Una nuvola si addensò sopra il mio corpo, dita eteree si allungarono cingendomi e insinuandosi dentro di me. La mia bocca si lasciò aprire in modo dolce ma insistente. Lui era invisibile ma presente, un'essenza che pareva tenermi inchiodata al letto. Lasciai che mi pervadesse, mi penetrasse, mi avvolgesse.

Voleva qualcosa da me, dirmi qualcosa di importante, unirsi al mio corpo. Ma lui non aveva corpo. Forse non lo capiva ancora. Irena si mosse e aprì gli occhi. Stavo allungando le braccia verso l'alto per afferrarlo.

«Va tutto bene? Cosa sta succedendo?» sussurrò Irena.

«È Henry. È qui.»

Perché era qui? Cosa voleva dirmi? Aveva bisogno di un corpo, ma ora fluttuava etereo. Mi sentii angosciata per lui, che non aveva capito cosa gli fosse successo, mi sentii angosciata perché non potevo parlare e spiegargli. Improvvisamente anche io fluttuavo.

Dopo questa prima volta, quando la mattina lui mi faceva visita, sentivo che il mio corpo, disteso a letto, diventava leggero, immateriale. Ogni volta l'intensità della presenza diminuiva. E anch'io fluttuavo giorno dopo giorno. Le persone si rivolgevano a me, ma mi accorgevo di trovarmi altrove. Fluttuavo in un vento gelido e desideravo di poter passare nel suo mondo, anche se non volevo lasciare mia figlia. Mi trovavo in una specie di limbo, una terra di sogno dove la linea dell'orizzonte svaniva in mezzo a una tempesta di neve.

La commemorazione si tenne il dodici di gennaio. Ero dietro il leggio davanti a una moltitudine di persone ammassate nella chiesa parrocchiale, che gentilmente aveva offerto lo spazio per la cerimonia.

«Henry era l'amore della mia vita,» dissi alla folla «ma anche una persona davvero impossibile.» Risata nervosa. Presumevo che chi ascoltava conoscesse bene l'amore di Henry per l'eccesso, la sua tipica mancanza di moderazione. Di sicuro in molti fra le centinaia di amici, familiari e conoscenti capivano cosa intendevo. A Henry non piacevano le mezze misure. Tutto – dalla sua romantica proposta di matrimonio ai menù dei suoi inviti a cena – era stato sempre realizzato in grande stile.

Da timida ventisettenne che ero quando lo conobbi, mi lasciai trascinare dalla sua esuberanza e dal suo amore vigoroso. Non ero mai stata amata da nessun uomo in maniera così travolgente e accolsi la cosa con entusiasmo.

Mi vennero alla mente dei flash: il nostro incontro sedici anni prima a una festa in inverno; un giorno di primavera all'inizio della nostra storia, quando mi mise in posa sotto a un ciliegio in fiore per scattarmi una foto; Henry che cucina una delle sue straordinarie cene nel piccolo forno del nostro appartamento; Henry che mi infila al dito un anello di rubini, al tavolo di un ristorante, tra luci soffuse, quando festeggiammo il nostro terzo anniversario di matrimonio; un pranzo in un locale di Parigi dove assaggiai per la prima volta dei blinis; Henry che si strugge per la bontà di uno spezzatino di coniglio preparato durante una vacanza in Italia e i meravigliosi pisolini nei caldi pomeriggi in quella cascina in Toscana, affittata insieme ad alcuni amici. Altre immagini: Henry che stringe la mia mano mentre io spingo per far nascere Liza, sotto il neon della sala parto; Henry e io mentre passeggiamo a Central Park con la nostra bambina appena nata. E immagini recenti: Henry che supera se stesso con un pranzo di tre portate per dieci donne, in onore del mio quarantesimo compleanno – fichi grigliati avvolti nella pancetta, zuppa di piselli con olio tartufato, quaglie brasate in salsa di melagrana. Una delle feste di compleanno di Liza, quando ben venti famiglie con i loro bambini se ne stavano attorno alla nostra piscina mentre Henry, con indosso il suo grembiule preferito, presiedeva alla griglia, sorridendo raggiante e orgoglioso. Henry che lancia Liza e altri bambini entusiasti in acqua, inseguendoli a nuoto, felice come un golden retriever con una cucciolata di cagnolini euforici e chiassosi. Ancora un'altra immagine di Henry che mostra a Liza come mescolare la salsa sul fornello.

Era come un bambino, desideroso di sperimentare sempre cose nuove. E nei momenti migliori mi ero sentita amata e coccolata con lo stesso slancio. Mentre stavo in piedi di fronte al leggio, vidi chiaramente quel che Henry aveva donato alla persona diffidente e riservata che ero: una stanza piena di centinaia di persone che lui aveva allietato e che ora venivano a omaggiarci entrambi. Ringraziai tutti per essere venuti e tornai a sedermi tra Liza e Irena, cedendo il posto ad altri oratori che lessero poesie e lettere, e altri tributi del loro amore per Henry. Uno dopo l'altro parlarono della sua amicizia leale, della sua insaziabile curiosità per la vita e della devozione per sua moglie e per sua figlia. Strinsi forte la mano di Liza.

Compassata – finalmente – in un abito scuro lungo fino al ginocchio, Cathy lesse una poesia di Dylan Thomas che conoscevo bene, con voce controllata, il viso stanco e pallido. Non c'erano più bare su cui versare fiumi di lacrime. Il corpo di Henry era già stato cremato.

Un uomo con le guance accese e la testa ricoperta da una nuvola di ricci rosso fuoco andò al leggio. Mi ci volle un po' per capire che si trattava del commesso del negozio di vini dove andava sempre Henry. Con la voce soffocata da una sincera commozione, parlò delle loro lunghe chiacchierate pomeridiane, del gusto impeccabile di Henry, del suo caustico senso dell'umorismo. Lesse una poesia che aveva scritto la mattina prima.

Io rimasi sbigottita nell'apprendere che Henry aveva instaurato una vera amicizia con quell'uomo, un tizio a me praticamente sconosciuto. Non si era mai seduto alla nostra tavola né era mai venuto alle nostre feste. Non avevo scambiato con lui più di qualche parola di saluto, nelle rare occasioni in cui ero entrata in negozio per comprare una bottiglia di vino. Come aveva fatto Henry a stringere un'amicizia così significativa con quella persona praticamente estranea, un'amicizia abbastanza forte da ispirare un tale sentito tentativo poetico?

Non ci sarebbero state quattrocento persone al mio funerale, nemmeno cento, pensai tra me, osservando la folla. Il dono di Henry era riuscire a far sentire ognuno speciale – con una battuta, una storia, una ricetta. Ripensai all'espressione di estasi sui volti delle persone quando serviva loro una pietanza presentata ad arte. Mi aveva conquistata in quel modo, con un semplice piatto di pasta, servito come se fossi stata un membro della famiglia reale. Quella cerimonia commemorativa fu un addio non solo a Henry ma anche alla me stessa che aveva condiviso con lui una vita di avventure culinarie e intellettuali, una vita che era stata allo stesso tempo estenuante ed entusiasmante.

Tornai con Liza in una casa piena di bouquet di garofani rosa, gigli bianchi e margherite colorate disposti in semplici vasi di vetro. Ben diversi dalle composizioni stravaganti che di solito portava a casa Henry per San Valentino o dopo le peggiori litigate. Quando appassirono anche i garofani, lavai tutti i vasi e li misi via sul ripiano basso della credenza che stava in sala da pranzo, una parte della casa che di sicuro non avremmo usato più.

Due

gennaio-febbraio 2003

Amici e parenti ritornarono alle loro vite, la casa era silenziosa.

Quella nuova solitudine mi spaventava. Vivere sola con la mia bambina non era esattamente quello che avevo programmato. Un gruppetto composto da amici, familiari e Helen, la psicoterapeuta da cui Henry e io eravamo andati per diverso tempo a fare terapia di coppia, circondarono me e Liza di affettuose attenzioni durante le confuse settimane che seguirono il funerale. Le mie amiche si presero cura di mia figlia quando io non ce la facevo. Portarono cibo a casa mia, riempirono e svuotarono la mia lavastoviglie, trascinarono i miei bidoni sul marciapiede, come faceva Henry. Mi ascoltarono quando avevo bisogno di sfogarmi e mi sostennero.

Nel giro di due settimane ritrovai la forza per accompagnare di nuovo Liza a scuola, lavorare un po', far partire una lavatrice. Volevo tornare a sentirmi un essere umano capace, in grado di occuparmi della mia nuova vita.

Mio fratello, David, iniziò a riorganizzare le mie finanze e si occupò a malincuore del testamento di Henry. Veniva a trovarmi nei weekend insieme a sua moglie Susan che mi aiutava a pulire e sistemare la casa. I miei genitori chiamavano ogni giorno.

Gli amici invitavano me e Liza a cena per stare in famiglia e alleviare la solitudine di troppe serate passate per conto nostro.

Ma a volte era una cosa insopportabile. Quando ringraziavamo, andando via, loro se ne stavano in piedi nell'ingresso, nel tepore di una luce chiara, a salutarci con la mano. Ero ben consapevole di quanto fosse complicata la vita famigliare, sapevo che le loro vite non erano perfette, ma che importanza aveva? Loro avevano l'illusione della perfezione: una calda atmosfera famigliare. Qualsiasi illusione avessimo avuto noi, ormai si era dissolta e io sapevo che mi compativano. La mia vita era un disastro, ma di pietà non ne volevo.

La nostra casa era diventata troppo grande. Mi ritrovai persa. I miei precedenti ruoli di aiutocuoco e padrona di casa nei weekend ormai appartenevano al passato. Liza e io vivevamo in poche stanze. La accompagnavo in macchina a giocare con le sue amiche a casa di Cathy o di Emily molto più di quanto non venissero loro da noi. La porta dello studio di Henry restava chiusa, tranne quando c'era mio fratello. La sala da pranzo era inutilizzata, tirata a lucido ogni settimana dalla signora delle pulizie, che diligentemente spolverava i tavoli e i piatti da portata sistemati in ovali concentrici, proprio come li avevo lasciati dopo la festa di Capodanno.

Una sera io e Liza eravamo sedute in cucina. Io rigiravo il cucchiaio nella mia scodella di zuppa. Liza mangiava con più entusiasmo, dopodiché appoggiò il cucchiaio sul tavolo.

«Come facciamo a sapere che non siamo tutti personaggi di un film?» chiese.

La guardai, senza saper bene cosa rispondere.

«Mamma,» continuò, riformulando la domanda «come facciamo a sapere che tutto questo è reale?»

"Perfetto. Adesso abbiamo in casa una piccola esistenzialista."

«Be',» dissi «non lo sappiamo. Dobbiamo solo sperare che ciò che crediamo vero lo sia realmente.»

«Ma come facciamo a saperlo?» chiese lei, con insistenza.

"Ah, una scienziata, che pretende la prova empirica."

«Non lo sappiamo,» risposi «possiamo solo sperare.»

«Mamma,» disse Liza «come facciamo a sapere che non sono sogni? Hai presente quando a volte la vita sembra un sogno? Ti è mai successo?»

«Sì tesoro. È proprio così che mi sento.»

Mi dimenticavo di bere se qualcuno non mi metteva sotto il naso un bicchier d'acqua. Il mio viso era scavato, le labbra secche e screpolate. I vicini e gli amici portavano da mangiare: casseruole avvolte nella stagnola, polli arrosto dalla gastronomia vicina, contenitori di lasagne fatte in casa. Mettevo tutto in frigorifero.

Liza aveva bisogno di nutrirsi, ovviamente. Scaldavo il cibo, mettevo i piatti sul tavolo della cucina con il pavimento blu e la guardavo mangiare. Io mi servivo piccole quantità, sbocconcellando qualcosa e trascinando con la forchetta quel che restava nel piatto, sperando di risultare credibile.

Ma Liza non si faceva imbrogliare. «Non siamo più una vera famiglia» dichiarò una sera, dopo averci pensato su, mentre si serviva dall'ennesima terrina di maccheroni al formaggio di Anna. Bofonchiai qualcosa a proposito di reinventare la famiglia noi due da sole, ma suonò falso. L'ora di cena era sempre stata il momento in cui ci riunivamo, noi tre, mangiando il cibo preparato con cura da Henry. Cibo significava famiglia. Ora lei cenava, io guardavo e poi meccanicamente sparecchiavo e sciacquavo i piatti.

Io avevo sempre mangiato. Ero nata in una famiglia ebrea, dove cibo significava amore. Ero cresciuta a spezzatino e patate bollite coperte di burro e aneto, cotolette e insalata di cetrioli e pollo arrosto aromatizzato al dragoncello e limone. La mia adolescenza era stata piena di biscotti sgraffignati furtivamente, uno a uno, dalla credenza della cucina dopo la scuola. Mai nella mia vita adulta ero stata davvero magra. La vedovanza si stava rivelando la dieta del secolo.

Non avevo visto molto la mia amica Anna, nonostante abitasse nella città subito a nord della mia. Dopo il funerale ci eravamo entrambe tuffate nel nostro lavoro di grafiche, scambiandoci frequenti mail e telefonate. A gennaio inoltrato mi chiamò per chiedere se poteva fare un salto per il tè. Il suo viso aveva un'espressione tesa e stanca, e i suoi lunghi, stravaganti capelli rossi erano raccolti in una sobria treccia. Si vedeva la ricrescita nera alla base dei capelli, chiaro segno che qualcosa non andava. Naturalmente anch'io avevo la ricrescita grigia.

«John e io ci stiamo separando» disse.

Avevo sperato che il resto del mondo rimanesse fermo così com'era mentre mi rimettevo in sesto, ma il Caos e la Tragedia avevano deciso di devastare anche altre vite vicine alla mia. Io e Anna avevamo sempre organizzato le nostre giornate in base al lavoro, alle cose da lavare, alla spesa da fare, ai compiti e agli impegni dei figli. E alla fine, tutta la nostra amorevole abnegazione era andata miseramente in fumo.

Henry mi aveva sempre rimproverato di essere troppo giudiziosa, mai abbastanza impulsiva o sfrenata. Lui adorava arrivare senza fiato alla stazione, con un solo minuto di anticipo sull'orario di partenza del treno. Adesso sentivo la mancanza dell'epoca in cui avevo l'illusione di avere sotto controllo la mia vita. Odiavo sentirmi in quel modo: era come sporgermi da un piccolo e sgangherato aeroplano con il motore in avaria, fissando il mosaico della periferia giù in basso, pregando con tutte le mie forze che il paracadute si aprisse se mai avessi trovato il coraggio di buttarmi.

«Quando è successo?» chiesi allibita. Come poteva essere che Anna e John si stessero separando? Non potevano separarsi, Anna aveva appena finito di ristrutturare la sua magnifica cucina inondata di sole, con vista sul tramonto oltre il fiume.

«John si è comportato in modo davvero strano durante le vacanze di Natale, usciva dalla stanza con il cellulare in mano per fare delle telefonate. Ho spinto il tasto "richiama" ed era la voce di una donna. Ho riconosciuto il nome sul display.»

Le sue dita tremanti torturavano le punte sciupate della treccia.

«Cazzo, Julie, è una sua studentessa! Riesci a crederci? È anche venuta a casa nostra per cena, quella sera, un paio di mesi fa.»

La ricordavo vagamente. Una giovane donna dai capelli scuri. Avevo creduto che fosse la fidanzata di uno dei ragazzi. Io e il gruppetto di studenti di John ci eravamo accalcati ad ammirare i nuovi, bianchissimi armadietti con i ripiani di ardesia della cucina, sgranocchiando salatini e versandoci da bere. Avevo contemplato il tramonto sorseggiando un bicchiere di vino rosso, godendomi il contrasto tra i colori vividi e caldi fuori dalla finestra e i muri verniciati di fresco, una deliziosa sfumatura di verde oliva brillante.

«Anna, non posso crederci. È davvero un modo orribile di metter fine a un matrimonio.» Ci abbracciammo in silenzio e piangemmo entrambe.

"Almeno io non devo fare i conti con una cosa del genere. Almeno io posso conservare i bei ricordi della mia relazione."

«Sembra che siamo compagne di viaggio, ora» mi disse Anna.

«Ci prenderemo cura l'una dell'altra.» Non ricordavo di averle mai dato questo tipo di sostegno. Adesso il nostro rapporto era alla pari. Sperai di poterle essere d'aiuto cercando di tirare avanti insieme.

La settimana dopo, un pomeriggio, feci visita a Tomas. Camminammo lungo il vialetto fino al suo laboratorio, una piccola struttura in mattoni dietro casa sua. Il fiume scorreva più in basso, il rumore della corrente era leggermente attutito da uno strato di ghiaccio. Mentre avanzavamo a fatica sul viottolo innevato, mi sforzavo di sentire la sua voce al di sopra del gorgoglio. Aprì una porta pesantissima ed entrammo nello studio buio e freddo. Accese la luce e una stufa, mentre io cercavo di distrarmi soffiando aria calda dalla bocca, guardando il vapore salire verso l'alto e disperdersi come nebbia. Speravo che il fatto che fossimo amici gli permettesse di stringermi in un caldo abbraccio. Non sembrava che gli importasse molto del freddo, anche se le sue mani erano secche e screpolate.

Tomas era stato gentile e premuroso, chiamandomi e rispondendo alle mie chiamate e alle mie mail ogni giorno da quando Henry era morto. Apprezzavo il fatto di poter chiacchierare di qualcos'altro oltre che della mia recente perdita. Mi riempiva di speranza sentirlo parlare della sua vita e dei suoi ambiziosi progetti per il futuro.

Il suo talento era formidabile. Un uomo col capo reclinato che ricordava la deposizione di Cristo. Una coppia avvinghiata, i corpi longilinei come il suo, ben diversi dal mio, quasi androgini. Si avvolgevano l'uno attorno all'altra in un modo che sfidava la realtà dei corpi umani, ma il risultato catturava l'attenzione, raffinato, evocativo. Restai in piedi in silenzio per un po', ammirando le sculture. Anche se mi piaceva guardare quei corpi maschili, mi sentivo in imbarazzo, chiedendomi allo stesso tempo se il pene di Tomas fosse della stessa misura dei suoi alter ego scolpiti. Provai vergogna per quelle rozze congetture.

«Ecco, voglio che tu tenga questo» disse, rompendo il silenzio imbarazzante e offrendomi una piccola scultura di donna seduta in una posizione yoga. Il freddo metallo si scaldò fra le mie mani e scaldò anche il mio cuore.

Lasciammo il laboratorio e ci incamminammo giù per lo stretto viottolo fino al piccolo lembo di prato davanti casa sua, dove mi mostrò con orgoglio l'alberello che aveva piantato in autunno. Tutt'intorno si ergevano altre grandi sculture. Due figure maschili in piedi, schiena contro schiena, guardavano la casa in mezzo all'erba alta, spolverata di neve. Una delle due figure era leggermente chinata con le braccia piegate dietro la testa; l'altra era dritta, fiera ed esultante, con il petto in fuori e le braccia sollevate sopra il capo.

L'alberello che Tomas aveva piantato sembrava molto solo in mezzo all'erba.

«Posso darti delle talee del mio giardino in primavera» dissi. Ero orgogliosa del mio giardino e mi piaceva regalare piante agli amici. Lui non rispose e io mi pentii di avergli offerto un dono, nonostante reggessi ancora la sua piccola scultura tra le mani inguantate. «Mi piacerebbe poterti invitare a cena qualche volta. Ho bisogno di cominciare a cucinare.»

Questa fu un'offerta che accettò.

Timidamente, feci una prova con le pentole e le padelle che avevo in cucina, un tempo dominio esclusivo di Henry, tenendo ben aperti i libri di Julia Child e Nigella Lawson come sostegno morale. In mancanza dell'esperienza e della sicurezza di Henry, mi applicai con metodo e impegno, leggendo le ricette, rifacendo lo stesso piatto diverse volte fino a che non mi pareva di aver raggiunto una certa padronanza. Spezzatino di agnello e coq au vin. Mi sembrava di sentire ancora la voce allegra e acuta di Julia Child nel programma televisivo che guardavo da piccola con mia madre. Pollo arrosto e minestrone. L'atteggiamento spensierato di Nigella, stile «qualsiasi cosa abbiate nel frigo va bene», mi rincuorava e rassicurava.

Tomas giocava ad «Attacco!» con Liza in salotto, mentre io mi davo da fare con il forno. «Attacco!» era un gioco con regole semplici, quelle che avevano inventato Liza e Henry. Lei adorava le storie dell'orrore, a patto che finissero bene. Henry doveva dire qualcosa del tipo: «Sono un orco spaventoso e cattivissimo! Adesso vengo a prenderti... e quando ti trovo ti succhio tutto il cervello con una cannuccia!». A quel punto Liza, a volte anche insieme ad altre amiche, iniziava a correre per tutta la casa urlando, cercando di sfuggire all'orco minaccioso. Alla fine l'orco trovava la sua preda, ma all'ultimo momento c'era una svolta e le piccole avevano la meglio. Questo era un gioco che illustrava alla perfezione la filosofia dei bambini: se è divertente una volta, allora è divertente anche cento.

Dopo un esaltante match di «Attacco!» Tomas divorò tutto con appetito. Mi rilassava averlo in cucina, appoggiato allo schienale della sedia a bere una birra mentre io mescolavo e rosolavo. Non si faceva problemi ad aiutare con qualche lavoretto domestico, ad esempio cambiare una lampadina sul soffitto. Alto un metro e novanta, riusciva a farlo senza essere costretto a barcollare in cima a una scaletta.

Durante una di quelle serate, mentre preparavo la bistecca da mettere sulla griglia, avvertii la presenza di Henry in cucina. La sua voce echeggiò nella mia testa: «Non dimenticarti di salare la carne!».

A febbraio, visti i miei progressi, mi sentii pronta a cucinare qualcosa per Tomas e pochi altri amici. Decisi di preparare gli involtini coreani che faceva Henry. Potevamo tranquillamente mangiare di fronte al camino. Quando fummo tutti riuniti aggiunsi un altro ceppo al fuoco e prendemmo posto. Io mi sedetti vicino a Tomas sul divano. Con uno degli elastici di Liza avevo legato i miei capelli lunghi, spettinati. Mi sentivo a mio agio in calzettoni di lana e jeans, avvolta in un maglione infeltrito e grigio, uno dei miei preferiti.

I suoi pantaloni di tela erano tesi sulla rotula, rivelando il solco dove l'osso incontra il muscolo. Mi sedetti il più possibile vicino a lui, lasciando con discrezione pochi centimetri di spazio fra le nostre gambe, che però erano pervasi da una carica magnetica. Abbassai gli occhi sul minuscolo spazio che ci separava, chiedendomi il significato delle scosse elettriche che sentivo dentro, improvvisamente consapevole di ogni minimo movimento di contrazione ed espansione dei miei polmoni. La mia piccola mano si insinuò in quello spazio elettrico trovando la sua, grande e calda. Le sue lunghe, eleganti dita si intrecciarono alle mie, stringendole delicatamente. Un impulso doloroso colpì il centro del mio corpo, una sensazione di tanto tempo prima.

Mi tornarono alla mente il profumo e i colori abbaglianti e intensi di New York nel luglio 1967, la mia t-shirt appiccicosa e un inefficace, rumoroso ventilatore che soffiava aria calda sul mio viso. Un ragazzo con gli occhi semichiusi e i capelli rossicci si piega goffamente per baciarmi mentre ci avvinghiamo sul letto della mia cameretta, le sue labbra socchiuse emanano odore di erba e biscotti al cioccolato.

Quella sensazione di desiderio disperato.

Henry era morto da un mese. Ero eccitata. Ero inorridita.

«Mamma» esordì Liza una sera, mentre salivamo al piano di sopra per andare a letto, «devo dirti una cosa. Mi sento in colpa per una cosa, ma ho paura che se te la dico tu poi ti arrabbi.»

Mi sedetti sulle scale e Liza fece lo stesso. Le scale erano diventate il nostro posto preferito per parlare, un posto neutrale. Quando si mise a piangere, strinsi forte a me quella affettuosa, adorabile creatura, tutto ciò che restava del mio matrimonio. Henry mi mancava e mi sentivo furiosa. Perché ci aveva lasciate così all'improvviso?

«No, Lizzie, non mi arrabbio. Dimmi pure tutto.»

«Sei sicura che non ti arrabbi?»

«Sono sicura.»

«Be', a volte papà era cattivo con me» disse timorosa. Liza aveva espresso così poco i suoi sentimenti dopo quella perdita che ero grata per qualsiasi tipo di confidenza, anche se questo non era esattamente ciò che mi aspettavo. «A volte io giocavo nel suo studio e lui mi urlava di uscire senza motivo» continuò. «Lui se la prendeva con me ed è una cosa che mi fa sentire triste e arrabbiata.» Iniziò a piangere e mi avvicinai per consolarla. «Io non facevo niente di male e lui mi urlava contro senza motivo.»

Sapevo bene di cosa stava parlando. Anch'io in quanto a urli avevo fatto la mia parte. Crescere dei bambini è dura e mi vergognavo ad ammettere quante volte l'avevo sgridata dopo essere inciampata nei giochi che aveva lasciato sul pavimento, o solo perché aveva rovesciato il latte sul tavolo della cucina. Ma ricordavo le volte in cui Henry l'aveva cacciata bruscamente dal suo studio e la rabbia che avevo provato allora mi assalì di nuovo. Liza adorava fare disegni, tagliuzzare carta colorata e farne coriandoli, modellare con il Pongo statuette di gattini sul pavimento del mio studio in veranda, mentre lavoravo nel tardo pomeriggio o la sera. Spesso Henry la cacciava dal suo ufficio, sbattendole dietro la porta. Lui sentiva l'esigenza di mantenere una privacy di cui io potevo benissimo fare a meno.

«Non stavi facendo niente di male» risposi. «Non so perché si comportasse così, ma mi ricordo che ogni tanto ti urlava contro. Però so quanto ti amava, anche se a volte era cattivo.»

"Non l'ha amata abbastanza per restare."

Un altro moto di rabbia. Come se avesse potuto evitare di morire. E poi dolore. Henry non avrebbe mai desiderato che finisse così. Nonostante i nostri conflitti e la sua natura impaziente, era stato un padre orgoglioso e devoto.

«Credo che dobbiamo cercare di perdonarlo. Adesso siamo solo io e te, perciò dimmi sempre quello che senti» dissi a Liza.

Restammo sedute insieme sulle scale, in silenzio, abbracciate. Si era fatta l'ora di andare a letto. Ci stringemmo sotto la trapunta, tenendoci forte per mano finché sentii i muscoli delle sue dita rilassarsi nel sonno.

Il mio status sociale aveva subìto una svolta. Non ero più una donna sposata e non ero ancora sicura di quale fosse il mio ruolo. Però trovai nuovo sostegno in un gruppo di donne che fino ad allora avevo solo visto di sfuggita, in città o nel cortile della scuola: le madri single. Eravamo veramente poche in questo posto. Una donna mi era sempre piaciuta, la mamma di una compagna di scuola di Liza. Dopo che le ragazze avevano fatto amicizia in classe, Tanya e io cominciammo a organizzare dei pomeriggi di gioco. Tanya era una persona tranquilla, la sua voce quasi un sussurro. Portava una sfilza di braccialetti tintinnanti, orecchini a pendente, un artiglio d'orso come ciondolo, legato al collo con un nastrino di pelle e scialli leggerissimi. Nei mesi più caldi le piaceva andare in giro per la città scalza, con le unghie dei piedi dipinte di rosso scarlatto. Qualcuno pensava che l'abitudine di andare in giro scalza fosse un po' troppo strana, ma in segreto io ammiravo il fatto che Tanya facesse come le pareva.

Casa sua era una delle nostre tipiche costruzioni in legno color crema su una stradina alberata, ma all'interno era simile al magico mondo di un quadro di Gustav Klimt. Occhi di Horus dorati luccicavano sulle pareti della sala. Il bagno era stato rivestito con il découpage di migliaia di foto di donne ritagliate dai giornali mentre, dietro al lavello in cucina, il mosaico di vetri colorati al posto delle piastrelle raffigurava sirene danzanti. C'erano tavoli e ripiani traboccanti di ciotole e cestini pieni di conchiglie e sassolini colorati. Altre conchiglie e tessuti senza forma erano appesi al soffitto. Due gatti gironzolavano tra la casa e il giardino, un adorabile coniglietto grigio saltellava qua e là, pesci coloratissimi nuotavano lentamente, in cerchio, dentro l'acquario in cucina.

Raggomitolata sul suo divano sfondato, bevevo le bollenti tazze di tè che mi offriva. Casa mia al confronto era davvero anonima e banale. Come ero finita in quella bellissima abitazione con la donna delle pulizie e ammobiliata senza personalità? Mi sembrava di appartenere di più a questa casa, la casa di Tanya.

Sentivo che mi stavo allontanando dal mio solito giro. Ma le amiche che vedevano come trascorrevo le mie giornate – portando Liza a scuola, andandola a prendere nel pomeriggio, facendo la spesa al supermercato – si erano messe in allerta. Una mattina Emily, Cathy e altre due amiche, Louise e Diane, si riunirono attorno al tavolo della mia cucina per intervenire con discrezione.

Cathy mi fece notare che ero troppo magra. Dovevo mangiare. Aveva portato un barattolo di beverone proteico in polvere e un tubetto di calcio in pastiglie. Cercai di prestare attenzione al suo discorso pieno di buone intenzioni sull'importanza di mantenere un certo peso e un'ossatura robusta in un periodo di forte stress, pensando che Henry mi avrebbe sistemata con un sarcastico: «Julie, stai di merda».

Iniziai a piangere. Sapevo che avevano ragione. Dovevo mangiare. Ma mi sembrava di non riuscire a mandare giù niente. Questa mancanza di appetito mi spaventava.

Dalla sua robusta borsa di tela Diane tirò fuori una torta di lamponi fatta in casa: la meravigliosa, friabile crosta dorata straripava di frutti rossi maturi. L'aroma dell'impasto burroso e dei frutti di bosco caldi divenne all'improvviso una prospettiva allettante. Tagliai una fettina e mangiai.

Cathy disse che voleva organizzarmi un incontro privato con il suo sacerdote.

Tra un piccolo morso esplorativo e l'altro, sentii la mia voce che diceva: «Ok, per me va bene», anche se non avevo idea di cosa avrei potuto dire a un sacerdote. Non mi interessavano i sacerdoti. L'unica cosa che mi interessava era la torta.

Il mio stomaco si contorse. Una volta passati i crampi e la nausea, tagliai un'altra fetta. Più tardi, nel pomeriggio, ne mangiai un'altra e un'altra ancora per cena e per colazione la mattina dopo. Quando la torta fu spazzolata chiamai Diane, le chiesi se poteva farmene un'altra e lei la fece.

Cathy mi telefonò pochi giorni dopo, per organizzare l'incontro con il suo sacerdote. Mi ero già dimenticata della sua proposta, ma acconsentii a vederlo. Una tazza di caffè non avrebbe ucciso nessuno.

Arrivò e lo condussi al tavolo della cucina. Era corpulento, con una faccia larga, amichevole, occhi limpidi, chiari. L'avevo visto diverse volte in città e una volta in chiesa, quando Cathy ci aveva invitati a un concerto durante le vacanze invernali e alla recita di Natale. Recitava anche Amy e ovviamente Liza era stata ansiosa di assistere.

Questo incontro sembrava essere una cosa alla quale Cathy teneva molto, anche se io in genere mi sentivo profondamente a disagio coi sacerdoti, cosa che gli dissi. Ad ogni modo sarebbe stato molto sgarbato da parte mia rifiutare qualcosa che era inteso come un regalo.

"Se lo lascio fare il suo discorso, la cosa finirà presto."

Mi parlò con ardore e solennità della visione cristiana della morte, della vita eterna dello spirito, di come possiamo accettare una perdita. Mi accorsi che non stavo ascoltando veramente quello che diceva: era diventato una specie di ronzio. Per qualche ragione quel suo messaggio accendeva la mia rabbia, mi sentivo oltraggiata per il fatto che fosse successo a me. Non era giusto. Non riuscivo ad ascoltare, anche se desideravo che la mia mente si aprisse con gioia a quel messaggio. Avrei voluto improvvisamente rendermi conto che tutto questo aveva un senso, così anch'io sarei andata alla messa, sentendomi finalmente la benvenuta da qualche parte.

"Cosa penserebbe quest'uomo delle visite mattutine di Henry?"

Giacca di tweed, camicia button down, pantaloni kaki, scarpe con i lacci pratiche e resistenti. Decisi di tenere per me gli incontri sessuali con l'aldilà.

Riscuotendo maggior successo del suo sacerdote, Cathy stessa cercò di confortarmi con le sue mail dicendomi di non disperare, che le cose sarebbero diventate più facili con l'andare del tempo, che credeva fermamente che io fossi una donna forte in grado di ricostruirmi una vita. Risultava strano venire consolata da una persona che era sempre stata stranamente distante. Ma in quel momento ero disposta ad accettare il conforto di chiunque.

Mio fratello David veniva a trovarmi il venerdì, si barricava nello studio di Henry e scandagliava una quantità infinita di documenti e file. Alla fine di ogni giornata mi dava una lista di cose da fare: chiamare la banca e l'assicurazione, firmare certi fogli allegando il certificato di morte e spedirli – in buste già affrancate – per poter intestare a me la macchina, i conti correnti e i vari investimenti. Non riuscivo nemmeno a dare un'occhiata ai documenti senza scoppiare a piangere bagnando tutti i fogli.

David mi disse che Henry aveva lasciato un bel po' di debiti: carte di credito di cui non conoscevo l'esistenza con conti spropositati da saldare. Quarantamila dollari. Non chiesi per cosa fosse il debito. Era tardi ormai per arrabbiarsi, e pensare ai soldi mi faceva solo preoccupare. Non ero sorpresa che avesse dei debiti, a lui piaceva comprare. Immaginai che fossero stanze d'albergo, pranzi, vino e macchine noleggiate sulla Costa occidentale durante il suo anno di ricerche. E una nuova valigia. E un nuovo computer. Ma quarantamila dollari? Henry aveva speso tutto l'anticipo del suo libro senza scrivere una sola parola. Erano un bel po' di tartufi bianchi, anche di quelli da cinque dollari al grammo.

Nonostante la prospettiva del debito di Henry, sentii il bisogno impellente di fare compere. Comprai un paio di stivali su zappos.com: corti, di pelle marrone, con la zeppa alta e la cerniera laterale. Quando arrivò il pacco li provai subito, lottando brevemente con i sensi di colpa e mi chiesi se li avrei mai indossati.

Di quale vita facevano parte questi stivali? Certo non di quella della vedova addolorata del paese. Questi stivali facevano parte della vita di una giovane donna single, che viveva nella City, lavorava in un elegante ufficio e andava ai party e nei ristoranti del centro, ascoltava musica in locali con luci soffuse, baciava giovani amanti bramosi sorseggiando cocktail colorati.

La mia amica Chloe mi convinse ad andare insieme a fare shopping in città. Lei era l'unica giovane vedova che conoscevo e sembrava stesse finalmente rifacendosi una vita dopo aver superato alcuni anni difficili. Adesso aveva anche un ragazzo. Mentre gironzolavamo tra i negozi di SoHo, io guardavo con la solita ammirazione quel viso che sfidava il tempo, ancora raggiante a quarantotto anni e le sue labbra, dipinte del colore delle rose selvatiche. Mentre stavamo di fronte a un appendiabiti nella prima boutique in cui eravamo entrate, Chloe mi cinse le spalle e mi confessò che anche lei aveva comprato un sacco di vestiti subito dopo la morte del marito. Mi mancava suo marito, uno degli ultimi veri gentiluomini inglesi, morto di linfoma a cinquantacinque anni, quattro anni prima.

Comprai un vestito che non mi sarei mai messa nella mia piccola città: di un tessuto setoso, stampato a foglie color terracotta con una coda svolazzante, abbracciava il mio nuovo corpo snello. Adesso ero sottile come lo ero stata a sedici anni. E per la prima volta nella mia vita adulta mi piaceva il mio corpo. Il mio sedere risultò decisamente femminile quando mi voltai su richiesta di Chloe.

«Sei... appetitosa!» mormorò, sorridendo con approvazione.

Due settimane dopo presi il treno per tornare a New York e comprai un paio di sandali in un altro negozio di SoHo. Erano costosi anche in saldo. Erano italiani, di un materiale elasticizzato che abbracciava il piede – e che probabilmente mi avrebbe fatto venire le vesciche –, con striscioline intrecciate verdi, ocra e grigie e con i tacchi alti, intagliati.

Tornata a casa ammirai le scarpe riposte nell'armadio dentro la loro stupenda scatola, le tirai fuori, ci infilai dentro i piedi e feci una giravolta davanti allo specchio grande appeso alla porta del bagno.

Immaginai il rumore dei tacchi sull'antico lastricato del lungomare di un incantevole paesino del Nord Italia. Vent'anni prima mi ero innamorata di un paesino della Liguria e di un uomo del posto. Mi tornò in mente il colore argenteo del mare nel tardo pomeriggio, le case dipinte con le sfumature del rosa dei fiori, del verde salvia e dell'ocra, le montagne lontane color malva appiattite nella foschia. Mi ricordai l'odore del pesce appena pescato sulle bancarelle al mercato e le alghe esposte dalla bassa marea lungo la spiaggia di ciottoli, che sembravano vive a causa dei balzi delle pulci di mare. Il sole mi scaldava le braccia e le gambe nude, così come i complimenti («Che bella!») degli uomini che incrociavo quando andavo a passeggio la sera.

Le ceneri di Henry erano conservate dentro un'urna di legno nel mio studio. Liza chiese se poteva vederle. Il tappo dell'urna si svitò facilmente per svelare al suo interno una spessa busta di plastica sigillata con un nodo. La snodai. Io e Liza ne annusammo il contenuto. Odorava di cenere, ma non di cenere del camino che sa di legno e di fumo. Questa sapeva di ossa come i resti carbonizzati del barbecue.

«Mamma, prendiamo un cucchiaio!»

Corsi in cucina e afferrai un cucchiaio dal portaposate e una tazzina dalla credenza dei piatti. Facemmo a turno per mettere un po' di cenere dentro la tazzina. Scoprimmo che c'erano pezzettini di metallo ritorti, forse otturazioni o parti metalliche dell'operazione alla gamba destra, quella che si era rotto nell'incidente in moto a sedici anni. Provammo a dare qualche colpetto ai frammenti di osso che non erano stati inceneriti dal forno crematorio.

«Mamma, posso mettere un po' di cenere nei fiori in giardino? Posso metterci anche un po' di quella di Chester?»

Henry e Chester, il vecchio gatto soriano, furono accuratamente mescolati nella tazzina e portati nel giardino sul retro. Le clematidi rampicanti e le rose, ancora assopite nel freddo invernale, ricevettero ognuna il nutrimento polveroso.

Liza chiese se poteva avere un po' di cenere da tenere con sé. Trovai uno di quei sacchettini per gioielli di seta rossa con il cordoncino e lei raccolse un po' di Chester e un po' di Henry dentro la borsina. Insistette per portarla il giorno dopo a scuola. Scrissi due righe alla sua più che comprensiva maestra.

L'urna solitaria aveva bisogno di compagnia sullo scrittoio, proprio come Henry aveva avuto bisogno di un pubblico in vita. Le mettemmo un po' di cose attorno: un anello coreano d'oro a ventiquattro carati – un regalo di sua madre –, una sfera di neve con dentro un Buddha dorato – dalla scrivania di Henry –, conchiglie e pietre dei viaggi nel Maine, un biglietto che mi aveva scritto per il compleanno e una poesia di tre distici composta per il nostro ultimo San Valentino.

Per essere uno scrittore, non mi aveva mai scritto molte lettere. Raramente eravamo rimasti separati durante i nostri sedici anni di vita insieme. Avevo qualche mail dell'anno in cui era stato sulla Costa occidentale ma, anche allora, preferiva telefonarmi. Mi dispiaceva, adesso: avrei voluto avere un po' più di lui, più pezzi di carta con le sue parole.

Emily mi chiamava ogni giorno. Da quel pomeriggio di gennaio, quand'era arrivata trovando Henry sul pavimento della cucina, aveva avuto mille premure. Le ero grata per quella dimostrazione di amicizia, anche se ora iniziavo a preoccuparmi di avere con lei un debito emotivo che non avrei mai potuto sanare e, insieme a quella preoccupazione, nutrivo anche il rimpianto di non aver chiamato Anna quel giorno. C'era sempre stata una sorta di parità tra Anna e me, che mi permetteva di chiederle cose – fossero aiuto o comprensione – senza dovermi preoccupare di quando sarei stata in grado di ripagarla. La mia decisione di chiamare Emily in quel momento mi era sembrata la cosa più razionale, i minuti in più erano sembrati così importanti, ma non avevo previsto le conseguenze negative.

In diverse occasioni, mentre stavamo sedute con le tazze di tè in mano, a casa sua o mia, Emily mi guardava corrucciata – o era forse uno sguardo impaziente? – e chiedeva: «Quando potrò riavere indietro la mia amica?». Non sapevo mai cosa risponderle. L'amica di cui sentiva la mancanza sembrava svanita nel nulla.

Facevo spesso visita a Emily e alla sua famiglia, mi fermavo a mangiare da loro, gratificata dal fatto che lì Liza riuscisse a sentirsi felice e giocasse. La casa di Emily era calda, piena di energia positiva e viva, sebbene non mancassero i soliti conflitti familiari sotterranei. In confronto il silenzio di casa mia era opprimente. Non mi ero mai accorta di quanto la personalità di Henry avesse riempito le stanze quand'era in vita.

Nel weekend, io e Liza ci raggomitolavamo insieme sul divano, sotto le coperte, lasciando gli avanzi delle uova strapazzate che avevamo mangiato per colazione sul tavolino accanto a noi. Guardavamo le frenetiche avventure di *SpongeBob* nel vivace mare tropicale di Bikini Bottom, o *Due Fantagenitori*, la storia di Timmy Turner con i suoi padrino e madrina fatati. “Ecco di cosa avrei bisogno, di un padrino e una madrina fatati.” Stare insieme era rassicurante. Le guance di Liza sapevano di pesca e biscotti appena sfornati.

Tre

febbraio-maggio 2003

Pochi mesi dopo la morte di Henry ricevetti un biglietto da Maya, la massaggiatrice della nostra cittadina, che mi offriva una seduta gratis. Non l'avevo mai incontrata ma la chiamai e presi un appuntamento. L'idea di ricevere aiuto da una sconosciuta era stranamente confortante. Il pomeriggio successivo mi ritrovai immersa nella luce soffusa del suo centro estetico.

Stavo stesa sul lettino, ascoltando il cinguettio degli uccellini e il frangersi delle onde, mentre le sue dita esperte, unte di olio profumato, scavavano il mio dorso ossuto. Trovò un punto al centro della mia schiena particolarmente sensibile alla pressione, come un bottone, collegato alla mia tristezza. Desideravo disperatamente piangere, ma ero troppo imbarazzata per mostrare tutta l'infelicità della mia vita a una sconosciuta. Dopo un lungo periodo di silenzio – gli uccellini e le onde e lo scivolare delle sue mani oliate sulla mia pelle erano gli unici suoni nella stanza – mi fece sapere che si poteva parlare durante le sedute. Io non sapevo da dove cominciare, ma per fortuna non dovevo partire dall'inizio. Ero la giovane vedova della città. Praticamente tutti avevano già sentito parlare di questa storia.

La settimana successiva tornai da lei e mi confidai. E proprio non riuscii più a smettere di raccontarle e piangere. Era un sollievo lasciarmi andare ed essere curata da qualcuno che provava comprensione ma che non sembrava mi compatisse. Il mio corpo si sentiva più forte quando uscivo dal suo studio.

Alla terza seduta, Maya mi piaceva sul serio, una donna piccola, snella, con occhi grandi e curiosi su un viso pieno di lentiggini, una voce squillante e mani forti. Non avevamo altri contatti al di fuori di quel contesto, così mi sentivo al sicuro dentro quella stanza in penombra. Tornai la quarta settimana e chiesi di diventare una cliente pagante. Adesso il rapporto si era equilibrato.

Maya fu la prima persona alla quale parlai di Tomas. Le raccontai delle visite di Henry, di come sentivo che avesse bisogno di un corpo, avendo perso il proprio così all'improvviso, e dell'idea che Tomas avrebbe potuto essere quel corpo. Mi sentivo una matta a esprimere i miei pensieri ad alta voce. Le dissi che avevo intenzione di chiedere a Tomas se voleva prestarsi.

«Sembra un buon piano» disse tranquillamente, come se le avessi parlato di una strategia per trovare lavoro. «Non penso che tu sia matta. Nel cammino di buddismo tibetano che ho intrapreso c'è grande considerazione per il luogo in cui si trova Henry ora: la terra di mezzo.»

Tomas mi stava preparando una tazza di tè nel tepore della sua cucina.

«Henry mi fa visita ogni giorno» dissi. «Sento la sua presenza quando arriva. So che sembra un'assurdità, ma lo sento fisicamente.» Non riuscivo a guardare direttamente Tomas, così fissavo la tazza di ceramica. Era smaltata in un verde vivido, intenso.

"Ormai non mi posso più tirare indietro."

«Sento che ha bisogno di un corpo per stare con me. Tu gli

piacevi così tanto. Si fidava di te. Io mi fido di te. Per questo lo chiedo a te.»

Piangevo, sia per l'enorme sollievo di essere riuscita a dirlo, sia perché mi vergognavo. Sicuramente Tomas avrebbe pensato che ero impazzita. E invece non mi respinse. Ascoltò, mi abbracciò e disse, con una strana risata, che ci avrebbe pensato.

Il giorno seguente partiva due settimane per andare a trovare sua madre in Costa Rica, dove io e Henry eravamo stati in vacanza. Avrei voluto poterci andare anch'io. Avrei voluto che anche io e Liza potessimo andare con Tomas a stenderci due settimane in spiaggia, a fissare il cielo blu e le onde e a bagnarci i piedi in quell'acqua tiepida. Tornai a casa in macchina, sperando che il giorno dopo non mi sarei sentita una pazza furiosa.

Henry diceva sempre che ero nevrotica e lunatica. Non potevo negarlo. Soffrivo di depressione dal grigio autunno che aveva seguito il nostro matrimonio, nell'aprile del 1989. Dopo aver lottato con Prozac e Zoloft, mi ero stabilizzata sul Wellbutrin, che funzionava meglio e aveva meno effetti collaterali. Un anno prima che Henry morisse, il medico aveva aggiunto un ansiolitico, il Celexa. Henry aveva molto insistito perché prendessi quel farmaco: diceva che la mia collera era «fuori controllo».

Volevo smetterla con i farmaci, così forse avrei potuto fare sesso con Tomas riuscendo magari a provare qualcosa. Io e Henry avevamo trovato il modo di attenuare gli effetti collaterali, ma Tomas era giovane, non avrebbe capito, o comunque non avrebbe avuto la pazienza necessaria. Le pillole colorate nelle boccette di plastica color ambra mi chiamavano dalla mensola del mio armadietto dei medicinali, come amiche respinte. Erano state compagne leali, non potevo negarlo, ma avevo bisogno di sentirmi di nuovo una donna giovane, con le terminazioni nervose di una donna giovane.

Smisi di prenderle. La mia mente era come una pianura tranquilla, sotto un cielo coperto, lattiginoso. Stordita, rimasi ad aspettare che tornassero la depressione devastante e l'ansia. Invece mantenni la calma. Ero triste ma serena. Riuscivo ad andare avanti, un passo dopo l'altro, prendendomi cura di mia figlia, mangiando un po', lavorando e pagando le bollette.

Tomas sarebbe tornato a breve. E io ero eccitata all'idea. Fui sbalordita di riuscire a sentirmi eccitata per qualcosa. Quando leggevo le sue mail cercavo di immaginare la sua vita in Costa Rica, basandomi sui ricordi della nostra unica breve visita: l'acqua calda, la brezza sotto le palme, la foresta tropicale in cui cantavano uccelli esotici e le farfalle Blue Morpho che sbattevano lentamente le loro ali delicate succhiando il nettare da fiori coloratissimi.

Un vento freddo scosse con violenza le finestre del mio studio, come se qualcuno da fuori cercasse di attirare la mia attenzione. Istintivamente volsi lo sguardo all'urna di legno con le ceneri di Henry, posizionata di fronte alla finestra, illuminata dalla luce del tardo pomeriggio invernale. Avevo amato l'uomo le cui ceneri stavano nell'urna, anche se era stato un compagno estenuante.

E poi i miei occhi si spalancarono, come dopo un lungo sonno ristoratore.

"Adesso capisco."

Capii la causa della mia ansia. Capii la natura della mia depressione. Anche se avevo sempre la mia buona parte di nevrosi ebraica, l'origine della mia calma era l'assenza di Henry. Una qualche aggrovigliata matassa all'interno del mio corpo si stava lentamente srotolando. Non lo dissi a nessuno, tranne che alla mia psicoterapeuta, che fece un cenno di assenso con il capo, pensierosa.

Quando Tomas tornò dal viaggio mi diressi a casa sua. Ci sedemmo di nuovo in cucina e provammo a parlare di ciò che stava per succedere, qualunque cosa fosse. Disse che aveva avuto la sensazione, sin dalla morte di Henry, che fossimo stati attratti l'uno dall'altra per qualche motivo e che era curioso di vedere cosa poteva succedere tra noi. Eravamo seduti, lui si chinò verso di me e mi baciò, e questo fu il suo modo per dire sì alla mia strana proposta di due settimane prima.

Pochi giorni più tardi, dopo uno scambio ininterrotto di mail per riuscire a organizzare la cosa, Tomas e io sedevamo sul mio tappeto in sala. Liza era stata felice di andare a dormire a casa di Tanya. Tomas e io mangiammo lo spezzatino di agnello che avevo preparato seguendo le istruzioni di Julia Child. Immaginai Henry annuire dal suo angolo in cucina: mi ero ricordata di salare la carne prima di rosolarla. Bevemmo il vino rosso che avevo comprato dal vinaio giù in città. Mi sedetti vicino a Tomas. Sorrise e si avvicinò per abbracciarmi. Ogni molecola del mio corpo era elettrizzata e terrorizzata.

Non potei non dirgli quanto fossi spaventata e nervosa. Rispose che anche lui lo era. Mi rilassai un po'. Sperai che si fosse ricordato di portare un preservativo. Si avvicinò di nuovo e mi baciò. Le sue labbra morbide sapevano di gioventù e vigore. Dentro di me ci fu un'esplosione. "Non ci riesco."

«Vediamo un po'» disse mentre mi sfilava la maglietta. Sperai davvero che il mio corpo di quarantenne non lo spaventasse. Avevo la pancia piatta. Ma se mi piegavo, spuntavano gli inconfondibili rotolini post-maternità. "Non mi piegherò."

Ci baciammo di nuovo.

Di sopra, in camera, avvertii la presenza di Henry, come se mi stesse guardando seduto in poltrona. Speravo che riuscisse a capire. Tomas disse che anche lui percepiva Henry mentre ci stendevamo, ci svestivamo e scivolavamo sotto le coperte. Mi sentii come se stessi levitando. Un altro uomo mi stava toccando dentro a quel letto. Il mio corpo giaceva sul materasso, ma la mia coscienza ne era uscita, fluttuando verso il soffitto. Guardai quella scena galleggiando fuori dal corpo, guardai l'uomo che stava facendo l'amore con la donna che ero io. Lo sentii venire. Emise un sospiro. Il mio cervello rientrò nella testa, nella persona che giaceva a letto. Percepivo il caldo delle lenzuola e il corpo di Tomas vicino al mio. Piansi di sollievo singhiozzando e respirando convulsamente. Lui mi cullò con dolcezza. Mi sentivo viva.

Dopo la nostra prima notte insieme iniziammo un carteggio quotidiano, lettere che qualcuno avrebbe potuto definire d'amore, anche se io ero restia a usare una simile parola dato che era chiaro che Tomas c'era e non c'era. Sapevo che una cosa troppo impegnativa l'avrebbe fatto scappare a gambe levate, così cercai di rassicurarlo, dicendogli che non volevo nulla in più di quel che aveva da offrirmi. Per il momento ero talmente felice di avere la sua compagnia che il resto non mi importava.

Poche settimane dopo, un amico in città diede una gran festa. Dato che io e Tomas cercavamo di essere il più possibile discreti a proposito del non-so-cosa che c'era tra noi, arrivammo alla festa ognuno con la propria macchina; io sulla mia station wagon bordeaux con i sedili di pelle riscaldati – che fa sempre la sua figura anche infangata – e lui sul suo pickup da fighetto.

Dopo essermi fatta strada in mezzo alla massa di gente che scolava birra, fumava e faceva chiasso sotto al portico (indossando i miei – poco pratici ma stupendi – stivali di pelle marrone con i tacchi alti), andai a salutare Tomas cercando di sembrare disinvolta. Mi versai un bicchiere e scelsi una sedia appoggiata al muro, un'ottima postazione per sorseggiare in pace il vino e godermi lo spettacolo. Tomas se ne stava in disparte, ma appena i nostri occhi si incontrarono sorridemmo entrambi. Il nostro segreto era innegabilmente divertente.

Una ragazza alta, con tacchi vertiginosi, andò da Tomas per salutarlo. Non ero gelosa, visto che non pensavo a Tomas come a qualcosa di «mio»: più che un «dono» era un «prestito». La guardai affascinata, mentre sorrideva e chiacchierava provocante, dondolando il suo bel sedere strizzato nei jeans, spostando l'appoggio da un piede all'altro per avvicinarsi sempre di più a lui senza sembrare troppo audace. La sua precedente ragazza aveva un che di simile, mi venne in mente. E così sarebbe stato anche per la prossima, ne ero certa, guardando quella scena. Io sarei diventata presto un esperimento di passaggio, un'eccezione alla regola.

Una parte di me desiderava che questa cosa funzionasse. Avevamo molto in comune, interessi e temperamento simili. Ma la differenza di età era un assurdo impedimento che non saremmo riusciti a gestire facilmente. Per non parlare del fatto che la mia priorità era mia figlia. Tomas era troppo assorbito dalla sua vita di giovane scapolo per essere presente in quel senso. «La tua storia di passaggio» era il modo in cui Helen, la mia gentile ma tutt'altro che ipocrita psicoterapeuta, descriveva la cosa. Una parte di me voleva dimostrare che aveva torto. Ma la donna saggia che era in me sapeva come, con tutta probabilità, Helen avesse colto nel segno.

Tomas mi guardò con un'espressione impacciata e mortificata. Io gli sorrisi, sperando di riuscire a comunicargli: «Rilassati, io sono a posto. Tu sei stupendo ed è ovvio che tutte ti vogliano un po' per sé».

Quando Tomas viveva nella nostra mansarda, era capitato più volte di parlare del suo futuro, personale e artistico. E in quanto amici, Tomas e io continuavamo a conversare di queste cose. Mi raccontava che avrebbe voluto trovare una ragazza alta e avvenente, una musa per il suo lavoro, come la fidanzata che aveva prima. Ma allo stesso tempo era preoccupato di finire con una persona inconsistente e superficiale. Lui credeva molto nella connessione fra la bellezza fisica e spirituale, e io sospirai di fronte alla sua ingenuità, all'innocenza di un ragazzo giovane e bello. E poi anch'io una volta ero stata ingenua, entusiasta di sposare Henry, che era stato altrettanto giovane e attraente.

«Henry è così bello!» Le mie amiche erano esaltate quando ci sposammo. La gente diceva che stavamo proprio bene insieme e io mi riempivo d'orgoglio. Alla ragazza che ero stata era sembrata una cosa importante.

«Sei fortunata ad avere Henry... ti ama così tanto.» Mi ero sentita fortunata e amata. Prima che il dizionario mi volasse in testa.

Fisicamente io e Tomas non eravamo così ben assortiti. Quando ci baciavamo dovevo stare in punta di piedi. La cosa mi faceva sentire bassa, anche se in pubblico la differenza d'altezza aiutava a far passare in secondo piano la differenza di età: ben sedici anni.

Anna mi chiamò una mattina, piangendo. Sin da quando era venuta a trovarmi la prima volta per dirmi della separazione dal marito, avevo cercato di fare del mio meglio per starle vicino, nonostante mi sentissi completamente persa in quella che era la mia nebbia. Per entrambe il lavoro era un sostegno e una consolazione. A volte, nei giorni in cui il nostro collaboratore in comune lavorava per me, provavo a chiedergli come stava Anna dato che non l'avevo più rivista dall'annuncio della separazione. Magra, rispondeva. Lui era anche uno degli studenti di John. In modo pacato, mi disse quant'era rimasto deluso dal comportamento del suo mentore. Quando io e Anna parlavamo al telefono, lei mi sembrava sempre stanca e affranta, a volte sul punto di scoppiare a piangere. Quella mattina, comunque, non provò nemmeno a controllarsi: era isterica.

«È ancora qui» singhiozzava. «Tutta la sua roba è qui. Dorme nel granaio e non se ne vuole andare e io non ce la faccio più.» Anna e John avevano adibito a studio comune il granaio in fondo al prato.

«Quindi tu devi dividere tutto il giorno lo studio con lui? Lui cosa dice? Vuole restare con te o andarsene con quella?» Non ci riferivamo mai alla ragazza con il suo nome.

«Non dice niente per la verità. È come se ci stesse pensando, ma io so che continuano a vedersi. Fanculo, che vita schifosa.»

Pianse ancora e piansi anch'io, pensando all'inevitabile casino che sarebbe stato il loro divorzio. Pareva non esistesse proprio un divorzio senza drammi.

«Anna, credo che tu debba andare dritto nel granaio e dirgli di andarsene, adesso. E butta fuori di casa la sua cazzo di roba se ti fa star male. Non può tenere il piede in due staffe. O è sposato con te o esce con quella. Deve fare una scelta. Credo che tu debba dirglielo immediatamente. Se vuoi vengo da te e ci penso io. Ma credo che tu possa farcela benissimo da sola.»

Più tardi, quel pomeriggio, la richiamai. Mi disse che aveva ficcato i vestiti di John dentro a dei sacchi dell'immondizia e li aveva lasciati sul vialetto coperto dalla neve. Nei giorni seguenti lui sgombrò il granaio e affittò un appartamento in città. Lei si sentiva meglio, più carica, ma la guerra era appena cominciata. Si mise a cercare un avvocato divorzista. Non c'era più motivo di aspettare.

A marzo Sara venne a trovarmi dall'Inghilterra per una settimana. Un'amica dei tempi del college che aveva promesso di aiutarmi a mettere a posto tutte le cose di Henry.

«Questo sarà il mio regalo per te» mi disse. Sapevo che avrebbe portato a termine il lavoro. Era una bibliotecaria, sia per professione che per temperamento. Ero certa che sarebbe stata risoluta e indulgente allo stesso tempo. Eravamo forti di un'amicizia che durava da vent'anni. Era così simile a una sorella che mi ero dimenticata che ci eravamo scelte come amiche.

«Forse tu riuscirai a trovare la fede di Henry» le dissi fiduciosa, mentre lei era immersa fra i suoi documenti. «Io l'ho cercata dappertutto.»

Io e Sara eravamo state unite da una forza superiore – un acquazzone torrenziale, nel nostro primo anno da universitarie – mentre ce ne stavamo ad aspettare sotto al portico di un maestoso edificio dello Smith College, subito dopo l'incontro con le altre matricole classe 1981. Stavo guardando il temporale. Non era una pioggerella d'estate simile all'innaffiatura gentile di un giardiniere, era più come se si fosse rotto un tubo, un impianto idraulico impazzito che rovesciava acqua senza sosta. Il vialetto che portava alla mia lontanissima stanza nel dormitorio era già inondato d'acqua fin sopra le caviglie. Ormai mi ero rassegnata ad arrotolare i pantaloni, togliermi le scarpe e andare a casa scalza, quando sentii un colpetto sulla spalla: dietro di me c'era una ragazza con un caschetto di capelli castano chiaro e labbra incredibilmente carnose che indossava una cavigliera d'argento tintinnante.

«Assomigli proprio a una che conosco, che sta dove abito io» mi disse, forse con un pizzico di nostalgia di casa. Nonostante l'irritazione iniziale di non essere stata notata per la mia unicità, alla fine capii che mi aveva scelta. Cambiai dormitorio per poter essere la sua compagna di stanza. Dopo aver trascorso un anno all'estero, tornai al campus nella sua comune, dove Sara aveva preparato una stupenda e luminosissima stanza per me.

Nei primi anni ottanta il campus era un fermento di discussioni politiche e femminismo radicale. Nella nostra comune a cena le conversazioni degeneravano sempre in chiassose dispute sulla posizione del nostro college a proposito del boicottaggio del Sudafrica, sul vegetarianismo, sul lesbismo e sulla critica letteraria. I dibattiti spesso proseguivano anche al piano di sopra. Non eravamo quel tipo di coinquiline che vanno sempre d'amore e d'accordo, ma senz'altro ci univa l'estro in cucina.

Io e Sara trovammo la maniera ideale di portare avanti la nostra amicizia dopo il college, quando lasciammo il campus e iniziammo a scriverci lettere. Dopo due decenni di posta tradizionale, quindi di mail, dopo la sua missione nei Corpi di Pace in Africa, il matrimonio e i figli, ero certa che se avessi avuto bisogno di lei sarebbe venuta: e infatti adesso era qui con me.

Per una settimana passò otto ore al giorno nell'ufficio di Henry, chiamandomi periodicamente per controllare pile di carte e giornali.

«Queste dovresti buttarle» annunciò con calma e fermezza, puntando il mucchio dei preziosi ritagli di giornale di Henry. Ormai ero pronta e ben felice di lasciarmi alle spalle quei cumuli di roba.

«E dovresti davvero riflettere sulla tua situazione con Tomas» mi disse un pomeriggio mentre andavamo avanti con la sistemazione di quella catasta di scartoffie. «Sembra una cosa impulsiva e affrettata. Non sei ancora pronta per iniziare una storia seria con qualcuno.» Non potevo sostenere il contrario, ma sapevo che appena lei se ne sarebbe andata avrei chiamato Tomas.

L'ultimo giorno della sua permanenza, Sara trovò la fede scomparsa in una delle mille valigie di Henry, nascosta in una tasca interna. Un bel giorno lui se n'era uscito con la storia che non aveva più intenzione di indossarla. Io avevo cercato di essere di larghe vedute. E poi non avevo mai dato una grande importanza agli anelli, nonostante portassi sempre la fede al dito. Ora mi chiedevo come mai Henry si fosse preso il disturbo di portarsi l'anello in viaggio.

Io ed Emily eravamo a una festa a casa di Tomas. Di recente le avevo raccontato della mia relazione con lui. Non mi aveva fatto la paternale, ma aveva messo in chiaro che non voleva sapere altro. Era stata felice di venire con me a quella festa, visto che eravamo tutti amici di Tomas. Lei adorava le feste, e le serate fuori senza i figli erano poche.

Guardavo Tomas mentre rideva con i suoi amici. Sapevo che non avrei mai fatto parte di quel mondo. Sarebbe stato fuori luogo passare troppo tempo con dei ventenni, iniziavo a sentirmi vecchia. E Tomas non avrebbe mai voluto una vita legata alla routine e ai doveri di un genitore, sarebbe stata una responsabilità troppo grande per un ragazzo che amava fare pochi programmi e cambiare a piacimento quelli che aveva già fatto. Alla fine, molto presto, si sarebbe trovato una nuova ragazza.

Lui era stupendo, ma spesso i nostri incontri intimi erano frettolosi, come se i momenti insieme fossero schiacciati da una pressa fatta di reciproci doveri: mia figlia e il mio lavoro; la sua arte. Adoravo parlare con Tomas della creatività che ci accomunava e dei nostri obiettivi per il futuro. Quando parlavamo di questi argomenti mi sentivo piena di speranza, con tutta una vita davanti, ricca di possibilità. Non volevo stare con lui così a lungo da diventare gelosa o ritrovarmi con il cuore spezzato. Quello che restava della mia parte razionale capiva che nulla nella nostra relazione era destinato a durare nel tempo.

Io ed Emily, le persone più vecchie alla festa, ci sedemmo accanto. Ci attardammo un po', ma avevamo figli a cui dovevamo preparare la colazione la mattina dopo. Verso mezzanotte gli amici di Tomas sistemarono gli strumenti e iniziarono a suonare, la gente si avvicinò per ascoltare e ballare. Io ed Emily ci dirigemmo verso la macchina. Il suono delle risate, le chitarre e la batteria vennero pian piano coperti dal rumore della corrente del fiume.

Arrivate al vialetto di casa sua, restammo sedute nel tepore della macchina.

«Mi manca Henry» disse Emily. «Mi mancano l'allegria delle sue cene, le battute, il suo fare galante.»

La guardai, stava piangendo.

Mi mancavano moltissime cose di Henry, ma non queste.

Io e Tomas andammo con il suo pickup per le strade ricoperte dalla poltiglia di neve, con la musica a tutto volume, fino al vicino ristorante messicano. Lui parlò in spagnolo con i proprietari, io rimasi affascinata e mi sciolsi molto prima dell'arrivo della zuppa calda. Le sue mani erano più espressive quando parlava la lingua di sua madre. In quell'ambiente riscoprii l'amore per il cibo, lontana dai ricordi che mi opprimevano a casa e dalla cucina di Henry. Tra una portata e l'altra, Tomas mi teneva la mano e in quei brevi istanti mi sentii amata.

Andammo fuori città altre volte, per mantenere una certa privacy, in ristoranti che lui non si sarebbe potuto permettere. Mi sentivo imbarazzata quando tiravo fuori la carta di credito per pagare. Cosa avrebbero pensato gli altri clienti? Che io fossi la sua sorella maggiore? Sua madre? Cosa? La sua amante attempata? Ero sicura che in quei momenti Tomas si sentiva un mantenuto. E anche io ero a disagio. Non volevo che si sentisse in debito. E non volevo commiserazione. Ne avevo a sufficienza dai miei benintenzionati amici e vicini – grazie.

Una sera, tornati a casa da una cena, ce ne stavamo stesi l'uno accanto all'altra a pancia in giù, sul grande letto della sua minuscola stanza. Mentre parlavamo mi piaceva guardare il puzzle del chiaro di luna attraverso i piccoli rettangoli di vetro della finestra a pannelli, vecchio stile. Tomas parlava e intanto mi accarezzava dolcemente la schiena. Il suo coinquilino, Nick, si fermò sulla porta insieme alla sua ragazza per darci la buonanotte prima di andare a letto. Tomas continuò ad accarezzarmi la schiena e per un secondo sembrò che tutto fosse perfettamente normale. Essere con quest'uomo, in questa casa, prepararsi per andare a letto.

La mattina mi fece le uova strapazzate, fu una bella sensazione. Cibo semplice, bicchieri con i disegni dei cartoni animati, tè caldo in grandi tazze di ceramica scompagnate, posate spaiate. Così eravamo alla pari.

Chiamavo Tomas di lunedì per programmare le uscite nel weekend. Io avevo bisogno di trovare una sistemazione a mia figlia per concedermi i nostri intermezzi.

«Be', Julie,» attaccava «non so ancora cosa voglio fare. Lasciami pensare. Ti faccio sapere.» Era inutile, a quel punto, ricordargli che io avevo una bambina e la mia vita era tutta un organizzare, programmare e segnare cose sul calendario. La mia irritazione sarebbe stata giustificata se avessi intrapreso un certo tipo di relazione con un uomo della mia età. In quel caso avrei preteso comprensione. Da Tomas, non mi aspettavo nulla. Dopo quelle conversazioni riagganciavo, sentendomi respinta e desideravo solo scomparire.

Da quando avevamo iniziato a fare sesso, notai che Tomas passava meno tempo a casa mia quando c'era anche Liza. Forse entrambi sentivamo che avremmo dovuto escogitare uno stratagemma per nascondere la natura del nostro rapporto a Liza, una bambina straordinariamente perspicace. Mi rammaricai del cambiamento. Mi sentii come se le stessi portando via qualcosa di prezioso. Dopo alcune settimane di assenza fu lei a chiedere di Tomas. Quando finalmente venne a cena, lei fu felicissima di rivederlo e tra loro si ricreò subito il feeling che c'era sempre stato. In una delle sue mail Tomas mi scrisse che stando insieme a me e a Liza aveva riflettuto sul fatto di poter diventare parte di una vita domestica. Nel leggere quelle parole mi emozionai moltissimo, ma non osai sperare in qualcosa di più di quel che già avevamo. Qualche giorno dopo quella mail, il suo stato d'animo cambiò nuovamente. Adesso sembrava cauto e distante.

Continuammo a vederci in quel modo altalenante, spesso poco chiaro. Io l'avevo detto a qualche cara amica, lui lo aveva detto a qualche caro amico. Ma in una piccola città, dove tutti sanno che macchina hai, è difficile mantenere un segreto del genere.

Una mattina il pickup di Tomas era parcheggiato nel mio vialetto, in bella vista. La notte prima mi ero accorta che aveva scelto deliberatamente di lasciarlo proprio in mezzo al vialetto che dava su una delle strade principali della città. Pensai di chiedergli di essere più discreto, ma mi trattenni. Era liberissimo di fare come credeva.

Così la notizia circolò anche al di fuori del gruppetto di amici al corrente di quel non-so-cosa che c'era fra noi da qualche mese a questa parte. Le reazioni non furono sempre gentili. Alcune persone, che non capivano che io e Tomas eravamo amici da molto prima di questa relazione, pensarono che lui stesse approfittando della mia vedovanza per viversi un'avventura con una donna più grande di lui. Altri insinuarono che la nostra relazione fosse iniziata prima della morte di Henry. Anche se io e Tomas sapevamo che le cose non stavano così, era comunque doloroso essere oggetto di questi pettegolezzi.

Però, in un certo senso, uscire allo scoperto fu un sollievo. Probabilmente ognuno di noi desidera che i propri segreti, alla fine, vengano svelati.

Mio fratello David mi aveva aiutata a districarmi in mezzo alle pratiche legali. Henry aveva un testamento di quattro pagine in cui lasciava tutto a me, si trattava solo di tirare avanti con i suoi fondi ancora congelati e i conti da pagare. Ma c'era un altro ostacolo da superare. Il Tribunale per i minori esigeva che un avvocato, nominato dal Tribunale stesso, un tutore *ad litem*, avesse un colloquio con Liza, da soli in un'aula nella sede della contea. Questo per determinare se io, il suo unico genitore, fossi in grado di prendermi cura di lei in maniera adeguata.

Nelle settimane prima dell'appuntamento, piombai in un vortice d'ansia, convincendomi che in qualche maniera, inavvertitamente, io o Liza avremmo detto o fatto qualcosa di sbagliato e che me l'avrebbero portata via. Chiamai mio fratello in lacrime. David con molta calma mi ricordò che non potevo far niente e si disse sicuro che sarebbe andato tutto bene. Nonostante le sue parole, la notte non riuscivo a dormire e rimanevo stesa a letto a preoccuparmi. Cercai di preparare Liza a questo evento senza spaventarla, ma ero certa che non le piacesse l'idea di stare nella stanza del colloquio senza di me. La data dell'appuntamento arrivò ad aprile inoltrato, insieme a un'anomala bufera di neve. Mentre stavo uscendo per andare a prendere Liza da scuola, Emily mi chiamò dal cellulare, chiedendomi se potevo prendere anche sua figlia, Zoe. Il suo treno da New York era in ritardo a causa del maltempo. Ero sempre contenta di poter aiutare Emily: avrei fatto qualsiasi cosa per saldare almeno in parte l'enorme debito emotivo che avevo nei suoi confronti. Zoe era una delle nuove amiche di Liza, una bimba poco più grande di lei, una gioia da avere attorno. La compagnia di Zoe fu come una manna nei quaranta interminabili minuti di viaggio verso il Tribunale della contea, tra i mulinelli di neve che spesso mi impedivano di vedere la strada.

L'avvocato era in ritardo. Aspettammo nell'atrio al freddo. Per fortuna Zoe incominciò a conversare amabilmente, ricorrendo a «arriva un bastimento carico di» per passare il tempo, mentre io me ne stavo seduta in silenzio, desiderando solo che quella terribile esperienza volgesse al termine. Alla fine l'avvocato arrivò: una donna sulla cinquantina, un po' austera in completo blu scuro e chignon tirato. Ci accompagnò di sopra, fino a un lungo corridoio con molte porte di uffici. Arrivate di fronte alla sua, l'avvocato indirizzò Zoe e me verso una panca di legno e gentilmente guidò Liza nel suo studio. La porta si chiuse.

Mi sedetti nervosamente sulla panca, cercando di sentire cosa dicevano, ma la porta era troppo spessa. Zoe, che sembrava aver percepito la mia ansia, fece del suo meglio per compensare il mio silenzio raccontandomi una cosa che era successa a scuola quel giorno. Non riuscii ad ascoltare nemmeno una parola, ma le fui grata per lo sforzo.

Pochi minuti dopo, capii che stava avvenendo un miracolo. Sentii una risata, la risata di un'adulta e mi resi conto che Liza aveva capito perfettamente cosa doveva fare. Di solito era una bimba riservata, ma per l'occasione aveva messo in piedi una grande performance.

«Per cosa rideva quella signora?» chiesi a Liza quando ritornammo alla macchina.

«Oh, le stavo solo raccontando del babbo, sai, delle cose divertenti che faceva.»

Per quella procedura avrei sborsato dodicimila bigliettoni. Ma per fortuna era finita, le disposizioni del testamento eseguite e i conti pagati. E finalmente mi rilassai un po', forte del fatto che io e Liza eravamo una squadra solida. Ero certa che Henry sarebbe stato orgoglioso.

Un pomeriggio di aprile inoltrato, mentre ce ne stavamo stesi sul suo letto, Tomas mi disse che avrebbe preferito non fare più l'amore con me.

«Mi sembra di fare una cosa sbagliata.»

«Non stai facendo nulla di sbagliato, ma se per te è più facile, va bene, facciamo così. Le cose andranno meglio.» Sapevo che questo avrebbe reso tutto più facile, per un sacco di ragioni.

«Grazie, grazie» mormorò, baciandomi su tutto il petto con uno slancio e una tenerezza che davvero provenivano dal cuore. Paradossalmente, quello sarebbe rimasto il momento più erotico mai condiviso con lui.

Così provammo a restare semplicemente abbracciati.

Era meglio anche per me. Mi domandai se avergli chiesto di fare da corpo allo spirito di Henry fosse stata una buona idea, dopotutto. Forse quella trasposizione non era mai veramente avvenuta. Ma stare con Tomas, anche se in maniera un po' incerta, mi aveva aiutata a riappropriarmi del mio corpo. Non ero più fluttuante, come lo ero stata dopo la morte di Henry. Sentivo che i miei piedi erano più saldamente ancorati a terra.

Mi ero appena abituata al nostro nuovo accordo, quando un pomeriggio Tomas arrivò a casa mia inaspettatamente. Ero sempre felice di vederlo. Me ne stavo in piedi sui gradini e lui mi baciò con entusiasmo.

«Andiamo di sopra» disse. Io ero confusa ma eccitata. Gli uomini mi avevano sempre mandata in confusione. Avevo capito solo Henry in vita mia. A letto sentii di essere un tutt'uno con Tomas, felice di riuscire a godermi quel che stavamo facendo, senza stare a pensare al significato. Mentre eravamo stesi a letto arrivò il figlio dei vicini per falciare il prato. Perché ormai era primavera, una primavera verde brillante, spettacolare, e l'erba cresceva di diversi centimetri alla settimana. Dal piano di sotto la voce del ragazzo gridò: «Ehi, dove vuole che butti l'erba tagliata?». Io e Tomas soffocammo le risate sotto le coperte, come se fossimo due teenager colti sul fatto da un genitore rientrato troppo presto.

Da quel giorno non vidi Tomas per una settimana o giù di lì. Un pomeriggio, dopo aver lasciato Liza a giocare a casa di Anna, provai a chiamarlo, non senza un certo disagio. Avevo solo poche ore, che in realtà avrei dovuto impiegare per svolgere delle commissioni. Tomas stava lavorando nel suo studio, ma mi invitò ad andare.

Finii per trattenermi una mezz'ora in più del dovuto, ma me ne sarei pentita. In realtà non avrei voluto attardarmi. L'intenzione era di fermarmi solo un attimo, a bere un drink sotto il portico con lui. Ma Tomas era seduto accanto a me ed era così bello e poi sapevo che Liza era al sicuro a casa di Anna. Che differenza avrebbe fatto una mezz'ora in più se fossimo entrati per una sveltina? Volevo solo sentirmi come una stupida ventenne, senza figli né responsabilità.

La cosa peggiore fu che in pratica avevo mentito. «Ehm, sarò lì fra poco» avevo detto ad Anna al telefono mentre mi tiravo su la zip della gonna. «Mi dispiace tanto Anna, sono a cinque minuti da casa tua, ho proprio perso la cognizione del tempo.» Era incazzata. E non l'aveva bevuta, ne ero certa. Sapevo che non avrei più potuto farlo.

Irena venne a trovarmi da New York all'inizio di maggio. Avevamo programmato una visita al museo locale. Indossava un boa color rubino che si intonava perfettamente ai suoi scuri ricci botticelliani e ai tintinnanti orecchini dorati. Rovistò nella sua bellissima e scomodissima pochette cercando il blackberry.

Tomas arrivò sul suo pickup. Irena lo studiò con attenzione.

«È molto giovane, vero?» Non c'era il peso di un giudizio nel tono della sua voce. Era una domanda retorica, una semplice osservazione.

«Sì,» risposi «troppo giovane.»

«Lo sai bene, non è il fatto che sia giovane quello che mi preoccupa. È solo che non voglio vederti insieme a un altro artista completamente assorbito da se stesso.»

Ammirai la sua onestà. Era vero che la mia vita matrimoniale era stata organizzata per seguire le ambizioni artistiche di Henry, non le mie. Avevamo deciso di comune accordo che Henry avrebbe smesso di scrivere pubblicità, il suo pane quotidiano per anni, in modo da potersi dedicare completamente al suo primo libro e in seguito alla sua opera sull'*umami*. Nel frattempo io mi accollai tutto il lavoro che riuscivo a gestire e il fardello dei grossi conti da pagare. Sembrava che fosse un rischio accettabile all'epoca e poi sapevo che molti matrimoni funzionavano così, con la moglie che, nell'ombra, reggeva tutta la baracca.

Passare del tempo con un artista impegnato come Tomas aveva risvegliato le mie ambizioni. Era stato entusiasta del mio lavoro, incoraggiandomi continuamente a dedicarmi alla pittura. Lui era un uomo che davvero viveva per la propria arte e accettava pochi compromessi. Ma sapevo per esperienza che, quando due persone del genere stanno insieme, il partner più accomodante è destinato a fare delle rinunce per aumentare le chance di successo dell'altro. E ora, forse, era finalmente il mio turno di essere un'artista completamente assorbita da se stessa, all'interno della nuova famiglia composta da me e Liza.

Quattro

fine maggio-giugno 2003

Quando la mia relazione con Tomas divenne di dominio pubblico, la nostra cittadina iniziò a starmi ancora più stretta. Desideravo con tutte le forze una fuga da quel mondo limitato.

Tra le numerose lettere di condoglianze che avevo ricevuto per la morte di Henry, una mi aveva instillato la speranza di riuscire a trovare una scappatoia. Proveniva da un francese che organizzava un «evento culinario» a Parigi chiamato La Cena in Bianco. Una notte all'anno, diverse centinaia di persone si radunavano munite di tavolini, sedie e cestini da picnic stracolmi, in un punto di Parigi, tenuto segreto dagli organizzatori fino all'ultimo, quando i cellulari entravano in azione. I partecipanti arrivavano, venivano sistemati i tavolini pieghevoli, disposto il cibo e aveva inizio la cena dove tutti erano vestiti di bianco. Il raduno era illegale – non c'erano permessi – ma lo spirito di *camaraderie* e di *joie de vivre* soffocava le tiepide lamentele dei *flics* (i ben noti e vituperati poliziotti parigini). Le foto sul sito web mostravano parigine alla moda in vestiti svolazzanti e vistosi cappelli, uomini in giacca e pantaloni di lino bianco, che sbandieravano tovaglioli bianchi, ridevano e applaudivano pieni d'entusiasmo. Henry aveva messo in programma di partecipare alla Cena in Bianco a giugno e me ne aveva parlato come di una cosa che avremmo potuto fare insieme: una scusa per andare in

Europa, un viaggio detraibile che gli avrebbe procurato materiale per il libro. Pareva proprio che La Cena in Bianco avesse scritto sopra a caratteri cubitali la parola *umami*.

Mentre l'inverno si trasformava in primavera, io ero disposta a tutto pur di andare via per un po'. Odiavo vedermi riorganizzare i weekend per stare con Tomas, ma trascorrere la settimana senza l'attesa della sua compagnia era una terrificante prospettiva, nella nuova monotonia della mia vedovanza. Odiavo pensare al mio futuro. Mi perdevo nel vortice dei brutti pensieri camminando su e giù per casa come un animale in gabbia.

Organizzai un incontro con l'editor e l'agente di Henry per discutere della possibilità di finire il libro per il quale aveva fatto tutte quelle ricerche. Proposi di scriverlo io stessa, anche se non ero sicura di esserne capace. Illustrai la mia idea del viaggio a Parigi per partecipare alla Cena in Bianco. Tornai a casa in treno, su di giri, con la prospettiva di un'avventura da pianificare.

Prenotai i biglietti d'aereo per Liza e per me. Un accompagnatore è d'obbligo per ogni signora alla Cena in Bianco, perciò spedii una lettera per posta a Jean, la mia – molto poco tecnologica – vecchia fiamma francese.

Mandai una mail anche a Stefano, un amico che stava in Italia, dove, pensavo, saremmo potute andare dopo essere state a Parigi, visto che eravamo in viaggio in Europa. Stefano mi rispose. Potevamo stare nell'appartamento della sua famiglia a Firenze. Non andavo a Parigi o a Firenze da anni, da prima che Liza nascesse. Sapevo che il mio francese era arrugginito e potevo solo sperare di ricordare qualcosa del mio scarso italiano, ma sognai di essere alla Cena in Bianco, parlando correntemente *en français* e la cosa mi incoraggiò.

Alla fine arrivò giugno. I giorni erano diventati più caldi, gli alberi in fiore avevano messo le foglie, i miei iris blu si erano aperti, le rose erano un'esplosione di colore e le nostre valigie erano pronte. Salutai Tomas, chiedendomi con ansia come sarebbero state le cose al mio ritorno.

Non sono una grande fan dei viaggi in aereo. Sono sempre stata troppo scettica sulle leggi fisiche per sentirmi davvero a mio agio sopra un aeroplano. Su consiglio della gentile assistente di volo mi stavo prendendo un momento di tempo per leggere il depliant sulla sicurezza riposto nella tasca sul sedile di fronte al mio. Ne lessi ogni singola parte, inclusa la sezione che indicava di togliersi le scarpe con calma per poi scivolare fuori, fino al canotto di salvataggio gonfiabile. "Finiremo a galleggiare in mezzo all'oceano Atlantico (se saremo così fortunati da rimanere interi) tra rottami d'aereo e corpi smembrati. Gli squali nuoteranno in cerchio attorno alla carneficina. Onde alte sei metri. Con la mia fortuna ci si metterà di mezzo pure un uragano."

Senza farsi scoraggiare dalla futilità della cosa, l'assistente di volo continuò la sua dimostrazione. Le istruzioni suonavano un po' più rassicuranti in francese.

Mi voltai a guardare Liza, che adora i viaggi in aereo. Accoccolata a gambe incrociate, con un libro aperto sulle ginocchia e gli occhi incollati al finestrino, puntava il dito con stupore mentre irrompevamo fra le nuvole. Il suo vicino di sedile, un tizio palesemente eccentrico, dopo essersi accertato che Liza era uno strano esemplare di bambina americana che amava la lettura – e non petulante, rumorosa e videogiochizzata – fu pronto ad attaccar bottone. Un fez ricamato e coloratissimo, rosso e oro, gli copriva i capelli grigi lunghi fino alle spalle. Il suo viso era allungato, con tratti che suggerivano origini del New England, ma io ero certa che volesse farmi credere di essere francese.

Dopo che il segnale delle cinture si spense, il nostro vicino

– il suo nome era James, e si rivelò decisamente americano – prese a bere vino rosso e a chiacchierare per la maggior parte del volo. Dato che non riesco a dormire in aereo a causa dell'aria pressurizzata, del rumore dei motori e dell'ansia per i canotti di salvataggio, ero felice di avere compagnia. Mentre Liza fece in tempo a leggere, mangiare, guardare un film e dormire, lui mi raccontò del suo lavoro – era un traduttore, stava tornando a casa dopo un meeting con il suo editore di New York –, del suo stupendo appartamento vicino al museo Rodin e della sua fidanzata (più giovane, francese). Immaginai che anche lei fumasse quanto lui: le sue lunghe dita nervose e i vestiti impregnati dell'odore di tabacco stantio tradivano il suo vizio.

«Dovrebbe portare sua figlia al museo» disse con inflessione aristocratica mentre mi lasciava il suo numero di telefono. «C'è il più piccolo e delizioso dei caffè proprio al centro del parco.» Ero divertita all'idea, anche se dubitavo che quell'incontro sarebbe avvenuto. Mi annotai il suo nome e numero sul block notes che avevo preso per il viaggio. Saremmo andate al museo il primo giorno, decisi, con o senza James.

Usciti dall'area ritiro bagagli, James, sigaretta accesa, molto galantemente ci chiamò un taxi. Aveva un'aria talmente beata con la sigaretta in bocca che desiderai essere ancora una fumatrice, come tutti i francesi del resto. Purtroppo mi sentii immediatamente soffocare dal fumo passivo, come molti ex fumatori. James fumò per tutta la durata del tragitto verso il centro di Parigi, tenendo cortesemente la mano fuori dal finestrino. Lasciandoci alle spalle l'aeroporto attraversammo l'orrenda zona industriale. Finalmente i familiari tetti ottocenteschi apparvero in mezzo alla foschia estiva ed entrammo nel perimetro della città. James indirizzò il taxi fino alla stradina del piccolo hotel nel settimo arrondissement, consigliato da mio fratello.

«*Alors, à demain!* Andiamo al museo!» salutò calorosamente con la mano mentre il taxi si allontanava.

Arrivate in camera io e Liza ci svestimmo e, esauste, ci buttammo nel lettone fra le candide lenzuola fresche di bucato. Ci addormentammo cullate dai suoni e dai profumi di una giornata di metà settimana a Parigi: motorini a tutta velocità per le stradine, stralci di conversazioni quotidiane, il rumore dei tacchi eleganti delle europee sui marciapiedi di pietra antica, il sottile aroma delle baguette, il burro sciolto, l'odore del caffè appena fatto.

«Buon compleanno mamma» sussurrò Liza nel sonno tenendomi per mano sotto le lenzuola. Avevo quarantaquattro anni. Lei ne aveva sei e tre quarti. Eravamo l'una accanto all'altra, felici, un regalo di compleanno più che gradito.

Io e Liza avevamo fatto tutta la strada fino a Place des Vosges, attraversando il Pont du Carrousel. Lungo l'argine destro della Senna, passammo di fianco a un grande negozio di animali, dove ci fermammo a osservare i coniglietti e i cuccioli che si appoggiavano con le zampine alla vetrina. Proseguimmo il nostro giro in mezzo a strette stradine, fino a che sbucammo in un'antica piazzetta: quattro grandiose fontane, in posizione simmetrica, erano circondate da un tappeto erboso punteggiato da centinaia di parigini che cercavano sollievo da quella inusuale afa estiva. Trovammo un posticino per noi vicino a una delle fontane, ristorandoci nella nebbiolina fredda dell'acqua vaporizzata. Liza si tolse i sandali e schizzò un po' d'acqua prima sul suo viso poi su di me. Esaminò un pezzo dell'involucro di plastica rimasto dal nostro pranzo e si accinse a fare una barchetta. Il rumore della fontana e il chiacchiericcio delle persone soverchiavano la sua vocina, ma capivo guardando i movimenti delle sue labbra che stava cantando tra sé e sé. Era come guardare un film muto. Con Liza soddisfatta e assorbita dal proprio gioco, potei finalmente dare un'occhiata in giro con tutta calma.

Un francese della mia età non particolarmente bello, un tipo normale, si era piazzato su un quadratino d'erba. Aveva un'aria di attesa, il suo sguardo si spostava da un punto all'altro dei viottoli disposti ad angolo.

Dopo un po' Liza venne da me per bere e mangiare qualcosa. Entrambe scoppiammo a ridere quando una mocciosetta si tolse tutti i vestiti e salì sulla fontana con addosso solo le mutande. Poi Liza ritornò alla sua barchetta di plastica e io al mio francese sull'erba. Era arrivata una donna, non bella, ma che si faceva notare, con lunghi capelli neri e una frangetta tutta pari, un look che solo una francese poteva sfoggiare senza sembrare eccessivamente severa e determinata. Stavano stesi ad amoreggiare sull'erba. Un attimo dopo pomiciavano in modo sfrenato.

I francesi! Il mio cuore batteva forte con profonda ammirazione e invidia. Li fissai spudoratamente. Non mi notarono, erano molto impegnati. Pregai di poter essere io, un giorno, a stare fra le braccia di qualcuno che fosse felice di stare con me, così com'ero: madre quarantenne con i rotolini sulla pancia.

Avevo bisogno di un uomo adulto che potesse amare me e la mia bambina. Adesso io e Liza eravamo un pacchetto completo, due al prezzo di una. Quest'uomo non avrebbe dovuto essere bello – avevo imparato ormai a non sopravvalutare il fattore bellezza –, ma avrebbe dovuto essere gentile, con un cuore grande come il mio garage a due posti sul retro.

Jean, la mia vecchia fiamma, arrivò al nostro hotel in sella a una bici arrugginita che pareva aver subìto le intemperie di decenni di inverni parigini. Indossava una maglietta bianca e pantaloni marroncini. Era troppo anticonformista e superiore per dare importanza a sciocchezze come dover indossare per forza dei pantaloni bianchi.

Ci eravamo incontrati quando avevo vent'anni, durante il mio terzo anno universitario all'estero. Lavoravamo entrambi presso uno studio grafico al piano terra di un palazzo nel quattordicesimo arrondissement, un quartiere a quell'epoca ancora abitato dagli artisti, adesso dai banchieri.

A quei tempi lui aveva ventotto anni, alto, smilzo, con una massa di capelli biondo rosato. C'era qualcosa di ottocentesco in lui. Quando faceva delle pause al lavoro, andava nel cortile interno del palazzo a fumare la pipa. Non potevo resistere al fascino di quell'abitudine antica in un uomo così giovane, o ai suoi incisivi separati, che si vedevano solo se toglieva di bocca il manico della pipa segnato dai denti e sorrideva. Quando non fumava o lavorava, si mangiava le unghie fino alla carne viva. Rimasi a guardarlo per mesi, non avevo il coraggio di parlargli. Era talmente dedito al proprio lavoro che metteva in soggezione. In confronto i miei sforzi sembravano infantili. Il mio francese era ancora approssimativo e non ero sicura che lui si sentisse a suo agio a parlare inglese.

Marianne, la proprietaria dello studio, adorava assegnare compiti. Fu lei a insegnarmi le mie prime parole utili in francese: *la poubelle* (bidone dell'immondizia) e *balayer* (spazzare). Era una signora abbondante, con altrettanta voce e personalità. Io ero *la petite américaine*. Lei era autoritaria, affettuosa, mi insultava quando mancavo, insisteva sempre perché mangiassi di più.

«*Tiens, tu dois déjeuner avec nous*» mi diceva quando a mezzogiorno portava a pranzo un gruppo nel vicino bistrot. Non avevo molti soldi extra, ma una volta, quando vidi che Jean si avviava insieme agli altri, impulsivamente li seguii dopo aver scoperto di avere giusto venti franchi nel portafoglio. Ordinai un'omelette. «*M'enfin, tu manges trop peu, ma petite, ça va pas!*» mi rimproverò Marianne. Disapprovava un pranzo così frugale, mentre per me quello era un gran banchetto. Loro si gettarono tutti su bistecca e patate fritte. Mentre bevevamo vino rosso mi accorsi che Jean parlava benissimo l'inglese, con un accento lieve e melodioso.

Da quel pomeriggio io e Jean diventammo amici. Sfortunatamente non avevo mai avvertito da parte sua un'attenzione particolare nei miei confronti, di certo nulla di simile alla cotta che avevo io per lui. Aspettai pazientemente un segno, spesso trattenendomi in studio anche oltre il mio orario di lavoro, fino a che non era lui a pensare di aver fatto abbastanza per quel giorno.

Un pomeriggio di primavera – la mia cotta era arrivata a livelli inimmaginabili – Jean si alzò per uscire dallo studio. Esitai un attimo, lasciai il mio lavoro e scesi in strada, con quella che speravo risultasse un'andatura disinvolta. Era venti passi avanti a me. Accelerai per intercettarlo prima che raggiungesse la fermata del métro in fondo alla strada.

«Jean!»

Si fermò, sorpreso di vedermi, forse pensava di aver lasciato qualcosa in ufficio. «*Qu'est-ce qu'il y a?*»

«Jean, potrei parlarti in inglese?» Smisi di parlare, lui non sembrava essere di fretta, così mi feci coraggio, ripresi fiato e continuai: «Prenderesti mai in considerazione una breve scappatella con me?».

Rise affettuosamente, i due denti separati luccicarono. «Cosa mi chiedi? Lo sai, la mia vita è com-pli-ca-ta.» Mi raccontò della sua ragazza in Olanda e di Gabrielle, la sua fidanzata parigina.

«Be', io parto presto, a maggio» replicai. «Non ti complicherò la vita troppo a lungo.»

«*Alors*» rise «*on y pense.*» Mi sorrise come se fosse allettato dall'idea, ma in un certo senso sospettoso e prudente, e ci lasciammo. Tornai allo studio e feci finta di lavorare per un'oretta. Marianne, una che non si lasciava certo prendere in giro, mi lanciò uno sguardo che diceva: "Ho capito tutto sai, ti tengo d'occhio".

Quell'anno fuori sede vivevo in casa della misteriosa Madame de P., un'elegante aristocratica di sessant'anni, una reduce dei campi di concentramento, deportata per essere stata coinvolta nella Resistenza francese. Indossava camicette color crema di Yves Saint Laurent abbottonate fino in cima al suo collo da cigno, i capelli bianchi raccolti in un'acconciatura alla francese, strette gonne a tubino e scarpe con il tacco di Charles Jourdan. Certi pomeriggi Madame faceva sgattaiolare dentro e fuori dal suo grande appartamento, nell'elegante sedicesimo arrondissement, un invisibile amante, mentre la mia amica Katie, l'altra studentessa che viveva lì, consumò in altri pomeriggi una breve ma eccitante relazione con la figlia di Madame.

Alors, mi unii alla grandiosa avventura, introducendo di nascosto Jean nell'appartamento, aggirando il controllo dell'onnisciente Josepha, la cameriera spagnola, che temevo e adoravo. Coprii tutte le gabbie degli irritanti pappagallini in sala, così il perpetuo cinguettio non avrebbe disturbato il nostro amplesso. Dallo sguardo accigliato di Josepha all'ora di cena capii che, nonostante tutti i miei sforzi, eravamo stati scoperti.

Quando tornai negli Stati Uniti per finire l'ultimo anno, non vedevo l'ora di ricevere i grossi pacchi di Jean, l'indirizzo scritto con un'antica calligrafia svolazzante, abbelliti da francobolli del

Mali, del Senegal e del Marocco, dove passava l'inverno. Due anni dopo tornai a trovarlo. Facemmo l'amore sul pavimento della casa di un amico.

Negli anni a venire continuammo a scambiarci lettere di tanto in tanto – a volte anche solo una all'anno. L'amicizia proseguì anche dopo l'inizio della mia relazione con Henry. Poche altre visite, ormai caste. Lui aveva sposato Gabrielle, la ragazza che aveva a Parigi, e adesso erano genitori di una bimba.

Jean era ancora più magro di come lo ricordavo. I suoi ricci si erano ingrigiti. Il suo viso era abbronzato, e aveva profonde zampe di gallina agli angoli degli occhi nocciola. Il naso era più appuntito, le labbra più sottili. Anni e anni di pipa gli avevano macchiato i denti, tranne i due incisivi, e la fessurina si era allargata, ancora affascinante e familiare.

Io sembravo più giovane, conclusi, dopo aver fatto un inventario mentale del numero di creme miracolose, tubetti di dentifricio sbiancante e scatole di tinta che avevo acquistato da quando avevo compiuto i quaranta. La mia dose di ossessione americana per il mito dell'autoconservazione e il rifiuto della vecchiaia e della morte.

«*Vous êtes tellement chic.*» Jean ammirò i nostri completi con divertita ironia. Nei nostri vestiti bianchi, io e Liza sembravamo pronte per un ricevimento in epoca vittoriana.

La mia macchina fotografica catturò la scena sul selciato della piazza di fronte al famoso Panthéon: i cappelli e i veli delle signore fluttuanti nel cielo al crepuscolo, un uomo vestito in completo bianco anni venti e ghette che pareva Jay Gatsby resuscitato, l'euforico sventolio di tutti i tovaglioli bianchi nel corso della cena. L'arrivo della polizia sortì l'effetto opposto a quello sperato, accendendo ancora di più gli animi: applausi, canzonature e uno sventolio generale di tovaglioli. Durante i festeggiamenti Liza rimase a giocare tutto il tempo con un simpatico cane sotto il tavolo. Mi domandai se si sentisse oppressa da tutto quel trambusto, dalle persone sconosciute, o se le mancasse suo padre: spesso Henry mi ricordava un terrier vivace, in certi momenti d'affetto mi aveva persino leccato la faccia. Ero felice che Jean fosse lì. Era bello tenerlo per mano mentre la giornata volgeva al termine e i tavoli si svuotavano.

A mezzanotte Jean ci accompagnò a piedi all'hotel. Avevamo programmato di vederci alla Gare d'Austerlitz la mattina dopo: avremmo trascorso insieme il nostro ultimo weekend in Francia nel paesino di campagna dove viveva con sua figlia.

Mentre il nostro treno attraversava veloce la pianura, Jean ne diceva di tutti i colori sugli effetti dannosi della vita in città, su internet, sui cellulari, sui computer e sul materialismo abietto della società moderna. Sorridevo – per fortuna avevo lasciato il cellulare e il portatile a casa – divertita dal fatto che, paragonata a Jean, ero una specie di maga dell'era moderna, mentre in realtà avevo un rapporto quotidiano di amore-odio con il mio computer e la tecnologia in genere. Mentre lui andava avanti e il paesaggio si addolciva, mi resi conto di quanto saremmo stati infelici se avessimo provato a stare insieme. Ma quello che avevamo ora era di gran lunga migliore: un'amicizia ventennale, ancora piena di rispetto e di affetto. Casa sua era un cottage incantevole, ricoperto dall'edera e da un rigoglioso pergolato di vite. La stanza di sua figlia era accogliente e, nonostante le barriere linguistiche, le nostre ragazze trovarono in fretta la maniera di giocare insieme. Jean mi portò sul retro della casa e insieme salimmo una rampa di scale che conduceva al suo studio, un perfetto solaio da artista: un tavolo con carte e block notes disposti ordinatamente, diverse specie di piante, rocce e conchiglie, alcuni suoi lavori incorniciati alle pareti, una vecchia sedia mezza sfondata ma comodissima. Un buon posto dove passare la vita. Proprio il genere adatto a me.

Gabrielle, la moglie di Jean, ci venne incontro alla stazione al nostro ritorno a Parigi. Lei era sempre rimasta lì, nel suo piccolo appartamento in città. I francesi hanno delle soluzioni davvero interessanti per i problemi di convivenza e matrimonio. Minuta, con lunghi capelli scuri e la frangetta pari, era elegante e disinvolta nella sua camicetta bianca abbinata alla gonna scura, appena più alta di me grazie ai suoi sandali con la zeppa. Mangiammo hot dog parigini nel vicino Jardin des Plantes, sudando per l'ondata di calore micidiale che aveva colto tutti di sorpresa e adesso stava cuocendo l'Europa come un forno.

Non avevo mai invidiato Gabrielle, anche se capivo le sue scelte, avendone fatte di simili per Henry. Era sola per metà dell'anno, sposata a un uomo che metteva l'arte al primo posto, a parte sua figlia. Un altro artista completamente preso da se stesso che io avevo amato, anzi che amavo ancora perché, come Tomas, mi aveva sempre incoraggiato a dedicare più tempo alla mia vena creativa.

Ci salutammo sul marciapiede rovente. Io e Liza ci concedemmo un meritato taxi per tornare all'hotel dove facemmo i bagagli. Il giorno dopo saremmo partite per l'Italia.

Stefano, un amico di vecchia data, ci accompagnò dall'aeroporto di Pisa fino all'appartamento della sua famiglia a Firenze, appena fuori Porta Romana, dove avremmo trascorso la settimana successiva. Ci svegliammo in tarda mattinata, nel caldo afoso e soffocante. Liza e io trovammo ristoro nella gelateria lì vicino: c'erano almeno una ventina di gusti e non riuscimmo a trovare una sola buona ragione per non mangiare gelato alle dieci di mattina.

Lasciammo le strade roventi per entrare nella Cappella Brancacci, dove si possono ammirare gli affreschi di Masaccio, Masolino e Filippino Lippi. È incredibile come da quei quadri sembrassero spuntare i volti dei veri fiorentini: l'uomo che ti aveva tagliato un pezzo di parmigiano, il negoziante gentile che ti aveva venduto un paio di scarpe. Si direbbe che il corredo genetico sia rimasto inalterato dal Rinascimento.

Durante una visita anni fa, Henry e io eravamo entrati in un caffè e subito ci eravamo messi a far commenti sul barista. Con i suoi capelli lunghi, il naso aquilino e i grandi occhi scuri, sembrava un personaggio dei dipinti del Beato Angelico. Dopo aver bevuto alcuni Campari al bancone, io e Henry avevamo fatto fuori una fiorentina e una bottiglia di vino rosso nel ristorante vicino e poi, ubriachi, eravamo saltati su un motorino a noleggio per andare a casa di un nostro amico. Io mi tenevo stretta alla vita di Henry, nel baccano del motore che si destreggiava sul selciato delle strade. Mi sentivo come Claudia Cardinale in *8 e mezzo*, giovane e affascinante.

Io e Henry, dieci anni prima, avevamo pranzato proprio nel ristorante dove finalmente ero riuscita ad arrivare con Liza. Per colpa mia, che volevo ritrovare il posto a memoria, ci eravamo perse fra le stradine. Liza si stava lamentando, cosa rara per una bambina che si era dimostrata veramente tosta. L'avevo trascinata per tutta Firenze, fra musei e cappelle a guardare le bellezze artistiche, rimpinzandola di gelati per incentivarla.

«Mamma, quando arriviamo?» piagnucolava stanca.

«Ne vale la pena Lizzie, te lo prometto, vedrai.» Non la biasimavo, eravamo entrambe distrutte. La prospettiva di un drink fresco e di un pasto memorabile era l'unica cosa che mi tratteneva dal gettarmi dentro la prima pizzeria e piantare lì le ricerche. Alla fine apparve la piazzetta che mi ricordavo, e io e Liza trovammo riparo dal sole sedendoci a un tavolino sotto il tendone del ristorante.

L'ultima volta, Henry aveva ordinato dei colli di pollo ripieni. Ogni collo era presentato in posizione verticale, la testa e la cresta al centro di una corolla di verdure trifolate, come se il pollo avesse bucato il piatto bianco. L'effetto era talmente macabro che l'orrore sui volti dei nostri amici vegetariani aveva superato di gran lunga le aspettative di Henry. Avevo riso di gusto, nonostante la repulsione, con orgoglio di moglie: Henry aveva superato se stesso. Si era divertito un sacco a giocare con le teste nel piatto, starnazzando come un pollo, mentre i vegetariani indietreggiavano sulle sedie.

Ma stavolta niente colli di pollo.

«Prendiamo tutte e due il pomodoro in gelatina e poi il polpettone.» Il pomodoro era una specialità del ristorante. Arrivarono, in bianchi piatti fondi, dei budini tremolanti di gelatina rosso carminio, tuffati in una piscina d'olio d'oliva verde brillante. Io e Liza ci divertimmo a giocherellare con la gelatina. Giocare con il cibo era solo una delle tante gioie riservate a chi mangia con una buongustaia di sei anni. Il pane toscano assorbì il pomodoro e l'olio, lo strizzammo fra le dita prima di infilarci in bocca la mollica spugnosa.

Il polpettone, la portata successiva, era una specie di rotolo di carne. Non era come la ricetta americana (che io adoravo, accompagnata da una grossa cucchiaiata di senape). Questo assomigliava di più a un pâté. Mangiammo le sostanziose fette in silenzio e con reverenza.

Completamente sazia, Liza iniziò a comporre una natura morta con gli avanzi del suo pranzo e il bicchiere di coca – uno strappo al divieto di bevande gassate –, per poi riprodurla sulla sua tovaglietta di carta servendosi di matite colorate. Mentre passavamo al dessert, una torta al cioccolato leggera ma sostanziosa, un uomo che indossava mocassini scamosciati era intento a sedurre una donna al tavolo di fianco. I mocassini mi ricordarono quelli che aveva Henry.

«Non abbiamo mai mangiato salsicce di cinghiale selvatico!»

Mentre io e Liza lasciavamo il ristorante, mi tornò in mente questa citazione, una delle preferite di Henry, tratta dal film giapponese *Tampopo*. Il gangster protagonista delle diverse gag del film pronuncia queste parole in punto di morte, rivolgendosi alla sua amante in lacrime. Sono entrambi vestiti di bianco, la giacca di lui è macchiata dal sangue delle ferite da arma da fuoco.

Sentii un'improvvisa fitta di dolore per Henry, che non avrebbe potuto mai più godersi pranzi come quello, o immergere il dito nei sughetti per assaggiarli, o finire gli avanzi del mio piatto.

Una settimana dopo Stefano ci riportò all'aeroporto. Ci salutammo all'imbarco. «Allora ciao, Giuliettina» disse, abbracciandomi fortissimo e baciandomi su entrambe le guance. Afferrò Liza e la tirò su per aria, cosa che lei adorava. Lo ringraziai per averci ospitate e gli detti qualche consiglio sentimentale lastminute. Qualsiasi scusa per rimandare il momento dell'imbarco era buona: ero terrorizzata all'idea di tornare a casa.

Il frigorifero era vuoto, fatta eccezione per una zuppiera di macedonia con un biglietto da parte di Cathy che ci dava il bentornate a casa e mi ringraziava per aver lasciato che usasse la piscina con la sua famiglia durante la nostra assenza. Riempii una coppetta e mangiucchiai qualcosa, mentre riprendevo confidenza con casa nostra e sfoltivo le pile di posta.

Chiamai Tomas il giorno dopo e ci mettemmo d'accordo per vederci. Mi sentivo tranquilla, stanca dal viaggio ma rimessa a nuovo. Né Tanya né Emily potevano tenere Liza a dormire, così chiamai Cathy. Del resto, forse, mi doveva qualcosa in più di una macedonia dopo aver usato la mia piscina per tre settimane.

Stava leggendo un libro sull'amaca in veranda quando arrivai. Mi venne incontro e mi abbracciò sugli scalini di casa sua, mentre salivo portando la borsa di Liza con le cose per la notte. Gli abbracci di Cathy mi avevano sempre messa a disagio. In quel momento, comunque, mi faceva comodo come babysitter. Non avevo voglia di trattenermi lì sotto al suo portico.

«Sto andando da Tomas. Speriamo che la lontananza abbia rafforzato l'amore» dissi per scherzo. Cathy mi abbracciò di nuovo prima che tornassi alla macchina.

Mentre guidavo lungo la strada che affiancava la ferrovia mi sentivo allegra, godendomi la vista del fiume e delle montagne, ascoltando gli Allman Brothers. Su *Stormy Monday* iniziai a cantare ritornando per un istante alla mia adolescenza di metà anni settanta, quando il piccolo Tomas era appena un bebè. Ascoltando gli assolo di chitarra di Duane, strazianti almeno quanto il testo della canzone, ricordai a me stessa la futilità delle supposizioni assurde, visto che c'era ancora tanto tempo.

Più tardi, ce ne stavamo stesi al buio. Passò un'ambulanza per strada a un chilometro di distanza, si sentiva chiaramente ma non si riusciva a vedere per via degli alberi. Il suono della sirena mi riportò immediatamente al pomeriggio in cui Henry era morto.

«Mi manca ancora così tanto, non ce la faccio più. Quanto dovrà durare ancora?»

Tomas mi rispose sottovoce: «Ti manca tutto di lui?».

Esitai un momento. "Quest'uomo mi sta facendo una domanda sincera. Dovrei dargli una risposta sincera." «No, non tutto, ma se ci penso mi sento in colpa.»

«Non credo che dovresti sentirti in colpa.»

«Cioè? Cosa intendi?»

Tomas fissò il soffitto. Un lampo mi attraversò il cervello. C'era qualcosa che doveva dirmi.

«Tomas, per favore, voglio sapere. Ti prego.»

«C'era una donna in California» disse Tomas. «Credevo che lo sapessi. Una volta ero in cucina con Henry, lui mi stava raccontando. Tu sei entrata nella stanza e vedendo la tua espressione ho pensato che lo sapessi, che fosse una cosa di cui stavate parlando. Invece non sapevi proprio un bel niente, vedo.»

Ma io sapevo chi era. Henry era tornato a casa da uno dei suoi viaggi sulla Costa occidentale. Mentre disfaceva la valigia mi raccontò di quello che aveva mangiato e delle persone che aveva incontrato.

«Ho conosciuto questa donna, ti piacerebbe. Vive a Portland con i suoi figli. È minuta, come te. Le piace anche lavorare a maglia. Casa sua è un casino. Credo che sia sempre così quando uno divorzia.»

«E fra voi c'è qualcosa?» chiesi a Henry, sentendomi gelare. Anche solo chiedere una cosa del genere mi faceva stare malissimo.

«No, non c'è niente» aveva risposto.

«C'è per caso qualcos'altro che dovrei sapere?» Chiesi a Tomas mentre il buio nella stanza ci avvolgeva.

«Sì, c'è» disse «ma credo che tu debba parlarne con qualcun altro. Io so poche cose, ma c'è dell'altro.»

Seguì qualche momento di silenzio. «Tomas, sento che finirò per scoprire delle cose molto brutte, vero?»

«Già.»

Incredibilmente riuscimmo a dormire.

Appena sveglia scivolai fuori dal letto di Tomas e mi chiusi con il cellulare in bagno. La luce chiara del mattino filtrava attraverso le gigantesche foglie verdi di una pianta tropicale in vaso. Mi sedetti sul coperchio del water e chiamai Emily. Credevo di capire, ora, il perché della tensione che avevo avvertito questi ultimi mesi: la sua ansia era legata a un peso che si portava dietro, un fardello anche più pesante dell'aver condiviso gli ultimi momenti di Henry con me. Scoppiò a piangere mentre le raccontavo quel che avevo saputo. L'avevo còlta impreparata, ma dovetti sudare per strapparle di bocca la verità. Doveva essersi sentita come una bottiglia piena di segreti tappata a forza e sul punto di esplodere.

«È Cathy» disse, con voce strozzata. «Cathy e Henry avevano una relazione, da almeno due anni. Abbiamo trovato tutte le loro mail sul suo computer, la mattina dopo che morì.»

Restai ad ascoltare mentre Emily descriveva le decisioni affrettate che avevano preso il giorno dopo la morte di Henry, quel mattino nel suo studio quando avevo sentito una donna gridare. "Di chi era la voce che aveva urlato?" Matthew aveva nascosto le prove sul computer di Henry per far sì che io non trovassi nulla in un momento in cui ero così vulnerabile. Nel bel mezzo di tutto ciò era arrivata Cathy. Voleva dare una mano con i preparativi per il funerale, aveva detto. Matthew le aveva parlato a muso duro e lei era scappata via. Più tardi l'avevano chiamata perché cancellasse la corrispondenza dalla mail di Henry.

Restai in ascolto. Il mio cervello era una porta spalancata. Mi sentivo calma. C'ero io che ascoltavo, e poi c'era una voce interiore che pensava a come mi sarei dovuta sentire ascoltando quelle cose.

Il mio primo pensiero fu: "Devo andare a prendere mia figlia". Liza era nella casa della donna che aveva avuto una relazione con il mio defunto marito, che aveva usato sua figlia come pass per entrare tutti i giorni in casa mia, che si era insinuata nella mia vita, aveva mangiato alla mia tavola, si era pavoneggiata nella mia piscina fingendo di essere un'amica. Una donna che mi aveva lasciato una fottuta macedonia in frigo.

La pistola sarebbe stata una soluzione troppo rapida, troppo clemente. Avrei voluto una spada per trafiggerla da parte a parte, con centinaia di colpi, tagliarla in minuscoli pezzi e lasciare i sanguinanti, tremolanti lembi di pelle, muscoli e interiora privi di anima sul prato di fronte a casa sua, disposti in una raccapricciante lettera scarlatta.

Henry non lo potevo più ammazzare, dato che per sua fortuna era già morto.

Parte seconda

TEMPESTA

«... Non riesco a sfuggire alla sconcertante sensazione di identificarmi con Jane Eyre – e non penso di essere l'unica. Non mi riferisco ai fatti narrati, ma ad altro, ai segreti, alla follia e all'eroina che deve imparare a scoprire chi è davvero, e chi sono gli altri.»

Justine Picardie, *My Mother's Wedding Dress*

Cinque

luglio 2003

«Quando avete eliminato l'impossibile, quel che resta, per quanto improbabile, dev'essere la verità.»

Sherlock Holmes

L'aria tremolava sull'asfalto rovente.

"Diocristo."

Strinsi così forte il volante che finii per sterzare.

"Io l'ammazzo quella cazzo di donna."

La strada era tutta dritta, affiancava le rotaie del treno.

"La taglio in due, dalla testa alla sua cazzo di..."

Guardai l'orizzonte e mi girò fortissimo la testa.

Una giornata d'estate, due anni prima.

Mi ero fermata a trovare la vicina di Cathy, Jenny. Mi misi a sedere in una delle sue sedie da giardino e accettai volentieri un bicchiere di limonata. I suoi figli più piccoli correvano per il prato, controllati a vista dal fratello maggiore. Ero sbalordita dal fatto che avessero tutte quelle energie con quel caldo soffocante. I petali dei cespugli di rose erano avvizziti e l'erba stava seccando. Mi asciugai il sudore dalla fronte nonostante fossimo sedute all'ombra.

«Sai, lui è sempre qua» disse Jenny, indicando con un cenno

della testa la casa di Cathy, il cui tetto rosso spuntava dalla recinzione. Si mise comoda su un'altra sedia, con la sua limonata. «Non credi che ci sia qualcosa fra loro, eh?» Mi guardò, come imbarazzata di ipotizzare una cosa del genere.

Cathy? La donna che Henry aveva definito «una megera rinsecchita, con le tette troppo grosse e le spalle cadenti»? Quei difetti erano gravi mancanze estetiche per il suo canone di bellezza, giusto un gradino sotto le caviglie grosse. Per non parlare del fatto che Cathy sapeva essere davvero stramba e cinica. La guardai sorpresa.

Jenny, presumibilmente l'amica più vicina a Cathy, si rispose da sola.

«Be', mmm... no, non può essere... no?»

Però...

Un anno fa, sei mesi prima della sua morte.

Ero entrata e uscita più volte dallo studio di Henry quella sera, mentre lui era impegnato in una lunga conversazione al telefono. Si rivolgeva a Cathy chiamandola per nome con voce rassicurante, il che mi fece capire che si trattava di una discussione importante. Alla fine riagganciò.

«Perché devi sempre sistemare tu tutti i suoi stupidi problemi?» chiesi con irritazione. «Dovresti passare il tempo stando con la tua famiglia, non a parlare con lei.»

Noi non ci confrontavamo più su questioni importanti. Parlavamo di quando chiamare l'elettricista per mettere a posto i fili scoperti all'entrata posteriore, se dovevo andare io oppure lui a prendere Liza al centro estivo, chi doveva venire a cena nel weekend, quale sarebbe stato il menù, cosa avremmo mangiato la sera. Cibo: ecco l'ultimo baluardo della nostra intimità.

Esitai, guardando Henry furibonda mentre i pensieri mi si

mischiavano in testa. Restai sconvolta dalle parole che mi uscirono di bocca.

«Hai una relazione con Cathy?»

Henry sorrise dolcemente e dopo un secondo rispose: «Certo che no».

"Lui era un bugiardo del cazzo. E io un'idiota del cazzo."

La mia nuca era imperlata di sudore, nonostante l'aria condizionata della macchina. Avevo permesso che quello schifo accadesse proprio sotto il mio naso. Non avevo voluto vedere, ma ce l'avevo avuto sempre davanti. Adesso capivo che tipo di persona era Cathy e come mai mi sentissi a disagio accanto a lei. Una parte di me non si era mai fidata. Perché non le avevo dato ascolto?

E mi era chiara la ragione del suo improvviso slancio spirituale – una sorta di penitenza anticipata. Sorrisi – amara – di fronte alla sua logica contorta. Andare in chiesa, arruffianarsi sacerdoti benintenzionati, cantare nel coro, iscrivere la figlia al catechismo... nella speranza che le cose non finissero male, una volta venuto alla luce il suo adulterio e che razza di schifosa puttana bugiarda era in realtà. L'ipocrisia è la più raffinata delle menzogne.

Era un dolore lancinante – come un'ustione al cervello – pensare a quante volte avevamo mangiato insieme mentre la loro relazione andava avanti in segreto. Henry a presiedere orgoglioso al barbecue mentre noi parlavamo in un modo che sembrava sincero delle speranze per le nostre figlie, del nostro lavoro, dei libri che leggevamo, della musica che ascoltavamo, dei progetti per il futuro.

In poche, rare occasioni io e Cathy avevamo passato del tempo insieme senza i nostri mariti. C'era stata una volta in cui aveva insistito per portarmi fuori per il mio compleanno insieme alla sua vicina, Jenny. Avevo ancora la Polaroid che ci aveva scattato il cameriere al ristorante messicano: noi tre abbracciate, io al centro, indossavo un enorme e ridicolo sombrero.

In un'altra occasione avevamo deciso di andare a fare shopping in un pigro pomeriggio feriale, un giretto all'Old Navy del centro commerciale, dove avevamo comprato jeans e magliette. Doveva essere una cosa divertente, ma alla fine io ero rimasta malissimo nel vedere che lei portava una taglia in meno di me. Fu come una giornataccia al liceo quando l'unica cosa che sai è che sei grassa. Non andai mai più a fare shopping con lei.

E tutto quell'esercizio non doveva essere stato per se stessa ma per Henry, a cui piacevano le donne snelle. Quante volte, durante il nostro matrimonio, mi ero sentita grassa e piena di disgusto per me stessa, desiderando di poter fare con le mie mani la liposuzione alle ingiuriose parti flaccide del mio corpo. Nemmeno la constatazione che anche Henry aveva messo su una bella pancetta era riuscita a mitigare quella sensazione.

"Era un bastardo pezzo di merda che mi faceva credere di essere pazza. Sempre a insistere che li invitassimo, ogni fottuto weekend, e lei, che si sedeva come una diva in piscina, con addosso solo quei micro bikini a vita bassa, con tutte le tette che le saltavano di fuori, neanche fosse una cazzo di pornostar."

Ricordo anche quel giorno in cui sbirciai nello studio di Henry e notai che le lenzuola del letto degli ospiti sembravano sgualcite. Vidi una macchietta umida: sembrava bava lasciata da un anziano durante un pisolino. Mi offrii di lavare le lenzuola con il bucato di quel giorno. No, Henry insistette, voleva lavarle lui. Che idiota. Almeno lo facevano nel suo studio, non nel nostro letto. Chissà se ero in casa mentre lo facevano, a lavorare al piano di sotto. Tutto era possibile.

"È stata così fottutamente carina con me da gennaio."

Io e Cathy avevamo mangiato spesso alla stessa tavola in quegli ultimi mesi, dopo la morte di Henry. Avevo ascoltato i suoi consigli sui libri, mentre gustavo il polpettone che mi aveva preparato con tanto amore, il purè e i broccoli saltati. Poi avevamo guardato dei film sorseggiando tè sul suo divano. Quel divano – muto testimone – senza dubbio aveva assistito a un bel po' di azione.

Mi ritrovai sul viale silenzioso, con l'auto parcheggiata proprio di fronte a casa di Cathy, una chicca in stile vittoriano che sembrava fatta di marzapane. La vedevo, rilassata, leggere sull'amaca sotto il portico. "Lui è sempre qua." Con grande disgusto mi resi conto all'improvviso che probabilmente avevo tenuto Amy dopo la scuola mentre Steve era al lavoro e Cathy e Henry scopavano sul suo divano, o nel suo letto, o dovunque scopassero.

La portiera della mia macchina sbatté con un tonfo secco, da carrozzeria tedesca. Salii i gradini del portico. Lei mise giù il libro, sorrise, e poi gli angoli della bocca le caddero all'ingiù, la sua espressione si fece ansiosa. Il mio volto era di pietra.

«Vieni un po' qua» le dissi a denti stretti «ché adesso dobbiamo parlare.» Si alzò dall'amaca e la scortai fino allo squallido parcheggio vuoto di fronte a una casa nelle vicinanze. Restammo in silenzio l'una di fronte all'altra per un momento, mentre cercavo di riordinare i pensieri. Lei mi guardava terrorizzata.

«Mi hanno detto della tua relazione con Henry.»

«Julie, ho bisogno di sedermi» crollò su un tronco di legno

marcio. Il viso, già pallido di suo, perse completamente colore.

"Troiaputtanaschifosa." Mi era andato il sangue al cervello, volevo spaccarle la faccia. Ma al solo pensiero di toccarla mi sembrava di infettarmi. Non volevo sfiorarla mai più. Era già troppo starle così vicino, ma dovevo resistere durante quello che speravo fosse il nostro ultimo incontro ravvicinato.

«Cosa,» le chiesi, irrigidita per la rabbia sconcertante che provavo «*cosa* pensavate di fare?»

Rispose con un filo di voce. Che lei era stata debole, che Henry era stato così suadente. E le dispiaceva così tanto, tantissimo.

"Dai pure la colpa a quello morto. Brava. Facile, così."

«Sei una troia schifosa.» Non avevo mai dato della troia a nessuna donna. Mi sentivo la bocca sporca. Scavando dentro di me, avevo tirato fuori una viscida, sudicia creatura.

«Il mio affetto per te era sincero» attaccò.

«Cosa significa per te *sincero*? Non c'è niente di sincero in te. Come puoi provare affetto per una donna e contemporaneamente scoparti suo marito? Che razza di persona fa una cosa del genere e crede di potersi definire un'amica? Una psicopatica, ecco chi. Mi fai ribrezzo. Sei una serpe.»

Si guardò i piedi. «Sai, Henry non mi ha mai amata, non gli è mai importato di me veramente. Lui amava te, ha sempre amato te.»

«E che razza di amore sarebbe?»

"Non mi stupisce aver preso delle cazzo di medicine per dodici anni.

"Mi chiedo quante altre donne avrà avuto.

"Di sicuro ce ne sono altre. Forse la donna che ha urlato quel giorno era una di queste."

«Quindi,» la guardai duramente, sforzandomi di mantenere il contatto visivo «ecco cosa succederà. Hai una settimana per dire a tuo marito la verità o lo faccio io. Ma tu stavi già per dirglielo, vero?»

«Lo farò» disse mestamente Cathy, scegliendo di non rispondere alla mia domanda. Abbassò ancora di più la testa. Mi guardò con occhi da bambina triste, castigata ma ancora speranzosa di riuscire a togliersi dai guai.

«Julie, ti prego, per il bene delle nostre figlie, possono continuare a...»

"Non ha capito un accidente. Una spada. Ecco cosa mi ci vorrebbe. Ma forse morire trafitta da cento colpi sarebbe troppo poco."

«Non voglio mai più che mia figlia stia nella stessa stanza con te o con tua figlia, se posso evitarlo. E non incolpare me per questo. L'avete voluto tu e lui. È la vostra cazzo di colpa. Adesso vado a riprendermi la mia bambina.»

Mi voltai e mi diressi verso casa sua. Lei rimase seduta sul tronco.

"Henry, hai una bella fortuna a essere già schiattato."

Era sempre stato abile, dotato di un grande tempismo. Sette mesi prima, la morte di Henry era stata una disgrazia inaspettata, una tragedia che aveva portato moltissima infelicità nella mia vita e in quella di Liza. Centinaia di persone tristi al suo funerale. Adesso la sua morte sembrava più come *La grande fuga*. L'interno della casa di Cathy, bizzarro come l'esterno, aveva un odore familiare. Caffè, toast, il *New York Times*, la marca preferita di detersivo.

Chiamai Liza, che apparve immediatamente insieme a Amy sul pianerottolo al secondo piano, come se avesse già intuito la gravità della situazione. Si precipitò giù per le scale con insolita rapidità. La sua borsa della notte era preparata con cura, appesa alla ringhiera delle scale. Presi la borsa, afferrai la mano di Liza saldamente, la spinsi fuori dalla porta fino al marciapiede dall'altra parte della strada dove avevo lasciato la macchina. Liza salì in silenzio. Chiusi la macchina sbattendo lo sportello.

Cathy era ancora seduta sul tronco nel parcheggio vuoto di là dalla strada.

La follia mi si presentò di nuovo davanti nelle sembianze di un pickup rosso scassato, con le portiere recuperate dallo sfasciacarrozze. L'autista, un ubriacone, con il buzzo che esplodeva fuori dalla canotta macchiata, stava chinato dietro le ruote del veicolo fermo, vomitando l'anima. L'ubriacone cercò una lattina nel portabottiglie, tracannò il fondo, si pulì la bocca con il dorso della mano pelosa e scaraventò la lattina vuota in mezzo alla strada, tanto per far girare le palle al mio spirito da ecologista. La lattina rimbalzò rumorosamente sull'asfalto, la mia testa era sul punto di scoppiare. "Forse sono davvero pazza."

Le mie mani tremavano sul volante, ma la macchina continuò ad andare. Ci avvicinammo all'unico incrocio della città con semaforo. Mi accorsi del rosso appena in tempo per frenare.

«Mamma, perché sei così triste?»

«È appena successa una cosa molto brutta con Cathy. Cathy ha fatto una cosa orribile. Non posso più fidarmi di lei. Mi dispiace ma non credo che potrai giocare ancora con Amy.»

Liza si mise a piangere. Lei e Amy erano amiche da quando avevano due anni. Anch'io piangevo, furiosa e fuori di me. Cosa stavo facendo alla mia bambina? Ma cos'altro avrei potuto fare? Il semaforo diventò verde.

"Andare a casa, arrivare sane e salve, e poi alzare la barricata. Rifugiarci dentro, chiudere le finestre e mettere mobili pesanti davanti alle porte, per tenere fuori la follia."

Henry stava ridendo di me? Ci aveva rese due pazze, Cathylatroia e me. Forse si divertiva. Si era divertito. Era un gioco.

«Mamma, ma cos'ha fatto Cathy?»

«Adesso non posso dirtelo, ma un giorno lo farò. È che adesso non posso proprio.»

«Se lei ti dicesse che le dispiace, andrebbe bene?»

«No, perché quello che ha fatto è talmente brutto che non le crederò mai più. Non posso fidarmi a lasciarti con lei.»

«Ha preso una cosa che era tua?»

Esitai, domandandomi se per caso Liza sapesse qualcosa.

«Sì. Sì, l'ha fatto.»

Quando entrammo in casa, mi accorsi che era troppo tardi. La follia si era insinuata attraverso le porte con l'aria calda di luglio, e adesso aleggiava dappertutto, permeando ogni stanza.

Il mio matrimonio era cosa morta. Lasciai Liza in cucina, salii le scale e mi diressi al cassettone in camera da letto, mi tolsi la fede, la buttai nel cofanetto dei gioielli. Sembrava che la sostanza del mio matrimonio fosse stata più che altro illusione.

Mi tornarono in mente tutte le volte negli ultimi anni in cui non avevo voluto fare sesso con Henry. Avevo provato repulsione per lui, c'era qualcosa di non sincero, di viscido che non riuscivo a capire, avevo come la sensazione che ci fosse un estraneo dentro al corpo dell'uomo che conoscevo da sedici anni. Anche baciarlo era come sentirmi violata. Mi ero negata sessualmente per salvaguardare me stessa dall'inganno che il mio corpo percepiva. Ora potevo essere onesta. Lo odiavo. Lo detestavo. E lo amavo ancora.

Chiamai Cathy nei quattro giorni seguenti. Era come parlare con il segnale orario. Non diceva niente, anche se la torturavo per avere delle risposte. Farneticavo.

«Non è l'adulterio il peggiore dei peccati secondo la tua chiesa?»

«E non è forse il peggiore dei peccati per chiunque?»

«Allora Henry era una specie di ipnotizzatore o cosa?»

«Sarebbe questa la tua spiegazione per una relazione andata avanti quasi tre anni?»

«In due, tre anni non sei stata capace di dire "no, questo è sbagliato, dobbiamo finirla"?»

«Che cos'è? La morte del libero arbitrio?»

«Secondo te una fottutissima macedonia avrebbe dovuto sistemare tutto?»

Questa cosa non mi dava alcuna soddisfazione e mi esasperava. La mia rabbia era una creatura ferita e agonizzante. La mia rabbia esigeva carne fresca. La mia rabbia pretendeva vendetta. Ma non riusciva ad affondare i denti da nessuna parte.

Pensai a tutte le volte in cui non ero riuscita a dire di no a Henry. Quando voleva comprare un nuovo computer, una borsa, un paio di scarpe sportive, una bici. Quando voleva dare un'altra cena costosa.

Alla fine, il quarto giorno, Cathy mi attaccò il telefono in faccia, nel bel mezzo della sfuriata.

"Bene. Questa cosa deve finire. La rabbia mi distruggerà se continua a non reagire ai miei attacchi. Devo conservare un briciolo di rispetto per me stessa."

Steve, il marito di Cathy, che quasi avevo dimenticato in quei giorni, mi telefonò. «Possiamo mantenere la cosa privata? Per il bene delle bambine?»

Questo era il mio tallone d'Achille, il mio punto debole – mia figlia. Accettai. Sì, questa era una cosa sensata, perché avrebbero dovuto saperlo tutti? Anche il mio senso del pudore mi diceva che era meglio non si venisse a sapere.

Ma poi, più tardi, immaginai i futuri scenari.

Vivevamo in una città davvero piccola.

Le nostre case erano a neanche un chilometro di distanza.

Ci sarebbero state le recite a scuola, i concerti in città, incontri al supermercato e in farmacia, alla lavanderia e al piccolo negozio dove compravo i biscotti per Liza tutti i pomeriggi, e il negozio di giocattoli in Main Street, dove andavamo di sabato per farci coccolare dalla proprietaria, la nonna di tutti i bambini della città.

Ci sarebbero state le cene. Se nessuno avesse saputo, tutti avrebbero continuato a invitare Cathy e Steve, perché facevano parte del nostro giro. Mi sarei ritrovata a sedere al suo stesso tavolo, o in giardino durante i barbecue, costretta a vederla per forza, costretta a salutarla e a conversare con lei amabilmente. Come potevo tenere fuori dalla questione le bambine se le prospettive erano queste?

"Mi consumerò.

"Perderò la testa.

"Dovrò vivere una vita di finzione.

"Non posso fingere. Non ho lo stomaco per reggere. Sono sempre stata una pessima bugiarda. Basta bugie."

Nel gruppetto di persone che avevano mantenuto il segreto sin da gennaio regnava il caos. Si trattava di Matthew e sua moglie, Emily e suo marito, Irena, Anna, Tomas e la sua precedente ragazza, che erano tutti venuti la mattina del nove gennaio per aiutarmi con i preparativi per il funerale di Henry. Avevano deciso di non dire nulla per un po', in modo che io mi potessi riprendere dallo shock della sua morte. Matthew aveva organizzato il funerale del suo migliore amico affrontando allo stesso tempo il dolore, il trauma e la profonda delusione. Matthew e sua moglie erano stati nostri amici per anni. Nessuno del gruppo aveva pensato che sarebbe stato Tomas a dirmelo, ma lui l'aveva fatto. Del resto, come accade spesso nella vita, le cose non vanno sempre secondo i piani.

Emily mi chiese se adesso poteva parlarne anche con gli altri amici. Mi disse che mantenere il segreto per tutti quei mesi era stato emotivamente estenuante. Si era sentita una bugiarda. La capivo.

E poi naturalmente c'era da risolvere quella cosuccia della vendetta.

Emily aveva covato rabbia negli ultimi mesi, rimanendo in silenzio, sforzandosi di essere educata quando vedeva Cathy in città.

Anna, in un impeto d'ira folgorante come i suoi capelli rossi, disse che era giunto il momento della Lettera Scarlatta.

I pettegolezzi agirono in fretta. Adesso Cathy era stata smascherata all'interno della nostra piccola comunità. Aspettava da sola nel cortile della scuola, la evitavano al supermercato, ma anch'io avevo la mia dose di vergogna. Mi ero presa un'altra bella mazzata e la cosa mi colse impreparata. Gli sguardi compassionevoli della gente, i tentativi di mostrarsi dalla mia parte anche in quest'ultima catastrofe. Mi sentivo umiliata, praticamente certa che tutti stessero parlando della mia vita disastrata. In effetti mi sembrava che la mia esistenza fosse un fallimento totale. L'inferno è senza dubbio una piccola città.

Steve mi chiamò non appena la notizia saltò fuori. «Mi hai mentito. Mi avevi detto che avresti mantenuto la faccenda privata. Vuoi davvero che le nostre figlie lo vengano a sapere?»

«Ho cambiato idea» risposi duramente. «Sì, l'ho fatto. E questa non è proprio una faccenda privata. Henry e tua moglie hanno mantenuto il segreto mentendo a tutti, a tutti i nostri amici. Io non voglio più mentire.»

«Tu sei una bugiarda» ripeté.

«Sì, certo. E la bugiarda che sta in casa tua? Quella che ti ha mentito per anni?»

Aveva già ricomposto il cerchio. Sarebbe rimasto con Cathy – i loro voti matrimoniali erano sacri. Sottolineai il fatto che Cathy non aveva dato loro molta importanza.

«Cercherò di perdonarla. E questo è quel che dovresti fare anche tu.»

«Non me ne frega un cazzo di quel che dovrei fare secondo te. La perdonerò se e quando deciderò di perdonarla.»

Cathy mandava delle mail. Dopotutto era una scrittrice ed era anche brava. Mi offrì scuse eloquenti per la cosa terribile che avevano fatto lei e Henry. Mi disse che era determinata a riconquistare la fiducia e l'amore di suo marito, che era di nuovo completamente devota a Steve e alla sua bambina. Osò anche accusarmi di averle rovinato la reputazione in città.

Ognuna era dietro la propria barricata.

"Devo andare via da questo posto."

Chiamai Leslie Burns, la psichiatra di Henry. Era andato da lei nell'ultimo anno e mezzo della sua vita. Ansia, mi aveva detto. Non riusciva a lavorare. Aveva attacchi di panico e disturbi del sonno. Gli aveva prescritto dei farmaci, diversi dai miei. Casa nostra era una vera e propria farmacia.

Leslie Burns accettò di vedermi, ma solo perché ero l'esecutrice testamentaria di Henry. Desiderava vedere un documento scritto.

A mezzogiorno arrivai alla Grand Central Station di New York. Non mi ero fatta mancare nulla da quando gennaio aveva portato con sé le buone nuove, così chiamai un taxi e mi misi comoda sul sedile di dietro.

Poi guardai il mio autista per dargli indicazioni. Era un uomo molto attraente. Capelli scuri e lucidi pettinati da una parte. Occhi scuri, distanti, assonnati. Pelle olivastra, zigomi alti. La sua licenza falsificata suggeriva che era appena arrivato dall'Europa dell'Est. Le sue mani eleganti stavano appoggiate al volante come due bellissime, annoiate modelle. Le mani di Tomas, ma più aggraziate, non segnate dal duro lavoro dello scultore. I nostri occhi si incontrarono nello specchietto retrovisore mentre gli davo l'indirizzo dell'Upper East Side.

Improvvisamente l'atmosfera in macchina si era surriscaldata. Volevo parlargli. Avrei voluto che accostasse, così magari avremmo combinato qualcosa. Mi guardò nello specchietto retrovisore, un lungo sguardo imbarazzante. Rovistai nella borsetta alla ricerca del mio portafoglio e, pensandoci bene, anche del rossetto. Quando rialzai gli occhi, il suo sguardo incrociò di nuovo il mio.

Avevo la sensazione che il tempo si fosse dilatato, come il giorno in cui era morto Henry, quegli ultimi cinque minuti in cui la sua vita si era tesa come un elastico. Il viaggio proseguiva nel silenzio totale, solo il rumore del telaio della vecchia automobile e quello del traffico fuori.

Alla fine e, ahimè, troppo presto, accostò di fronte a una signorile casa brownstone, in un elegante viale alberato negli East Seventies. Pagai la corsa, indugiando più che potevo. Uscii fuori, lui guardò me e io guardai lui. Avrei voluto solo un'ora con quell'uomo in una stanza d'hotel. Non volevo parlare con lui o sapere come si chiamava. Mi domandai se Henry si sentisse così quando faceva la corte alle sue donne.

Rimasi in piedi lì fuori un po' più del necessario, sistemando le borse. Anche l'autista temporeggiava, e lo vidi guardare di nuovo nello specchietto retrovisore mentre la macchina ingranava la prima. Arrivata alla porta della dottoressa mi voltai. Lui stava andando via lentamente.

Dentro lo studio regnava la quiete prodotta da una macchina che diffondeva rumore bianco e c'erano riviste da sfogliare. Mi sistemai la gonna, mi aggiustai la canottiera e i capelli come se davvero avessi passato la famosa ora in hotel.

Leslie Burns sedeva appoggiata allo schienale reclinato della sua sedia di pelle nera, riposando i piedi su un'ottomana. Era una signora cicciottella che indossava una tuta. «La amava, questo lo sa» mi rassicurò. «Non voleva che il vostro matrimonio finisse. Amava lei e amava Liza, e dava grande valore a questa parte della sua vita.»

Mi domandai se per caso non stesse mentendo, solo per farmi stare meglio.

«Ma a proposito dell'altra parte della sua vita, con Cathy e le altre donne?» chiesi. «Me l'avrebbe mai confessato, o sarebbe andata avanti così?»

«Credo che volesse parlarle di Cathy. Sa, ha impiegato sei mesi per raccontare a *me* di Cathy. Inizialmente, quando me lo disse, non si giustificò.» Leslie sistemò il suo grosso corpo sulla sedia. Non riuscivo a smettere di guardare la sua tuta. Nei miei numerosi anni di terapia, avevo sempre visto gli strizzacervelli in completi sobri e di buongusto.

«Andando avanti divenne chiaro che la sua relazione con Cathy gli stava distruggendo la vita. Voleva troncare, ma era spaventato al pensiero di confessare tutto a lei. Era spaventato all'idea che potesse lasciarlo e portare via Liza.»

"Ci puoi scommettere che l'avrei lasciato."

Guardai le pareti attorno e mi rassicurai vedendo i diplomi universitari della Ivy League. Decisi di ascoltarla fino alla fine del discorso.

«Credo che le altre donne – erano più di una – fossero "di transizione", un modo per mettere fine alla sua relazione con Cathy e tornare da lei. Stavo cercando di aiutarlo a fare proprio questo.»

Mi disse che Henry mostrava i segni di un disturbo narcisistico della personalità. Per quanto riguardava Cathy, lei pensava più a un disturbo borderline. Le donne con quel disturbo sono emotivamente instabili e tendono a sviluppare dipendenza, spesso ricorrono a gesti plateali per accaparrarsi amore e attenzioni.

Ero a bocca spalancata. "Cristo santo."

Leslie spiegò che entrambi i disturbi riguardavano persone con una bassa autostima, spesso legata a traumi infantili.

«Henry parlava spesso del difficile rapporto che aveva con sua madre» disse Leslie. «Lei lo idolatrava e lo caricava di molte aspettative, tra cui la responsabilità del benessere famigliare. È un classico.»

Leslie descrisse come le persone che soffrivano di quel disturbo fossero carismatiche ed estroverse in società, ma dentro, nel privato, avessero la consapevolezza di interpretare un personaggio. Contrariamente alla sicurezza che proiettano, sono piene di autocommiserazione. Queste persone non riescono a tollerare la solitudine perché le obbliga a vedere chi sono veramente, a entrare in contatto con la parte nascosta sotto la superficie. Il personaggio che interpretano conquista un sacco di amicizie, partner sessuali, successo lavorativo.

«E sfortunatamente la nostra cultura spesso premia tale

comportamento» disse Leslie sospirando. «La tendenza alla menzogna è molto comune» continuò. «Ho un altro paziente nella stessa situazione. Pazienti del genere hanno relazioni extraconiugali per mettere alla prova quelli che amano veramente, quasi per dimostrare che non meritano di essere amati.»

Mi ricordai che Henry era stato così affascinante quando ci incontrammo, così educato. All'inizio mi aveva insospettito, ma poi mi conquistò. Quella stessa strategia aveva funzionato ovviamente anche con Cathy e le altre.

"I traumi infantili di Henry non lo giustificano per essere stato uno stronzo amorale da adulto. Quanta compassione dovrei avere per lui? Io ho avuto un'adolescenza infelice, ma questo non mi dà il permesso di mentire, ingannare e rubare."

Leslie continuò. «I soggetti borderline o narcisisti sono entrambi molto dipendenti dagli altri, portati ad avere fortissimi alti e bassi, distorcono la realtà.»

«Tu non mi dai abbastanza attenzioni.» Si lamentava spesso Henry. «Dovresti passare più tempo dedicandoti a me e meno a preoccuparti per Liza.»

"Due persone veramente incasinate si erano incontrate e si erano date man forte. In Cathy Henry aveva trovato qualcuno pronto a idolatrarlo, e in lui Cathy aveva visto un oggetto d'amore con un infinito bisogno di attenzioni."

Leslie si sporse verso di me. «Julie, non le dispiace se le chiedo cosa avrebbe fatto se Henry le avesse detto di Cathy?»

«Avrei divorziato così in fretta da fargli girare la testa» risposi di getto. Ma tra il dire e il fare. In verità non so cos'avrei fatto.

«Mi spiace sentire questo» disse Leslie. Abbassò per un attimo lo sguardo. Mi accorsi che era davvero dispiaciuta. Aveva fatto il tifo per lui, sperando che sarebbe riuscito a sistemare la sua vita.

Mi domandai se la sua morte fosse stata solo un problema di salute o piuttosto la diretta conseguenza delle sue scelte. Lasciai l'ufficio con un nuovo sentimento verso Henry e Cathy. Non ero pronta a perdonarli, la mia rabbia non si era ancora consumata del tutto. Ma con mia grande sorpresa provai pena per Henry. Era morto prima di avere la possibilità di sistemare le cose.

Matthew mi aveva chiamata ogni giorno dalla morte di Henry, «tanto per sapere come stai». Era di grande sostegno. Dopo aver affrontato Cathy, l'avevo chiamato per vedere che cosa fosse sopravvissuto dell'hard disc di Henry. Avevo letteralmente mollato il computer di Henry a Matthew, mai avrei immaginato che mi sarebbe servito di nuovo a qualcosa. Matthew aveva fatto il backup di tutto e mi fece avere il diario personale di Henry, gli appunti per *Umami*, e la sua corrispondenza. Avevo provato a chiedere a Matthew, nei mesi precedenti, se poteva farmi avere la copia del contenuto dell'hard disc, ma lui era sempre stato vago, prometteva di darmela sperando che io me ne dimenticassi. Immaginando che sarebbe stata un bel po' di roba, avevo lasciato alla copisteria i cd con il backup piuttosto che stampare tutto a casa. La prima cosa che mi era venuta in mente era stata di imbustare tutto e spedirlo direttamente a Helen, la mia psicoterapeuta, senza nemmeno aprirlo, in modo da poterne vedere insieme il contenuto in un luogo neutrale. Avevo già pronto in macchina il pacchetto con l'indirizzo scritto sopra.

La copisteria della città è un tipico negozietto di provincia dove tutti sanno perfettamente chi sei. È incastrato fra la piccola gastronomia – dove fanno un caffè davvero buono e un'insalata di tonno squisita – e il meccanico dove porto a far riparare la macchina. Una mattina di febbraio, quando la mia auto aveva deciso di non partire, interpretai la parte della donzella in difficoltà e Tony arrivò subito con i morsetti. In quel punto della città ci sono anche il supermercato, le poste, la farmacia e una merceria dove di solito spendo parecchi soldi in gomitoli.

Entrando in copisteria, trovai momentaneo sollievo nell'aria condizionata, tra i cinguettii, i trilli e lo sferragliare delle zampette di due coloratissimi pappagallini dentro una gabbia, che davano il benvenuto ai clienti. Io non sono un'amante del costante cinguettio, ma in quel negozio, mescolato al ronzio delle fotocopiatrici e del condizionatore, diventava un suono rilassante.

Le pareti erano coperte con centinaia di fotografie di clienti appiccicate l'una accanto all'altra in un collage senza forma. Qualcuno aveva giocato a una sorta di «Cadaveri eccellenti» con le proprie foto, ritagliando e scambiando corpi e teste con risultati esilaranti.

Conoscevo la maggior parte di quelle facce. Il mio sguardo seguiva un percorso già visto, e infatti spuntò la faccia di Henry sul muro a destra. Indossava il suo parka e il suo berretto preferiti, fissandomi con il suo sorriso accattivante. Ebbi l'impulso di andare a strappare la foto dal muro. Mentre la signora mi faceva il conto, mi domandai se qualcuno avesse dato uno sguardo a quelle pagine mentre venivano stampate e rilegate.

"Che compito orribile ha lasciato Henry al suo amico. Matthew ha perduto il suo migliore amico e il giorno dopo ha dovuto nascondere tutta la sua merda in modo che io non ci finissi dentro. E adesso quella merda è qui fra le mie mani."

Presi il pacco e mi diressi verso la porta, sentendomi intimamente sollevata che la mia foto non fosse mai finita sul muro del negozio. Quel che rimaneva della mia privacy all'improvviso sembrava terribilmente prezioso.

Il caldo mi assalì non appena uscii dalla frescura paradisiaca del negozio. Aprii la porta della macchina e mi sedetti al volante. L'interno si era surriscaldato nel giro di pochissimi minuti, mentre ero dentro al negozio. Ma mi sentivo rilassata e a mio agio in macchina, piena di bottiglie di succhi di frutta vuoti, cartacce di caramelle e briciole di biscotti. Henry mi sgridava spesso per il casino che lasciavo in auto.

"Be', vai a fare in culo, stronzo. Adesso questa è la mia fottutissima macchina, e se la voglio ridurre una merda, tu – morto del cazzo – non puoi farci niente!"

Guardai il pacco che conteneva il diario di Henry, e in preda a un raptus lo aprii. Riuscivo a vedere la prima pagina attraverso la copertina di plastica semitrasparente. Avevo le mani sudaticce e appiccicose, la bocca asciutta e allappata. Aprii la copertina e iniziai a leggere. Era una parte datata inizio agosto 1999. A quei tempi vivevamo in questa città da appena un anno.

4 agosto 1999

Eravamo davvero lì lì per farlo. No, andiamo con ordine. Prima di tutto entrai e chiesi un bicchiere d'acqua, che lei mi passò. Pensai di baciarla lì in cucina, ma l'avevo già fatto in cucina, ero stufo della cucina. Io la guardavo, lei mi chiese a cosa stavo pensando. Risposi che stavo pensando a quanto sarebbe stato bello essere da qualche altra parte, io e lei soli. In vacanza in un cottage. A scopare e a leggere libri ad alta voce, l'uno all'altra. Sembrava che questa cosa la rendesse contenta. Andammo in sala da pranzo. Io stavo seduto al tavolo di fronte a lei e poi le chiesi se la potevo baciare. Lei disse di sì. Iniziammo a baciarci. Durante una pausa le chiesi a cosa stava pensando. Fece una smorfia e disse una cosa come «Non sto pensando a nulla, sono solo in ansia. Questa cazzo di casa è tutta aperta, è come se ci stessimo strusciando nel bel mezzo di Main Street. Potrebbe arrivare il fattorino della FedEx da un momento all'altro». A quel punto suggerì di spostarci in un posto più comodo. Così andammo nella stanza della tv. La faccio sdraiare sul divano e mi stendo sopra di lei e glielo struscio tra le gambe. Mi guarda un attimo stupita e poi si lascia andare. Ci giriamo e lei è sopra di me. Mi si struscia addosso. È fantastico, a parte la frizione dei vestiti che mi ha quasi fatto una bruciatura proprio in quel posto. Le chiedo se non è forse il caso di andare di sopra. Sembra che questa richiesta la metta a disagio. Decido che devo farle un po' di pressione. E alla fine dice di sì. Saliamo le scale. Guarda a sinistra, nella stanza da letto dove dorme con suo marito. Guarda la stanza dei bambini. Devo dire che ammiro il suo senso della sacralità. È chiaro che non vuole andare in nessuna delle due. Alla fine la attiro verso una stanza quasi vuota che usano come studio. Iniziamo a baciarci. Lei si mette in ginocchio, mi allarga le gambe e me lo prende in bocca. Merda. È come un pompino di quelli da adolescente. È elettrizzante. È come avere un elettrodo attaccato al glande. Mi tolgo i boxer. Le sfilo gli slip. Ci rotoliamo ancora qualche minuto sul pavimento duro. Non c'è niente tra il mio vecchio culo di quarantenne e il legno massiccio del parquet, a parte un tappeto liso. E non è solo questo, le finestre della stanza sono praticamente al livello delle mie chiappe. Guardo giù nella casa a fianco. Un'anziana signora è nella sua cucina a fare i biscotti. «E chi cazzo è?» dico. «Oh, è la Signora Kettle» risponde a bocca piena. «Be', la Signora Kettle è lì che ci guarda.» «Non preoccuparti, è quasi cieca.» Voglio dire, si preoccupa praticamente di tutto tranne che della vecchia che mi sta facendo la rettoscopia? La vedo. Mi sta sorridendo con i suoi occhi annebbiati. Non vengo, ma continuiamo a darci da fare ancora un po'. Concludiamo pomiciando sul pavimento. Una cosa alla Clark Gable. Ci sbaciucchiamo. E poi ce ne andiamo a prendere le nostre figlie.

Chiusi la cartellina – ero allibita – boccheggiavo. Appena riuscii a respirare piansi fino a farmi scoppiare la testa. Il petto mi faceva male come se me l'avessero diviso a metà con uno degli adorati coltelli da cucina di Henry.

Chiamai Tomas dal cellulare. Riuscivo a malapena a parlare.

«Julie, ricordati che questa cosa non era reale mentre accadeva, non era reale mentre la scriveva, e non è reale nemmeno adesso.»

Avevo capito cosa intendeva. Quello che Henry scriveva e pensava e faceva nel corso della sua relazione con Cathy era una specie di fantasia. Quello che era successo tra loro faceva parte di un gioco. Ma qualcosa era comunque successo, queste cose loro le avevano fatte.

L'Henry del diario era una persona a me completamente sconosciuta, un personaggio inventato. Questo non era l'uomo che mi aveva chiesto di sposarlo offrendomi champagne in un ristorante romantico, non era l'uomo che aveva promesso di onorarmi quando ci eravamo sposati, né l'uomo che mi aveva scritto tenere frasi d'amore, che mi era stato accanto durante il travaglio, che aveva cullato e addormentato nostra figlia quando piangeva. Nemmeno l'uomo con il quale litigavo sempre era così insensibile. Qual era il vero Henry? Il mio matrimonio era stato reale?

«Mi ami ancora?» mi chiedeva. «Non credo che tu mi ami ancora. Pensi ancora che io sia attraente?» Io avevo sempre risposto di sì.

Mi sedetti in macchina, ipnotizzata dalle lucine del cruscotto, cullandomi con il ronzio del motore e dell'aria condizionata fino a che mi sentii calma a sufficienza per riaprire la cartellina. Lessi avidamente, come se stessi divorando una scatola di pasticcini al cioccolato, fino all'ultimo biscotto – avvertendo un conato di vomito arrivata alla fine.

"È come leggere Henry Miller." Anche se non mi ero ancora ripresa dopo aver letto l'inizio del diario di Henry, non riuscivo a fare a meno di pensare a certi passaggi dei romanzi di Miller. Di sicuro alcune scene di seduzione nei suoi romanzi erano le tipiche stronzate che si inventano i maschi, ma erano stronzate scritte in modo davvero avvincente. Devo ammettere che pagina 484 di *Sexus*, edizione paperback di Grove, non censurata, era una delle mie letture preferite per masturbarmi.

Ma allo stesso modo in cui Henry Miller usava la sua vita come punto di partenza, l'inizio del diario di Henry aveva la verità impressa in ogni parola. Riuscivo a vedere la scena nella stanza vuota in casa di Cathy. Io stessa ero stata là in altre occasioni e avevo visto la casa dell'anziana signora dalla finestra.

"Respira profondamente."

Ero pronta ad addentrarmi fra le mail di Henry.

Sei

14-18 luglio 2003

Il caldo continuava a essere devastante. La gente moriva soffocata. Mentre un ventilatore soffiava aria calda sulla mia pelle sudata, una parte di me stava morendo man mano che leggevo il mucchio di mail che Henry aveva lasciato.

> 25 gennaio 2002, 9.32
> Okay, ci sentiamo più o meno fra mezz'ora. Preferisci che venga da te o mi scrivi una mail?

Non riuscivo a ricordarmi cosa stessi facendo quella mattina di gennaio mentre lui scriveva a Cathy. Forse avevo fatto una corsa al negozio a prendere il latte e le uova, o mi ero fermata alla posta e poi in banca a ritirare i soldi che ci sarebbero serviti in settimana. No, alle 9.32 di sicuro avevo già fatto tutte quelle cose, sarò stata nello studio a fissare il computer, proprio come il giorno in cui Henry era morto. Cercai di rievocare le immagini della realtà parallela che aveva creato con Cathy, i segni di quello che non avevo voluto vedere.

Ero come Bubble Boy, il ragazzino allergico al mondo esterno costretto a vivere all'interno di una bolla di plastica. Ero diventata allergica al mio matrimonio. Con il tempo avevo ispessito le pareti della mia bolla fino al punto di non riuscire a vedere altro a parte quello che riguardava la cura di mia figlia, il lavoro, il bucato, il giardinaggio, la scuola, il campo giochi.

Anche il loro adulterio si muoveva in un piccolo mondo a parte, in base a ritmi quotidiani. Henry scriveva a Cathy la mattina, si faceva la doccia, leggeva il giornale, si chiudeva in ufficio e poi usciva all'ora di pranzo, raccontandomi quasi sempre che andava a far la spesa. A volte mi aveva detto che sarebbe andato da Cathy per un caffè e che poi sarebbe passato lui a prendere Liza a scuola. Non percependo Cathy come una minaccia, ero ben contenta di avere un po' di tempo in più per lavorare. Steve prendeva il treno quasi tutti i giorni all'ora di pranzo per andare al lavoro in città. Questo lasciava a Henry e a Cathy tre ore prima dell'uscita da scuola, alle tre del pomeriggio, molto di più che se fossi andata io a prendere Liza.

Mi alzai e iniziai a fare su e giù nel mio piccolo studio. Mi misi in piedi di fronte al ventilatore, rilassandomi con il ronzio e il soffio d'aria. Chiusi gli occhi e cercai di immaginare tutti i giorni di quegli ultimi anni di matrimonio. I dettagli erano persi nella stessa foschia che avvolgeva quella giornata soffocante. Il caldo mi spinse fino al giardino sul retro, speravo che la visione delle ultime profumatissime, candide rose bianche in piena fioritura avrebbe placato la mia rabbia, la rabbia che mi spingeva a fare a pezzi tutto quello che di buono era rimasto degli anni che avevo trascorso con Henry.

"Cosa c'è di reale? Cosa posso conservare? I biglietti e le poesie d'amore che mi scriveva? I nostri album di foto? C'è stato qualcosa di vero in tutto questo? C'è stato qualcosa che abbia avuto un significato?"

Liza significava qualcosa. Tutto. Forse era l'unica cosa reale. Potevo ripartire da questo. Quando e in che modo avrei potuto spiegarle che suo padre l'amava molto ma non abbastanza da comportarsi bene nei suoi confronti? Era stato negligente, addirittura sconsiderato verso noi due. Tornai in casa battendo in ritirata a causa della luce accecante. Era come rientrare in una caverna buia, esattamente come mi sentivo io.

Di ritorno alla scrivania, andai avanti a leggere le mail. Henry e Cathy si consultavano sugli orari del treno di Steve, su quelli delle mie lezioni di yoga, sugli impegni delle bambine. Concordavano l'acquisto di un lubrificante sessuale. Cathy elargiva consigli sulla nostra terapia di coppia e si preoccupava del fatto che Jenny, la sua vicina, avesse forse intuito qualcosa. Henry si lamentava dei miei eccessi d'ira. Cathy era gelosa delle nostre modeste vacanze e cene al ristorante. Chiedeva consigli a Henry per la sua dichiarazione dei redditi. Si lamentava di quando suo marito le ronzava attorno mentre era al computer. Henry rispondeva: «Fagli un pompino. Così te lo levi di torno».

Nelle mail serali, Henry e Cathy confrontavano le loro ricette di Ambien, Xanax e Klonopin, medicine che prendevano entrambi per combattere ansia e insonnia. Non credo di sbagliarmi dicendo che stavano facendo a gara di medicine in quelle giocose conversazioni prima di andare a dormire.

Si entusiasmavano per il sesso incredibile che avevano fatto il giorno prima. E per quanto fosse mediocre il sesso matrimoniale in confronto.

L'11 febbraio 2002 Henry scriveva:

> Facciamo del sesso piacevole che si conclude sempre in maniera soddisfacente (io pretendo sempre un certo livello) ma non è più davvero «eccitante». Credo che in confronto a molti altri matrimoni lo facciamo alla grande. Ma rispetto alle nostre performance è solo sesso fra persone sposate che si conoscono bene, fin troppo

bene. Il sesso che facciamo io e te mi elettrizza, mi scuote dentro, va oltre. E se potessi evitare di farlo con lei, per me sarebbe solo meglio.

Leggere quelle cose mi feriva in una maniera inimmaginabile, ogni parola era una spina nel cuore. L'avevo perso molto prima che morisse. Avevo perso un amore che una volta era stato il fulcro della mia vita. Mi sentivo come il soldato nella prima scena di *Salvate il soldato Ryan*, che cerca attorno a sé il braccio che gli è saltato, poco prima che un'altra granata lo faccia fuori.

"Questo fa parte della mia eredità. Cosa me ne devo fare? Cosa ci faccio con questa roba? La bolla sta esplodendo, la bolla che avevo creato per proteggere me e Liza."

Tuttavia, nessun altro in città si era accorto dell'enorme, gigantesco affare che era stata la relazione fra Cathy e Henry. Nessuno tra i nostri amici aveva avuto il benché minimo sospetto. Io e Jenny, la vicina di Cathy, ci avevamo fatto un pensiero sopra, quel giorno d'estate in cui ero stata da lei in giardino, ma avevamo subito accantonato l'idea scherzandoci su. Henry flirtava davvero con tutte. Tutte le mie amiche in città erano rimaste scioccate.

«Ma ti amava così tanto. Lo diceva sempre. Non capisco» dicevano sbigottite, una dopo l'altra. Il fatto che anche loro fossero disorientate era un sollievo. Mi sentivo un po' meno idiota, ma solo un pochino meno. Perlopiù mi sentivo come se mi avesse investito un camion.

Cercavo disperatamente di sfogare la rabbia tra le nove di mattina e le tre di pomeriggio, quando Liza stava al centro estivo vicino, con il figlio di Anna, Leo. Ma non sempre mi riusciva. Molte sere Liza mi vedeva piangere nel mio studio. Capisci di aver perso la partita quando tua figlia che fa la prima elementare sta lì a consolarti.

Continuavo a leggere. Non riuscivo a fermarmi. Mi sentivo disgustata, oltraggiata, ma anche inferocita. Avevo bisogno di capire, di farmi un'idea di cosa fosse stata la sua vita negli ultimi anni. Volevo anche capire la mia attrazione per un uomo che era riuscito a fare un danno del genere.

Mi sembrava di vivere la stessa curiosità morbosa che si prova quando si legge una rivista di gossip. La stessa parte di me che sbirciava furtivamente le copertine di *People* e *Us Weekly* in fila alla cassa del supermercato e che non vedeva l'ora di sfogliarle quando andava dal parrucchiere, adesso non riusciva a saziarsi di leggere quelle pagine, il mio teatrino dell'orrore in questa minuscola città. Quanto sarebbe stato devastante? Quanto sarebbe stata profonda la mia umiliazione? Quanto sarebbe durata ancora?

E come era riuscito a destreggiarsi così bene in questa cosa? Se non fosse morto, forse non sarei mai venuta a saperlo. Anche se in verità, più ci pensavo, più gli indizi erano evidenti: ero stata io a decidere di ignorarli. Forse pregava perché io lo scoprissi, visto che aveva lasciato senza ritegno tutto in bella mostra sul desktop, dentro a cartelle nominate. La maggior parte dei mariti sta più attenta. E non stramazza sul pavimento della cucina prima di aver trovato il tempo di nascondere la propria corrispondenza.

Sarebbe andato avanti fino a quando la sua psichiatra non l'avesse convinto a confessare. Avremmo potuto proseguire con la terapia di coppia, poi lui mi avrebbe convinto a dargli un'altra chance, continuando tranquillamente ad avere delle relazioni. Mi sarei chiusa dentro la mia bolla fino a che, forse, un giorno, mi sarei ribellata a quella situazione, infuriata come non mai, dopo aver escogitato un piano di fuga.

La bolla non era certo una buona idea.

Mi fu stranamente di conforto scoprire che Henry e Cathy litigavano tanto quanto litigavamo noi. Di solito i litigi si svolgevano in casa di lei o in macchina. Le mail al riguardo erano brevi, stizzosi scambi di battute.

In seguito, l'11 febbraio 2002, Henry scriveva:

> Una delle cose che mi danno fastidio è che tu non sei molto brava a esprimere un sincero affetto nei miei confronti, in pubblico o di fronte agli altri. A volte mi fai sentire come se mi escludessi o ti fossi improvvisamente stancata di me.

Esattamente, cosa si aspettava che facesse Cathy per mostrare «sincero affetto» nei suoi riguardi in pubblico? Davvero si aspettava che lei lo stringesse a sé alle feste, davanti a tutti gli amici?

> L'altra cosa che davvero mi colpisce è la tua propensione a rimproverarmi di non rispettare i tuoi sentimenti, il tuo non concedermi mai una pausa in mezzo a una discussione senza accusarmi di voler aggirare il problema, e la tua tendenza a vederti come la vittima di qualsiasi cosa io faccia, quando ti fa comodo.

Questo tipo di attacco era lo stesso di ogni litigio fra me e Henry in sedici anni di vita insieme. Era davvero un bizzarro universo parallelo. La rabbia, l'ansia di lei, l'arte di mantenere sempre un vantaggio sugli altri, tutto per mascherare la propria insicurezza.

> La faccenda del sesso è la parte più difficile. Non capisco perché tu e Steve lo stiate facendo così spesso in questi giorni, e perché ti stia piacendo così tanto. Stai facendo più sesso con Steve? E ti pare che sia come quello che facciamo noi?

Certo che no, rispondeva lei. Ma lui aveva bisogno di sentirla dire, e ripetere ancora e ancora, che lui era l'amante più meraviglioso e perfetto e che nessun altro al mondo avrebbe mai potuto avere quello che avevano loro due.

"Mentre io stavo a casa a lavorare, a fare la mamma, a pagare i conti, a fare il suo fottuto bucato. A volte a prendermi cura della figlia di quella lì."

Dovevo tirarmi su e camminare di nuovo, smettere un attimo di leggere tutte quelle mail. Girando intorno alla piscina, cercai di distrarmi con il giardinaggio. Mi accovacciai per strappare un dente di leone che si era insinuato nei miei cespugli di rose. Ero davvero impaziente di sradicarlo alla base, con la mia paletta. Detti uno strattone e colpii il cespuglio spampanando tutti i fiori: mi era rimasta in pugno soltanto una misera mezza radice e mi ero punta un dito con la spina di una rosa.

La sconvolgente ipocrisia di Cathy sembrava avere senso, ora. Era ovvio che una donna così goffa e bisognosa di protezione, così disperatamente in cerca di approvazione fosse stata capace di razionalizzare e combinare una lunga relazione extraconiugale con le menzogne quotidiane della partecipazione al coro della chiesa. Gettai il dente di leone sul prato, con disgusto.

E poi feci la mia prima risata amara. A un certo punto, dovetti cominciare a ridere, perché ero esaurita a forza di piangere.

Emily sembrava traumatizzata dagli effetti deleteri che la rivelazione di Tomas aveva procurato. Adesso ero davvero pentita di aver chiamato lei il pomeriggio in cui Henry era morto. Mi pentivo anche di averla còlta impreparata quando le avevo telefonato da casa di Tomas. Mantenere il segreto era stato decisamente devastante per lei. Svelare il segreto era stato come rimuovere l'ultimo sasso da una diga già sul punto di saltare. Improvvisamente un fiume in piena di confuse emozioni era straripato fuori dalla roccia appuntita, ormai scalfita.

Avevo avuto bisogno di credere – e avevo creduto – che Emily fosse una donna forte, il giorno in cui Henry morì. Ma adesso vedevo qualcos'altro. Sembrava vulnerabile e scossa. Mi pentivo di tutti i favori che le avevo chiesto e che le avrei chiesto. Avrei voluto fare qualcosa per lei – essere l'allegra, solidale amica che ero stata prima che accadesse tutto questo. Ma non ero un salvagente. La mia stessa nave stava imbarcando acqua rapidamente. Non potevo fare molto oltre a quello che già facevo per Liza e per me stessa. Io ero sola, mentre lei aveva Justin, un marito amorevole.

«Quando potrò riavere indietro la mia amica?» mi chiedeva ancora Emily, benché sempre meno spesso. Non avevo il coraggio di dirle che l'amica con la quale passava il tempo prima della morte di Henry, la donna nella bolla, era persa per sempre. Essere rimasta sola senza la mia bolla era spaventoso. Quando mi raccontò che si era svegliata nel bel mezzo della notte, in ansia per una mostra che avrebbe tenuto di lì a poco, e aveva dovuto parlare con suo marito un'ora intera per rilassarsi, le feci notare con molta calma che, quando io mi svegliavo nel cuore della notte – cosa che succedeva continuamente – ero sola, a guardare la mia bambina che dormiva.

Emily disse che voleva bruciare della salvia in casa mia, per purificarla. Ne portò un mazzo intrecciato splendidamente, un regalo da un recente viaggio nel New Mexico. Dentro di me, ero convinta che un esorcismo sarebbe stato più appropriato.

Mi domandai che cosa avrei potuto dire se avessi dovuto vendere la casa a qualcuno.

"Sapete, un tizio è morto sul pavimento della cucina, proprio qui, più o meno dove siete voi adesso, ma non c'è da preoccuparsi, è uno spiritello innocuo, dà solo qualche consiglio di cucina, fa rumore con le tubature, sbatte le finestre, cose così."

Mi andava bene bruciare la salvia, o fare qualsiasi altra cosa facesse stare meglio Emily in casa mia. Si spostava di stanza in stanza tenendo in mano la salvia fumante in una grande conchiglia di madreperla, gesticolando come se stesse cacciando via qualcosa, come se stesse soffiando via Henry dalla finestra insieme al fumo. Ero certa che in quel momento nemmeno la salvia più potente del più sacro dei villaggi del New Mexico avrebbe scacciato Henry. Lui era in qualche strano purgatorio, intrappolato in casa nostra, obbligato a guardare mentre tutto andava in rovina, compresa la sua amatissima immagine pubblica. Un giorno avrei dovuto abbandonare quella casa, impacchettare bene tutte le mie cose e correre via il più veloce possibile, per essere sicura di lasciarmi Henry alle spalle.

Volevo che Emily si sentisse a suo agio. Volevo passare ancora del tempo con lei. Era mia amica e le volevo bene, e desideravo poter contare su di lei, nonostante ci fossero giorni in cui il suo umore malinconico e la sua fragilità mi spaventavano, perché mi ricordavano che anch'io stavo tentando di sopravvivere restando disperatamente aggrappata a qualcosa.

Mi sembrò di sentire Henry che mi sfiorava mentre ero in cucina a preparare la cena, se così si poteva chiamare.

«Oh, vaffanculo stronzo!» dissi fra i denti mentre mescolavo la pasta nell'acqua che stava bollendo. «Lasciami in pace, ho da fare.» Io e Liza avevamo ricominciato a mangiare così. Riuscivo a malapena a raccogliere le energie necessarie per aprire un pacchetto di pasta per cena. Almeno era roba sana. Cercavo di non scendere sotto un certo livello. L'importante era mangiare. Cominciai a pensare alle prime volte in cui, quell'inverno, avevo sentito la presenza di Henry – aveva forse cercato di avvertirmi? "Be', che cazzo, un po' tardi forse. Mi hai mollata con una bella montagna di merda da spalare. Sei contento?" Feci un balzo indietro per evitare gli schizzi d'acqua bollente – avevo inavvertitamente creato un vortice nella pentola mescolando un po' troppo forte. "Avrei preferito che te ne fossi andato via con quella stronza malata di mente. Era questo che voleva, no? No, aspetta. Molto meglio che tu sia morto."

Probabilmente Cathy aveva sperato di poter stare davvero con Henry un giorno. Le sue mail rivelavano un amore intenso, il desiderio di un coinvolgimento profondo che non era mai riuscita a ottenere. Me n'ero accorta quel giorno, affrontandola nel parcheggio vicino a casa sua. Era solo riuscita a dire che si rendeva conto che a Henry non importava veramente di lei. Aveva nascosto quella relazione a suo marito, a tutti gli amici più cari e aveva rischiato di perdere tutto solo per aspettare che Henry prendesse finalmente una decisione. Ridacchiai tra me e me, amaramente.

Liza entrò in cucina, affamata. «Mamma, perché la pasta ti fa ridere?»

Anche se sembrava che Cathy avesse in mente una relazione duratura, la corrispondenza di Henry suggeriva che invece lui non aveva nessuna intenzione di cambiare vita. I segreti gli servivano a rendere la propria vita eccitante. Adorava la sensazione di poter avere tutto, anche se questo aveva creato dentro di lui il caos che lo obbligava a spendere duecento dollari l'ora per la psichiatra.

Quando Cathy insistette per avere una prova del suo amore, lui le rispose con questo messaggio:

> 29 dicembre 2001
> Voglio solo che tu sappia che i miei sentimenti per te non sono diminuiti da quando sono tornato... ti adoro. Adoro quel che abbiamo e adoro le nostre vite, adoro la nostra vita insieme. Non riesco a immaginare la mia vita senza di te... siamo fatti per stare insieme. Ho passato un bel po' di tempo pensando a te, a fare cose che mi hanno riempito di gioia, come sceglierti quegli orecchini o cercare il tuo regalo di Natale (che ancora non è arrivato).

Mentre leggevo quelle mail, scoprii che dopo la nostra festa di Capodanno 2002 – quella in cui Cathy mi aveva detto che aveva intenzione di «ubriacarsi da far schifo» – era andato in scena un altro dramma segreto.

> 2 gennaio 2002
> Vorrei che moderassi la tua incredibile gelosia. Il mio mondo è molto importante per me ed essendo tu la persona più importante in questo mondo, i tentativi che fai per controllare o intrometterti nelle amicizie che ho, che a te sembrano una minaccia, stanno diventando pesanti da sopportare. Mi hai messo talmente in difficoltà che davvero ho fatto fatica a divertirmi. Pensavo che saremmo riusciti a goderci il nostro segreto durante la festa, ma poi c'è stata quella discussione. Eri così aggressiva e fuori di testa che ho pensato fossi sul punto di sputtanare tutto, cioè di rivelare la nostra relazione.
> È bello che tu mi ami così tanto, ed è bello amarti così tanto. È

> bello quando riusciamo entrambi a esprimere quanto ci amiamo. Quello che non mi piace è quando diventi gelosa in modo irrazionale e inconsulto, e usi la tua rabbia per cercare di controllarmi. Sappi che non funziona e che ci fa solo fare passi indietro. Questa è l'unica ragione per la quale la nostra storia non procede come vorresti.

Cathy fece seguire all'analisi di Henry un fiume di autocritica. Era preoccupata di aver rovinato completamente la loro relazione. Si scusò per essersi ubriacata. Si sentiva umiliata, e si domandava ansiosamente cosa avessero pensato gli altri ospiti del suo comportamento. Più tardi quello stesso giorno Henry la rassicurò:

> Non hai rovinato le cose fra noi, e per il resto non devi preoccuparti. Non ti devi vergognare di nulla. La gente si è accorta che eri ubriaca ma hanno pensato tutti che fosse una sbronza allegra. Credo proprio che si siano divertiti a vedere qualcuno che si lasciava andare.
> Riposati qualche giorno e prenditi cura di te. Ti amo.

Quella sera di Capodanno, Cathy, ubriaca fradicia sul divano del salotto e, più tardi, nel bagno al piano terra a vomitare, non era sembrata a nessuno felice o disinibita. E io in quel momento non avevo capito perché avesse deciso volontariamente di stare male.

Ma adesso mi era chiaro perché si fosse voluta sbronzare fino a raggiungere l'incoscienza. Doveva sentirsi patetica, sola, confusa, in conflitto con se stessa e anche in colpa – ma non abbastanza da smetterla di cercare di portarmi via Henry. Forse sperava di riuscire ad attirare la sua attenzione, convincerlo a mollare tutto per lei.

Henry, un uomo e le sue infelici donne, Julie e Cathy – questa sì che è vita!

Nei mesi successivi, la loro relazione ripiombò nel turbine dell'ossessione reciproca e della gelosia. Cathy credeva a tal punto che le loro energie si integrassero a vicenda che era come se l'uno potesse nutrirsi dell'altra. L'immagine di questa specie di banchetto cannibale mi fece rabbrividire. Relazioni del genere non hanno mai un lieto fine, che si tratti di un romanzo o della vita reale.

Criticandola per essere stata gelosa, Henry aveva espresso a sua volta la propria irrazionale gelosia, e poche settimane dopo stavano di nuovo litigando sul futuro e sulla natura del loro rapporto. Ignorando volontariamente i conflitti che si erano venuti a creare nella sua vita, Henry era logorato dal risentimento.

> 15 marzo 2002
> Devo dirti che provo una gran rabbia nei tuoi confronti. Continuo a pensare al fatto che i miei sentimenti non vengono mai presi in considerazione. Non mi chiedi mai cosa desidero, non ci provi nemmeno e non mi dai mai una qualche conferma di voler andare avanti con questa relazione.
> Mi sento proprio preso in giro.

Non potei fare a meno di notare che Henry si lamentava della stessa cosa di cui si lamentava Cathy. E ovviamente era la stessa cosa di cui mi lamentavo io, la causa di molti litigi fra noi.

Perlopiù si faceva come diceva lui, si procedeva secondo i suoi piani.

«Le mie idee sono tutte buone idee» scherzava, anche se a me non era mai sembrato tanto uno scherzo.

Alle discussioni, che continuarono in tutta la corrispondenza delle settimane successive, seguirono tristezza e depressione. In quello stesso periodo, anch'io mi sentivo ansiosa e sconfortata. Henry e io litigavamo in continuazione. Lui sosteneva che avessi reazioni esagerate, che fossi eccessivamente emotiva. Sosteneva che mi servissero altri farmaci. Dopo alcuni aspri battibecchi, alla fine fui io a soccombere. Era colpa mia, era vero. Avrei chiesto al mio medico altre medicine. Henry parlò di questa faccenda privata in una delle sue mail a Cathy.

Nell'aprile 2002 ero davvero incasinata, ansiosa, agitata, e soffrivo d'insonnia. Ero andata con lui in città per vedere il mio psichiatra. Ricordavo con quanta accoratezza avesse parlato al mio medico. Quanto era sembrato preoccupato e premuroso. Aveva persino conquistato e imbrogliato il mio psichiatra.

Ormai non prendevo più medicine da sei mesi. Ero andata avanti per tutto il terribile periodo dopo la morte di Henry senza gli antidepressivi che lui insisteva tanto per farmi prendere. E per quanto le cose fossero orribili adesso, la mia mente non era mai stata così lucida.

La mia amica del college, Sara, mi chiamò dall'Inghilterra. Dopo qualche settimana negli Stati Uniti, sarebbe tornata per incontrarmi sull'isoletta del Maine dove andavo in vacanza ogni anno. Anna e Leo sarebbero venuti con me e Liza nella casa che avevamo in affitto. Io e Sara chiacchierammo di quanto avessimo bisogno di una vacanza, dopodiché le feci un breve riassunto dell'ultima catastrofe.

«Praticamente ha manipolato la tua angoscia, come nel film» sentenziò telegrafica.

Cercai di farmi venire in mente la trama del film *Angoscia*, che ricordavo di aver visto con mio padre tanti anni prima.

Ingrid Bergman è crudelmente manipolata dal marito – il bellissimo e affascinante Charles Boyer, che è alla ricerca di alcuni gioielli nascosti in soffitta – fino a uscire di senno. Scompaiono cose, le lampade a gas si accendono e si spengono senza motivo, come se fossero possedute.

Ripensai con amarezza a tutte le volte che ero andata dallo psichiatra e alle medicine che avevo preso. E poi mi ricordai della disperazione che avevo provato litigando con Henry per quel cane dei vicini che non la finiva mai di abbaiare.

Il piccolo terrier latrante si chiamava Rebel, oltretutto.

Il giorno in cui venimmo a vedere la casa, Rebel stava abbaiando.

«Henry, è una bella casa» dissi, mentre il cane correva come un pazzo per tutto il giardino. «È una bella casa, ma te lo dico, quel cane mi farà diventare matta.»

«Oh non preoccuparti, la smetterà appena inizierà a riconoscerci.»

Non appena ci trasferimmo, il terrier iniziò ad abbaiare per otto ore consecutive al giorno, tutto il tempo in cui i suoi padroni erano al lavoro. Andò avanti per giorni e settimane, fino a farmi sfiorare la pazzia. Era come la tortura cinese della goccia d'acqua.

Puoi capire molto delle persone vedendo come impongono agli altri la presenza dei loro cani poco educati. Non riponevo grandi speranze nei miei vicini, il signor e la signora Caine. Sospettai che si sarebbero dimostrati incuranti e sconsiderati. Probabilmente credevano, in virtù di un Secondo Emendamento tutto loro, di essere autorizzati a far sorbire Rebel a tutto il vicinato, alla faccia del bene comune. Henry era cresciuto in una piccola città di conservatori, così pensai che lui avrebbe trovato la maniera giusta per affrontarli. Gli chiesi di andare a parlarci.

Henry si rifiutò. «Perché non possiamo semplicemente goderci la nostra nuova città? Ci siamo appena trasferiti. Non capisci. Il cane la farà finita di abbaiare appena imparerà a riconoscerci. Stai facendo una tragedia per nulla.»

«Henry, ti ho detto che non ce la faccio a sopportare questa cosa. Te lo dico per la seconda volta, mi sta facendo diventare matta.»

Henry mi rispose che dovevo pazientare. E io pazientai. Ma anche con la porta dell'ufficio chiusa, continuavo a sentire quel latrato incessante.

Telefonai alla precedente proprietaria della nostra casa. Sospirò esasperata. Si lasciò sfuggire un «Uh, quello stupido vicino, il signor Caine!». «E quel cane, che non la finiva mai di abbaiare!» Mi raccontò che i vicini erano stati scortesi e indifferenti di fronte alle sue ripetute richieste di tenere il cane chiuso in casa. Non le chiesi se fosse stato questo il motivo per il quale aveva messo la casa in vendita, ma appena riattaccai il telefono, il mio primo istinto fu di impacchettare tutte le nostre cose e appendere fuori il cartello «vendesi».

Dopo alcuni mesi, con Rebel che continuava ad abbaiare, iniziai a covare una rabbia omicida, in certi momenti arrivai a chiedermi se avrei mai avuto il fegato di uccidere quella bestiola. Una polpetta avvelenata poteva funzionare senza destare troppi sospetti. Questi pensieri mi facevano stare male. Mi erano sempre piaciuti gli animali. Nei momenti di razionalità, realizzavo che i veri responsabili erano i proprietari, non il cagnetto solitario.

Quando chiamai i vicini si dimostrarono, come previsto, irascibili e scortesi. Un altro vicino si offrì di intercedere. Conosceva i Caine da anni, disse. Ma i suoi sforzi non furono di grande aiuto.

Arrivò l'autunno e poi l'inverno. Rebel stava dentro più spesso nei mesi invernali. Prima che tornasse la primavera, io e Henry continuammo a discutere sul fatto di affrontare i vicini in modo più efficace. Rebel ricominciò ad abbaiare non appena il tempo migliorò.

Un weekend del 2000, a inizio estate, Irena venne a trovarmi da New York per il fine settimana. Sapevo che non si era ancora convinta che cambiare casa fosse stata una mossa saggia. Volevo mostrarle la nostra nuova vita sotto la miglior luce possibile. Avevamo una piccola piscina e una vista invidiabile sul fiume. Tutto il lavoro che avevo dedicato al giardino stava cominciando a dare i suoi frutti. Nonostante il rischio di essere disturbate dai latrati, stare fuori sembrava la cosa migliore per godersi la casa. Stendemmo i teli sulla terrazza di pietra e ci sistemammo per trascorrere quello che io speravo sarebbe stato un piacevole pomeriggio insieme, mentre Liza giocava con Amy a casa di Cathy.

Rebel schizzò nel giardino dei Caine e iniziò ad abbaiare, abbaiare, abbaiare. Passati alcuni minuti Irena mi rivolse uno sguardo attonito. Sprofondai nell'imbarazzo. Avevamo lasciato la città per questo? Avevamo lasciato il quasi tollerabile rumore del traffico, occasionalmente acuito dalle sirene e dagli stereo a tutto volume, per essere tormentati da quel rumore incessante? Cercai di far finta di niente e continuai la conversazione. Passò un'ora e Rebel non smetteva.

«Ma è sempre così?» chiese Irena alla fine, corrugando la fronte preoccupata.

Non sapevo cosa risponderle. La verità – che probabilmente trasferirci in quella casa era stato il peggior errore della mia vita, e che quel cane infernale era la misura esatta della gravità del mio sbaglio – era troppo dolorosa da ammettere. Avevo lasciato la mia migliore, la mia più cara amica, la donna che era stata la mia più accanita sostenitrice da dieci anni a questa parte. Non avevo amiche come lei qua, così importanti e di lunga data. Mi assalì lo sconforto e mi sentii venire le lacrime agli occhi. Quell'abbaiare mi offuscò del tutto la mente, era come se il resto non esistesse – la vista sul fiume, l'acqua luccicante della piscina, le rose nel pieno della loro bellezza. Lo sforzo per mantenermi calma divenne così faticoso che non riuscii più a sentire una sola parola di Irena né a rispondere. Un'ondata di rabbia e umiliazione esplose in me e mi sentii gli occhi pulsare all'improvviso. Sapevo che questo annunciava le emicranie che mi distruggevano nei periodi di forte stress.

«Quel cane di merda!» urlai. «Non lo sopporto più. Mi sta rovinando la vita! Mi sta mandando fuori di testa!» Irena rimase impietrita mentre mi precipitavo come una furia giù per il vialetto. Mi corse dietro fino alla strada. Io girai l'angolo con aria minacciosa avviandomi sul vialetto dei Caine verso la loro porta. Suonai il campanello mille volte, ma non c'era nessuno. Adesso piangevo, ansimando. Irena mi consolava. Continuai a suonare il campanello. Quando accettai la sconfitta tornammo indietro verso casa, mentre quel dannato cane continuava ad abbaiare.

Henry, che era uscito a fare la spesa per il barbecue che avremmo organizzato più tardi, tornò a casa.

«Quel cane di merda» urlai «ha abbaiato per due ore intere mentre io e Irena cercavamo di rilassarci un po' fuori! Io non ce la faccio più. Devi andare a parlarci perché io non ho intenzione di sopportare questo schifo un solo giorno di più!»

Henry mi guardò fra la rabbia e il disgusto. Mentre Irena assisteva alla scena allibita, lui mi afferrò per il braccio e mi trascinò all'ingresso, spingendomi contro il muro. «Sei fuori di testa, sei matta e fuori di testa. Non sei ragionevole, questa cosa non è ragionevole, il modo in cui la affronti. È solo un cane.»

«Ti avevo detto che non sarei riuscita a sopportarlo, io lo sapevo che non l'avrei sopportato. Perché prendi le difese di quelli là anziché cercare di aiutarmi? Non vogliono ascoltarmi. Perché non fai il marito e non vai tu? Perché non vuoi farlo?» Mi ritrovai di nuovo in lacrime. «Perché?» mi sentivo terribilmente sola. Ero sposata, ma ero sola e abbandonata, e mi sentivo una pazza demente. Quel giorno imparai che non esiste solitudine più grande che sentirsi sole nel matrimonio.

Più tardi quel pomeriggio, Cathy, Steve, Amy – insieme a Liza – e altri amici della nostra cittadina vennero per il barbecue. Io adempii ai miei doveri di padrona di casa. Irena sembrava ancora turbata per l'incidente di quel pomeriggio. A un certo punto la vidi impegnata a discutere con Henry. Parlava con espressione grave e gesticolava in modo concitato. Henry ascoltava, ma non aveva la solita aria raggiante di quando intratteneva i suoi ospiti.

Dopo quel weekend, non rividi più Irena per un po'.

«Non capisco perché ci stiamo allontanando» mi sfogai con Henry una notte mentre eravamo a letto. Nel frattempo avevamo preso contatti con un avvocato per raggiungere un accordo con i Caine – il legale ci disse che buona parte delle sue pratiche riguardavano cani rumorosi e recinzioni. Eravamo anche andati da una psicoterapeuta, che ci aveva raccomandato Cathy. Venne subito fuori la faccenda del cane. Per me era uno dei mille modi in cui Henry ignorava i miei sentimenti e i bisogni che esprimevo chiaramente. Per lui questo era la dimostrazione del fatto che fossi irragionevole ed esagerata nelle mie reazioni, e che probabilmente avevo bisogno di altri farmaci. Fuori dallo studio della terapeuta Henry si mostrava meno diplomatico.

Mi diceva che ero matta. Quando pensavo a Irena, scoppiavo a piangere di nuovo, cosa che ormai facevo spesso. «È stata la mia migliore amica per anni, e adesso è come se non volesse più vedermi. Non ho amiche come Irena qui, Henry. Non so se questo posto fa per me. Mi sento davvero sola.»

«Cathy è un'amica, no?» mi rispondeva.

«Non mi trovo bene con Cathy» ribattevo, mettendomi a sedere sul letto girata verso di lui. «Non mi sento a mio agio con lei. È scostante. E comunque non facciamo mai niente insieme solo io e lei. Non siamo veramente amiche. Non passeremmo insieme tutto quel tempo se non fosse per Liza e Amy.»

«Be', credo che dovresti darle una possibilità» disse dolcemente Henry. «Credo che dovresti farti nuove amiche. Non hai bisogno per forza di Irena.»

Decisi di chiamare Irena ora, in una giornata torrida di luglio. Mi disse che se n'era accorta – di Henry e Cathy. Lei era avvantaggiata dal fatto che, essendo esterna al nostro giro di amicizie, vedeva le cose in maniera più obiettiva. Durante quel weekend, tre anni prima, aveva notato Henry e Cathy spesso insieme e aveva fatto due più due. Senza che io né nessun altro ce ne accorgessimo, alla festa Irena aveva parlato a Henry senza tanti giri di parole.

«Dissi a Henry: "Cosa c'è fra te e quella donna?". E lui mi rispose: "È così palese?". Io dissi: "Non voglio saperne nulla, non voglio essere la tua confidente. Julie è una delle mie migliori amiche. Voglio solo che tu sistemi questa faccenda e che mi comunichi quando avrai fatto quel che devi". A quel punto lui disse: "Irena, capirai che se questa cosa salta fuori il mio matrimonio è finito". Mi suonò come una minaccia. Se te l'avessi detto avrebbe scaricato su di me tutta la colpa.

Non riuscivo ad avere a che fare con te sapendo che lui ti stava facendo questo» continuò Irena, ripensando allo sbigottimento e alla rabbia che aveva provato nei confronti di Henry. «Non sapevo cosa fare – ero in una posizione davvero scomoda. Era come se ti stessi ingannando ogni volta che ti vedevo.»

Ascoltando il suo discorso, mi tornò in mente la strana tensione durante un pranzo insieme in quel periodo. Irena mi aveva fatto un sacco di domande specifiche: se ero felice di essere sposata, come mi faceva sentire sostenere in tutto e per tutto la carriera da scrittore di Henry. Mi sentivo apprezzata fino in fondo, non erano forse i miei sogni che avrei dovuto inseguire?

Quelle domande avevano sollecitato una dimostrazione di lealtà da parte mia che non poteva suonare del tutto autentica. Avevo cercato di fare del mio meglio per dare un'idea di me stessa e di Henry con una visione comune e comuni ambizioni per il futuro.

«Non volevo che tu passassi quello che avevo appena passato io. Avevo appena divorziato» disse Irena, ricordandomi il dramma che avevo vissuto insieme a lei in quanto sua amica. Mi attraversò un brivido, immaginando quanto sarebbe stato difficile iniziare una battaglia legale con Henry, essendo il tipo di persona che voleva avere sempre l'ultima parola.

«Sperai semplicemente che la facesse finita con Cathy, alla svelta, e che questo sarebbe stato solo un piccolo incidente di percorso all'interno di un lungo e felice matrimonio. E poi ero spaventata all'idea che se te l'avessi detto tu avresti potuto prendere le sue parti e respingermi, e a quel punto la nostra amicizia sarebbe andata in pezzi.»

Qui fui costretta ad ammettere, con tristezza, che probabilmente aveva ragione. Avrei continuato a difendere Henry a spada tratta: trovare attenuanti e scuse per il suo comportamento faceva parte della mia vita nella bolla.

«Però, Julie, so che ti amava» disse. «So che era così. È per questo che non te lo ha mai confessato. Avevo paura che non avrebbe mai rinunciato a te se tu l'avessi scoperto e avessi deciso di lasciarlo. Non te lo avrebbe permesso tanto facilmente. Non voleva perdere né te né Liza.»

La mia vita in quegli ultimi anni di matrimonio era stata come la vescica che si forma sul tallone quando si portano scarpe troppo strette, il tentativo malriuscito del corpo di creare uno strato protettivo attorno a una ferita. Era arrivato il momento di scoppiare la vescica, sopportare il dolore, e provare una vita diversa, una della misura giusta per me.

Sette

fine luglio 2003

I giorni passavano lenti, l'afa non lasciava tregua. Perlomeno Liza era al riparo dal caldo tropicale che c'era in casa e dai miei improvvisi scoppi d'ira. Anna e io facevamo a turno per portare i bambini su e giù dal centro ricreativo, la mattina e il pomeriggio. Un giorno Anna tornò inaspettatamente da me dopo aver accompagnato Leo e Liza, con una grande busta gialla.

«Cosa c'è nel pacchetto?» domandai accigliata. Entrambe sembravamo perseguitate dalla sfortuna. Ormai non erano più concepibili pacchetti senza sorprese sgradite. Eravamo ridotte uno straccio, esauste e a terra. Avevo smesso di nuovo di mangiare e Anna era smunta quanto me. Nei momenti di humour nero la chiamavamo la Dieta Divorzio e Decesso.

Anna reggeva il pacchetto. «Sono tutte le mail che John si scambiava con la sua sciacquetta» disse, confermando quello che temevo. «Volevo chiederti se potevi tenerlo tu. Mi fa troppo male averlo in casa mia. Però potrei averne bisogno.»

Presi il pacchetto e scegliemmo una mensola in alto nel mio studio, così non avrei ceduto alla tentazione di aprirla. Avevo già sufficienti rifiuti tossici da leggere per conto mio. Tornammo in cucina, dove versai a entrambe un bel bicchiere di tè freddo. Ci sedemmo al tavolo in silenzio, stringendo i bicchieri ghiacciati.

Anna, che giocherellava con la punta della sua treccia rossa, ruppe il silenzio.

«Julie, hai mai pensato di tornare a vivere a New York?»

«Credo che diventerò pazza se resterò qui ancora a lungo» dissi piano, disegnando il contorno dei grattacieli sulla condensa del mio bicchiere. Mi appoggiai il bicchiere freddo e bagnato alla guancia.

"Oh, se avessi un teletrasporto e riuscissi a infilare Liza e me e i gatti e tutta la nostra roba in un appartamento decente di Brooklyn che non abbia un salasso d'affitto! Magari con un piccolo giardino, come il posto in cui stavamo io e Henry appena è nata Liza."

«Mio fratello dice che non dovrei andare via» dissi, sentendo sgorgare le lacrime. «Dice che devo essere paziente e aspettare che passi il primo anno. Ma non so quanto ancora potrò reggere questa merda.»

«Sì, dillo a me» ribatté Anna, ridendo amaramente. Si avvicinò e mi strinse in un abbraccio. «Odio stare qui, persa dentro una casa così grande.»

Sapere che condividevamo la stessa immensa solitudine mi aiutò a smettere di piangere.

«Ad ogni modo» disse «non riuscirò a sostenere questa cosa dopo il divorzio.»

«Mi preoccupa solo sradicare Liza da qui in un momento del genere» dissi, mentre pensavo a tutte le piccole complicazioni che un trasloco avrebbe comportato.

«È dura» fece Anna «ma scommetto che insieme possiamo farcela» aggiunse con improvvisa allegria.

Avevamo già fatto liste infinite di cose da comprare e da portare in viaggio nel Maine. Eravamo le Regine delle Liste. Mi chiesi se saremmo riuscite a pianificare un trasloco a New York con la stessa facilità. Sapevamo fare liste: portare a termine un obiettivo. Questa ragazza non era una rammollita, anche se la sua vita stava cadendo a pezzi, proprio come la mia. Se avessimo deciso di farlo, l'avremmo fatto. Ma io non ero pronta. Non ancora.

«Pensiamoci su» disse Anna, guardandomi attentamente, avvertendo la mia incertezza. «Promettimi che ci penserai.»

Più tardi quella notte, con Liza addormentata nel mio letto, io ero ancora ben sveglia nel mio studio. C'era da restare a bocca aperta leggendo certe cose scritte da un uomo che si vantava della propria consapevolezza e della propria raffinata capacità di capire l'animo umano.

> Non ho dubbi nei tuoi riguardi. Forse mi sento un po' combattuto pensando alla nostra relazione in rapporto al mio matrimonio.

"Un po' combattuto? Ah sì? Come faceva a essere così distaccato? Come faceva a non capire che le sue azioni, anche quelle che teneva segrete, stavano danneggiando il nostro matrimonio, e sua figlia?"

Non mi era mai piaciuto fumare erba o drogarmi, anche se avevo fatto un sacco di sforzi inutili per risultare figa alle superiori. Alla fine, odiavo il senso di straniamento che procuravano le droghe. Non ero a mio agio a non essere me stessa. Era sufficiente lottare ogni giorno per capire chi ero veramente. A Henry invece piaceva molto fare giochetti.

Mio fratello David mi girò una mail che aveva trovato mesi prima mentre scandagliava i file dei documenti finanziari di Henry. Non aveva capito bene a quel tempo, non sapeva nemmeno a chi stesse scrivendo Henry. Ma aveva intuito che non era il caso di mandarmi una cosa del genere in quel periodo: il contenuto era troppo scottante.

Quando lessi la mail datata 20 settembre 2002, immaginai di che situazione si trattasse. Henry scriveva:

> Credo che oggi abbiamo raggiunto una sorta di intesa che ci permetterà di fare qualche piccolo passo in avanti. Non mi aspetto che le cose con te tornino a essere com'erano prima. Ma penso che potremo in qualche modo riconquistare la nostra dimensione intima. Se ci dovessimo ritrovare punto e a capo, finirò con l'arrabbiarmi sul serio.

Le stava provando tutte, prima l'interdetto, poi il seducente, il supplichevole, il condiscendente, il belligerante. C'era un che di glaciale nel suo modo di chiudere la conversazione con Cathy. «Finirò con l'arrabbiarmi sul serio.»

Cathy rispose a Henry con un messaggio dove esprimeva tutta la sua gioia di averlo rivisto dopo mesi e mesi di silenzio, ma insisteva sul fatto di non voler ricominciare di nuovo a fare sesso con lui. Il suo messaggio era del tipo: «No, no, no, non dobbiamo!». In pratica un invito.

Probabilmente Henry non vedeva l'ora di ricominciare a sedurla, tanto per svilirla un altro po'. Era chiaro che a lui piaceva davvero scoparsela, gli piaceva moltissimo.

Non era sopravvissuta altra corrispondenza. Potevo solo immaginare il seguito di quella telenovela. Al telefono con Cathy, lei mi aveva assicurato che la cosa era finita l'estate prima che Henry morisse. Ma la psicoterapeuta di Henry aveva detto che lui stava ancora cercando di chiudere con lei. Perciò non c'era modo di sapere come fossero andate veramente le cose.

Quando mi tornò in mente l'immagine di Cathy che si disperava abbracciata al corpo senza vita di Henry il giorno della veglia, mi sembrò più plausibile che la loro relazione non fosse affatto finita, perlomeno non da molto. Per lui quel gioco non aveva mai smesso di essere intrigante, e forse Cathy non aveva ancora perso le speranze che lui lasciasse me per lei.

Anche se, quando la cosa era uscita allo scoperto, la maggior parte della corrispondenza fra Henry e Cathy era andata persa o distrutta, c'erano comunque mail in abbondanza dei mesi precedenti alla sua morte. Mi concentrai su quelle. In una lunga lettera, Henry si sfogava con Christine, la donna in California – la donna di cui mi avevano parlato prima Henry e poi Tomas –, la divorziata che sferruzzava, con un ex marito, due figli e la casa sottosopra. Per diletto di Christine, Henry esaltava Cathy nel suo racconto. Se la cantava e se la suonava da solo, tanto Christine non l'avrebbe mai incontrata. Henry era quello che il mio insegnante di letteratura alle superiori avrebbe definito un «narratore inattendibile».

Di sicuro c'erano donne più belle di Cathy nella nostra cittadina. Ma il fatto che lei fosse disposta a seguirlo in un gioco così pericoloso era stato un'attrattiva sufficiente. Era il pericolo la chiave, la scintilla che accendeva il ragazzaccio.

> 22 ottobre 2002
> Christine,
> ok, facciamo chiarezza sulla faccenda delle ragazze ovvero la Grande Storia delle Mie Infedeltà. Sono ancora un po' restio a parlare con te di questa cosa. Mi sembra un po' come metterti in mano la pistola con la quale mi sparerai nell'ultima scena... ma comunque...
> Ho avuto cinque relazioni sessuali negli ultimi tre anni nonché

vari flirt, che potevano essere tanto appuntamenti occasionali quanto vere e proprie storie. Anche all'inizio della mia relazione con Julie, prima del matrimonio, avevo un'amante e un altro paio di donzelle sotto mano.

Poi non è successo più nulla fino a tre anni fa, quando ho conosciuto Cathy. È andata che io stavo giocando nel cortile della scuola con mia figlia (stavo facendo la verticale!) quando mi si presenta davanti questa donna stupenda – occhi azzurri, capelli scuri – con sua figlia, e inizia a chiacchierare con me.

Ha cominciato a corteggiarmi via mail, ed è andata avanti più o meno per sei mesi. Un bel giorno, a pranzo, le ho parlato chiaramente e circa un mese dopo eravamo a letto insieme. Ci siamo visti per tre anni o giù di lì. Era una specie di secondo matrimonio. Ci vedevamo ogni giorno. Le nostre figlie erano migliori amiche. Voglio dire che alla fine ci vedevamo più tra noi che con i rispettivi coniugi. Era anche una relazione tumultuosa a causa della sua instabilità emotiva.

Quello che ci teneva uniti era il sesso. Era incredibile. E così lo facevamo in continuazione.

Poi c'è stata una brutta crisi lo scorso maggio. Così ho rotto con lei. Lei si è incazzata da morire con me. Io volevo ricominciare. E allora era lei che non voleva più. E così via. A un certo punto ho deciso di non parlarle più né volevo aver a che fare con lei in nessun modo. È stato difficile, ma alla fine credo di essere riuscito a spezzare la catena.

E poi vediamo. Ho avuto una specie di relazione con una dirigente pubblicitaria di New York per la quale ho provato dei sentimenti molto forti. Siamo stati a letto insieme diverse volte, poi lei è diventata molto fredda nei miei confronti. Sfortunatamente aveva la capacità di essere allo stesso tempo molto sensibile e incapace di mostrare i suoi sentimenti. Sospetto pensasse che, dopo aver dormito insieme, mi sarei lasciato coinvolgere al punto di arrivare a lasciare mia moglie.

Ho avuto una breve avventura la scorsa estate con una donna alta e bionda a Sonoma. Ci siamo beccati a una festa. Lei era in mezzo a due storie e ci siamo divertiti per qualche giorno. Stava in una casa stupenda, con una vista spettacolare in cima a una collina, con piscina e idromassaggio. Ma pur essendo così bella e atletica, era palesemente inconsapevole della sua fisicità, perciò il sesso con lei non era proprio soddisfacente. (Preferisco quando la mia partner si diverte sul serio, e questo comporta essere consapevoli del proprio corpo e avere una certa tecnica. Altrimenti uno può fare benissimo da sé.) Ma lei era una persona davvero affettuosa e di cuore, e stare insieme è stato bello.

Ah sì, poi c'è anche una che ho incontrato in palestra. Ha un corpo stupendo. Si allena cinque volte alla settimana, riesce a fare dieci flessioni su una sola mano ed è sottile come un fuscello. Ma non è abbastanza intelligente da essere il tipo che preferisco per una relazione sentimentale.

Poi c'era la donna che mi ha rimorchiato in Mercedes. Ci siamo divertiti ma non è scattato nulla. Durante l'estate ho conosciuto una venticinquenne argentina con la quale mi è davvero piaciuto flirtare. Anche se è molto giovane rivela grande saggezza spirituale, come diresti tu, e potrebbe essere una «compagna di viaggio». Non voleva fare sesso con me allora, ma vorrebbe incontrarmi in una eventuale futura vacanza, per un'avventura.

Di recente, a Willapa, una donna mi ha rimorchiato a colazione. Ho chiacchierato con lei solo per qualche minuto per poi ritrovarmi un messaggio alla reception dell'hotel in cui mi invitava a cenare con lei più tardi, quella sera stessa.

Oggi stavo camminando per strada sotto la pioggia a Haight-Ashbury e ho sentito moltissimo la mancanza di mia moglie.

Che programmi hai per domani? Se finisco qui credo che andrò direttamente all'aeroporto di Oakland domattina e prenderò un volo nel pomeriggio. Puoi venirmi a prendere? O devo chiamare un taxi? Quanto tempo hai per me giovedì?

Come una furia, sbattei la mail sulla scrivania, piangendo di rabbia e di vergogna per non essermi accorta prima di tutto questo. Tornai in giardino a camminare e a sradicare altre erbacce. "Può darsi che io non abbia voluto vedere la realtà, ma la vedo chiaramente ora, ne vedo ogni fottuto dettaglio. Sono stanca di sentirmi la scema del villaggio. Non è possibile che io sia l'unica a essere ridotta così. Probabilmente è una cosa che accade tutti i giorni, proprio come è accaduto ad Anna. Solo che la maggior parte degli stronzi non schiatta all'improvviso, lasciando un disastro del genere dietro di sé."

Mi trascinai di nuovo nello studio. Il mio lato pragmatico – quello che compila liste, paga i conti, finisce i lavori in tempo per la consegna, mette su l'acqua per gli spaghetti ogni sera, si assicura che i compiti di Liza siano fatti e che abbia sempre biancheria pulita – iniziò un lavoro di ricerca. Presi un block notes nuovo dalla scorta nell'armadio, buttai giù una lista e iniziai a telefonare a tutte le donne.

Trovai il numero di Christine, e lasciai un messaggio in segreteria. Poi ripresi in mano la lunga lettera di Henry e iniziai a cercare i numeri nella sua agendina.

Un altro pomeriggio soffocante. Liza era tornata dal centro ricreativo, ma non mi sentivo in grado di accudirla. Preferii sedermi da sola nello studio, pensando agli ultimi anni di vita trascorsi insieme a Henry, rassicurata dai rumori di sottofondo della tv accesa in salotto. *SpongeBob* era ormai da mesi la babysitter di Liza. La televisione era stata fonte di distrazione dalla tristezza per la morte di Henry e ora dalle cose orribili che stavano venendo a galla.

Ero stata distratta e assente anche molto prima che Henry morisse, nel corso del mio matrimonio, perfino quando facevamo sesso. Avvinghiati l'uno all'altra sotto le lenzuola, nella stessa maniera di sempre, a volte mi ritrovavo a elencare mentalmente le cose che avevo da fare. Quando aprivo gli occhi, guardavo la polvere luccicante sulle finestre e la luna fuori, mentre lui era dentro di me e mi faceva venire. Ero molto stanca, stanca di combattere con lui. E ora la verità mi era piombata addosso. Certo che c'erano stati indizi del suo comportamento, è che io avevo deliberatamente deciso di ignorarli.

«Vorrei che tu fossi più una fidanzata che una moglie» mi aveva detto molte volte lo scorso autunno.

«Dovresti prestare più attenzione a me e meno a Liza.» Questo era stato il ritornello costante dalla nascita di nostra figlia.

Era chiaro che la ben nota tendenza di Henry al flirt non era poi così innocente, anzi, era un modus operandi che riscuoteva grandi successi: non solo aveva affascinato tutto il nostro entourage – al suo funerale c'erano centinaia di persone! – ma aveva anche conquistato diverse donne sparse ai quattro angoli del paese. Tirai un pugno fortissimo sulla scrivania – sempre meglio che spaccarmelo contro il muro.

Non avevo avuto il coraggio di guardare in faccia la realtà, perché la posta in gioco era molto alta. Avevo paura di rimanere sola. E adesso lo ero davvero. Avevo accettato un comportamento intollerabile per paura di non riuscire a vivere senza di lui. E adesso era così che vivevo, senza di lui.

14 febbraio 2002
Ti ho baciata tutta, oggi, specialmente le parti più tenere e rosa. E ho un buon San Valentino da darti, sta proprio sulla punta del mio pene. Non vedo l'ora di fare la consegna.

Henry aveva mandato lo stesso messaggio di San Valentino sia a Cathy che a Mandy – la mutevole dirigente pubblicitaria di cui aveva parlato nella sua lettera a Christine – con una differenza di pochi minuti tra una mail e l'altra. Dovetti sorridere di fronte a tanta efficienza, un bel lavoretto di copia e incolla.

Io non avevo ricevuto il Buon San Valentino piccante. Quell'anno Henry mi aveva scritto un biglietto che conteneva una poesia composta per l'occasione, insieme a un bellissimo mazzo di rose, iris, cardi selvatici, euforbia e ortensie, fiori che sapeva che amavo. Quale di questi auguri, mi domandai, rappresentava un sentimento autentico?

Anni prima, quando Liza era appena nata, io e Henry eravamo andati a una festa nell'appartamento di Mandy in centro a Manhattan, dove viveva con Dinah, sua fidanzata da una vita. A quel tempo Mandy e Dinah erano nella categoria «amiche di amici». Mi sedetti sul loro divano, cullando Liza in grembo, cercando di sorseggiare un bicchiere di vino senza macchiare niente. Il vestito grigio melange che avevo scelto non mi faceva sembrare elegante e raffinata, ma nascondeva sia la pancetta post-gravidanza sia lo sputacchiamento neonatale che faceva ormai parte della mia vita.

In mezzo a una ventina di persone strampalate, Mandy, Dinah e Henry facevano gruppetto vicino al bancone della cucina, ridacchiando e parlando tra loro. In qualsiasi altro contesto, dove le donne si dichiaravano eterosessuali, probabilmente mi sarei chiesta se quelle due stessero entrambe cercando di sedurre Henry. Mandy era alta e aveva capelli scuri, labbra sottili e un'aria mascolina. Non proprio il tipo di Henry, avrei detto. Rimasi seduta con la mia bambina, annoiata e noiosa, un coso ingombrante buttato in un angolo. Volevo disperatamente tornare a casa.

«Mandy sta benissimo con i completi di Armani» commentò Henry, appena tornato da una delle sue spedizioni in New Jersey da Neiman Marcus. Pensavo a Mandy come alla sua compagna di compere gay, anche Anna parlava di vestiti con i suoi «mariti gay». I viaggi di shopping mi erano sembrati una cosa abbastanza innocua. Non era necessario che mi piacessero tutte le sue amicizie, ragionai, come a Henry non dovevano piacere necessariamente le mie. Lui poteva trascorrere del tempo in compagnia della sua amica e io non dovevo averci nulla a che fare.

Sperai che stesse programmando di diventare più aggressivo nella ricerca di lavoro, in modo da avere presto l'occasione di indossare gli stilosi pantaloni su misura e le maglie che stava allegramente provando davanti a me.

Quando mi disse che Mandy e Dinah avevano rotto, la cosa mi sfiorò appena. A quell'epoca avevo una bambina piccola di cui preoccuparmi, e nella mia testa non c'era molto spazio per cose che non fossero il lavoro e mia figlia.

Pochi mesi dopo, Henry mi comunicò che Mandy aveva accettato un nuovo lavoro in Australia. L'altra parte del mondo mi sembrò lontana a sufficienza.

Due anni dopo, nel 2001, tornò negli Stati Uniti a seguito di un'altra rottura amorosa, stavolta con un uomo con il quale aveva programmato di sposarsi.

«Ehi,» chiese Henry «posso invitare Mandy per cena?»

«Mi ha sempre palesemente ignorata. Non mi piace per niente e non la voglio qui a casa.»

«Posso riferire?» rise.

«Prego» replicai, impassibile.

«Avevi una relazione con Henry?»

Un attimo di silenzio al telefono.

"La dirigente pubblicitaria sta per caso cercando lo slogan giusto?"

«No, non avevo una relazione con lui. Eravamo molto uniti» continuò. «Eravamo buoni amici.»

«Mi ricordo che andavate a fare shopping insieme. Non c'era altro, quindi? Solo buoni amici?»

«Io ero sconvolta dopo l'11 settembre. Vidi tutto dalla finestra della mia cucina. Fu orribile e Henry mi aiutò moltissimo quando mi fecero tornare nel mio appartamento.»

Henry mi aveva parlato del suo appartamento a Battery Park, con vista sulle Torri Gemelle. Lei era seduta a leggere il *New York Times* bevendo caffè, e gli aeroplani si schiantarono, uno dopo l'altro.

«È orribile quello che hai passato. Però adesso io ho bisogno di sapere quello che c'è stato fra te e Henry.»

«Mi sembra che una notte abbiamo dormito insieme, ma non l'abbiamo fatto.»

"Quando mai può succedere una cosa del genere?"

Non respirai. "Non ho fatto sesso con quella donna, Miss Lewinsky."

Non sapevo cosa dire. Henry non mi aveva mai detto di aver dormito con lei, solo che l'aveva aiutata a ristabilirsi nel suo appartamento e poi mi aveva descritto l'inquietante scena a Ground Zero. Disse che un'amica stava da lei. Mi chiamò dalla città per informarmi che avrebbe preso una stanza al suo club universitario in centro. Volevo credergli, e gli credetti. "Io ero impegnata, assorbita da cose importanti come guadagnare il pane quotidiano, prendermi cura di nostra figlia. Ok, sono stata un'idiota."

Nei giorni deliranti che seguirono l'11 settembre, restai a casa, accanto a mia figlia. Non riuscivo a pensare a nulla, a parte che avevo bisogno di stare vicina a Liza. Quando Henry mi disse che Mandy aveva dovuto lasciare il suo appartamento, non mi offrii di darle alloggio. Mi dispiaceva per lei, forse mi sentivo anche un po' in colpa per non riuscire a essere ospitale, ma proprio non sopportavo il pensiero di averla in giro per casa. Quindi decisi di credere a Henry quando mi disse che andava ad aiutarla a rientrare nel suo appartamento, in modo da poter restare al sicuro a casa con Liza.

Avevo sottovalutato la capacità di Henry di riuscire a girare a proprio favore qualsiasi situazione, persino una terribile tragedia nazionale.

Passarono diversi giorni prima che Christine, la divorziata che sferruzzava, mi richiamasse. Finalmente mi lasciò un messaggio in segreteria. Era stata in campeggio con i suoi figli, ma desiderava parlarmi.

«Cosa cazzo credevi di fare mettendoti con un uomo sposato con figli?» le domandai quando la richiamai. Afferrai il bordo della scrivania con le mani sudate, sollevata dal fatto che quella donna abitasse a chilometri di distanza, così non avrei ceduto alla tentazione di spaccarle la faccia. «Non pensavi a me, non ci pensavi, eh? Cosa diresti se un'altra donna ti facesse la stessa cosa?» Non riattaccò, cosa che mi colpì. E si scusò, con molta calma.

Mi disse che aveva conosciuto Henry a un evento culinario, quando lui era sulla Costa occidentale a fare ricerche per il suo libro. A quel tempo aveva da poco divorziato dal padre dei suoi figli. Il suo compagno, senza un briciolo di cuore, l'aveva lasciata proprio quando sua madre era ormai arrivata a uno stadio avanzato di cancro. Henry entrò nella sua vita in quel momento, offrendole qualcosa che per lei doveva essere stato di grande conforto. I suoi meravigliosi manicaretti, che anni prima mi avevano conquistata, funzionarono alla grande anche con lei.

«All'inizio Henry non mi aveva detto di essere sposato. E non portava la fede. Quando lo misi con le spalle al muro confessò, ma assicurandomi che tu e lui avevate "un accordo".»

«Ti assicuro» dissi seccata «che non avevamo proprio nessun "accordo".»

«Il mio compagno e io avevamo una relazione aperta a quel tempo, così mi sono bevuta la storia di Henry, all'inizio. Ma era sempre così misterioso a proposito della sua vita coniugale. Capii presto che in realtà non ti aveva detto un bel niente. Sono stata con Henry per pochi mesi. Ci siamo conosciuti in ottobre e a Natale avevamo già smesso di fare sesso.»

Natale, quando io e Liza avevamo preso il volo per raggiungerlo a Seattle. Due settimane dopo sarebbe collassato sul pavimento della cucina. Il suo ultimo dicembre sembrava lontano anni luce. Proprio come il suo ultimo autunno, con Christine.

Con grande nitidezza mi tornò in mente una mattina di quell'autunno, l'8 novembre 2002. Io e Henry eravamo in macchina, sulla Route 9, in viaggio verso la scuola privata dove speravamo di trasferire Liza.

La scuola pubblica locale non andava più bene. Liza era stata presa di mira da alcune bullette della sua classe e la direzione non aveva preso provvedimenti, né seri né lievi. Avevo parlato alla mamma di una di quelle ragazzine, una conversazione che aveva prodotto un qualche effetto positivo, ma il danno ormai era fatto. Liza odiava andare a scuola. Ed era solo in prima elementare. Avevamo altri undici anni di scuola davanti a noi.

E così stavamo andando a vedere l'unica alternativa possibile, una scuola privata a quaranta minuti da casa nostra. Le due figlie di Emily la frequentavano, così come i figli di qualche altro nostro amico. La questione scuola pubblica e scuola privata era piuttosto controversa in una cittadina già nettamente divisa tra le famiglie residenti da tempo e i nuovi rifugiati dal caos newyorkese. Ci sentivamo abbastanza voltagabbana per l'imminente defezione. Quando provai a menzionare la cosa a Cathy all'uscita di scuola un pomeriggio, sulla sua faccia si dipinse un'espressione di sgomento al solo pensiero che le nostre figlie sarebbero finite in scuole diverse. Cathy stessa aveva trascorso anni e anni in un'elitaria scuola privata e poi addirittura in un collegio se possibile ancor più elitario. Mi infastidiva questo suo atteggiamento nei confronti della nostra scelta.

Non riuscivo a pensare a come io e Henry ci saremmo potuti permettere una scuola privata. Pagare le babysitter e le spese quotidiane era già abbastanza duro, ma pensai che insieme saremmo riusciti a racimolare un po' di denaro, con l'aiuto delle nostre famiglie e tirando la cinghia. Henry non era certo un gran risparmiatore, il che era una costante fonte d'ansia. Ero immersa in quelle preoccupazioni, con gli occhi fissi sul traffico pazzesco della Route 9, quando il cellulare di Henry squillò.

Rispose. Mi fece venire una gran rabbia quando iniziò a parlare al telefono senza auricolare, guidando veloce in mezzo al traffico congestionato dell'autostrada. Ma poi la mia attenzione fu catturata dal tono intimo della chiamata. Avrei detto che era una donna. Gesticolando cercai di fargli capire che volevo che mettesse giù. Lui mi ignorò.

«Metti giù, Henry» sibilai. «Non è il momento. È pericoloso ed è anche illegale.»

Infuriato, chiuse la conversazione e accostò sterzando di colpo e in modo sconsiderato per evitare il traffico dell'autostrada. Mi dette una spinta brusca alla spalla. «Come cazzo fai a essere una stronza egoista del genere? Com'è che non capisci che la mia amica sta male? Mi chiama dalla California! Sua madre sta morendo! Merda, quanto ti odio quando fai così!»

La sua rabbia mi terrorizzò. Pensai che stesse per picchiarmi. Lo spostamento d'aria causato dalla velocità delle auto che passavano scuoteva la nostra macchina. Il mio corpo iniziò a tremare nonostante dentro la macchina fosse caldo e avessi addosso il montone che mi ero appena comprata.

Sapevamo, anche senza dircelo, che dovevamo mantenere una parvenza di calma nel visitare la scuola. Passato un minuto, durante il quale io mi sentii infuriata e imbarazzata, Henry si rimise in autostrada e ci dirigemmo verso la scuola in un silenzio di tomba.

Una volta arrivati all'ingresso, accolti dal direttore, Henry sfoderò una recitazione da oscar che mi lasciò allibita almeno quanto lo scoppio d'ira di poco prima. All'improvviso era diventato gentile e affabile, elettrizzato ed entusiasta, ponderato nel porre domande. Eravamo i genitori perfetti in cerca di una scuola meravigliosa per la loro adorata bambina.

Adesso mi rendevo conto che era stata Christine ad aver chiamato quel giorno.

23 ottobre 2002

Non sei la prima donna con cui l'ho fatto. Ma è come se fossi alla ricerca di qualcosa, e qualsiasi cosa io stia cercando ancora non l'ho trovata. C'è qualcosa in te, nella combinazione fra la tua intelligenza, la tua apertura alla vita, e la tua bellezza fisica che esercita un forte richiamo su di me. Non ho mai conosciuto una come te fino a ora. Io chiamo e tu rispondi. Se io decido di suonare una nota, tu la ripeti in modo esatto, autentico.

Potresti pensare che ciò che sto facendo è poco romantico. In realtà mi sto sforzando e sto investendo molto nella nostra relazione affettiva. So che come minimo avrò una nuova amica, e le mie amicizie sono per la vita. Penso che tu sappia che vorrei di più. Vorrei che la nostra amicizia fosse davvero intima, il che comprende un'intimità fisica.

Voglio essere il tuo amico ideale. Voglio farti sentire a tuo agio, voglio che tu riesca a essere affettuosa con me quando non ci sono i bambini. Voglio solo stare bene insieme ed essere noi stessi. Anche se ho dormito con altre donne... ma credo che queste cose andrebbero messe da parte per qualche ora. Vediamo solo che cos'è che ci unisce.

Con amore,

Henry

Quale fu la reazione di Christine alle lusinghe, ai gioielli costosi regalati da Henry, ai manicaretti che le cucinava, al fatto che lui pulisse la cucina e caricasse la lavastoviglie? Qualsiasi madre single stremata potrebbe confermare che cose del genere ti portano a perdere la testa. Christine era sul punto di farlo. E io stessa ci sarei cascata se Henry, tornando a casa dai suoi viaggi, avesse profuso simili attenzioni nei miei confronti anziché portarmi all'esaurimento. I suoi rientri erano davvero la parte peggiore dell'anno.

Nelle mail a Henry, Christine sembrava stanca ed esaurita.

Sua madre stava morendo, aveva due ragazzini da crescere, il suo compagno era in procinto di scaricarla, forse perché non aveva intenzione di farsi carico dei figli, casa sua era il caos totale e comunque sembrava che non sarebbe riuscita a mantenersela. Dopo essere tornata da tre ore di corso per genitori divorziati, fece presente a Henry che per quanto la riguardava sentiva di consigliare a chiunque di restare sposato. Probabilmente non era proprio quel che Henry aveva sperato di sentire.

Quando Matthew chiamò Christine il giorno dopo la morte di Henry, lei era solo uno dei tanti nomi sconosciuti segnati sulla sua agenda.

«Ho detto io a Matthew di tutte le sue relazioni extraconiugali» ricordò Christine. «Ero sicura che Henry fosse stato disattento e avesse lasciato tutto in bella mostra. Gli ho detto di nascondere tutto. Sapevo che c'era molto da nascondere.»

Dopo la nostra prima telefonata, ebbi la strana sensazione che se ci fossimo conosciute in altre circostanze, probabilmente avrei scelto Christine come amica.

«Era l'incubo di Henry» disse «che io e te ci conoscessimo e finissimo a braccetto, a chiacchierare e a lavorare a maglia, dimenticandoci completamente di lui.»

Scoppiammo a ridere tutte e due, era proprio vero. Quella risata allentò la tensione.

Chiesi a Christine di mandarmi una sua foto. Mi inviò un jpeg via e-mail. Prima di aprirlo dissi a me stessa: "Vedrai che sarà una mora piccoletta e carina".

Era, infatti, una donna minuta dall'aria dolce, più o meno della mia età, con un sorriso a trentadue denti, capelli corti, ricci e scuri, e lineamenti aggraziati. Avrebbe potuto essere mia cugina – o la sorella carina di Cathy.

Sentii dentro di me uno strano senso di vuoto. Dovevo ammettere che Christine mi piaceva. Aveva un gran senso dell'umorismo. Era brillante e spiritosa, e ovviamente non poteva non piacermi qualcuno che si entusiasmava parlando di lavoro a maglia.

«Ah, sai che questo mese c'è una mia foto su una rivista specialistica, con in mano un paio di muffole?» mi comunicò tutta compiaciuta. Andai alla mia merceria, comprai una copia del giornale e ammirai di nuovo il suo viso accattivante e sincero. Henry aveva ragione – eravamo entrate subito in sintonia. E mentre rileggevo la lunga lettera confidenziale che Henry aveva scritto a Christine, la invidiai per essere stata capace di tirare fuori certi suoi segreti.

Ma cos'è che scatta nel momento in cui decidi che non c'è niente di sbagliato nel fare sesso con un uomo sposato con figli? Christine non fu mai disposta o capace di dirmi che cosa avesse pensato nel momento in cui aveva oltrepassato il limite.

In realtà un'idea ce l'avevo. Una volta, anni addietro, prima di conoscere Henry, io stessa avevo oltrepassato quel limite.

Io e Roberto eravamo tacitamente attratti l'uno dall'altra ormai da anni. Ci vedevamo praticamente tutti i giorni dato che frequentavamo la stessa comitiva post-universitaria di amici dell'Upper West Side. Andavamo alle feste in appartamenti pieni di fumo su Riverside Drive. Mangiavamo nelle bettole. Bevevamo birra al The Gold Rail sulla Centodecima Strada a Broadway, e nei weekend andavamo a ballare.

Roberto era sposato con Annette. Un matrimonio celebrato ovviamente per ottenere una green card – lui era italiano –, ma sua moglie era comunque innamorata persa. Non avevano figli. Roberto era nell'ambiente universitario e aveva appena terminato il suo dottorato in linguistica.

Nel settembre di quell'anno, 1984, Annette andò a Chicago per tre settimane a svolgere una ricerca. Dopo che lei partì, un pomeriggio Roberto mi chiamò in ufficio per sentire se avevo voglia di andare con lui a vedere un film quella sera. C'era una rassegna su Wim Wenders in un piccolo teatro nel mio quartiere. I film erano una scusa meravigliosa per uscire da quel tugurio che era il mio appartamento.

Piccolo, economico, conquistato a fatica dopo anni di subaffitti e coinquilini, il mio appartamento era un orrendo buco di quattro stanze messe in fila, tra Broadway e la Centosettima Strada con vista sui condotti di ventilazione della casa di fronte. All'inquilino solitario dell'appartamento in questione piaceva ficcanasare sbirciando dentro la mia finestra. Le tende che misi per riguadagnare un po' di privacy sbarrarono la strada anche all'ultimo raggio di luce. L'unico frequentatore abituale del mio bugigattolo senza luce era Chester, il mio gattone tigrato.

Chester mi aiutava a dare la caccia ai topi e a quegli schifosi scarafaggi color merda, con le antenne e le zampette pelose, che mi tenevano sveglia fino alle due del mattino. Le mie urla isteriche erano seguite da lunghe battute di caccia. Chester aveva moltissimo tempo libero. Poteva restare immobile per ore davanti al termosifone ad aspettare che gli scarafaggi si avventurassero di nuovo fuori. La coda ondeggiante di Chester mi avvertiva che la nostra preda si stava muovendo, al che seguiva una raffica di Raid e una ciabattata o il lancio dell'elenco telefonico di Manhattan, sempre a portata di mano.

Io e Roberto andammo a vedere *Alice nelle città, Nel corso del tempo, L'amico americano.* Dopo i film mangiavamo riso, fagioli e stufato di coda di bue a La Rosita, un minuscolo ristorantino all'angolo nord del mio isolato. Bevevamo tazze bollenti di *café con leche* e mangiavamo stufato mentre le ultime mosche sopravvissute dopo l'estate ronzavano pigre attorno alle finestre appannate dall'unto. Dopo i film mi accompagnava a piedi fino a casa e spesso saliva per bere una tazza di tè. Parlavamo del film che avevamo appena visto, della sua tesi senza fine in linguistica (una cosa che aveva a che fare con Noam Chomsky, di cui ancora non ho capito nulla).

La notte prima che sua moglie tornasse, io stavo già richiudendo la porta. Però lui rimase impalato lì fuori e finalmente riuscì a dirmi cosa voleva. Si appoggiò alla porta, affermando che non aveva alcuna intenzione di andarsene. Lo lasciai entrare. All'iniziale euforia per l'appagamento sessuale seguì una serie di mal di testa lancinanti. Mi ritrovai a barcollare per Broadway con gli occhi a mezz'asta. L'insonnia mi teneva sveglia fino alle tre del mattino. Non ero tagliata per buttarmi in una relazione con un uomo sposato, nonostante fossi davvero innamorata. Misi fine a quella storia dopo un mese.

Roberto mi supplicò di dargli tempo. Ricominciammo a vederci. A Natale mi regalò un paio di lunghi guanti neri. Io non gli regalai nulla per paura che Annette intuisse qualcosa. Le emicranie tornarono con maggiore intensità, vista annebbiata, dolori e nausea. Pregai Roberto di prendere una decisione e dire ad Annette della nostra storia.

Lui glielo disse. Ma mi confessò anche che non sapeva cosa fare. Sosteneva di non essere innamorato di Annette, ma il suo matrimonio gli era di sostegno. E non sapeva se la nostra relazione avrebbe funzionato. Gli dissi che nemmeno io lo sapevo, che avremmo dovuto provare, e che non ero più disposta ad andare avanti così. Misi per sempre fine alla nostra storia e alla nostra amicizia. Non ci vedemmo mai più né ci parlammo di nuovo. Fu come dover smettere di fumare da un giorno all'altro.

Il giorno di San Valentino trovai un pacchetto bianco nella

buca della posta e lo aprii con trepidazione. Speravo davvero che fosse da parte di Roberto. Avevo lo stomaco in subbuglio se pensavo a quanto mi mancava. Il biglietto all'interno era rozzamente scritto in inchiostro nero, al centro c'era un cuore decorato con scarafaggi morti le cui antenne e zampette erano perfettamente intatte, incollati con cura sul cartoncino bianco.

Era di Annette. Mi dava della stronza, della troia e della puttana. Tutte parole che avevano conservato il loro potere di ferire sin dalle superiori. Mi faceva paura sapere che c'era una donna a soli venti isolati di distanza che mi odiava dal profondo della sua anima e che avrebbe potuto farmi del male se mi avesse vista in giro. Ma pensavo anche che meritavo tutta la sua ira.

Cercai di immaginare la cura che aveva messo nel creare quel biglietto. Erano le blatte della sua cucina? O era stata a fare scorta in un Roach Motel per l'occasione?

Continuai a soffrire in silenzio per il mio amore perduto, sperando che prima o poi avrebbe cambiato idea e sarebbe tornato da me. Comunque avevo imparato la lezione, e pian piano la ferita iniziò a guarire, fino a che conobbi Henry, un anno e mezzo dopo. Quella breve relazione fu l'esperienza che segnò il mio passaggio alla maturità, e conservai il biglietto di San Valentino per molti anni, come monito per il futuro.

Christine la californiana era ormai fra i trenta e i quaranta, non una venticinquenne inesperta. E anche se esprimeva davvero un sincero pentimento, restava sul vago, era evasiva se insistevo per sapere i dettagli. Sembrava che capisse di dovermi delle spiegazioni, ma fino a un certo punto, oltre il quale trovavo un muro.

Nelle nostre conversazioni cercò di minimizzare il lato sessuale della loro relazione. Forse voleva risparmiarmi un po' di dolore. Ed è vero che a volte il sesso è solo sesso. Alcuni pagano per farlo. Non sempre è piacevole o significativo, anche se, dalle mail di Henry, si capiva chiaramente che era ansioso di proseguire la loro relazione sessuale. Christine sosteneva che era stata attratta da Henry soprattutto mentalmente: dava particolare importanza alle loro conversazioni, che avevano cambiato il corso della sua vita creativa.

Si scusò. Mi disse che aveva capito quanto fosse stato sbagliato legarsi emotivamente a Henry in quel modo. Capiva che il legame intellettuale tra loro era grave almeno quanto il sesso, dato che probabilmente aveva contribuito a distrarre Henry dal proprio matrimonio.

Ma più ci pensavo, più sentivo salire la rabbia. L'intimità emotiva della loro relazione, creatasi in pochi mesi, era stata forte abbastanza da riuscire a mettere a dura prova il mio matrimonio, quella mattina sulla Route 9. Con Cathy che entrava e usciva dalla sua vita, Christine aveva soddisfatto il suo bisogno di sentirsi al centro dell'universo per un po'.

Le mie conversazioni con Christine non sembravano mai davvero «chiuse». Era come se ci fosse qualcos'altro che doveva dirmi, ma essendo sprovvista dello charme di Henry, non riuscivo a tirarglielo fuori. Tuttavia una mattina la chiamai, facendo pausa mentre impacchettavo provviste da portare nella casa delle vacanze nel Maine. Non vedevo l'ora di partire di nuovo. Sulla tavola c'erano pile di asciugamani e lenzuola. E c'erano altre pile di vestiti di sopra. Anche in agosto il Maine era imprevedibile. Avevo preso di tutto: dalle giacchette di pile ai costumi da bagno. Era bello essere impegnata in qualcosa.

«Mi dispiace davvero che tu debba aver a che fare con le scelte meschine di Henry e che anch'io sia parte di questo casino schifoso» disse Christine.

Schifoso. Una parola che i bambini usano per descrivere una tazza di pudding rovesciata per terra o l'odore nauseabondo dei loro pannolini. Percepivo il suo desiderio di non sentirmi più e di chiudere definitivamente con quella squallida storia, per aprire un nuovo e felice capitolo della sua vita.

Ma io non potevo permettermi quel lusso. Per ragioni che avevo iniziato a capire da poco, sentivo il bisogno di andare più a fondo. Non era catartico scavare in profondità, era orribile, in tutti i sensi. Avevo la sensazione, ogni giorno più forte, che per iniziare una nuova fase dovevo rimuovere tutti i residui della fase che si era conclusa. Sapevo che Christine aveva terminato le sue confidenze e voleva tornare alla propria vita: quello che dovevo ancora scoprire si trovava altrove.

Mi chiesi quante altre persone, forse anche gli amici più cari, mi stavano tenendo nascoste delle cose per non ferire i miei sentimenti.

Di chi mi potevo fidare a parte me stessa? Anche se era come una pugnalata al petto, il giorno dopo, con Liza al centro ricreativo, ero pronta a ritornare nel mio studio per andare avanti con la lista di donne.

Mi rispose un'affabile voce femminile.

«Pronto, sono Julie. La moglie di Henry.»

Ellen – la ragazza muscolosa che sapeva fare le flessioni su una mano sola – scoppiò a piangere.

«Ti ho pensata così spesso» singhiozzò. «Ho saputo che Henry è morto. Ma io non sono venuta né alla veglia né al funerale.» La sentii sospirare, poi fece una pausa. «Sapevo che non era il caso.»

Continuando a piangere a dirotto, Ellen mi raccontò che, dopo essersi conosciuti in palestra, Henry aveva flirtato con lei e le aveva fatto la corte. Sua madre, che stava a casa sua, era molto malata e aveva bisogno di cure costanti. Andare in palestra tutti i giorni era per lei un modo di fuggire dal peso della vita casalinga. Lei e suo marito stavano attraversando un momento difficile.

Ellen mi raccontò che aveva fatto sesso con Henry solo due volte. Divorata dai sensi di colpa, aveva confessato tutto a suo marito, avevano cominciato a fare terapia di coppia e lei aveva riorganizzato gli orari della palestra in modo da non incontrare più Henry.

«Per curiosità,» le domandai «come sei fatta? No, non dirmelo. Scommetto che sei mora e piccolina.» E difatti...

Il giorno dopo la telefonata, Ellen mi richiamò. Pianse ancora e mi chiese perdono. Avevo letto le mail che lei e Henry si erano scambiati. Da quel che scriveva si capiva che era una credulona, ma non più di quanto sarei stata io al suo posto. Henry si era lamentato con Christine la californiana che Ellen non fosse molto intelligente, ma lei non si era lasciata plagiare più di quanto non avessi fatto io durante il mio matrimonio. E mentre lui la sentiva intellettualmente inferiore, in realtà lei era mille volte meglio di lui. Aveva una coscienza attiva, ed era capace di provare sentimenti autentici. Aveva capito rapidamente che cosa fosse giusto e cosa sbagliato, aveva piena coscienza della propria colpa. Aveva fatto un errore ma si era corretta. Non era fuggita dalle responsabilità verso il proprio matrimonio o verso di me.

Augurai a Ellen una bella vita. Le dissi che speravo che il suo matrimonio andasse meglio. Lei mi ringraziò. Ora potevamo voltare pagina, entrambe.

Restai sorpresa di quanto in fretta si fosse placata la mia rabbia dopo aver parlato con lei. Forse ero solo stremata, avevo perso sensibilità. Ma più che altro mi dispiaceva per quella donna che era inciampata e caduta in mezzo al fango del mio matrimonio, lasciandosi ammaliare dal fascino di Henry. Non sapeva nulla di Cathy, e anche se la loro storia fosse durata di più, probabilmente lui non le avrebbe detto nulla né di Cathy, né di Christine, né di nessun'altra. Ellen era un trastullo per lui. Lei era stata, a mio avviso, una vittima ingenua, stuzzicata per un momento da quello che lui sembrava poter offrire in un periodo in cui si sentiva schiacciata dai propri doveri. Notai che Henry era stato bravo a trovare donne vulnerabili. Nelle questioni sentimentali, lecite o meno, il tempismo è tutto.

Mandai una mail ad Alicia, la ragazza argentina di cui parlava Henry nella lettera a Christine.

Avevo solo una mail del 3 dicembre 2002, da Alicia a Henry. La mia amica Sara ne aveva trovata una copia stampata durante le sue ricerche nello studio di Henry, nel corso della sua visita in primavera, accartocciata sul fondo di una delle sue valigie. Senza afferrarne del tutto il senso, l'aveva conservata e me l'aveva rispedita dopo che le avevo raccontato dei tradimenti di Henry. L'oggetto era abbastanza esaustivo: «Re: Il mio ragazzo americano».

Nella mail, scritta in inglese stentato, Alicia comunicava a Henry che sarebbe stata felice di parlare con lui di «questioni di sesso». Proponeva un appuntamento telefonico e di seguito lasciava i suoi numeri.

L'avevo vista a un paio di feste, una a casa nostra, l'estate scorsa. Era amica dell'ex ragazza di Tomas, Lindsay, che in quel caso aveva involontariamente vestito i panni della mezzana.

Scrissi una mail ad Alicia che, con mia grande sorpresa, rispose subito. Nella corrispondenza fra me e lei il suo scarso inglese fu decisamente d'intralcio, ma andammo avanti per un po'. La sua vita sembrava incasinata e triste. Era una studentessa universitaria. Viveva con un uomo, una storia che, stando a quel che raccontava, sembrava travagliata e infelice.

«Non è successo niente.» Era la verità? Le fantasie di Henry su una futura relazione tra loro erano rimaste solo fantasie? Chiaramente ne avevano parlato e avevano programmato di ripensarci in futuro. Capii, da come mi raccontò delle sue esperienze e della sua cultura, che l'infedeltà era molto più tollerata in Argentina. Immaginai che Henry avesse contato proprio su questo. La sua donna ideale proveniva da un qualche luogo fuori dagli Stati Uniti, dato che noi siamo rinomati in tutto il mondo per essere dei bacchettoni – peccati di Bill Clinton ecc. a parte.

Mi tornò in mente con amara ironia che Henry c'era davvero andato giù pesante con il nostro ex presidente, sia per il suo adulterio sia per aver mentito in proposito, con un singolare e contorto ragionamento che sembrava suggerire fino a che punto mio marito fosse riuscito a dividere in compartimenti stagni la propria vita.

Nel corso di quella prima terribile settimana, dopo aver scoperto gli altarini di Henry, io e Tomas ci sentimmo ogni giorno. Mi fu davvero di grande aiuto. Sapevo che anche lui stava affrontando un periodo difficile, per la sua decisione di rivelarmi la verità. Certe persone che già l'avevano guardato con sospetto poiché ci frequentavamo adesso lo giudicavano anche peggio. Io invece mi sentivo libera e piena di gratitudine nei suoi confronti.

Tomas invitò me e Liza a un ballo che si teneva in un capannone nei pressi del vicino campo estivo. C'era musica dal vivo e noi ballammo in maniera euforica, come se fossimo a un incontro di boxe anziché a una festa, e finalmente riuscii a scaricare la rabbia accumulata durante la settimana. Tomas faceva fare i salti mortali a Liza. Conoscevo parecchi fra i presenti e mi sentii molto in imbarazzo quando mi accorsi che avevano iniziato a guardare me e Tomas come una coppia. Dopo un po' Liza era stanca, e io e Tomas eravamo sudati. Uscimmo fuori per riposarci e prendere una boccata d'aria nella cornice di quel paesaggio stupendo. Liza si divertì a giocare con gli altri bambini alla luce del tramonto. La figlia undicenne di un'amica mi riconobbe. Guardò me e Tomas, e poi di nuovo me.

«State insieme?» mi chiese, continuando a guardare prima lui, poi me.

Non sapevo proprio cosa rispondere – era quel genere di domanda nuda e cruda tipica dei bambini, una cosa che di solito incoraggiavo. Per la verità non sapevo cosa stavamo facendo. Stavamo cercando di portare avanti una relazione che non era classificabile con il tradizionale «stare insieme». Mentre la mia partenza per il Maine era sempre più vicina, ebbi la sensazione che quella fosse una delle ultime volte in cui sarei stata con Tomas. L'autunno era destinato a portare con sé dei cambiamenti.

Con mia grande sorpresa e sollievo prese in mano lui la situazione. Si avvicinò, mi cinse affettuosamente con il braccio e disse: «Già, lei sta con me!».

C'era rimasta solo una donna. Si chiamava Eliana. E non era menzionata nella lettera a Christine. Quando avevo scoperto tutto, Matthew era venuto da me per raccontarmi quel che sapeva delle donne di Henry. Si ricordò che Eliana si era presentata in casa presto, la mattina dopo la morte di Henry, ed era stato suo l'urlo che avevo sentito dalla mia camera da letto.

Dopo aver trovato il numero di Eliana sulla rubrica, aspettai alcuni giorni prima di provare a contattarla. L'avevo tenuta per ultima. Mi serviva un po' di tempo per prendere coraggio.

Otto

fine luglio 2003

Avevo incontrato Eliana solo una volta, pochi mesi prima della morte di Henry.

Lo stesso novembre 2002, che aveva visto me e Henry in viaggio sulla Route 9 alla ricerca di una scuola privata per Liza, aveva portato con sé anche una graditissima uscita serale. Lindsay, l'ex ragazza di Tomas, ci aveva invitati alla sua festa di compleanno. Ero del parere che, l'estate precedente, quando lui viveva nella nostra mansarda, lei l'avesse lasciato in modo piuttosto meschino. È inevitabile che gli amici di una coppia scoppiata si ritrovino a scegliere le feste dell'uno piuttosto che dell'altro, e noi eravamo legati a Tomas.

Ma nella nostra piccola città si tendeva a sdrammatizzare e Lindsay era piuttosto brava a portare acqua al suo mulino, quindi a me non dispiacque affatto andare. L'evento doveva essere una festa in maschera. I bambini erano invitati e Liza avrebbe indossato un abito azzurro, così lanciai l'idea di andare vestiti da personaggi di *Alice nel paese delle meraviglie.*

«Odio le feste in costume» sentenziò Henry in tono sprezzante. «Sono una rottura di scatole.»

«Sì, va bene, ma è il compleanno di Lindsay e *lei* vuole una festa in maschera. Viene anche Tomas. Non possiamo semplicemente assecondarla?»

«La gente non fa altro che assecondare quella benedetta ragazza!»

«Su questo hai ragione.»

Allacciai i bottoni del vestito blu a balze di Liza. Io indossai un abito color vinaccia, uno dei miei pezzi vintage preferiti, e la corona che avevo cucito a mano con nastri e scampoli di broccato. Ero piuttosto orgogliosa della mia creazione fatta all'ultimo minuto. Henry, riluttante, acconsentì a dire, se qualcuno gliel'avesse chiesto, che lui faceva la parte dello Stregatto. Tanto non c'era bisogno che si travestisse, il suo sorriso era più che sufficiente. Henry borbottò per tutto il viaggio, ma io dovetti ammettere che, nonostante i sentimenti contrastanti che provavo nei confronti della padrona di casa, non vedevo l'ora di arrivare. La grigia malinconia dell'autunno si insinuava in casa un po' alla volta, giorno dopo giorno, preannunciando l'imminente solitudine invernale. E ogni sera passata fuori in compagnia era una sera in meno di litigate con Henry o di isolamento, ognuno nel proprio studio. Una festa poteva essere l'occasione giusta per rinsaldare l'unione famigliare.

Non appena entrammo nella sala rumorosa e affollata, notai una donna con i capelli corvini, snella, vestita di nero, che sovraintendeva al tavolo delle bevande e del cibo. A New York quel look dark non sarebbe stato nulla di che, ma nella nostra piccola città era come un marchio. Portava braccialetti di pelle borchiata. I suoi capelli assumevano un riflesso neroblu sotto la luce della lampada. Era truccata con eyeliner e mascara neri. Se si era travestita da adepta di Voldemort, era piuttosto convincente, ma si muoveva con tale disinvoltura che mi domandai se non fosse proprio il suo stile. Mi fece un sorriso ma io mi sentii raggelare.

La stanza era piena di personaggi strampalati. Una donna, la reincarnazione di un giovane Elvis, con sfrontati movimenti pelvici e scarpe scamosciate blu, cantò una versione esagitata di *Heartbreak Hotel*. Gesù gironzolava tra la folla, vestito con una tunica bianca e sandali di pelle alla schiava. Tomas era spaventosamente convincente nei panni di compare mafioso, con un cuscino infilato sotto una canotta bianca piena di macchie, i capelli ingellati all'indietro. Mentre mi sforzavo di sorridergli, lui scherzava su un imminente regolamento di conti e inclinò il bicchiere di birra indicando la padrona di casa.

Lindsay, la festeggiata, che compiva venticinque anni, era graziosa come al solito. Tutti si erano innamorati almeno un po' della ragazza d'oro quando lei e Tomas si erano trasferiti qui in città. E quella sera non deluse certo le aspettative di nessuno. Indossava un vestito con scollo alla coreana che metteva in risalto la sua figura longilinea. Con una mano brandiva un bocchino, con l'altra si toccava i capelli biondi, raccolti in un morbido chignon, eccitata e nervosa per la serata. Attendeva trepidante un commento mio e di Henry sul suo costume. Era Anaïs Nin, la celeberrima scrittrice di romanzi erotici dei primi del Novecento, esile e con i capelli scuri. Con lucide labbra rosse e imbronciate ci chiese come avevamo fatto a non indovinare. Aaahh, le facemmo un bel sorriso.

Sospirai, improvvisamente desideravo anch'io un bocchino con una sigaretta accesa. Ma, ahimè, avevo smesso anni prima, calandomi nei panni della brava mamma. Sentivo che stava per prendere il sopravvento il mio solito istinto di incollarmi alla parete per il resto della serata. Presi per mano Liza e insieme a lei mi diressi verso l'angolo della sala dove prima avevo intravisto Emily con i suoi bambini.

Anche il costume di Emily era accessoriato di un lungo bocchino. Lei sarebbe stata decisamente più credibile come Anaïs Nin, pensai, con il caschetto scuro e le labbra rosse. Come le *bohémiennes* parigine che le piacevano tanto, Emily conversava con tutti, sembrava un fiore sbocciato, con le gote rosse per il caldo, in quella stanza che adesso brulicava di gente ma che di solito era il posto tranquillo dove Lindsay teneva lezioni di yoga. Per un attimo mi domandai se Emily si fosse mai annoiata a vivere qui, nella nostra piccola città. La vita di una mamma che non lavora doveva essere senza dubbio più divertente a Berkeley. Cooperative alimentari, circoli per sole donne, scuole progressiste e partecipazione politica. Qua nessuno faceva quel genere di cose, ci limitavamo a parlare della necessità di lasciare un mondo migliore ai nostri figli. Purtroppo eravamo tutti troppo impegnati a ristrutturare casa.

Era un party ben riuscito: Lindsay era una padrona di casa che metteva tutti a proprio agio, c'erano cibo e bevande in abbondanza, c'era la musica e gli invitati si divertivano a ballare. Ero io la bambina problematica della festa.

Lasciai Liza con i suoi amici, andai al tavolo dei drink e presi un bicchiere di vino rosso dalla donna in nero. Mi sorrise di nuovo. Ricambiai tiepidamente e tornai di corsa nel mio angolo. L'alcol placò subito il nervosismo accumulato in giornata e il mio risentimento nei confronti del mondo. Henry, che stava gironzolando allegramente dappertutto – i suoi malumori scomparivano in fretta con il vino e la compagnia –, apparve un istante per scomparire l'attimo dopo, ributtandosi nella mischia. Ero felice di starmene fuori dalla bolgia a chiacchierare con Emily e qualche altra amica mentre i bambini si divertivano a lanciarsi sull'ammasso dei cappotti.

Durante un momento morto nella conversazione gettai

un'occhiata al tavolo dei drink, curiosa di vedere cosa stesse facendo la donna con i capelli scuri. Stava ridendo e chiacchierando con Henry. Quando i nostri sguardi si incrociarono, gli occhi di Henry erano due fessure cangianti, sotto le luci colorate della festa; il suo sorriso era un ghigno largo, rideva come un matto. "Lo Stregatto, identico."

La voce di Liza interruppe il contatto visivo.

«Cos'hai detto tesoro?» chiesi, distogliendo la mia attenzione da Henry e dal baccano.

«Possiamo andare via, mamma, adesso?» Esattamente quel che stavo pensando anch'io.

«Cosa ne pensi di Eliana?» mi chiese Henry alcuni giorni dopo. Alzò gli occhi dalla scrivania piena di carte in disordine, mentre gli allungavo la posta. Mi dava proprio fastidio dover mettere le buste nuove sulla pila vecchia di bollette non pagate. Questo era uno di quei casi in cui ero davvero felice di avere conti correnti separati.

«Chi sarebbe Eliana?»

«La donna con cui parlavo alla festa di Lindsay.»

«La donna vestita di nero? A me faceva quasi paura. E comunque chi è?»

«Lindsay l'ha assoldata perché la aiutasse alla festa. La conosce anche Tomas. Ho in mente di andare a pranzo con lei la settimana prossima. Vorrei chiederle di darmi una mano con il libro, tipo, fare la mia assistente. Che dici?»

«Che fine ha fatto l'idea di rivolgerti a un brillante specializzando in letteratura in uno dei college qui vicino?» ribattei, sbalordita di starmene lì a sottolineare una cosa talmente scontata. «Questa ha una vaga idea di come si faccia una ricerca? È per caso un'esperta di cucina? È una scrittrice?» Provai ad allontanarmi lentamente dalla sua scrivania, cercando di battere in ritirata prima che scoppiasse una lite.

«Non è proprio una scrittrice. È più – si fermò un attimo cercando la parola adatta – una guida spirituale» e poi mi guardò con una faccia che era un misto tra "cane bastonato" e "vediamo adesso cosa dici!".

«Una "guida spirituale"? E da quando lei, Signor Razionalità, degno figlio di Voltaire, se ne va in giro alla ricerca di guide spirituali? Ma se non vuoi nemmeno venire a provare una lezione di yoga!»

Stava diventando una discussione cretina. Quella donna – con quei capelli e quei polsini di pelle – avrebbe dovuto fargli da assistente? Questa era l'idea più ridicola che io avessi mai sentito da Henry. Volevo uscire dal suo studio, immediatamente, prima di esplodere, ma ero paralizzata dalla frustrazione e da un'improvvisa pena per Henry, che mi sembrava così triste e perso.

«Sento che ho un blocco» spiegò. «Mi sembra di non riuscire a cominciare il lavoro. Ho bisogno di una mano per mettere in ordine le idee e focalizzare l'obiettivo.» Seguì un momento di silenzio, entrambi ce ne stavamo lì a fissare lo scompiglio di carte sul suo tavolo. «E poi perché devi essere sempre così negativa?»

«Oggi ho pranzato con Eliana» annunciò Henry la settimana successiva, alzandosi da tavola dopo aver finito di cenare. Liza stava ancora mangiando il gelato. «Penso proprio che sarà una gran cosa lavorare con lei alla mia ricerca.»

Chiusi il rubinetto e appoggiai la paglietta e la padella che stavo scrostando. Lui era già arrivato all'ingresso e stava andando al piano di sopra nel suo studio. Gli andai dietro, indecisa se lasciare o no Liza da sola a finire il dessert.

«Guarda, Henry, tu me l'avevi chiesto e io ti ho detto cosa ne pensavo. Perché hai voluto la mia opinione se non ti interessava veramente?»

Lui, con aria cupa, si mise a sedere.

«Henry, è un macello qui!» contemplai il disordine che regnava sulla sua scrivania. Era una scrivania davvero lunga, circa due metri e mezzo. Non c'era nemmeno un quadratino di spazio. Se l'horror vacui è una prerogativa di Madre Natura, si può dire che lo studio di Henry fosse diventato una specie di Foresta amazzonica: non c'era un solo pezzettino di terra nuda. Sul pavimento erano sparsi mucchietti di giornali e posta non aperta, che la settimana prima ancora non c'erano. Fortuna che aveva voluto le librerie su misura.

«Sinceramente non capisco che cosa combini tutto il giorno, Henry. Voglio dire, io mi alzo, vado nel mio studio, lavoro. Non vado da Cathy a prendere il caffè. Non faccio pisolini, non vado in palestra tre volte alla settimana. Lavoro e mi prendo cura di Liza, e vado a yoga quattro volte al mese.» Feci una pausa, sperando di aver usato un tono misurato, non volevo sembrare aggressiva e collerica.

«Non posso sistemare le cose al tuo posto,» continuai, incrociando le braccia in un gesto autoprotettivo, ma anche un po' da stronza «finiremo per litigare su questa cosa. Henry, io credo che tu abbia davvero bisogno di una persona brillante e capace che ti aiuti, ma non una tipa strana con i polsini di pelle nera.»

«Non appoggi mai le mie idee» rispose con un broncio da bimbo viziato che voleva a tutti i costi la mia approvazione, pur sapendo che si sarebbe comportato male.

«Dài, allora! Continua pure su questa strada che mi sembra stia funzionando a meraviglia,» dissi «ma non voglio avere quella donna per casa. E non ti venire a lamentare con me quando ti accorgerai che non riesci a rispettare la scadenza per la consegna. Io vado di sotto. Voglio fare compagnia a Liza e ho anche del lavoro da finire prima di metterla a letto.»

Ma non ci fu il tempo per un'altra discussione su Eliana, perché lei partì. Henry, visibilmente deluso, mi disse che Eliana aveva deciso di cambiare zona e tornare a casa. A me non interessava dove avesse deciso di andare, l'importante era che fosse lontana.

«Un bel soggetto, no?» commentò Matthew forzando una risata cupa. Era venuto da me per farmi vedere le foto che aveva trovato nel computer di Henry e che mi aveva tenuto nascoste. Osservai l'immagine di Eliana, bardata come la Regina della Notte, che faceva lo sguardo provocante da sotto due tendine di capelli neri. Sospirai. Ora capivo perché Matthew fosse rimasto impassibile al funerale. Lui sapeva già tutto. Mi aveva protetta, e io gli ero grata dal profondo del cuore. Chiudemmo il file con grande piacere. Avevo già stampata in testa l'immagine di Eliana. "Questa di certo non sarà una passeggiata."

«C'è stata una storia di sesso tra Henry e questa donna» disse Matthew a voce bassa. «L'ho letto nelle mail. Pare che Henry sia stato con lei in California, in autunno, durante gli ultimi due viaggi.» Come se sapesse quello che mi stava passando per la testa, con il delicato cinismo che lo contraddistingueva, aggiunse: «Io m'immagino, hai presente, quelle scene squallide in hotel...». Cercai di pensare davvero al peggio, per evitare successive brutte sorprese.

Più tardi, io e Matthew ci sedemmo sotto al portico. Mi sentivo vacillare, quasi mi girava la testa al solo pensiero di parlare con Eliana.

«Henry non aveva una vita spirituale» disse Matthew, scuotendo la testa mentre fissava il pavimento. «Rifiutava tutto ciò che non era razionale. Cercavo sempre di fargli leggere qualche libro sulla spiritualità. Pensavo che l'avrebbe aiutato. Volevo che fosse felice.» Mi guardò dritto negli occhi. «Volevo che entrambi foste felici. Volevo bene a tutti e due. Penso che un paio di volte abbia provato a raccontarmi di Cathy, ma io non l'ho ascoltato, non volevo sapere. Anche tu eri mia amica. Era questo che gli dicevo.»

Ringraziai Matthew per la sua lealtà nei miei confronti e nei confronti del nostro matrimonio. Dentro di me montò una rabbia tremenda, anche se cercai comunque di restare calma. Proprio come aveva fatto con Irena, Henry aveva provato a incastrare una persona a me cara, in una situazione dove si sarebbe ritrovata per forza a dover mentire.

«Io e lui non passavamo più molto tempo insieme, ultimamente» continuò Matthew. «Quasi non alzava il telefono. Mi rendevo conto che gli mancava qualcosa. Henry riusciva a essere davvero autodistruttivo, lo era sin dai tempi del college, quando ci andavamo giù pesanti con l'alcol e la droga.»

«Già, e lui adorava parlare dei vecchi tempi, no?» Chiusi un attimo gli occhi, ripensando alle storie del college che mi aveva raccontato – il più pittoresco di quei racconti aveva a che fare con l'acquisto di LSD conservato dagli anni sessanta, comprato da un tizio sconosciuto all'aeroporto di Syracuse – e agli episodi che ci avevano visti protagonisti insieme, prima che Liza nascesse, quando andavamo nei locali e alle feste.

Arrivati alla soglia dei trenta, avevamo deciso che era ora di darsi una regolata. E comunque io non ero mai stata una gran bevitrice. Henry aveva smesso di bere per un anno, e quando ricominciò, lo fece senza esagerare. La terapia aveva dato i suoi frutti – e lui mi parlava ormai dell'alcol come una cosa che aveva usato per «curarsi». Aveva finalmente imparato, disse, a bere con moderazione. Ma ora ripensai all'insistenza di Henry per dare cene ogni settimana. Forse, in un certo senso, stava cercando di rivivere i vecchi tempi, ricreando un'atmosfera di gioiosa sregolatezza.

«Magari,» e qui Matthew sospirò mestamente «considerando come sono andate le cose sarebbe stato meglio se non avesse mai smesso di bere.»

Ogni volta che chiudeva con una dipendenza, ne aveva subito pronta un'altra – drogarsi, bere, tradire, in un certo senso erano tutti modi per vivere pericolosamente.

Arrivata a quel punto, speravo che ormai niente potesse più scioccarmi, speravo di aver già toccato il fondo. Mi ero ridotta a pregare – io, miss scetticismo – che Henry avesse tenuto abbastanza a me da aver usato un preservativo. Eliana aveva l'aria di una che se la spassava, di certo più di quanto non avessi fatto io negli ultimi sedici anni. Io ero stata una moglie fedele.

Chiamai il dottore fissando un appuntamento per fare il test dell'HIV.

«Sono davvero felice di sentirla» disse, tirando un sospiro di sollievo.

Venne fuori che Henry aveva fatto la richiesta per un test dell'HIV, nel dicembre del 2002, un mese prima di morire. Il segreto professionale aveva impedito al medico di chiamare anche me per il test. Mi ricordai che Henry aveva evitato di fare sesso con me, tornato da quel viaggio in California. Era davvero esausto, aveva detto, in tono contrito. E in effetti ne aveva tutto l'aspetto.

Quindi forse ci teneva abbastanza da non fare sesso con me fino all'arrivo del referto negativo. Ma io ribollivo lo stesso di rabbia, chiedendomi che cosa avrebbe fatto se i risultati del test fossero stati positivi per qualche altra malattia venerea meno grave. Avrebbe lasciato correre, sperando di non avermi attaccato niente, finché non si fossero manifestati sintomi davvero gravi, pur di continuare a nascondere le sue storielle? Fino a che punto mi avrebbe fatta ammalare prima di confessare tutto? Forse era stata paura, non solo stanchezza, quella che avevo letto negli occhi di Henry nel dicembre 2002. Probabilmente aveva capito che le cose gli stavano scivolando via di mano.

Il dottore mi suggerì di fare comunque le analisi, per sicurezza, così mi sottoposi al test che, con mio grande sollievo, risultò negativo. Non so come avevo schivato un duro colpo, un vero miracolo.

Il numero nell'agenda di Henry risultò quello della sorella di Eliana che abitava in Canada. Lei mi diede un altro numero, di una città vicina. Stavolta mi rispose Eliana in persona.

«Mi aspettavo una tua chiamata. In questi giorni percepivo fortissima la tua presenza.» La sua voce aveva un che di etereo, era come una cantilena, sembrava che le sue frasi fluttuassero nell'aria. Evocava l'immagine di una chiromante o di una veggente.

«Mi aspettavi!» le stavo già urlando addosso, nonostante mi fossi ripromessa di restare calma. «E che cosa vorrebbe dire? Pensavi a me per caso mentre ti scopavi Henry in una fottutissima stanza d'albergo?»

Non riagganciò. Come Christine, rimase ad ascoltarmi. Si scusò sommessamente.

Adesso potevamo arrivare a qualcosa. Avevo tirato fuori la rabbia e iniziammo a parlare. Dopo la nostra prima conversazione non me la sentii di richiamarla per alcuni mesi, ma cominciammo a scambiarci delle mail dal primo giorno.

Dal momento del suo trapasso, ho iniziato a visualizzare la tua essenza e quello che stavi vivendo. Sin da quel giorno sono stata consapevole del fatto che avresti trovato il filo e avresti iniziato a chiedere. Non ti aspettavo così presto. Grazie per aver avuto questo coraggio.
Noi tre siamo legati da dimensioni, luoghi dello spirito, che si trovano al di là di ciò che viene compreso dalla logica comune. Io posso solo rivelarti quello che ho provato e che ho sentito nel corso della mia amicizia con lui. Ti chiedo solo di ascoltare ciò che è importante tu capisca e di tralasciare il resto.

Eliana usava un linguaggio che facevo fatica a comprendere, un vocabolario New Age con il quale non mi trovavo a mio agio. Non mi era nuovo, grazie alle associazioni salutiste che avevo frequentato al college e alle lezioni di yoga. Lo capivo, ma non mi piaceva nemmeno un po'. Mi avevano insegnato a scrivere frasi chiare, con un soggetto e un predicato. Sapevo fare l'analisi del periodo. E così mi esercitai a farla sulle frasi di Eliana. Era come addentrarsi in un bosco fittissimo, i pensieri intrecciati come rami.

Ero confusa. Henry aveva sempre disprezzato la cultura New Age. Era seccato dalla mia scelta di comprare sempre latte, carne, uova e verdura biologici, così come dalle reminiscenze berkeleyane di Emily riguardo all'astrologia e alle divinità, nonché dagli aspetti spirituali delle mie lezioni di yoga. Si era davvero lasciato coinvolgere emotivamente da una persona che faceva ragionamenti così poco lineari?

Per lei la parola «sfera» non rappresentava un oggetto rotondo, un gruppo sociale, o un'area d'influenza geopolitica, ma una sorta di energia trascendentale. E la «congestione» non era nasale, polmonare o coronarica, ma una letargia emozionale e spirituale. Parlava di visioni, onde energetiche e fenomeni paranormali, con la sicurezza di uno scienziato che sta catalogando i dati di una ricerca. Non sapevo bene cosa pensare di quella donna, ma sapevo che avrei tanto voluto prendere a schiaffi Henry per farlo rinsavire, mollandogli anche un bel calcio nel culo per sicurezza.

Ad ogni modo Eliana era la sola testimone degli ultimi, travagliati mesi di vita di Henry, durante i quali aveva attraversato a dir poco una grossa crisi, perdendo fiducia nel proprio lavoro ed entrando e uscendo dal pantano della sua relazione con Cathy, senza che io ne sapessi niente.

Iniziai a pormi delle domande sulla corrispondenza tra Henry e Cathy che era andata persa. Che cos'era successo esattamente fra loro negli ultimi sei mesi di vita di Henry? Forse Cathy minacciava di dirmi tutto. Ogni ipotesi era plausibile, ma senza le prove, Cathy poteva dire quello che voleva – e io mi ritrovavo ad arrovellarmi senza speranza di scoprire la verità. L'unica possibilità era riuscire ad aprire uno spiraglio sul mondo di Henry attraverso Eliana.

Dovevo ammettere che la sua voce era gentile e rassicurante. Ma dal vago modo di esprimersi, capivo che era ben lungi dall'idea di raccontarmi tutto e subito. Avrei dovuto dimostrare di essere in grado di affrontare la situazione. Io invece avevo bisogno che mi dicesse tutto quello che sapeva. Immediatamente. Era cambiato qualcosa nella testa di Henry, e al di là del libro che non stava scrivendo, o di un più profondo senso di disorientamento, si era affidato a quella donna per essere guidato e lei lo aveva preso per mano.

Eliana gli si era mostrata come una persona emancipata, che non giudicava nessuno e che non obbediva alle convenzioni. Mi disse che aveva vissuto per anni in quel modo, guardando a se stessa come a uno spirito libero che poteva scegliere senza preoccuparsi delle conseguenze, entrando e uscendo da relazioni con uomini e con donne. Mi disse che dopo la morte di Henry aveva iniziato a riesaminare il cammino che aveva scelto.

Eliana aveva parlato al telefono con Henry, mi raccontò, il giorno prima che morisse. Probabilmente avevo assistito alla conversazione entrando e uscendo dalla stanza mentre Henry riordinava le sue carte.

E quando lei mi spedì la loro corrispondenza, vidi che Henry aveva esternato importanti idee sul suo futuro negli ultimi giorni della propria esistenza, dopo la festa di Capodanno.

Il 3 gennaio, cinque giorni prima che Henry morisse, Eliana scriveva:

> Bene, questo può essere un lungo viaggio di scoperta... sul sentiero della spiritualità, le emozioni sono una parte del nostro essere che dobbiamo imparare a osservare, distanziandocene... I sentimenti riflettono la nostra maniera intima e personale di conoscere la verità, il valore, l'onore, per questo sono diversi dai giochetti che siamo abituati a fare, in quanto umani, nella sfera affettiva... Se siamo davvero consapevoli delle nostre azioni, quando dentro di noi si scatena un'emozione, come la rabbia, e siamo davvero sinceri con noi stessi, e desideriamo realmente nutrire la nostra parte più intima e profonda, dobbiamo ascoltare che cosa questa emozione ha da dirci, lasciando dentro di noi lo spazio creativo necessario perché ci possa permeare, trovando calma, pace, equilibrio, se non con noi stessi almeno con essa... Io sto lavorando sulle emozioni che si scatenano quando sono con te e respiro insieme a loro, lasciando sempre che l'amore fluisca.

La mia prima reazione fu pensare che dicesse solo una montagna di stronzate, e che fosse come la scalatrice esperta in cima alla montagna, mentre Henry era il principiante esaltato dentro al negozio di articoli da scalata, pieno di cose mai viste che voleva provare.

Quando cercai di fare uno sforzo per essere più generosa, invece, pensai che la sua mail avrebbe benissimo potuto essere un discorso introduttivo di una lezione di yoga sui temi della compassione e del non-attaccamento, idee che non riuscivo a interiorizzare ma di cui apprezzavo la saggezza. A modo suo – che era molto diverso dal mio, dovevo ammetterlo – Eliana gli stava spiegando quanto danno rechiamo a noi stessi e agli altri, quando non riusciamo a comprendere o a controllare le nostre emozioni, quando siamo troppo presi da una situazione.

Pensai a quello che aveva detto Matthew, che Henry non aveva una vita spirituale. Forse, alla fine della sua vita, qualcosa dentro di lui era cambiato. Forse, dopo essersi ficcato in un casino del genere, stava cercando di riscoprire se stesso in maniera diversa. Dopo aver portato all'esaurimento diverse donne che facevano parte della sua vita, aveva trovato davvero qualcuna disposta ad ascoltarlo nonostante tutto. La sua lunga mail di risposta sfociava in un discorso autoreferenziale sulla collera nei confronti di Christine che aveva voluto chiudere la loro storia di sesso.

Come dici tu al momento sono «congestionato». Non è proprio nella mia indole – né in quella di nessun altro che io conosca – riuscire a trascendere le emozioni. Voglio essere onesto su questo. Io non voglio trascendere nulla: voglio guardare tutto in faccia e affrontare le cose di petto.

Ma sto cercando di imparare a lasciare andare le cose – sotto il

> tuo incoraggiamento. Al momento ho difficoltà emotive sia con Cathy che con Christine, lo ammetto. È una cosa che non riesco a controllare. Sto solo cercando di non essere costretto ad agire spinto da queste emozioni, il che è un'esperienza completamente nuova per me.
>
> Christine probabilmente era incazzata con me per una serie di cose: (1) vedevo altre donne (2) vedevo altre donne che erano più giovani di lei (3) i suoi amici le avevano riferito che io dicevo che era innamorata di me (anche se non era esattamente quello che avevo detto).

A queste affermazioni seguiva un lungo discorso farneticante su Cathy, che confermò i miei sospetti sul fatto che la loro relazione fosse ancora in pieno corso nell'autunno prima che Henry morisse. Raccontò la scena della festa di Capodanno.

> Riguardo a Cathy, lascia che ti racconti questa cosa orrenda. Credo di essere stato un vero idiota a non cancellare tutte quelle mail (sì, un idiota). Ma che lei abbia tirato fuori un odio del genere dopo sette mesi è decisamente troppo.
>
> All'inizio ho pensato che non ci sarebbero stati problemi. Le ho dato un sacco di attenzioni alla mia festa. A un certo punto mi ha afferrato per il braccio chiedendomi altro champagne per una delle sue amiche. Ma in realtà stava passando tutto il tempo appiccicata a suo marito, o a parlare con due amiche della chiesa. A parte questo non interagiva con nessuno.
>
> Ci è andata giù pesante con il bere e verso fine serata ha rovesciato tutto il vino addosso alle due amiche. Le ho allungato un pacchetto di fazzoletti e l'ho presa un pochino in giro chiedendole se avesse per caso bisogno di una scorta per la serata, al che lei mi ha sibilato un «no» fra i denti. A quel punto era chiaro che le cose

non stavano andando troppo bene. Mentre si stava preparando per tornare a casa, aveva l'aria di essere stufa ed esausta. Le ho chiesto in maniera gentile che problema avesse e lei ha risposto: «Con chi?». Poi mi ha detto che se volevo capire dov'era il problema dovevo salire a dare un'occhiata alle mie carte nello studio. Credo si riferisse alle mail che aveva scoperto. Così ho provato a chiederle se voleva che ci incontrassimo per parlarne, al che lei, con un ghigno, ha risposto: «Mmm... no». Quindi è tornata a salutarmi, sempre in maniera molto ostile, e quando mi sono alzato per accompagnare lei e la sua famiglia, mi ha sbattuto la porta in faccia.
Una parte di me desidera disperatamente chiamarla per mettere a posto le cose... ma so che non ci sono speranze e che devo imparare a convivere con questa situazione. Quello che devo ficcarmi in testa, quello che ho imparato ascoltando te, è che non c'è modo di applicare la «ragione» a questa vicenda. L'errore, la proiezione che avevo fatto su di lei – e che è durata fino a cinque giorni fa, quando mi si è accesa una lampadina – è che io pensavo che fossimo uguali... che il suo modo di pensare e di sentire fosse uguale al mio. Ma non è la realtà. La realtà è che lei è emotivamente instabile. La realtà è che è molto ristretta di vedute. È una delle persone più rigide, spaventate e limitate che io abbia mai conosciuto.
E sai qual è la pura verità? Che ogni energia che ho dedicato a queste due donne in realtà fa parte di una mia patologia. Devo riuscire a tenermi dentro quell'energia e conservarla per mia moglie e per il mio nuovo marito/fidanzato – tu. Così, oggi, anziché essere ossessionato da queste cose, sono stato capace di convertire l'energia negativa riflettendo su come intraprendere un nuovo cammino positivo. Questo è senza dubbio un cambiamento nel mio modo di agire per il quale devo ringraziare te.

Notai, sempre più confusa, che Henry sembrava pensare a lei come a un partner maschile, e questo la diceva lunga sulla natura sessuale e sentimentale della loro relazione. Era Eliana che aveva il controllo del loro rapporto, una cosa completamente nuova per Henry. Ed era per questo motivo che lui stava a sentirla come non faceva con nessuna delle sue partner, nemmeno con me, sua moglie. Un minuto più tardi scrisse questo messaggio:

> Dolce Eliana,
> davvero, non devi leggere quella mail. Era solo un modo per fare chiarezza. Non hai idea di che peso mi sono tolto.
> Mi sento chiaro e limpido come l'acqua... scintillante come cristallo. Se vuoi leggere, leggi solo le ultime righe – che sono la parte importante.
> Fuori cade la neve. Mi sto preparando per andare a letto. Il mondo tace, e io mi sento, miracolosamente, in pace con me stesso. Siamo un bene prezioso, l'uno per l'altra.
> Con amore,
> Henry

Scintillante come cristallo? Queste non potevano essere parole uscite dalla bocca di Henry. Era andato in terapia da una psichiatra per un anno. Anche se Leslie Burns mi aveva saputo dire molto su di lui, questa donna del mistero con i polsini di pelle era riuscita a esplorare altrettanto profondamente la psiche di Henry. In più Eliana era stata capace di dargli davvero la speranza di poter cambiare in meglio le cose. Gli diceva che sarebbe stato un duro lavoro e che sarebbe servito uno sforzo enorme. Era ancora nella fase di razionalizzazione dei suoi tradimenti e stava cercando di giustificarsi, ma stava anche iniziando a capire che solo lui poteva dare una vera svolta alla propria vita.

Forse, per qualche giorno, aveva vissuto con quella speranza. Poi era morto.

C'era stato qualche indizio della breve relazione fra Henry ed Eliana. Nel corso delle nostre ultime vacanze insieme a Seattle, io e Henry andammo a fare un giro in macchina senza Liza. Dopo una tappa obbligata al REI, una catena di articoli sportivi, Henry insistette per fare una capatina a un sexy shop di cui aveva sentito tanto parlare. Era certo che ci saremmo divertiti ed era seccato per la mia mancanza di entusiasmo. «Gesù, ma non hai proprio il minimo senso dell'avventura, Julie!»

La sua insistenza, un vero tormento, ovviamente era la cosa meno sexy del mondo.

Probabilmente era già stato in quel negozio, nel corso della vacanza. La settimana prima che morisse, entrai nel suo studio mentre lui stava seduto alla scrivania. Notai una piccola scatola semiaperta, di cartone ondulato, senza scritte, appoggiata sulla sedia. Una sbirciatina ne rivelò il pittoresco contenuto: manette di pelle rossa e altri sex toys. Spesso Henry mi aveva proposto di provare dei sex toys, ma dal momento che il sesso non m'interessava più così tanto, o perlomeno il sesso con lui, durante i nostri ultimi anni di matrimonio l'idea non mi aveva allettato. Di manette poi non ne volevo sapere – una parte di me non si fidava. Ma non mi piaceva sentirmi considerata una guastafeste e speravo che il nuovo anno avrebbe riportato un po' di gioia e un po' di spontaneità nel nostro matrimonio.

«Che cos'è?» chiesi, alzando lo sguardo dalla scatola.

Henry ridacchiò. «Forza, dai un'occhiata.» Tirai fuori una cintura di pelle borchiata. Un'osservazione più attenta rivelò un cerchietto di metallo al centro, una sorta di fondina in cui inserire il dildo.

Improvvisamente mi sentii frivola e in vena di scherzi come non mi sentivo più da anni. Provai la cintura da dildo sui jeans. Mi ero trasformata in una mistress, o piuttosto, nella versione miniaturizzata di Samantha di *Sex and the City* – lei provava tutto almeno una volta. Henry si mise a ridere di nuovo, guardandomi da sopra la montagna di fogli sulla scrivania.

«Mi domando cosa direbbe la gente se indossassi *questo coso* in giro per Main Street!»

Henry rise ancora: una risata forte, da attore di teatro, che ruppe l'incantesimo. Tutt'a un tratto mi sentii stupida e a disagio con quell'affare addosso. Me lo tolsi, ben contenta di riporlo nella scatola. Finito il giochetto, tornai al mio lavoro.

Dopo una settimana e mezzo di fitta corrispondenza, Eliana era pronta a raccontarmi della sua relazione con Henry. Disse che lui mi descriveva come una donna vulnerabile e bisognosa di protezione, il che spiegava l'iniziale prudenza di Eliana nei miei confronti. Ma scrivendoci riuscimmo a inquadrarci meglio entrambe.

Intrigato dai polsini borchiati di Eliana, Henry era andato a presentarsi alla festa di Lindsay. Quello che lo attirava maggiormente era il suo stile di vita itinerante. Eliana non aveva una casa a quei tempi, si spostava da un posto all'altro, andando a trovare gli amici o seguendo i partner con cui allacciava una relazione. Una vita basata sulle avventure erotiche. Era felice di vivere in quel modo e non nascondeva le sue scelte di vita ai suoi partner, che non sempre le condividevano.

Dopo il famoso pranzo, Henry ed Eliana si erano trovati a chiacchierare altre volte durante il periodo in cui lei si trattenne sulla Costa orientale. Mi raccontò che lui aveva espresso subito il desiderio di avere una relazione sessuale. Le aveva anche parlato di Cathy, della sua possessività e delle sue carenze affettive. Del livello d'ansia che lui aveva raggiunto per colpa sua e della sua ricerca di una via d'uscita, per iniziare una vita differente, più libera. Secondo Eliana anche i suoi viaggi sulla Costa occidentale avevano avuto un ruolo importante nella sua presa di coscienza della necessità di cambiare rotta e di rivoluzionare le cose all'interno del suo matrimonio. Un matrimonio che non era certo il mio.

Eliana mi disse che il giorno prima della morte di Henry, lei aveva sperimentato il dolore sul proprio corpo e si era resa chiaramente conto che lui era malato. Tempo prima non avrei nemmeno preso in considerazione un discorso del genere, ma dopo le inspiegabili «visite» di Henry, ero in grado di accettare l'idea che certe cose non fossero comprensibili in termini razionali. Decisamente, fu un grande sollievo poterne parlare con lei. Stava a sentire i miei racconti con la stessa calma di Maya, la massaggiatrice.

Cercai di immaginare Henry ed Eliana insieme. Durante il suo penultimo viaggio sulla Costa occidentale, alla fine di novembre del 2002, Henry mi aveva telefonato ogni giorno.

«Tu e Liza mi mancate tantissimo» diceva sempre prima di mettere giù. «Non vedo l'ora di tornare a casa.»

Mi chiamava spesso mentre guidava. Potevo sentire chiaramente il rumore delle macchine che sfrecciavano su una qualche autostrada della costa. Mi raccontava di quello che aveva mangiato e delle persone che aveva incontrato. Eliana mi disse che a volte anche lei era in macchina quando Henry mi telefonava, testimone di quelle che io credevo fossero conversazioni private. Lei era letteralmente la compagna di viaggio che lui aveva sempre cercato.

> A Los Angeles portò tutti i suoi toys e io ne fui entusiasta. Era da un po' che non avevo un compagno di giochi, specialmente uno non abituato a questo genere di cose. All'inizio ero io quella ammanettata. Fu interessante, era da un po' che nemmeno io lo facevo e mi ci volle qualche momento per riuscire a lasciarmi andare, a fidarmi e ad abbattere le barriere. Comunque, quando ci scambiammo i ruoli, fu il momento in cui riuscii a leggergli nel profondo. Mi era già successo in passato, con molti altri uomini, in particolare con quelli che non volevano mai perdere il controllo. Disse che era stata l'esperienza più intensa che avesse mai fatto e io penso che per la prima volta in vita sua avesse percepito la forza interiore di un'altra persona pari alla propria.

Mi assalì un'ondata di nausea, dopo aver letto quelle cose. La differenza fra ciò che era il nostro matrimonio e quello che lui realmente desiderava era profonda quanto il Grand Canyon. Mi si appannò la vista. Appoggiai la testa sulla scrivania. Avevo bisogno di prendere una boccata d'aria.

Rebel corse fuori di casa, abbaiando. Io presi un sasso e lo scagliai contro la recinzione e lui scappò via. Mi misi a sradicare le erbacce, di solito funzionava. Il cane tornò indietro e ricominciò ad abbaiare. Finalmente uscì il signor Caine che lo rispedì in casa.

Mi ricordai di un pomeriggio, nove mesi prima: stavo nel giardino sul retro, era autunno, avevamo appena finito di litigare furiosamente al telefono e io avevo pensato proprio questa cosa. "Forse sto meglio senza di lui." Come la mente di Henry si era aperta a nuove idee durante i suoi viaggi, anche la mia si era lentamente dischiusa nel corso dell'ultimo anno: quando lui era assente riuscivo a vedere le cose in modo più chiaro e distaccato.

Avevamo trascorso sedici tumultuosi anni insieme. Avevo

amato Henry e gli ero affezionata – nonostante provassi repulsione fisica ed emotiva verso di lui – perché quella era la promessa che avevo fatto di fronte alla famiglia, agli amici e a un benevolo rabbino. "No, le cose andranno meglio, è solo un brutto momento." Quel pomeriggio avevo deciso di ignorare il campanello d'allarme che mi era scattato in testa: "Forse sto meglio senza di lui". Ma probabilmente, in seguito ad altri litigi, avevo iniziato a dare ascolto a me stessa, concludendo che io e Liza saremmo state meglio per conto nostro. Anche se Irena, da veterana, aveva certamente ragione a sostenere che non sarebbe stato affatto facile divorziare da Henry.

Adesso un'ipotesi divertente attraversò i miei pensieri: e se Henry fosse stato colpito e affondato dal Grande Capo in persona, spiaccicato per terra dalla mano forte e dal braccio possente descritto durante le cene per la Pasqua Ebraica, colui che non si faceva scrupoli a far scorrere fiumi di sangue o a scagliare sciami di locuste contro i suoi nemici? Mi ritrovai a ridere, il che, date le circostanze, era un buon segno.

Eliana mi raccontò che Henry parlava spesso della nostra vita matrimoniale in questa cittadina così piccola e conformista. Anche se desiderava una famiglia, il sostegno di una compagna e il successo nella «vita reale», allo stesso tempo aveva bisogno di vivere senza restrizioni.

Mi descrisse un loro pomeriggio a Los Angeles. Erano andati in un ristorante e mentre stavano seduti al bancone in attesa del tavolo, Henry aveva cominciato a flirtare con una donna mentre Eliana tentava di sedurne il marito. Henry le aveva detto che stava prendendo in considerazione la possibilità di un matrimonio aperto, ma ovviamente con me non ne parlò mai. Sapeva che non lo avrei mai accettato. Era già dura così.

Henry le diceva di sentirsi inutile all'interno della famiglia, non era «abbastanza bravo». Mi sentii offesa dal suo ragionamento. Non era forse la scusa pretestuosa di un vile bugiardo, il tentativo di razionalizzare un comportamento fallace che solo la pigrizia gli impediva di correggere?

Non avrei mai potuto accettare una simile spiegazione, anche se da parte sua ci fosse stata totale sincerità. Non c'era più fiducia e nemmeno abbastanza fede nel nostro futuro. Avere un matrimonio felice significa credere in un futuro insieme, condividere una visione del mondo.

Eliana ammise di avere «problemi a non superare i confini». Ma non aveva mai avuto una relazione con un uomo sposato con figli, o con qualcuno che viveva in un piccolo mondo conformista come il nostro. Mi scrisse che la relazione con Henry le aveva insegnato che cosa significasse fingere che i confini non esistano. Mi assicurò che non avrebbe mai più intrapreso quella strada. Era in procinto di cambiare radicalmente la propria vita.

Sentii diminuire la mia iniziale repulsione per quella donna. Non ci assomigliavamo per nulla, e tuttavia, con l'andare dei giorni, percepivo che ci stavamo avvicinando, che avevamo instaurato un vero legame, un legame che aveva valore. Stava iniziando a piacermi l'idea che a questo mondo potessero esserci allo stesso tempo una donna come Eliana e una donna come me, e che in qualche modo fossimo riuscite a trovare un punto d'incontro.

Iniziammo a scriverci raccontando delle rispettive famiglie. Mi scrisse della sua nipotina, che adorava, e poi mi chiese di Liza in un modo che mi fece capire quanto amasse e capisse i bambini. Sapeva molto di me, in base ai racconti di Henry. Disse che lui ammirava molto la mia capacità di prendermi cura di nostra figlia, il mio senso del dovere e la disciplina che dimostravo sul lavoro, e si rammaricava di non essere altrettanto determinato. Quando Henry le domandò di fargli da assistente per il suo libro, lei gli rispose che non capiva perché non avesse mai provato a chiedere il mio aiuto. Le spiegai che, a quei tempi, io e lui riuscivamo a malapena ad avere una conversazione normale, figuriamoci se ci fossimo messi a lavorare insieme. Ad ogni modo ero felice di sentire che Henry in qualche modo avesse dimostrato di stimarmi.

Fu lei a regalarmi le prime parole di incoraggiamento e di speranza per quel futuro felice che io ancora non riuscivo a immaginare. E a instillare in me l'idea che ciò che mi era successo fosse una specie di regalo, una chance per ricominciare, l'opportunità di essere libera.

> Adesso che hai invocato una guida, arriverà, abbi fiducia. Potrebbe volerci del tempo. Potresti anche non riconoscere i segni finché non si manifesteranno con chiarezza. Ma a quel punto, sarà il tuo istinto ad avvisarti, creando i ponti che ti servono. Mentre guarirai dalle ferite, troverai quello di cui davvero senti di aver bisogno, a modo tuo. E lo attirerai a te. Hai questo dono. Cerca di tenere ben presente ciò che desideri.

Dissi a Eliana che stavo andando in vacanza nel Maine ma che speravo di poter continuare la nostra corrispondenza una volta tornata. Stabilii che, anche se lei mi aveva dato solo la propria versione dei fatti, ciò che avevo adesso era un quadro più chiaro degli ultimi mesi di vita di Henry.

Avevo imparato molto dallo scambio epistolare con Eliana. Vedevo molto più nitidamente la maniera in cui avevo scelto di proteggermi all'interno del mio matrimonio. Avevo imparato che aprire la mente a una persona tanto diversa poteva essere molto proficuo. Sentivo il bisogno di fare subito qualcosa per me stessa e di curare le ferite.

Curare le ferite significava riuscire a perdonare. E io non ero ancora pronta. Il lungo coinvolgimento sentimentale di Cathy e Henry, la mancanza di rispetto di quella donna nei confronti della mia famiglia e l'idea di essere sua amica mi disgustavano. Ed ero ancora troppo infuriata per perdonare Henry. Ma era già una consolazione essere riuscita a guardare il suo lato oscuro a occhi ben aperti, essermi costretta ad ammettere quanto ci sentissimo smarriti sebbene in coppia. Questo era l'uomo che mi aveva accusata tante volte di avere una visione distorta del reale. Finalmente capivo che la mia visione della realtà non aveva nulla che non andasse. Il mio errore era stato permettergli di mettere in dubbio quello che vedevo. Lui mi aveva ingannata, ma anch'io avevo ingannato me stessa.

La mia psicoterapeuta, Helen, mi raccontò di uno strano episodio durante il nostro ultimo incontro prima delle vacanze. Si ricordò di un colloquio con Henry prima che partisse per l'ultimo viaggio sulla Costa occidentale.

«Henry mi disse questo alla fine dell'incontro: "Sto iniziando a credere che lo scopo della mia vita sia il rischio". È una cosa di una certa rilevanza. Non ero sicura di sapere dove volesse andare a parare facendo un simile commento. Stava per uscire dal mio studio, aveva già la mano sulla maniglia della porta – noi terapeuti la chiamiamo "terapia della maniglia" – e mi domandò se a mio avviso fosse possibile tenere in piedi due relazioni importanti. Io, avendo afferrato il nòcciolo della questione, suggerii di riprendere proprio da questo punto quando sareste tornati per la terapia di coppia. Ma, ovviamente, non ci fu più nessuna seduta. Henry morì il mese successivo.»

Mi venne in mente che, con tutta probabilità, era stata Eliana ad aver persuaso Henry a confessare le proprie colpe, e che nel corso della sua ultima seduta con Helen aveva provato a testare gli effetti di quell'idea nell'unico campo neutrale che avevamo – lo studio della nostra psicoterapeuta, il posto in cui paghi per poter condividere i tuoi segreti.

Io avevo cercato di vedere le cose in termini assoluti, di giusto e sbagliato, buono e cattivo, ma era chiaro che mi sarei dovuta accontentare di un quadro ben più confuso e annebbiato. Avrei potuto parlare con Christine o Ellen o Eliana ogni giorno per un anno intero, e non sarei comunque stata in grado di comprendere cosa fosse accaduto a Henry, al matrimonio a cui ero rimasta aggrappata, e a me stessa in relazione a quel matrimonio. Dovevo attraversare quel luogo confuso e nebbioso e aprirmi da sola un varco verso una via più luminosa. A tratti ero davvero grata di aver avuto una «seconda possibilità», ma più che altro mi sentivo arrabbiata, furibonda e con il cuore in pezzi.

In un caldissimo primo mattino di fine luglio, Anna mi trovò che camminavo su e giù per lo studio, ancora in camicia da notte, con i capelli scarmigliati e madida di sudore, mentre parlavo al telefono con mio fratello.

Quella mattina toccava a me portare i bambini al centro estivo, ma era chiaro che non ero pronta per andare da nessuna parte. Anna sospirò, e l'espressione che fece tradì la sua esasperazione. Rimase un minuto lì impalata a fissarmi mentre parlavo al telefono, poi si voltò bruscamente e marciò verso la cucina. Chiusi la telefonata con David e rimasi a sedere nel mio studio, sperando che Anna mi tirasse fuori dagli impicci un'altra volta. Non era molto corretto da parte mia, lo sapevo bene. Anche la sua vita era un casino. Stava affrontando un divorzio, e litigava in continuazione con il suo futuro ex marito, per la casa e gli alimenti. Ma in quel preciso momento, la mia vita era, se possibile, ancor più incasinata, un vero disastro – da cui di certo non sarei riuscita a liberarmi entro i successivi dieci minuti.

Con mio grande sollievo, capii dai rumori che Anna stava preparando gli zainetti dei bambini. Consolò Liza, disorientata dallo stato in cui si trovava sua madre. Sentii lo sportello del frigo aprirsi e richiudersi più volte: stava preparando il pranzo di Liza, e le risate dei bimbi mi rassicurarono un po'. Sentii i loro passi affrettati mentre uscivano dalla veranda sul retro. La porta con la zanzariera aveva la molla rotta ed era legata con un cordone: restò spalancata mezzo secondo e poi sbatté all'improvviso. La casa adesso era silenziosa. Un attimo dopo sentii le gomme della macchina scricchiolare sul ghiaino del vialetto.

Io guardavo fuori dalla finestra, ancora in camicia da notte, sudando e piangendo, quando Anna riapparve sulla soglia del mio studio. Non mi ero accorta che fosse già passata mezz'ora. Mi lasciò un momento per realizzare e poi mi fece un discorsetto.

«Julie. Ho dovuto preparare il pranzo a tua figlia perché tu non sei stata in grado. Ho dovuto portarla al centro estivo perché tu non sei stata in grado. Ho dovuto darle un grosso abbraccio perché tu non sei stata in grado.»

Si fermò un attimo, ma non ce ne sarebbe stato bisogno, aveva la mia totale attenzione.

«Julie, ti voglio bene e voglio darti una mano, ma c'è un limite a quello che posso fare io per te. Ti devi rimettere in sesto. Perché se ti lasci sopraffare da tutto questo, allora l'avrà vinta lui, e lui non deve averla vinta.»

La guardai. Aprii la bocca per inspirare. Ero esausta, mi faceva male la testa, mi pulsavano le tempie, pensavo che mi si stesse per spaccare la testa. Scoppiai a piangere.

«Hai ragione. Sono un disastro» le dissi. «È tutto un disastro. Ma come ha potuto farmi una cosa così? È andato tutto a puttane, Anna, e le cose non migliorano. Quand'è che passerà?»

«Non lo so, tesoro, mi chiedo anch'io la stessa cosa tutti i giorni.»

Mi dette un abbraccio, un abbraccio di cui avevo davvero bisogno, e mi accarezzò i capelli arruffati.

«Ma mi impegnerò,» dissi, bagnando di lacrime e muco la maglietta pulita di Anna «a partire da adesso, da questo momento. Prometto.»

«So che lo farai» mi rispose Anna, con una fiducia che mi riempì di gioia. «So che sei molto più forte di quanto si potrebbe credere. Devi farti una bella doccia rinfrescante, prenderti un po' cura di te stessa e mangiare qualcosa. Ecco, tieni un fazzoletto.» Cercai di asciugarmi le lacrime e soffiarmi il naso in modo propositivo.

«Le cose si sistemeranno, vero?» chiesi ad Anna come una sorellina lagnosa. «Dimmi almeno che non può andare peggio di così.»

Lei mi sorrise e scoppiò a ridere, e poi scoppiai a ridere io, solo perché era bello farlo.

Anna e io finimmo di preparare i bagagli per le tre settimane nel Maine. Eravamo già andate insieme l'anno precedente, mentre Henry era sulla Costa occidentale e John aveva preferito restare a casa. A quel tempo non avremmo mai immaginato che stavamo facendo le prove generali per la nostra vita futura. Un po' di provviste e di utensili da cucina erano stipati nelle scatole di cartone che avevo preso al supermercato. I nostri vestiti e la biancheria erano piegati nei borsoni. Ero quasi pronta per partire.

Guidai per la solita strada fino a casa di Tomas. Ero quasi certa che quando sarei tornata dal mio viaggio nel Maine avrei trovato un'altra donna nella sua vita, forse addirittura una persona di cui non mi aveva mai parlato per paura di ferire i miei sentimenti. Ma volevo che restassimo amici.

Ci sedemmo sul prato dietro al suo studio, dove c'era un po' d'ombra.

Mi disse che gli erano piovute addosso un sacco di critiche per avermi frequentato. La gente diceva che si era approfittato di me, la povera vedova affranta.

Io lo sapevo. Avevo sentito alcuni pettegolezzi. «Non ti sei approfittato di me. Io non ho fatto nulla che non volessi fare. E anche se gli altri non lo sanno, lo sappiamo io e te.»

A volte le mie turbe emotive l'avevano spaventato, confessò. Sapevo anche questo. Lo ringraziai per la sua compagnia e per la sua amicizia che mi aveva portata più lontano di ogni previsione.

Dissi a Tomas che gli volevo bene. E lui lo disse a me. E dunque ci amavamo entrambi, in un certo senso, profondamente.

«Io credo» dissi «che un giorno tutti e due capiremo un po' meglio quello che è successo in questi mesi.»

Annuì.

Provai un dolore intenso, un vuoto, ma anche un senso di liberazione. Adesso potevo cominciare ad allontanarmi dal suo mondo di ventottenne, e lui incamminarsi nella direzione opposta, andando alla ricerca di qualsiasi cosa desiderasse per il suo futuro.

Prese un vecchio mattone da una pila nel suo cortile sul retro, una rimanenza della ristrutturazione, e me lo porse. «Semplice. Tabula rasa. Si riparte da qui.» Accettai il suo regalo con gioia.

Quando tornai a casa, con i gessetti colorati di Liza scrissi sul mattone: «Le cose andranno meglio, sarà tutto più facile». Lo appoggiai sul ripiano in cucina come promemoria per i giorni bui a venire.

Parte terza

VENTO

Nella cala

Da Henry per il compleanno di Julie, 1996

Una baia avvolta dalla nebbia, una cala
raccolta nel granito, le diafane piccole
dita della Mente Divina indugiarono
nel geode a tazza del pianeta-bambino.

Sull'isola siamo resi a noi stessi. Piegata
sulla tua gravidanza, scruti nel lattiginoso Earl Grey
attraverso il mirino della tua mente fotografica,
acquietata da un fugace panorama di rilassato nulla.

E la mia mente, seguendo la linea della battigia con la casualità
del Labrador, si arresta con stupore canino
sulle consunte abbandonate armature della conchiglia.
Ricci, lumache ed altre minuscole carcasse

che vissero per testimoniare il tempo che passa. Io prego
ciò che abbiamo riprodotto affinché
ci benedica. Che i segni a noi preclusi, nella sublime
anagogia di questa baia, siano già scritti su una tavola di sabbia,

oltre noi, in un vasto e invisibile felix mundi,
crescendo attorno alla doppia elica
del nostro amore, la nostra parte nel futuro dalle mille stanze.

Nove

agosto 2003

Cielo blu, nuvole di cotone, una giornata d'agosto spettacolare. Stavo a piedi scalzi sull'erba falciata, a stendere il bucato, indossando biancheria di cotone e una vecchia canotta. Me l'aveva comprata mia madre, addirittura da Calvin Klein, l'estate in cui partii per il college. In origine era nera ma ormai, a forza di lavarla, era diventata grigia.

Il filo era teso fra due meli selvatici, dai rami torti coperti di licheni. Appesi una a una le mollette conservate in un vecchio contenitore per il latte, di quelli grandi da due litri, tagliato alla sommità. Le mollette erano ingrigite e rovinate da anni di sole e di pioggia, proprio come il tetto di cedro della casa colonica ai piedi del pendio erboso, fiancheggiata da cespugli di rose e cardi selvatici.

Anna, una piccola figura che si muoveva non troppo distante, riconoscibile dal cappello di tela rossa, camminava sulla battigia fangosa scoperta dalla bassa marea. Leo e Liza, con i loro costumi colorati e i cappellini con la visiera, la seguivano a ruota, reggendo i secchielli pieni di granchietti, paguri e lumachine di mare, un bottino per cui era valsa la pena insozzarsi di fango da capo a piedi. Erano da lavare direttamente con il tubo dell'acqua in giardino (cosa che loro adoravano), per non parlare del bucato (cosa che adoravo fare io). Se fosse dipeso da me avrei steso e raccolto panni tutti i giorni, sotto il sole cocente del primo pomeriggio sull'isola.

Ma il tempo nel Maine è dispettoso. Le lenzuola, gli asciugamani, le magliette, i pantaloncini e i copricostume che sventolano nella brezza nel giro di un'ora potrebbero diventare fradici di pioggia o umidi per la nebbia. È una delle cose di questo posto che ho sempre amato. Sei costretto ad abbandonare ogni mania di controllo e a vivere semplicemente quel che accade.

A volte i panni impiegano giorni ad asciugarsi. Li stendo, si avvicinano le nubi e subito devo tornare a raccoglierli, per poi ristenderli dopo l'acquazzone. Quando le piogge durano molto sono costretta, di malavoglia, ad andare dall'altra parte dell'isola per usare l'asciugatrice della lavanderia. Una vera fregatura. Stendere il bucato è sia un gioco che un rituale meditativo, non un lavoro domestico, non qui.

Io e Henry avevamo cominciato a venire nel Maine un anno prima della nascita di Liza. Mi piaceva stendere i panni quando avevo appena iniziato a fare la mamma, con la mia bimba che gattonava tutt'intorno. Liza si divertiva a tirare fuori i panni dal cestino di vimini, o inseguire le cavallette nell'erba, cercando di catturarle con quelle manine ancora goffe.

Henry non aveva mai imparato a rilassarsi in questo posto. Sopportava male la solitudine, e dopo pochi giorni sentiva un disperato bisogno di mondanità. Organizzava delle cene con tutti i nostri amici dell'isola. Lo faceva soprattutto per andare a far la spesa fuori dall'isoletta, in modo da potersi ricollegare al «mondo reale» e comprare l'ultima copia del *New York Times*. Due anni fa, in agosto, aveva insistito per allacciare internet anche qui, e aveva trascorso la maggior parte delle giornate in casa, davanti al suo portatile. Diceva che stava scrivendo e facendo ricerche per il suo libro, ma alla luce dei fatti molto probabilmente stava scrivendo a Cathy.

Fortunatamente, questa nuova deduzione non riuscì a rovinarmi la vacanza. Ero felice di stendere il bucato, fare passeggiate nei boschi, dipingere il mare e gli scogli, pensare a quanto mi mancava Tomas, raccogliere il bucato, cucinare i maccheroni al formaggio per i bimbi quand'era il mio turno, giocare a Monopoli la sera, preparare i pancake, stendere altro bucato.

Io e Anna avevamo viaggiato ognuna con la propria macchina, entrambe cariche di vestiti e cibarie, dirette verso la costa, facendo tappa a Portland per salutare degli amici. Dopo aver percorso l'ultimo tratto arrivammo al molo e aspettammo il nostro turno per salire sul traghetto. La vita rallenta non appena si arriva all'imbarco – e non c'è modo di accelerare il passo. Io e Anna trascorremmo un'ora intera al ristorante, mangiando felici il nostro panino al granchio, mentre i bambini giocavano vicino all'acqua. Furono loro a scorgere il traghetto che spuntava all'orizzonte. Guidare su per la rampa fu come andare incontro alla catarsi: dimenticai il lavoro e l'uragano che mi ero lasciata alle spalle, a casa. Una volta parcheggiato sul ponte, eravamo già tutti eccitatissimi.

«Non vedo l'ora di tornare alla pozza fra gli scogli!» urlò Liza così forte da sovrastare il rumore del traghetto. Insieme a Leo iniziò subito a progettare la caccia alle strane creaturine. Io e Anna sorridemmo estasiate vedendo i bambini così eccitati. Il vento faceva sventolare la sua coda di cavallo come la bandiera di una nave. Nonostante i giorni di viaggio, la vedevo rilassata come non era da mesi ormai. Sperai che il divorzio in corso non le sarebbe pesato troppo durante la vacanza.

Dopo aver disfatto i bagagli e sistemato i letti, scivolammo velocemente in una piacevole routine. Io e Anna ci alzavamo presto per preparare il caffè e la colazione, mentre i bambini oziavano in giro per casa. A volte cercavamo di fare yoga sul prato dissestato. Liza e Leo stavano a guardarci, spesso mettendosi anche loro a testa in giù nella posizione del cane, prima di andare tutti insieme alla pozza d'acqua fra gli scogli a dar la caccia ai granchi. All'ora di pranzo io stendevo il bucato e poi pensavamo insieme a qualcosa da fare nel pomeriggio.

I primi giorni furono riempiti da semplici scoperte e passatempi – bruchi e farfalle da esaminare, le tele del ragno dei cunicoli nell'erba alta, una boa coloratissima arenata sulla spiaggia. C'erano mele e lamponi da raccogliere lungo la strada. Aironi e cormorani venivano a nutrirsi nella nostra baia, e qualche volta un'aquila si posava sulle cime dei nostri abeti. Un pomeriggio i bambini organizzarono una gara di paguri in terrazza, ovviamente all'insaputa dei paguri che vagavano a casaccio. Altre volte Leo e Liza stavano nell'erba a divertirsi con i giocattoli o leggevamo loro dei libri poltrendo sull'amaca.

Ci sentivamo meno soli la notte, quando tutti e quattro insieme salivamo le scale, con gradini così stretti e ripidi che parevano pioli. I bambini dividevano la stanza in fondo al corridoio, e Anna occupava quella di mezzo. Io dormivo nella stanza dov'ero sempre stata con Henry. I rami di un acero torto e nodoso, con le foglie argentate, bussavano alla mia finestra. I proprietari della casa avevano piantato un alberello nuovo proprio di fianco a quel gobbo e anziano signore, prevedendo una morte prossima, ma io speravo che dentro di sé il vecchio albero avesse ancora qualche anno di vita. Ogni anno, quando facevamo i bagagli prima di andare via, gli auguravo di trascorrere bene l'inverno e gli dicevo dolcemente addio, così, per scaramanzia. Nel pieno dell'inverno, tornata a New York, quando avevo nostalgia del mare, di quella casa e di quella baia, il fruscio delle foglie secche sulla quercia nel mio cortile mi riportava laggiù.

Una mattina andai con Liza in macchina a trovare un vecchio amico che si chiamava Jim. Quasi settantenne, Jim all'inizio era venuto sull'isola in vacanza, come me, ma poi aveva vissuto qui per molti anni, trascorrendo in tranquillità la maggior parte della vita, mettendo in pratica il proprio talento come artigiano del vetro. Jim aveva una di quelle facce da New England che sembrano uscite da un romanzo di Nathaniel Hawthorne: allungata, con un cespuglio di capelli bianchi sulla testa, mi faceva venire in mente un vecchio lupo di mare. L'avevo sempre visto abbigliato allo stesso modo: con un paio di pantaloni logori che un tempo erano stati bianchi, una maglietta a maniche corte tutta macchiata, scarpe da barca di pelle o scarpe da ginnastica bianche – abiti che su di lui erano eleganti come uno smoking. Mentre ci avvicinavamo al suo giardino lussureggiante, ci vennero incontro i suoi due vecchi Jack Russel.

Oltre alle sue doti di artigiano e giardiniere, Jim era uno chef eccellente e innovativo. Lui e Henry erano stati presentati da amici comuni e si erano trovati subito in sintonia dietro ai fornelli. Ci fece entrare in casa – pareva di stare su una nave – che era piena di accessori nautici, conchiglie, alghe essiccate, pietre curiose, libri e cartine. Liza era particolarmente incuriosita da un termometro che teneva sul piano della cucina – un lungo cilindro di vetro che conteneva palline, riempite di un liquido colorato, che salivano e scendevano a seconda della temperatura. Jim prese Liza per mano e la accompagnò sul retro per dar da mangiare alla carpa che teneva nella vasca con le ninfee. Io tornai in cucina con Jim. Mi offrì un bicchiere di vino e io lo misi al corrente dei fatti di luglio. Anche se Jim faceva parte di un'altra generazione, decisamente più riservata della mia, nel privato era una delle persone più irriverenti che conoscessi: non c'era nulla che lo scioccasse e aveva un malizioso senso dell'umorismo.

«Ah, quindi Henry era un ragazzaccio!» disse con la sua voce bassa e roca.

«Eh già» risposi con un sospiro.

«Sai, l'ho visto» aggiunse, come se fosse un'ovvietà.

«Cosa?» feci. «Racconta! Anch'io ho ricevuto moltissime visite del suo spirito, ma non credevo stesse facendo il giro!»

«Be', lasciami pensare» disse mentre iniziava a preparare il pranzo. «Sì, una mattina ero in giro con il mio camion, ero stato alla posta. Guardai alla mia destra e c'era Henry seduto dalla parte del passeggero, che mi sorrideva. Solo quella volta. Fui felice di vederlo. Mi manca.»

«Henry era un buon amico, anche se non il migliore dei mariti. Di sicuro alla cerimonia di commemorazione c'era un sacco di gente che gli voleva bene. E anch'io gli volevo bene. Lo amavo.»

«Vorrei che ti avesse trattata con più riguardo, tesoro» disse stringendomi affettuosamente. Restammo un attimo in silenzio, e poi portammo fuori il pranzo, sulla tavola elegantemente apparecchiata in veranda. Alla vista del salmone affumicato e dell'insalata di pomodori dell'orto di Jim, Liza si alzò immediatamente.

In tanti anni su quell'isola mi ero fatta una discreta cerchia di amici, altre famiglie che avevano figli più o meno della stessa età di Liza. Eravamo tutti artisti, scrittori, musicisti e insegnanti in vacanza. A volte ci ritrovavamo insieme in spiaggia, cercavamo dollari di sabbia quando c'era bassa marea e io potevo dare sfogo all'architetto che era in me costruendo elaborati castelli e complesse reti di canali, creando estemporanee casette per i granchi che scorrazzavano nelle onde a riva. Liza, da vera temeraria, faceva il bagno nell'acqua gelida e una volta alla settimana obbligava anche me a fare un tuffo veloce. Nel tardo pomeriggio tornavamo a casa per preparare la cena e i giochi da tavolo. Io e Anna trascorrevamo dei momenti piacevoli cucinando e mettendo in ordine, prima della chiamata serale del suo quasi-ex-marito John che telefonava per sentire Leo. Se rispondevo io, lo salutavo cercando di parlare nel modo più distaccato possibile, e passavo subito la chiamata. Non potevo fare a meno di notare che anche quelle brevi intrusioni nel nostro mondo facevano stare male la mia amica.

Io tentavo con tutte le mie forze di non pensare alla mia vita a casa. Oltre a essere lontana dal lavoro, ero lontana anche dalle mail. Per parlare al cellulare era necessario mettersi in un punto preciso in mezzo al prato, cosa che tendenzialmente scoraggiava le lunghe chiacchierate nei giorni di pioggia e vento. Ogni tanto chiamavo Tomas, ma le nostre conversazioni duravano poco.

«Voglio sperare che tu stia dipingendo moltissimo!» disse con sincero interessamento, cosa che io apprezzai. Mi raccontò che si stava preparando per una mostra in autunno. Non parlavamo molto della nostra separazione di fine luglio, né ci dilungavamo su quel che avevamo fatto in quelle ultime settimane. Sperai solo che saremmo stati ancora amici al mio ritorno.

La mia amica del college, Sara, arrivò dall'Inghilterra con la sua famiglia. Per moltissimi anni, quelle due settimane di agosto erano state il nostro appuntamento annuale. Prendevano in affitto una casa vicino alla nostra.

Durante la prima gita insieme, camminammo fino all'altra

parte dell'isola, la parte selvaggia, che si affaccia sull'oceano e che gli abitanti del luogo chiamano Hero Beach, la Spiaggia Gloriosa. Il panorama è davvero glorioso, anche se non può essere definita proprio «spiaggia», se per spiaggia s'intende una distesa di sabbia lambita da un mare in cui si può fare il bagno.

Un professore che trascorre sempre qui le vacanze una volta mi spiegò come si era formata l'isola. Un pezzo ribelle di Scozia era venuto a schiantarsi contro un piccolo lembo del continente americano. A Hero Beach lo scontro originario è evidente come se fosse un fermo immagine di una ricostruzione su Discovery Channel. Il granito rosa sembra un'esplosione di lava uscita da un soufflé alla fragola, colata nel dirupo di basalto nero carbone. Quando restavo immobile tra mare e cielo, mi sentivo testimone di qualcosa di primordiale. Provavo a immaginare il rumore creato da quello scontro, che doveva essere stato ancor più forte del minaccioso frangersi dei cavalloni sulla roccia ignea della scogliera. Dopo ogni ondata il mare risucchiava l'acqua producendo un suono argentato di miliardi di bollicine.

Pranzammo con burro di noccioline, formaggio e tramezzini al tonno. Il cibo sull'isola era un'altra avventura. Non c'era un vero negozio quell'anno. Avevamo portato tutto da casa, e dopo un paio di settimane avevamo riordinato ciò che serviva da un supermercato sulla terraferma. Compravamo latte, uova e altri generi alimentari di base dalle famiglie che, gentilmente, allestivano dei banchetti in un camioncino sfasciato appoggiato su dei cubi di cemento. Non c'erano comfort qui, ma potevi mangiare torte di lamponi appena sfornate dalla padrona di casa.

I bambini – le due figlie di Sara con il loro fratellino, Liza e Leo – si arrampicavano su e giù per gli scogli, quello che avevamo chiamato «Il Cervello» era il nostro preferito. Un faraglione alto come un cottage di due piani, rosa e spaccato, dalla cui vetta si dominava il mare, le coste frastagliate dell'isola in lontananza, altre piccole isole e scogli coperti di alghe marine portate a riva dalla corrente, dove le foche stavano a prendere il sole con la bassa marea.

Sara e io ci sedemmo vicine su uno scoglio, a guardare Anna e i ragazzi.

«Ti amava, lo sai» disse Sara, come se avesse intuito quale fosse la domanda che mi assillava da settimane. «Non importa quello che ha fatto. Ti amava. Solo che gli piaceva flirtare.» Si interruppe un momento, guardando l'orizzonte. «Ha flirtato anche con me.»

«Stai scherzando.»

«Credo che flirtasse con ogni donna che trovava un minimo attraente. Se fossi stata un altro tipo di persona, se avessi mostrato un po' d'interesse, avrebbe insistito.»

«Mi sa che la sua politica era "ogni lasciata è persa".»

«Ma io so che amava *te.*» Sara, che non era certo la persona più affettuosa del mondo, mi prese la mano e la strinse forte. «Ti scriveva quelle poesie. Tutte le volte che chiacchieravamo lui parlava di te con adorazione. Non lasciare che quello che hai scoperto rovini sedici anni. Non sarebbe giusto per nessuno.»

«Non so in verità cosa mi resta. Sto ancora cercando di capire che razza di amore fosse quello che teoricamente provava per me.» Abbassai lo sguardo perché mi stavano salendo le lacrime e mi sentivo ancora terribilmente abbandonata e spaventata e piena di vergogna. «Sara, sei davvero fortunata ad aver trovato una persona così leale e gentile.» Sara mi cinse con un braccio e io appoggiai la testa sulla sua spalla.

«Sono davvero fortunata ad avere la mia bambina» dissi, mentre Liza saliva in cima al «Cervello» con l'aiuto delle figlie di Sara, poco più grandi di lei. «Non so come avrei fatto ad alzarmi dal letto in questi mesi se non ci fosse stata lei. Sarei disposta a rivivere tutto questo casino solo per la gioia di vederla nascere e crescere.» I bambini scesero dal «Cervello» e sembravano pronti per andare verso casa. Sara mi chiese se avevo voglia di starmene un po' da sola a dipingere. Felice e ben lieta di accettare la sua offerta generosa, guardai la comitiva mettere via tutto l'armamentario e dirigersi verso il sentiero. Mentre scomparivano tra la boscaglia, mi resi conto che all'improvviso ero meravigliosamente sola, ma non sola come a casa, quando lavoravo. Ero sola in un modo eccitante.

All'inizio mi lanciai in un'attività frenetica. Mi spostavo da un posto all'altro, vicino alle onde, lavorando contemporaneamente su diversi schizzi, indietreggiando al salire della marea. Il sole cocente congedò la foschia e le poche nuvole rimaste in cielo. Il caldo e la sonnolenza del dopo pranzo mi costrinsero a fermarmi. Smisi di lavorare e restai semplicemente seduta ad ammirare l'oceano. E poi chiusi un attimo gli occhi.

Mi dovevo stendere. Le rocce erano tiepide. Le mie palpebre si abbassarono di nuovo. Il motore di un'aragostiera fischiava e ronzava soverchiando il frangersi delle onde. La roccia mi scaldava l'inguine. Ripensai a Tomas che mi copriva il petto di baci mentre ero stesa sul suo letto. La tristezza di averlo perso era dolorosa ed eccitante allo stesso tempo. La mia mano scivolò sotto la biancheria. Il pescatore d'aragoste continuò a tirare in barca le trappole, riempirle di esche e calarle in mare. Il rumore dei flutti inghiottì quello dell'aragostiera.

Dopo un breve pisolino, iniziai a mettere via le mie cose. Ripensai a cosa mi aveva scritto Eliana in una lettera. Che per me la morte di Henry era stata una specie di benedizione, una liberazione.

Mary Oliver, alla fine della poesia *Giorno d'estate,* si chiede: «Dimmi, cosa pensi di fare con la tua sola, selvaggia, preziosa vita?». Cosa avrei fatto della mia sola e preziosa libertà?

Mary Oliver
GIORNO D'ESTATE

Chi ha fatto il mondo?
Chi ha fatto il cigno e l'orso bruno?
Chi ha fatto la cavalletta?
Questa cavalletta, intendo –
quella che è schizzata via dall'erba,
quella che mangia lo zucchero dalla mia mano,
che muove le mandibole avanti e indietro e non su e giù –
che si guarda attorno con occhi enormi e complicati.
Ora solleva le zampette chiare e si strofina ben bene il viso.
Ora apre di scatto le ali, e vola via.
Io non so esattamente cosa sia una preghiera.
Io so come fare attenzione, come cadere sull'erba,
come inginocchiarmi sull'erba,
come oziare beata, come vagare per prati,
che è quello che ho fatto ogni giorno.
Dimmi, cos'altro avrei dovuto fare?
Non muore in fondo ogni cosa, e presto?
Dimmi, cosa pensi di fare
Con la tua sola, selvaggia, preziosa vita?

Dieci

L'ultimo sabato sera del novembre 1986, un amico mi invitò a una festa prenatalizia. Ero felice di andare e mi vestii con molta cura. Era passato un anno, solitario ma molto costruttivo, da quando era finita la mia storia con Roberto, il mio amico sposato. A parte la notte passata con un tizio appena conosciuto, peraltro demoralizzante, avevo vissuto in totale castità ed ero ansiosa di conoscere persone nuove.

Quando io e la mia amica Carrie uscimmo dalla metropolitana dirigendoci verso le case popolari di Rivington Street dove abitava il nostro amico, Carrie mi disse che non vedeva l'ora di presentarmi la sua amica Sally, mi sarebbe piaciuta, senz'ombra di dubbio. Sally si era appena messa insieme a un ragazzo fantastico.

Ci dirigemmo subito alla zona bar allestita alla bell'e meglio sul ripiano della cucina e ci versammo due bicchieri di vino. Carrie mi presentò a Sally, una ragazza magra ed elegante, con un taglio di capelli corto e asimmetrico portato con il ciuffo sull'occhio e una stupenda tonalità di rosso sulle labbra.

Il suo nuovo fidanzato era un ragazzo mediamente alto, carnagione olivastra, capelli scuri e mossi, zigomi alti e occhi a mandorla scuri. Quando rideva il suo viso si apriva completamente in un largo sorriso. Quando parlava si concentrava totalmente sul proprio interlocutore, risultando al contempo lusinghiero ed estenuante. Ti parlava vicinissimo per creare un contatto esclusivo all'interno della stanza fumosa, gremita di persone. Le sue mani affusolate avevano un che di delicato e di elegante. Passò la sigaretta dalla destra alla sinistra e con la mano libera afferrò un bicchiere di vino, tenendolo saldamente con tre dita. Vestito con un completo kaki e una polo bianca, sembrava proprio il tipo d'uomo che non mi avrebbe mai nemmeno rivolto la parola. Io non ero né magra né alla moda, ero più una ragazzotta dall'aria vagamente grunge, con una massa di capelli crespi e bruni, vestiti scuri e eyeliner nero. Fumavo contemplando la sua disinvolta convivialità con sguardo prevenuto.

Con mia grande sorpresa venne verso di me e attaccò bottone.

«Allora, vivi qua vicino?»

«No, vivo nei quartieri residenziali» risposi, fissando il pavimento. Non mi aspettavo di parlare con lui e la sua domanda mi colse impreparata. Per darmi un tono, scrollai la cenere della sigaretta dentro al bicchiere di vino vuoto, la brace spegnendosi sul fondo del bicchiere emise un piacevole «shhhhh»... Adoravo fumare: fumare era un dono di Dio per le ragazze goffe come me, che non sarebbero riuscite a tenere ferme le mani in nessun'altra maniera.

«In che strada abiti?» incalzò.

Quando gli dissi dove si trovava la mia orrenda catapecchia, il suo sorriso si elettrizzò come se fosse un filo di lucine di Natale.

«Ehi, viviamo nello stesso quartiere. Dovremmo cenare insieme qualche volta.» Lanciai uno sguardo in direzione di Sally, che si stava divertendo moltissimo a scherzare con la mia amica Carrie. Sono sicura che non sarebbe stata entusiasta all'idea che io uscissi a cena con il suo stupendo, affascinante, e probabilmente anche un po' viscido fidanzato. Feci per allontanarmi, fingendo di voler andare in cucina a buttare il bicchiere vuoto nella spazzatura.

Per nulla scoraggiato, appoggiò il suo bicchiere sul davanzale, frugò in tasca, tirò fuori una penna strategica, scrisse con una calligrafia svolazzante il suo nome e numero di telefono su un tovagliolino e me lo porse con un sorriso grande quanto l'universo intero.

«Chiamami una volta o l'altra, così ceniamo insieme.»

Io ne avevo abbastanza di uomini fatti a quel modo. Tornata a casa chiamai subito la mia amica delle superiori, Chandra, e le raccontai del ragazzo viscido e stupendo che aveva cercato di rimorchiarmi alla festa mentre la sua ragazza stava a non più di dieci passi da noi. Concordammo che avevamo chiuso con quella tipologia di maschi. Ma non buttai il tovagliolo, che rimase sul tavolo per una settimana in mezzo a una pila di bollette non pagate, fino a quando mi accorsi che non riuscivo a leggere la sua scrittura e che mi ero già scordata il suo nome.

Diversi sabati dopo, Chandra mi chiese di accompagnarla a un'altra festa di Natale. Arrivate all'appartamento, un attico open space, spaventosamente lussuoso se confrontato con il mio bugigattolo, fui assalita da un immediato senso di nausea e di disagio che mi portavo dietro dal liceo. Mi feci da parte, cercando nervosamente una sigaretta dentro la borsa, mentre mi domandavo quanto tempo volesse restare Chandra. Stava chiacchierando sul balcone con degli amici, gesticolava con la sigaretta in mano, tracciando in aria dei ghirigori color fuoco.

Mi accorsi di non essere sola lì all'ingresso. Di fronte a me c'era un bel ragazzo, con i capelli scuri e la pelle olivastra. Indossava pantaloni kaki, una polo bianca e un maglione grigio uscito da un'altra epoca. Un ragazzo davvero bello, un po' figlio di papà, come i ragazzi che evitavo quando andavo al college, ma la carnagione scura e il maglione vintage facevano pensare che lui avesse una marcia in più. Stavo cercando appunto di capire cosa fosse quell'«in più», quando lui mi vide e, sorridendo in modo meraviglioso, pronunciò il mio nome come se fosse musica.

«Sono Henry, ti ricordi di me?» mi porse la sua mano elegante in maniera formale ma allo stesso tempo affascinante.

"Il tizio del tovagliolo." Non l'avevo riconosciuto senza la fidanzata con il taglio asimmetrico e le labbra rosse.

«Ah, ora mi ricordo di te!» risposi. Esserci rincontrati qui, per caso, improvvisamente sembrò più di una coincidenza. «Sei qui insieme a – scusa ho dimenticato il nome. La tua ragazza?»

«Posso offrirti un bicchiere di vino?» disse in tutta risposta. «Non scappare. Torno subito» aggiunse con un sorriso. Andò di corsa al bar mentre io stavo lì impalata ad aspettarlo. Mi avventurai oltre l'entrata buia e andai in sala scrutando la folla. Nessuna Sally in vista. Un brivido segreto mi corse lungo la schiena. "Forse si sono lasciati. E forse non è nemmeno un viscido." Mi girava la testa, mi sentivo speciale.

Henry tornò con due bicchieri di vino rosso. «Stiamo attraversando un momento difficile» fece in tono serio e iniziò a raccontarmi in breve la sua storia di tre mesi con Sally, concludendo con un'espressione esasperata «e ci mette una vita a prepararsi per uscire, e si trucca e poi si prova tutti i vestiti che ha nell'armadio – è una cosa che mi fa diventare matto».

Annuii, non sapendo cosa dire. Fortunatamente io non ero certo un'icona di stile – in verità mi sarebbe piaciuto esserlo, ma proprio non potevo permettermelo.

«Abbiamo litigato anche stasera perché lei ci stava mettendo un'eternità,» continuò Henry «così sono venuto da solo.» Mi sorrise. «E sono proprio felice di averlo fatto.»

Scoprimmo di essere capitati tutti e due a quella festa perché lui era un amico del college della padrona di casa, che era a sua volta una compagna delle superiori della mia amica.

Mi sentivo la ragazza più fortunata sulla terra. Sally non c'era. E noi due ci eravamo ritrovati di nuovo in un posto impensabile, a una festa di amici di amici. Il destino ci aveva regalato una seconda chance.

Mi raccontò dei suoi anni di college con ironia e un pizzico d'amarezza, soffermandosi sulla storia di un amore perduto. Mi descrisse una ragazza, colta e brillante, che lui aveva amato cercando di restarle accanto in tutti i modi, nonostante i genitori di lei non approvassero. Loro non volevano uno scrittore come genero, mentre quella era la sua più grande ambizione.

«Che razza di snob!» esclamai solidale, mentre lui mi descriveva com'erano quei genitori di Greenwich, nel Connecticut. Pensai che ai miei genitori invece sarebbe potuto piacere molto uno scrittore come genero, se mai mi fossi sposata, cosa impensabile dato che il matrimonio era senza dubbio un'istituzione fallimentare, nulla di buono per una donna.

Parlammo con trasporto dei libri che amavamo. Era il periodo di Gabriel García Márquez. Avevo appena finito di leggere *L'amore ai tempi del colera*. E mi ero addentrata non senza qualche difficoltà nei *Fratelli Karamazov*.

Lui mi parlò con entusiasmo del poeta Joseph Brodskij. Mi sentii in imbarazzo, non ero per nulla ferrata sulla poesia contemporanea. A malapena ricordavo a memoria un paio di versi di una poesia di Yeats imparata al college: «Ti porto con mani religiose / i libri dei miei sogni innumerevoli...».

Mi parlò di un libro che aveva dato al suo amore perduto, una copia della prima edizione del *Macbeth* di Shakespeare illustrato da Salvador Dalí. «Non avrei mai dovuto darle quel libro. Sono certo che non l'ha mai apprezzato veramente.»

«Caspita! Salvador Dalí?» Io ero cresciuta in una casa dove tutti i libri in generale e i libri d'arte in particolare erano considerati oro colato. «Mi sarebbe piaciuto moltissimo vedere quel libro. Che peccato che tu l'abbia dato via.»

«Forse potrei scriverle e chiederle di restituirmelo, ma sarebbe davvero di cattivo gusto.» Sospirò, e poi, incoraggiato dal mio interesse, aggiunse: «E le ho dato perfino una cosa più preziosa».

«Cosa?» domandai.

«La mia adorata zia mi dette un cimelio di famiglia, un anello che avrebbe dovuto essere un anello di fidanzamento, da dare alla donna che avrei deciso di sposare. D'oro, con una perla incastonata. Questo gioiello ha anche una storia. Vuoi sentirla?»

Ovvio.

«Be'.» Henry mi si avvicinò, piegò la testa in avanti e tutto d'un tratto quel gesto fece sparire il rumore della gente attorno a noi – c'era stato un gran viavai di persone nella mezz'ora trascorsa dal nostro incontro. «La storia è che mio nonno trovò la perla in un'ostrica che aveva sgusciato – lui era lo chef di un ristorante. Non era un uomo ricco e desiderava fare un regalo a sua moglie, così si rivolse a un gioielliere per fissare la perla su un anello. È davvero un gioiello insolito. È una specie di artiglio d'oro con sopra questa grossa perla.» Strinse a pugno la mano sinistra e poi la aprì con uno scatto energico. «Forse dovrei chiederle di ridarmi l'anello. Mi domando se ce l'abbia ancora. Mia zia voleva che quell'anello finisse al dito di mia moglie. Alla fine io e la mia fidanzata abbiamo rotto e lei si è messa con un altro. Ne sono uscito distrutto. Adesso è sposata con un altro tizio ancora e vive a Cincinnati: ha già due bambini.»

«Sul serio?» risposi aggrottando le sopracciglia. «Deve aver cominciato presto.» Eravamo ventenni newyorkesi. Nessuno a quella festa era sposato, tantomeno aveva figli. «Ad ogni modo, io non credo nel matrimonio. Penso che sia un'istituzione fallimentare, decisamente nulla di buono per una donna.»

Rise. «Già, tutti quei soldi per farla studiare e poi è finita a cambiare pannolini.»

Tirammo entrambi una boccata di fumo.

«Dovrei proprio chiederle indietro l'anello» ripeté, fissandomi intensamente, e poi, come se in quel momento la mia opinione fosse d'importanza vitale, chiese: «Cosa ne pensi?».

Non sapevo cosa dire. Sembrava che avesse ancora il cuore spezzato per aver perso la ragazza, il libro e l'anello. Io pensai a quanto mi sarebbe piaciuto ricevere regali del genere da un uomo che mi avesse amata tanto quanto Henry aveva amato quella donna.

«Forse potresti scriverle e vedere come reagisce alla richiesta» risposi, sperando di risultare utile e diplomatica. «Scommetto che dopo tutto questo tempo non esiterà a restituirti l'anello, specialmente se è un cimelio di famiglia.» Ormai ero completamente presa da lui, dal libro, dall'anello, dalla ragazza del college, perfino dall'adorata vecchia zia.

Lasciammo la festa insieme e camminammo fino al nostro quartiere. In un piccolo bar di Amsterdam Avenue, ordinai di mia iniziativa uno scotch, un liquore che di solito evitavo di bere, ma che speravo mi conferisse un'aria navigata per l'occasione. Feci fuori il primo bicchiere e poi un altro, parlando e straparlando di altri libri che amavo, del mio lavoro, della mia famiglia, qualsiasi cosa pur di riempire i silenzi, non che ce ne fossero molti in un bar rumoroso durante il periodo natalizio.

Henry si chinò verso di me e mi baciò.

«L'ho fatto per zittirti» mi avrebbe detto in seguito per scherzare.

Mi raccontò anche un po' della sua infanzia fuori dal comune, che tristemente chiamava la sua storia «dalle stelle alle stalle». Aveva trascorso la prima infanzia a Seoul, in Korea, circondato da cuochi, domestici, un autista privato e Kunja, la sua *amah* (tata) – a sentire lui era un bambino viziato. Suo padre a quei tempi faceva il dirigente per la Texaco California, mentre sua madre era una coreana bellissima, considerevolmente più giovane del marito. Suo padre era andato in prepensionamento e aveva fatto trasferire sua moglie, Henry, i due fratellastri maggiori, il fratellino e la sorellina minori, nella piccola cittadina dov'era cresciuto. Dopo la pensione era diventato una specie di eremita.

«E ovviamente» sottolineò Henry con rimpianto «non c'erano più né cuochi, né domestici, né l'autista, né la mia adorata *amah.*» Poi, in vino veritas, aggiunse: «Non credo che mia madre si sia mai ripresa da quello shock».

Dopo un altro paio di scotch, mentre le prime luci del giorno scacciavano il nero della notte, attraversammo barcollando i restanti isolati che ci separavano da casa mia. Anche se di solito dormivo nuda, ebbi la brillante idea di mettermi in pigiama, così da scoraggiare qualsiasi tipo di approccio. Tutto quel whiskey ci lasciò appena l'energia sufficiente per baciarci prima di piombare nel sonno. Quando a mezzogiorno ci svegliammo, aprii gli occhi e vidi i suoi che mi fissavano. Ero imbarazzata, ma anche davvero felice. Nonostante i postumi della sbornia, preparai la colazione per tutti e due e lo rispedii a casa.

Dopo che se ne fu andato, mi sedetti davanti al mio tavolo,

tondo e sgangherato, e scoppiai a piangere. Ero molto attratta da lui, ma stavo ancora cercando di riprendermi dalla botta di Roberto. Mi ero ripromessa di non vestire mai più i panni «dell'altra». Dopo il pranzo della domenica a casa dei miei, piansi ancora un po' sopra al lavello mentre sciacquavo i piatti. Raccontai a mia madre del ragazzo che avevo conosciuto, del nostro secondo incontro che sembrava programmato dal destino, quanto mi era piaciuto quella seconda volta e di come non volevo assolutamente finire di nuovo nei casini.

Mia madre si ricordava bene del disastro con l'uomo sposato. Quando lasciai Roberto mi accampai da loro per quattro miserabili giorni, in cui non feci altro che piangere, raggomitolata in posizione fetale sul letto di quand'ero bambina, avvolta in quel che rimaneva della mia copertina all'uncinetto con i nastrini di raso.

Mia madre era d'accordo. L'unica soluzione era non vedere mai più Henry, a meno che non lasciasse la sua ragazza.

Henry mi chiamò in ufficio lunedì mattina.

«Vorrei rivederti presto» disse con tono deciso.

«Mi piaci davvero» risposi «e mi sono divertita moltissimo sabato, ma non credo che sia il caso.» Gli comunicai in maniera decisa che doveva prima chiudere con Sally se voleva rivedermi.

«Ti prego, dammi tempo,» mi supplicò «sistemerò le cose. Posso almeno invitarti a cena?»

Di sicuro c'erano donne che avrebbero rifiutato un invito del genere, ma le cene in ristoranti di classe erano una rarità visto il mio stipendio, perciò accettai la sua offerta. Henry mi portò da Raoul, un bistrot a SoHo. Lui, da intenditore, ordinò ranocchie e gustò davvero ogni boccone. Negli anni a venire, quando era ormai sicuro che la cosa mi avrebbe fatto ridere, dava sempre spettacolo mangiando le ranocchie o i calamari: si metteva in bocca una zampetta o un tentacolo tirandoli dentro e fuori come una lingua di serpente. Finita la nostra prima cena, mi porse il cappotto aiutandomi a infilarlo, mentre io lottavo con le maniche nel disperato tentativo di sembrare aggraziata. Mi tenne aperta la porta uscendo. Presi un taxi per tornare a casa, sperando che avrebbe sistemato le cose con Sally il prima possibile.

Dopo quell'incontro ci telefonammo praticamente ogni giorno. Una sera ebbi la sfrontatezza di chiedergli se voleva venire a cena con me. Mi disse che non poteva: aveva «una cosa importante» da fare. Il giorno dopo mi annunciò che aveva chiuso con Sally. Ero così sbalordita e fuori di me dalla felicità che non mi venne proprio in mente di chiedergli i dettagli. Era sufficiente che avesse scelto me, anche se un po' pensai a Sally, di sicuro aveva passato una serata orrenda. Misi sul piatto della bilancia la mia felicità e la sua sofferenza, ed egoisticamente assaporai il gusto di quello che sembrava il colpo di fortuna che mi spettava da tempo.

E poi, naturalmente, facemmo sesso. Ormai ero spacciata.

Alla fine del nostro primo mese in coppia, Henry dovette operarsi al ginocchio a causa di un vecchio incidente. A quei tempi, prima dell'artroscopia, per sistemare un legamento danneggiato era necessario aprire il ginocchio e operare. Andai a trovarlo tutti e cinque i giorni in cui restò in ospedale, portandogli cose buone da mangiare. Dopo essere stato dimesso se ne andava in giro per la città con le stampelle e io portavo il suo computer, il Mac 128 (Henry era un «pioniere»), avanti e indietro dal mio appartamento nell'Upper West Side al suo nuovo appartamento tra la Seconda Strada e Avenue B. Ero entusiasta di prendermi cura di lui, entusiasta di stare con un uomo che desiderava stare con me, che mi dava mille attenzioni, che mi faceva ridere e mi diceva in continuazione quanto mi amava. Eravamo riusciti perfino a escogitare un modo per fare sesso su un letto singolo con il tutore alla gamba.

Mentre la nostra relazione progrediva, io non vedevo i segnali d'allarme che ogni tanto si manifestavano. Ci fu la sera in cui doveva andare a una lettura di poesie e mi promise che sarebbe arrivato da me per le nove.

«Aspettami,» disse «così ceniamo insieme.» Si presentò allegramente sbronzo all'una di notte, dopo che avevo aspettato tutta la sera disperata accanto al telefono.

C'erano gli accesi dibattiti politici, durante i quali mi accorsi quanto le nostre famiglie avessero influenzato in maniera opposta il nostro modo di pensare. Ma le discussioni erano anche esaltanti, ci ricordavano che eravamo giovani, vivi, pensanti e dunque anche convinti delle nostre opinioni.

In particolare mi impegnavo a ignorare la sensazione che provai la prima volta – e da allora in poi ogni volta – che andai a trovare la sua famiglia nella piccola cittadina dov'era cresciuto: mi sentivo un'estranea. Mi ritrovai di fronte all'enorme divario affettivo che c'era fra l'introverso Henry, il suo vecchio padre yankee e la sua giovane moglie coreana. Ma adorai sin dal primo istante la raggrinzita zia Rose, che abitava nella casa accanto alla loro.

A settantadue anni zia Rose era ancora piena di vita. Fino al giorno della sua morte, a ottantasei anni, lesse tutti i giorni il *New York Times*: era perfettamente in grado di affrontare un dibattito su qualsiasi tema d'attualità. Era più materna della stessa madre di Henry, il cui inglese stentato dopo trent'anni negli Stati Uniti sembrava il rifiuto ostinato di abbracciare lo stile di vita americano. La zia Rose sfornava torte di mele e muffin alla banana dalla sua cucina anni quaranta perfettamente conservata, comprensiva di un frigorifero originale Westinghouse verde. Stava attenta a ogni centesimo, nel modo tipico di chi aveva attraversato la Grande Depressione, ma con noi, i suoi «bambini» – lei non aveva potuto averne – era affettuosa e generosa.

Si vedeva che la madre di Henry rimpiangeva amaramente la vita agiata con cuochi, autista personale e *amah* che si era dovuta lasciare alle spalle per vivere in una città dove Henry, il suo figlio mezzo coreano, a scuola era chiamato *Chink*. Anch'io ero una ragazza di città e non potevo biasimarla – quella minuscola cittadina, con il suo binario morto e la strada principale dissestata, era davvero desolante, anche se la campagna intorno offriva un magnifico panorama di dolci colline e fattorie, dove spesso andavo a passeggio scortata dal cane.

L'adorazione di Henry per il padre mi disturbava molto, era un attaccamento quasi infantile, una venerazione. Nessun genitore è perfetto a tal punto e di sicuro non uno che aveva obbligato tutta la famiglia a trasferirsi per sua unica volontà, nonostante all'epoca fosse una cosa abbastanza comune. Conclusi che forse era la mia famiglia – dove mia madre aveva sempre lavorato e aveva il diritto di far valere le sue opinioni quanto mio padre – a essere anomala.

Il tavolo da pranzo sembrava un campo di battaglia. La sera, la madre di Henry metteva in tavola due menù diversi – carne e patate all'americana, insieme a una selezione di piatti coreani, che tutti insieme creavano una tensione data dalla sovrabbondanza: due pasti completi che gareggiavano l'uno contro l'altro per accaparrarsi lo spazio in tavola, come nazioni confinanti ma non proprio in buoni rapporti.

Un odore infelice – muffa, strutto, panna acida, deodoranti

per ambiente troppo forti e qualcos'altro che non si riusciva bene a capire – impregnava la casa. Quando Liza diventò grandicella se ne accorse e tentò di identificare l'odore mancante. Secondo me quello era l'odore dell'insoddisfazione.

Quando a un certo punto del nostro matrimonio iniziammo a pensare di andare via dalla città, Henry, forse assalito da una nostalgia passeggera, delineò un piano per trasferirci nella piccola cittadina dov'era cresciuto: fantasticava di costruire la nostra casa su un appezzamento dei centinaia di ettari di terra che appartenevano alla sua famiglia.

«Henry,» dissi «permettimi di spiegarti una cosa prima di fare altri progetti. Non ho nessuna intenzione di andare a vivere in quella città né in nessun altro posto che sia così vicino a tua madre. Mai. Non esiste.»

Alla fine la cittadina che scegliemmo sembrò un buon compromesso, era più o meno a metà strada fra casa sua e New York. Con i suoi genitori mantenni quel che speravo fosse un rapporto di cortese distacco e quando andavamo a trovarli passavo tutto il tempo con zia Rose. Quando morì, nel 2000, mi si spezzò il cuore e persi l'unico legame importante che avevo con la famiglia di Henry. Con la sua morte, mi resi conto che Henry aveva perso un fondamentale sostegno affettivo, un punto fermo, una persona che lo capiva, lo amava e per la quale faceva volentieri anche dei sacrifici.

Una sera, dopo circa sei mesi che stavamo insieme, incontrai Henry ed Eric, uno dei suoi migliori amici del college, in un ristorante vicino al loro appartamento nell'East Village. Quando entrai Henry era di schiena. Mentre mi avvicinavo al loro tavolo Eric sorrideva. Ero in vena di scherzare, così, arrivando da dietro, tappai gli occhi a Henry. La mia non voleva davvero essere una sorpresa. L'avevo fatto così, per gioco, era scontato che fossi io.

Eric mi guardava fisso, in maniera affettuosa, e sottovoce disse a Henry: «Non è Michelle, perciò vedi di non fare gaffe». L'enorme interrogativo in sospeso gettò un'ombra sul resto della serata.

Michelle si rivelò essere la sua fisioterapista. Henry mi aveva accennato qualcosa ma non l'aveva mai nominata. Tutte le settimane andava da lei a farsi mettere dei sacchettini di sabbia sul ginocchio per la riabilitazione, una cosa dolorosissima, aveva detto. Sì, c'era stato qualcosa tra loro, ma nulla di serio, assicurò.

«Ti prometto che non succederà mai più» mi disse.

Subito dopo, le cose sembrarono andare alla grande. Gli avevo dato le chiavi del mio appartamento, dove facevamo un sacco di sesso appagante. Ero innamorata. Lui diceva che mi amava. Entrai nel suo gruppo di amici. Matthew, un altro dei suoi migliori amici del college, abitava vicino a noi con sua moglie e spesso uscivamo in quattro.

Io e Henry facevamo progetti. Andammo in Francia e in Italia insieme e sognavamo un futuro da artisti mentre ci destreggiavamo fra lavori sottopagati. Henry avrebbe scritto un grande romanzo. Io avevo un sacco di idee campate in aria e invidiavo la sua ambizione che mirava a un obiettivo preciso. Non avevo mai avuto una storia lunga con una persona, ma lui mi sembrava quello giusto – intelligente, stimolante e adorabile.

«Sei così fortunata» mi dicevano le mie amiche. «È così bello, così innamorato.» A volte, pensavo che forse avrei anche potuto rivedere le mie idee sul matrimonio. Dopotutto, immaginavo che non mi dovesse per forza piacere tutto di lui, e non era obbligatorio che mi piacesse la sua famiglia.

Henry aveva sempre cucinato per me, sin dall'inizio. Spesso erano cene sofisticate con diverse portate. Ma per me quelle davvero memorabili furono le cene più semplici.

Un sabato notte, all'inizio del 1987, ore due del mattino, rientrammo in casa di Henry dopo aver trascorso una lunga nottata al pronto soccorso del Beth Israel Hospital. Eravamo stati rapinati su Lafayette Street dopo essere stati a vedere *Velluto blu* di David Lynch. Ci avevano accerchiato in una strada deserta e uno di quei delinquentelli mi aveva colpito alla testa con un bastone. Dal taglio era uscito un fiume di sangue, che il dottore del pronto soccorso aveva ripulito, suturando poi la ferita con punti di metallo piantati nel mio scalpo.

Eravamo scossi e affamati. Henry iniziò a rovistare in cucina. Mezz'ora dopo mi aveva preparato una zuppa fatta con brodo di pollo in scatola, spezie coreane, piselli surgelati e spaghetti, condita con un filo d'olio di sesamo. La divorammo letteralmente, ancora carichi di adrenalina per essere scampati a un vero pericolo. Quella notte iniziai ad apprezzare davvero fino in fondo l'entusiasmo e la creatività di Henry ai fornelli. Forse non era destinato a scrivere un romanzo, ma un grande libro di cucina. Dopo aver mangiato facemmo l'amore in estasi. Avrei sempre ricordato quella notte – avendo condiviso un trauma del genere il nostro legame divenne più forte, più intimo.

«Mia suprema leggiadria,» questo, giuro, era uno dei soprannomi con cui mi chiamava Henry «ti amo come amo la vita.» Pronunciò queste parole in modo teatrale, mettendomi un'antica scatolina verde fra le mani.

Era dicembre inoltrato e stavamo bevendo champagne a un tavolo del Café des Artistes, uno dei ristoranti più romantici di tutta New York City. Stavamo insieme da due anni. Henry si era trasferito nel mio orrendo bugigattolo – decisamente più economico di quella scatoletta nell'East Village, caldissima o freddissima a seconda della stagione, dove abitava lui – e l'occasione meritava di essere celebrata. Quell'autunno Henry mi aveva chiesto un sacco di volte cosa ne pensavo del matrimonio. Io avevo cercato di smussare gli angoli della mia spigolosa opinione al riguardo. Poteva funzionare, rispondevo. Il nostro matrimonio sarebbe stato diverso dagli altri, se non fossimo caduti nei soliti cliché. Non avevo nessuna intenzione di diventare una casalinga frustrata.

Così, quando mi porse la scatolina verde, pensai di aver già capito cosa c'era dentro. Un anello raffinato, acquistato di recente, non troppo costoso, speravo.

Ma quando sollevai il coperchio, trovai l'anello d'oro a forma di artiglio di cui mi aveva parlato al nostro secondo incontro, che era la data del nostro anniversario. Effettivamente sembrava proprio un artiglio dorato con sopra una pietra bianca. La pietra in sé non mi sembrava una perla.

«È l'anello, vero?» chiesi. «Quando te lo sei ripreso?»

«Oh, mille anni fa, insieme al *Macbeth*. Ho scritto alla mia ex subito dopo il nostro incontro.»

Quando portai a far stringere l'anello, il gioielliere mi confermò che la pietra non era una perla, bensì un pezzo di corallo. Ma la versione originale della storia era così meravigliosamente romantica che non ebbi il cuore di cambiarla.

Il nostro matrimonio nell'aprile 1989 fu una cerimonia senza tanti fronzoli. Affittammo il loft dove lavorava mio fratello e mi occupai io stessa di organizzare un catering economico. Henry indossava uno smoking vintage blu notte. Io un vestito bianco, lungo, di cotone, semplicissimo, un abito che avrebbe potuto benissimo scegliere Jane Austen, con scarpe di raso rosse, per non dare l'impressione della sposa tradizionale rigorosamente in bianco. Un rabbino intonò le preghiere tradizionali ebraiche mentre noi stavamo sotto la *chuppah*. Henry calpestò con entusiasmo il bicchiere di cristallo avvolto nel tovagliolo che aveva comprato per l'occasione. L'indimenticabile regalo di Irena – una torta nuziale fatta da lei – era una creazione stravagante di cioccolato ricoperta interamente di foglia d'oro. I miei genitori assistevano soddisfatti e orgogliosi, e tutti brindavano lieti al nostro futuro. Ballavamo con la musica delle cassette che avevo registrato per l'occasione.

Pochi giorni più tardi, ci sottoponemmo a una serie di vaccinazioni contro la febbre gialla e l'epatite. Il nostro giovane medico curante ci indicò anche una profilassi antimalarica e ci dette degli antibiotici da usare solo in caso di necessità. Le punture bruciavano da morire. Ebbi un sobbalzo quando l'iniezione mi pizzicò il didietro.

«Ragazzi, non avete mai sentito parlare delle Bahamas?» ci domandò il dottore sospirando.

Scoppiammo a ridere. Le Bahamas – certo.

Eravamo partiti in «luna di miele» (ci divertiva molto l'ironia dell'espressione associata al viaggio che stavamo facendo) per andare a trovare Sara, la mia amica del college, che prestava servizio nei Corpi di Pace in Malawi, una nazione poverissima che in pratica era una strisciolina di terra nell'Africa sudorientale.

Dopo un pranzo all'inglese a base di trota affumicata sul volo della British Airways in classe economica, uscimmo dall'aereo con l'aria condizionata e scendemmo la scaletta di metallo dell'aeroporto di Lilongwe. Il sole accecava riflettendosi sull'asfalto rovente. Frugai nella borsa per trovare gli occhiali da sole che Sara mi aveva obbligato a portare. Guardai in lontananza e vidi dove finiva l'aeroporto: il prato innaffiato lasciava spazio alla savana. Non ci sarebbe più stata nessuna trota affumicata per un mese, finché non avessimo ripreso un altro aereo per tornare a Londra. Eravamo esattamente nel bel mezzo del nulla.

Il fidanzato di Sara, che presto sarebbe diventato suo marito, ci era venuto a prendere. Appena superata l'uscita dell'aeroporto, iniziava la strada polverosa di terra rossa dove passavano uomini vestiti di stracci, scalzi, bambini malnutriti con le pance gonfie, la pelle rovinata e i capelli bruciati. Io ero cresciuta a New York City, avevo visto la povertà, ma questa era una cosa completamente diversa.

Raggiungemmo il villaggio dove abitava Sara: viveva in una grande casa con pavimenti in calcestruzzo, freddi sotto i nostri piedi scalzi. Tirai fuori le scorte che mi aveva chiesto: shampoo, balsamo, sapone e cioccolato. «Sai che mangerai riso e fagioli tre volte al giorno a partire da oggi, vero?» mi disse. «Ma almeno ogni tanto potremo trattarci un po' bene. Non ho ospiti da un pezzo.»

Durante la nostra prima passeggiata da sole, Sara mi disse che era incinta. A trent'anni, avevo solo un'amica che era già mamma, Irena, ma essendomi sposata la settimana prima ero felice ed emozionata per lei. Fare un figlio in Africa – che avventura.

Imparai a tener lontane le zanzare rincalzando bene la zanzariera quando andavo a letto. Anche se riuscii ad affrontare i grossi ragni pelosi, non fui mai capace di sconfiggere la mia paura dei serpenti. Pareva che in Africa la regola fosse «meglio morto che vivo». La gente adorava terrorizzarci con racconti sempre più spaventosi di vipere soffianti e mamba. Quelle storie finivano sempre con un'accetta che arrivava giusto in tempo.

Rivedemmo il nostro concetto di spazzatura in un posto dove praticamente nulla andava buttato. Da pezzi di latta e legno si ricavavano giocattoli originali. La gente indossava gli stessi vestiti finché erano così logori da cadere letteralmente di dosso. Qualsiasi pezzo di plastica poteva tornare utile.

Oltre che della povertà ci facemmo un'idea anche dei conflitti politici in quella parte d'Africa. Una sera stavamo bevendo birra in un bar sull'isola di Likoma con l'unico medico della città, quando il prete del luogo spalancò la porta e annunciò cupo che c'era stato un «incidente». Io e Henry – lui era il più impaziente – seguimmo il medico fino alla sua sgangherata clinica. Non c'era disponibilità di antidolorifici per lo stoico paziente che era stato colpito al polpaccio destro dai guerriglieri della Renamo in un villaggio confinante con il Mozambico. Il dottore era completamente ubriaco.

Due settimane dopo, ormai più o meno abituati alla dieta di riso e fagioli, speziati con generose cucchiaiate di salsa piccante piri-piri (sempre offerta con l'avviso «Amici, andateci piano»), io e Henry ci ritrovammo sui sedili posteriori di un'impolverata Land Rover del governo malawiano. Stavamo risalendo l'altopiano di Nyika, un'area montuosa all'interno della Great Rift Valley. Sara ci aveva lasciati partire per una settimana con regole precise sul galateo dell'autostop, ma dal momento che passavano così poche macchine, accettavamo di salire con il primo che ci caricava.

Tre malawiani che lavoravano al parco nazionale sull'altopiano stavano accovacciati insieme a noi, scalzi, con indosso degli impermeabili. Io e Henry ci guardavamo meditando in silenzio. Diversamente dalla maggior parte dei malawiani, avevamo vestiti e scarpe in abbondanza, ma non impermeabili dato che la stagione delle piogge era già finita.

A dodici chilometri dall'alberghetto del governo la Land Rover si fermò al centro della strada. L'autista in uniforme kaki ci disse di scendere, proprio lì, nel bel mezzo del nulla. Era illegale per chi guidava un mezzo governativo dare dei passaggi, lui ci aveva fatto un favore, ma adesso, per cortesia, bisognava scendere.

Saltammo giù con i nostri zaini, che erano pieni zeppi di provviste dato che non c'era nessun negozio sull'altipiano. I tre con l'impermeabile ci tenevano d'occhio – cos'era, generosità o pietà? – e si fecero avanti per aiutarci a portare il carico. Mi sentii in colpa ma anche piena di gratitudine.

Camminammo in silenzio sulla strada polverosa per diversi chilometri. Le zebre e i kudu sfrecciavano sulle colline ricoperte di felci e c'erano anche uccelli neri con lunghe code che sembravano nastri, di cui mi ero ripromessa di cercare il nome scientifico. Erano colline a saliscendi, che parevano fatte di stoffa verde, increspata e drappeggiata. Il cielo era terso, una volta blu che pareva abbassarsi su di noi, almeno finché nuvole basse cominciarono ad avvicinarsi a gran velocità, coprendo il sole a intermittenza, proiettando zone d'ombra sulle colline verdi. I raggi del sole fendevano le nuvole come se fossero delle spade laser.

E poi ci si mise anche la pioggia. Io e Henry continuammo a camminare, bagnandoci fino all'osso in pochi minuti. I malawiani non si lamentavano di essere scalzi, perciò lamentarsi di essere fradici sarebbe stato un tantino infantile. Molti chilometri dopo arrivammo all'alberghetto. I proprietari, che ridevano sotto i baffi di fronte allo spettacolo di due turisti bianchi zuppi e tremanti, ci offrirono tè e banane.

Una volta sistemati nel nostro enorme bungalow da sei dollari a notte, Edward, che si occupava di noi, ci offrì altro tè con i biscotti. Ci accovacciammo attorno al fuoco appositamente acceso per noi e più tardi ci rannicchiammo l'uno contro l'altra nel lettino. Henry mi stringeva forte a sé. Fino a lì il nostro matrimonio era stato una grande avventura. Eravamo soli, io e lui, in Africa.

Era quella immagine di Henry, generoso e premuroso, sempre pronto all'imprevisto, che avevo portato dentro di me in tutti gli anni trascorsi insieme. Ci divertivamo moltissimo: amavamo i nostri amici, i nostri libri e la nostra complicità. Era stato al mio fianco come un soldato durante il complicato travaglio, rassicurandomi a ogni contrazione e dormendo su una copia aperta del *New York Times* finché la nostra ostetrica non gli diede il cambio. Era in quei momenti preziosi, in cui sentivo la sua presenza, la forza del nostro legame, che mi dimenticavo delle litigate sempre più aspre e frequenti – a volte mi sembrava che fossimo incompatibili al punto di dubitare che saremmo stati in grado di crescere un bambino in mezzo a tanta discordia.

Ora, non mi sembrava che fossero rimasti tanti bei ricordi. Mi ero innamorata di un uomo affascinante e sicuro di sé. Con il tempo avevo visto una parte delle sue debolezze e mi ero rifiutata di vedere le altre. L'immagine generale che Henry offriva di sé era senza dubbio un miraggio, proiettato per nascondere la sua parte spiacevole, quella che aveva paura di mostrare agli altri, perfino a me.

Mi tornò in mente la freddezza con cui aveva liquidato Cathy l'estate prima definendola «la persona più conformista che io conosca». Dopodiché era passato a Christine e poi a Eliana, che nella sua mente rappresentava il prototipo della persona veramente emancipata.

Riflettei sull'idea di perfezione. Ogni donna su cui Henry

fantasticava era una nuova opportunità per immaginare la perfezione, proprio come ogni pietanza che cucinava era una nuova opportunità per raggiungere una sorta di Nirvana. Ma come la cipolla si brucia se l'olio è bollente, così lui restava deluso da quelle relazioni. Probabilmente sapeva che non vedevo più nulla di perfetto in lui, anche se una volta credevo che fossimo fatti l'uno per l'altra. Forse il suo invito a essere più una fidanzata che una moglie esprimeva il desiderio di tornare ai tempi in cui entrambi eravamo più ingenui e ignoravamo i reciproci difetti.

Ricordai cosa aveva detto a Helen – che forse lo scopo della sua vita era il rischio. Henry avrebbe voluto vivere continue avventure, tutti i giorni, come nel nostro periodo africano. I compiti quotidiani lo annoiavano. Lui voleva sentirsi sempre come se stesse fronteggiando il pericolo, in modo da poter emergere come eroe. Ora capivo che il suo bisogno di vivere rischiosamente – sempre maggiore man mano che gli anni passavano – gli serviva per rivivere quella sensazione eroica. Mi domandai se davvero non fosse solo un problema maschile, la tipica «crisi di mezza età».

Henry aveva bisogno di costruire un mito attorno alla sua figura. La cicatrice sull'occhio. L'incidente in moto quando si era rotto la gamba. Il lancio con il paracadute due settimane prima della fine dell'ultimo semestre al college per recuperare i crediti che gli mancavano in ginnastica. La scalata – l'ultima delle sue trovate. Lui, Steve e Cathy avevano preso lezioni con una guida scalando la parte bassa delle montagne Catskill. Dopo aver provato anch'io in una palestra a New Paltz con una parete da arrampicata, decisi di tirarmi indietro – avevo le vertigini a soli sei metri d'altezza, e pensai che arrampicarmi sulla parete scoscesa di un dirupo non facesse proprio al caso mio. Non capii mai se a Henry piaceva di più scalare o agghindarsi con tutta la sua nuova attrezzatura – una borsa di velluto per il gesso (che avevo dato a Cathy dopo la sua morte), le scarpette strette e appuntite per riuscire a infilarsi nelle fenditure della roccia e fare presa, le magliette anti-sudore, le carrucole, le corde, i moschettoni e le funi di sicurezza. Era tutto fondamentale. L'intero armamentario era parte del reale, intenso, e – almeno secondo lui – eccitante rischio di farsi male o addirittura di morire.

L'uomo affascinante e carismatico che avevo conosciuto quand'ero una timida e ingenua ventisettenne era, forse, un tipo di persona che adesso ero in grado di riconoscere e di evitare. Un tipo d'uomo che quando entrava in una stanza riusciva ad attirare l'attenzione in virtù di un fascino innato, vincere a poker, fare un sacco di soldi, raggiungere (o far credere di aver raggiunto) il «successo». Come diceva sempre Cary Grant – al secolo Archibald Leach – quando commentava il fascino del suo personaggio in film come *Scandalo a Filadelfia*: «Tutti vorrebbero essere Cary Grant; perfino io vorrei essere Cary Grant».

Sul finire dell'estate, io e Anna lasciammo il Maine. Ero terrorizzata all'idea di tornare a casa, esattamente come lo ero stata tornando dall'Italia. Non avevo grandi prospettive: la routine della scuola, la riprova che la mia storia con Tomas era finita e, di pari passo, l'ansia crescente per la mia nuova solitudine.

Avevamo ormai disfatto i bagagli e presto Liza avrebbe iniziato la seconda elementare alla scuola privata. Adorava i suoi due nuovi maestri. Uno era un signore gentile che inventava apposta delle canzoni per coinvolgere i bambini nello studio del fiume Hudson; l'altra era una donna dolce e affettuosa, che grazie ai suoi modi gentili riuscì a cancellare l'ansia di Liza per la matematica.

Sistemata Liza, mi ritrovai di nuovo sola nel mio studio,

a osservare gli oggetti sopra l'altarino che una volta mi era di conforto – la palla di neve con il Buddha, l'anello d'oro, le conchiglie e i sassolini. Non volendo più tenere le ceneri di Henry nel mio studio, avevo spostato l'urna in camera di Liza su una mensola in alto. Una mattina, mettendomi al lavoro, presi in mano la palla con il Buddha. La scossi un po', divertendomi con quel gioco ameno mentre i finti fiocchi di neve si posavano delicatamente sulla statuina di plastica dorata. Quella era la pace che avrei voluto. Henry adorava la sua sfera, adorava l'idea di un'icona buddista rivestita dal kitsch tipicamente americano. Cosa vedeva guardando quella palla? Cosa cercava?

Il marito di Emily, Justin, mi telefonò. Entrambi erano stati invitati a una cena elegante e aveva bisogno di uno smoking. Se non era un problema, potevo prestargli quello di Henry?

Justin arrivò a casa. Presi l'abito vintage blu notte dall'armadio e lo tolsi dalla busta di plastica. La linea pulita del modello, il bavero stretto... era un completo stupendo. Justin fece una prova: gli stava a pennello, proprio come a Henry il giorno del nostro matrimonio. Sentii una stretta al cuore ripensando a quel giorno e alle promesse.

Quando Justin sfiorò il taschino della giacca, sentì un'increspatura. Tirò fuori un fogliettino a righe giallo dove Henry aveva scritto in grande: andare a prendere i fiori, avvolgere il bicchiere da vino nel tovagliolo, e altre cose da fare perché tutto filasse liscio il giorno della cerimonia. Quel giorno, così come i giorni sull'altopiano di Nyika in Malawi, e il giorno in cui era nata Liza, Henry era stato devoto e presente.

Avevamo condiviso davvero quei momenti insieme. Con un po' di sforzo e di pazienza, dopo tutto quel che era accaduto, forse sarei riuscita a salvare qualcosa, nonostante provassi il bisogno impellente di gettare alle ortiche tutti gli anni trascorsi con Henry per poter ricominciare da capo con Liza – solo lei e io, per strada, in viaggio verso qualche posto sconosciuto su una vecchia carretta, e una sola valigia buttata sul sedile posteriore.

Undici

ottobre 2003

«Se un uomo ti dice: "Non prendertela tesoro, potrebbe non succedere mai", tu digli che invece qualcosa è successo, e non sforzarti di sorridere. Sorridere non è un dovere, ma un privilegio. Sta tutto a te adesso: ormai sei libera dalle aspettative e dai conformismi della gioventù.»

Justine Picardie,
My Mother's Wedding Dress

L'ultimo sabato pomeriggio di ottobre arrivò tiepido e radioso, il sole autunnale spuntava tra le nuvole che correvano in cielo. Almeno non c'erano il freddo e il vento degli anni passati. Io e Liza finimmo i preparativi in tempo per le cinque, orario stabilito per l'inizio della parata di Halloween. Gli altri anni era stato un momento atteso con ansia, ma adesso ero terrorizzata all'idea di passare anche solo un'ora in mezzo alla gente.

I due mesi dopo il rientro dal Maine erano stati molto confusi. Perlomeno non dovevo sorbirmi Cathy tutti i giorni all'uscita di scuola. Infatti, oramai i nostri orari erano talmente diversi che se portavo Liza al suo pulmino alle sette e venti, e andavo direttamente al supermercato – praticamente vuoto a quell'ora – potevo fare la spesa e tornare a casa senza vedere proprio nessuno, esattamente quel che volevo.

Evitavo perfino Tomas. Ero andata a trovarlo una volta a casa. Ci sedemmo al tavolo da picnic sul prato. Mi fece i complimenti per l'abbronzatura e le lentiggini, e anche per i paesaggi che avevo dipinto sull'isola. Sembrava nervoso mentre chiacchieravamo e mangiavamo un panino e alla fine riuscii a cavargli di bocca quel che già sospettavo: c'era davvero una donna nella sua vita e quella donna non era contenta che io fossi nei paraggi. Non avevo nessun interesse a mettermi in mezzo, perciò andai via dopo che di comune accordo decidemmo di rimanere in contatto, ma non troppo. Conclusi che mi sarei resa il più possibile non reperibile, senza però scomparire davvero.

Ad ogni modo non potevo sottrarmi alla parata di Halloween, era una tradizione. La gente del posto e i piccoli entusiasti si radunavano tra Main Street e la statale nord, e per l'occasione sfilavano tutti insieme lungo la via pittoresca, mentre chi non era in vena di travestimenti e marce salutava ai lati della strada.

Ero certa che Cathy e Steve non si sarebbero lasciati sfuggire l'occasione per recitare la parte della famigliola felice. Tenendo fede alle sue parole, Steve le era rimasto a fianco ed erano stati visti in giro mano nella mano.

Gli anni precedenti non mi ero presa il disturbo di mettermi un costume, ma quell'anno sentivo proprio il bisogno di travestirmi. Qualche settimana prima, mentre ero con Liza in un negozio d'antiquariato locale a dare un'occhiata, trovai un vestito da sera di satin rosso, che acquistai immediatamente con soddisfazione luciferina. Un diavolo rosso. Sperai che almeno i miei amici avrebbero apprezzato l'ironia. Acquistai il resto del mio travestimento in un negozio di costumi al Greenwich Village quando mi trovai a passare in città. Salii sul treno per tornare a casa con un sorrisetto compiaciuto, rimirando le mie corna da diavoletto e il forcone.

Così ora, con il vestito e le corna, ma senza essermi dipinta tutta la faccia di rosso come invece intendevo fare per la serata di «dolcetto o scherzetto», mi diressi con Liza verso Main Street per unirci alla parata. Liza, vestita da angioletto bianco – cosa che avevo caldamente incoraggiato –, non avrebbe mai potuto immaginare il panico che mi assalì quando voltai l'angolo su Main Street e vidi Cathy dalla parte opposta della strada che cercava ansiosamente con lo sguardo Steve e Amy. Non mi fu di grande aiuto sapere che probabilmente lei era più in imbarazzo di me.

Tenendo ben stretta la mano di Liza, e pregando che non vedesse Amy, la condussi da un gruppo di amici ai quali sapevo di non dover spiegare nulla, mentre la folla scivolava in strada. Poco più avanti, all'incrocio con le rotaie, incontrai Anna e Leo. Il rientro era stato duro anche per lei – litigava ancora con John per la casa, anche se speravo che la trafila del divorzio fosse ormai alla fine. Io e Anna procedevamo lentamente per la nostra strada, scontrose, imbastendo facce sorridenti per i nostri figli appena guardavano verso di noi. Lei fece una smorfia quando le dissi che avevo già visto Cathy all'inizio della strada.

«Stronza» bofonchiò, fuori dalla portata d'orecchie dei bambini.

In cima alla strada, tutti si accalcavano vicino al corso del fiume, a chiacchierare. Gli anni scorsi era stata un'occasione per vedere gli amici o riallacciare i rapporti con il vicinato, ma ora non riuscivo a sopportare la tortura dei conoscenti che venivano da me inclinando la testa con fare pietoso chiedendomi: «Julie, come stai?».

Io e Anna scrutammo la folla e, senza dire una parola, arrivammo alla stessa conclusione: era meglio evitare di mettersi a parlare con quelli che non erano proprio amici intimi. Portammo i nostri figli verso una panchina vuota lontana dalla ressa. I bambini trovarono subito da fare arrampicandosi su tre alberelli di ciliegio, ormai completamente spogli. Un vento leggero disperse le ultime foglie rimaste in un mulinello lungo il selciato. Anna e io ci sedemmo vicine, rilassandoci per la prima volta in tutto il pomeriggio.

Finché Cathy non uscì dalla folla, trascinandosi dietro Amy. Si accorse che noi eravamo a sedere sulla panchina. Io e Anna ci lanciammo un'occhiata, sicure che Cathy avrebbe subito portato via sua figlia, invece indugiò a pochi passi da noi, come se stesse meditando una mossa.

«Prendi tua figlia e vattene» mormorai a denti stretti. «Anna, che cazzo sta facendo?»

«Stronza. Sarà meglio per lei che non si avvicini.»

Ma Cathy non se ne andò, nonostante i miei sforzi per sembrare feroce quando incrociammo gli sguardi. Adesso mi rammaricavo di essere vestita in quel modo ridicolo. Non sarei risultata molto credibile se avessi dovuto litigare con lei avvolta nel satin rosso e con le corna da diavoletto. Mi sentivo sciocca e meschina, e mi venne in mente una delle cose orribili che mi aveva detto Steve durante una delle nostre sporadiche conversazioni telefoniche a luglio: «Sei una donna vendicativa».

Amy vide Liza; Liza alzò lo sguardo e vide Amy. Si sorrisero estasiate. Liza mi guardò come a chiedermi il permesso di andare. Amy intanto stava venendo verso Liza, anche lei mi guardò interrogativa, ma si scontrò con la mia espressione accigliata. Perciò tornò indietro, dal suo faccino si capiva che stava per scoppiare in lacrime.

Avevo appena spaventato quella bimba, la stessa che aveva

trascorso tantissimi pomeriggi giocando a casa mia, una bimba che avevo nutrito, curato, abbracciato, sgridato, a cui avevo lavato i dentini con affetto per non dire amore. Mi sentivo davvero una merda.

Ma ne avevo avuto abbastanza. Balzai in piedi e andai da Cathy, il più vicino possibile, in modo da evitare di urlare in pubblico. «Porta tua figlia lontano da mia figlia. Ora.»

«Dovresti cominciare a comportarti più come una madre» replicò con molta calma, da maestrina gentile ma autorevole. Sentivo che quelle parole non erano le sue, forse erano di suo marito o magari di una delle sue amiche perbene della chiesa, a cui avranno propinato una versione edulcorata di tutta la faccenda. Non pensavo che quella donna sarebbe riuscita a scioccarmi più di quanto non avesse già fatto, ma evidentemente mi sbagliavo.

«Non provare a dirmi come mi devo comportare,» dissi riuscendo a malapena a contenere la rabbia «proprio tu che hai l'integrità morale di un verme.» Lei trasalì. Fui compiaciuta di quella sua reazione. E mi sentii gretta e meschina. «Non rivolgermi la parola,» continuai «non mandare tua figlia a parlare con la mia. Non ti permetterò di usare le bambine per manipolare la situazione. È stato difficile dividerle e voglio che le cose restino così come sono.» Mi prudevano le mani, come quella volta nel parcheggio vicino a casa sua, sembrava che avessero voglia di spaccarle la faccia, riuscii a contenermi solo per non dar spettacolo. «Se mai ti dovessi rincontrare da qualche parte sappi che farò finta di non conoscerti, per quel che mi riguarda tu non esisti.»

Tornai, tutta tremante, a sedere sulla panchina. Richiamai Liza, che adesso era sconvolta. Anna mi abbracciò. «Come ti avevo già detto, è ora di riportare in auge la lettera scarlatta.» Le ero grata per la solidarietà ma non riuscii a trattenere le lacrime.

Anche Liza era in lacrime. Dovetti consolarla cullandola per la mezz'ora successiva, mentre singhiozzava ininterrottamente. Perché non poteva nemmeno salutare Amy? Voleva solo salutarla. Perché non le lasciavo salutare la sua amica?

Non c'erano più dubbi. Quella città era troppo piccola per tutte e due – la moglie e l'amante di Henry. Una di noi doveva andarsene. Avevo la sensazione che Steve e Cathy si fossero impuntati, volevano a tutti i costi riabilitare la loro immagine pubblica e quello era solo il primo episodio di una lunga serie. Peccato che non fosse il Jane Austen Day, dove le adultere come Maria Bertram di *Mansfield Park* venivano spedite a vivere in isolamento da una vecchia zia zitella e scorbutica.

Liza pianse per giorni dopo la parata di Halloween. Per fortuna non incontrammo né Cathy né Amy andando a fare «dolcetto o scherzetto». Ricordandomi che Amy andava a letto presto, decisi che noi saremmo uscite tardi, limitandoci strettamente a suonare ai nostri amici, e tornammo a casa non appena Liza ebbe racimolato una quantità ragionevole di caramelle.

Sulla strada del ritorno incrociammo una delle amiche che frequentavano la chiesa insieme a Cathy. «Oh Julie come stai? Come si trova Liza nella sua nuova scuola?»

«Tutto bene, grazie.» Strinsi la mano di Liza e continuai a camminare senza rallentare il passo, per scoraggiare ogni eventuale tentativo di andare avanti con quella conversazione fasulla.

Continuai a programmare i miei movimenti in base agli orari in cui ero certa di non incrociare né Cathy né nessun altro. A volte nel weekend scappavo con Liza a casa di mio fratello, a Brooklyn, dove mi sentivo meravigliosamente anonima. Camminavo nel mio vecchio quartiere, meditando con cauto ma crescente entusiasmo se ci fosse la reale possibilità di ritrasferirmi lì.

«Ormai è passato un anno» mi disse mentre monitorava il pollo sul barbecue. «Non dovresti esser tu quella che va via. Cerca di resistere fino a gennaio, e vediamo come va.»

Mi domandai se facendo dei grossi cambiamenti sarei riuscita a restare in quella casa. Mentre ero in vacanza nel Maine, avevo pensato a come ristrutturare tutto il terzo piano, trasformando l'ampio sottotetto ancora senza finiture in uno studio di pittura. Mio fratello appoggiò l'idea. Anche se in seguito avessi deciso di vendere comunque la casa, il suo valore di mercato sarebbe stato più alto.

A settembre inoltrato, non senza l'approvazione dei miei vicini di casa, il cantiere era già aperto. A fine novembre la ristrutturazione era conclusa. Terminato l'ultimo giorno di lavori mi aggiravo per lo studio nuovo, esaminando le pareti coibentate, rivestite in legno di pino, le mille prese elettriche, i lucernari e le ampie, vecchie tavole di legno, ora dipinte di un verde oliva molto simile a quello della cucina di Anna, dove avevo trascorso quella serata a bere vino guardando il tramonto incandescente.

Un operaio aveva portato su dal seminterrato un ampio tavolo da disegno. Seduta sullo sgabello di fronte al tavolo, restai ad ammirare la luce del tardo pomeriggio che entrava nello studio e la vista delle montagne di là dal fiume. Misurai a passi la stanza e provai i nuovi regolatori di luminosità e i ventilatori. Poi, di colpo, spensi tutte le luci e il ventilatore, e andai al piano di sotto. Il progetto era stato portato a termine e forse non mi era rimasto più nulla da fare in quella casa.

Una mattina Emily mi venne a trovare per vedere il risultato. Ma mentre lei gironzolava ammirando l'ambiente ampio e luminoso, ebbi la netta e triste sensazione che in quello studio non avrei dipinto un solo quadro.

«Puoi comprarti dei pennelloni e quei lunghi rotoli di tela, appenderli direttamente al muro e poi scatenarti!» esclamò Emily con quell'entusiasmo che tante volte le avevo invidiato.

«Si può fare.» Mentre pronunciavo quelle parole sapevo bene che nemmeno questo sarebbe bastato. Non potevo continuare a stare lì. Ma volevo comunque darle soddisfazione, esprimendo tutta la mia gratitudine per i suoi consigli e fingendo per un momento che tutto potesse tornare come prima. Avremmo dipinto insieme in quella stanza, fatto yoga e forse anche allestito un piccolo laboratorio artistico.

«È una grande idea Emily. Ordino subito la tela» dissi.

Quando uscì, andai dritta nello studio e ordinai su internet tela, pennelli, gesso e tubetti di colore. Era strano fare quelle cose avendo l'assoluta certezza che avrei messo i rotoli di tela e il resto della roba ancora imballati direttamente sul camion del trasloco, una volta arrivato il giorno della partenza. Era un'immagine che vedevo nitidamente, come quei sogni che si ricordano in ogni dettaglio.

Avevo saputo che in quella casa era già naufragato un altro matrimonio, due proprietari prima. Durante una discussione, pareva che uno dei due avesse preso addirittura a mazzate il bagnetto a fianco della cucina, lo stesso che avevo dipinto con tanto amore nei toni caldi delle cascine toscane. Con un mezzo sorriso mi domandai se non fosse proprio quella casa a essere maledetta. Prima me ne fossi andata meglio sarebbe stato.

Henry stesso abitava ancora fra quelle mura, sia nelle sue visite occasionali che sotto forma di ceneri dentro l'urna di legno. Quando chiedevo a Liza cosa volesse farne, lei diceva che voleva tenerle in casa con noi. Emily sosteneva che sarebbe stato meglio disperderle. A una parte di me piaceva l'idea di averle fuori da casa, ma i desideri di Liza erano più importanti.

Suggerii un compromesso: spargerne la metà. Sembrava che Emily ci tenesse molto a fare quella cerimonia, così organizzai per un pomeriggio in cui Liza era a scuola. Arrivò Emily, io misi un po' di ceneri in una bustina di plastica e guidammo fino a una punta rocciosa che si protendeva sul fiume. Un venticello gentile ci scompigliava i capelli. Non lo sentivo davvero come un addio, era solo un rituale che serviva più per compiacere la mia amica.

Emily non sembrava ancora felice in mia compagnia. Cercai disperatamente di recuperare un sincero interesse nei suoi confronti, ma ero troppo impegnata a destreggiarmi in quel casino che era la mia vita, non riuscivo a preoccuparmi anche della sua maniera di affrontare le cose. E con mio grande rammarico, dovetti ammettere che non me ne importava molto. Mi interessava solo andare avanti giorno dopo giorno senza cadere a pezzi. Lei parlava e la mia testa era completamente vuota, assente.

«Sarà sempre così?» si lamentava Emily tornando indietro in macchina, avendo avvertito che io non ero davvero presente. «Girerà sempre tutto intorno a Henry?»

Avrei preferito parlare di qualcos'altro, ad esempio del fatto che sentivo un gran bisogno di farmi una scopata, ma non mi sembrava proprio che avesse voglia di ascoltare certe cose. In quel periodo, pensai con amarezza, era Eliana, seppur così distante, la confidente migliore. La mia vita era diventata davvero un bel guazzabuglio: mi ritrovavo a ricevere conforto da una donna che era stata l'amante di mio marito. Le avevo mandato diverse mail da quando ero tornata dal Maine e lei aveva sempre trovato il tempo di rispondermi con parole affettuose e incoraggianti. Ero sempre più sorpresa dal modo in cui la nostra improbabile amicizia si stava evolvendo. Io mi sentivo quasi sempre paralizzata ed esausta, sapevo di dovermi dare una mossa ma non sapevo come.

Adesso capivo perché le madri single che avevo conosciuto non avevano finito gli studi, non riuscivano a trovare lavori soddisfacenti, non riuscivano a ritagliarsi un po' di tempo per sé. Tutte noi eravamo semplicemente impegnate ad arrivare alla sera.

Dodici

ottobre 2003

«Dopo le danze sfrenate sono pronto a combattere!»

Sentito per caso a una festa nell'East Village, 1987
(detto da un capellone con i dentoni, un poeta polacco)

Mentre riflettevo su cosa fare della mia casa, avevo anche iniziato a pensare a come fuggire dalla solitudine che mi aveva assalita da quando ero tornata dal Maine. Ora che Tomas non faceva più parte della mia quotidianità, l'ansia aveva preso piede. Avevo ricominciato a vagare da una stanza all'altra. Mi mancava la sua compagnia e mi maledicevo per aver fatto affidamento sul suo conforto. Mi domandai se non fosse ora di iniziare a guardarmi intorno e cercare un uomo della mia età, disponibile, che fosse interessato a diventare parte della mia vita insieme a Liza.

Con rispetto parlando del misterioso universo maschile, c'era la questione del fardello che mi portavo dietro, non certo cosa da poco. In me stessa non vedevo nient'altro che un fardello. Ingombranti bauli e valigie, pieni zeppi di vecchie scarpe rotte, vestiti laceri e lettere bagnate di lacrime, legate con un nastro rosa sfilacciato. Speravo potessero essere le basi di una nuova vita, come ciò che resta al superstite di un naufragio, ma forse erano piuttosto ricordi sterili, come quelli di Miss Havisham in *Grandi Speranze*. Non volevo svegliarmi dopo trent'anni in una stanza buia, a sfogliare quel che restava del mio album di nozze.

In realtà temevo che, còlta da un raptus, avrei potuto benissimo lanciare l'album nel camino insieme a tutto quello che mi ricordava il fatto di essermi sposata. Ma dovevo conservare quei ricordi per Liza, nonostante le cose fossero andate com'erano andate. Per sentirmi più sicura, presi tutti gli album e li chiusi in un baule di legno con incastro a coda di rondine – un cimelio di famiglia di Henry. Quando era stato il momento di trasferirsi in America, il padre di Henry aveva ingaggiato dei falegnami coreani facendosi costruire una serie di bauli da viaggio. Io ci misi dentro gli album e chiusi il coperchio con il grosso chiavistello d'ottone, sperando di dimenticarli insieme al giorno che rievocavano – almeno fino a quando sarei stata di nuovo capace di sfogliarli con indulgenza o ironia.

E poi c'era la questione della fiducia. Avevo sposato l'unico uomo di cui pensavo di potermi fidare e si era rivelato un gigantesco errore di valutazione. A quel punto non avevo più molta fiducia nella mia capacità di scegliere un compagno. Il vecchio metodo – mi piace fisicamente, è intelligente, abbiamo gusti simili per l'arredamento, è abbastanza educato da poterlo presentare in famiglia – non valeva più niente. Avrei dovuto ripartire da zero.

Stavolta avrei tentato un approccio pragmatico. Non mi sarei fatta influenzare da giudizi superficiali, come l'attrazione fisica. Quello era stato di sicuro il mio errore più grande, meditai, mentre ripensavo al mio primo incontro con Henry – le luci basse, la sua bellezza esaltata dal maglione grigio e la t-shirt bianca, il suo fascino. La faccenda del fascino era la prima cosa da evitare. Dopotutto, in *Orgoglio e pregiudizio* è proprio l'affascinante signor Wickham che si rivela un furfante di bassa lega. E lo scontroso Darcy si conferma invece un uomo di saldi princìpi nonché, fortunatamente per la nostra eroina, quello con i soldi. Almeno la mia storia con Tomas mi aveva rassicurata a livello sessuale, nel senso che non c'era nulla in me che non andasse. Anche se malridotta, da quel punto di vista ero perfetta, pronta a rifiorire, forse, con qualcun altro.

C'era anche la questione dell'età – mezza età, per dirla tutta. Come molte donne appartenenti alla cultura occidentale, che custodiscono gelosamente la propria gioventù e la propria bellezza, nella vita avevo attraversato diversi livelli di autocommiserazione. Ero diventata maggiorenne negli anni settanta, quando lo stereotipo di bellezza femminile ancora oggi in auge si stava affermando prepotentemente. Venivano apprezzate le ragazze magrissime, con i fianchi stretti e le gambe lunghe, i capelli biondi e gli occhi chiari, le perfette bamboline con gli shorts a vita bassa strappati e i top striminziti. Quelle come me – bassine e formose, con i capelli ricci e scuri che si increspano quando il tempo è umido – erano un'altra cosa. Nel mio momento migliore, vestita in un abito vintage anni quaranta, con un rossetto di Mary Quant, calze gialle e sandali con la zeppa, evocavo altri tempi. Non ero molto *à la page*.

Dalla morte di Henry, e in seguito alle – innegabilmente lusinghiere, benché estemporanee – attenzioni di un ventottenne, mi ritrovai improvvisamente e inaspettatamente innamorata del mio corpo. Il nuovo corpo che mi apparteneva era leggero ed etereo. Per la prima volta nella mia vita di adulta, mi scoprivo a guardarmi allo specchio. Comprai alcune t-shirt che scoprivano l'ombelico e pantaloni a vita bassa, tornati di moda. I vestiti mi stavano alla perfezione, esattamente come sul manichino.

Il mio corpo non era certo «perfetto». Le mie gambe non si erano allungate di dieci centimetri. La cellulite troneggiava laddove non era desiderata. Cercavo di evitare certe luci che mi avrebbero messa di cattivo umore. I costumi da bagno andavano acquistati su internet e provati in casa, al sicuro. E c'erano sempre quei rotolini sulla pancia, souvenir della maternità. Ma quel corpo era stato un amico e un compagno leale, che mi aveva permesso di superare un anno difficilissimo. Quando mi guardavo allo specchio, vedevo una donna dall'aspetto fine, una donna che non mi sarebbe dispiaciuto stringere e toccare. Volevo una persona premurosa che amasse e apprezzasse il mio corpo.

Un'ispezione accurata in bagno rivelò che in fondo non c'erano poi così tante rughe, per ora. Sollevando un sopracciglio si formava una rughetta che contribuiva all'asimmetria della mia faccia. Due «rughe del sorriso» solcavano i lati della mia bocca. Non mi sfuggiva l'ironia della cosa. "Rughe del sorriso, certo." C'erano delle nuove grinzette attorno agli occhi. Mi domandai se non fosse stato tutto quel piangere a farmi spuntare altri segni.

Notai che il viso di Anna – improvvisamente – sembrava molto più riposato e sereno.

«Oh, è il Botox, un mio caro amico» mi disse ridacchiando. «Avevo perennemente una ruga dritta sulla fronte. Mio figlio pensava che fossi sempre arrabbiata.» Mi dette il numero di telefono della sua dermatologa.

Morivo dalla voglia di cancellare – anche se solo per i pochi mesi della durata dell'iniezione magica – gli effetti di un anno travagliato e degli ultimi anni di tristezza con Henry. Presi un appuntamento con la dermatologa di Anna, incerta su quello che avrei voluto o su quello che mi avrebbe proposto lei.

Sul treno per andare in città, mi imbattei in una conoscente. Di solito vedevo quella bellissima donna al supermercato che si tirava dietro i figli. A volte faceva la modella e oggi ne aveva proprio l'aspetto – trucco perfetto, i capelli di seta in ordine, nessun ragazzino al seguito.

«Accidenti, sei favolosa!» mi scappò di bocca quando la vidi seduta poco lontana da me. «Lavori oggi?»

«Sto andando a un provino – niente di esaltante, è per un catalogo» disse mentre mi sedevo vicino a lei. Mi raccontò della sua carriera di modella, messa un po' da parte dopo la nascita dei figli, enfatizzando gli aspetti artistici del suo lavoro più che quelli prettamente glamour. Aveva i piedi per terra e sembrava una persona pragmatica, con le idee chiare.

«Stai andando a un appuntamento con un cliente?» chiese, mentre io continuavo a fissarla, come se fosse un oggetto, domandandomi come sarebbe andata la sua audizione, domandandomi quante altre ragazze della sua età – una trentina probabilmente – avrebbero partecipato al provino. La squadrai, osservando le sue gambe lunghe dentro ai jeans aderenti e gli eleganti, ben lucidati stivali neri.

Notai per la prima volta una piccola cicatrice sulla sua fronte, appena visibile sotto il trucco, avrei voluto chiederle di quell'imperfezione, ma mi frenai immaginando che non fosse il momento più adatto per parlare dei suoi difetti. Mi resi conto, con profonda vergogna, che mi imbarazzava troppo rivelare il vero motivo della mia visita in città.

«Sì, per lavoro.» "Ah, ne ho di strada da fare se non riesco nemmeno ad ammettere con questa donna, che guadagna proprio grazie alla sua apparenza, che sto andando a farmi riempire due rughette."

«Come state tu e tua figlia?» era la solita domanda che mi facevano tutti i conoscenti. Feci un lungo respiro, preparandomi a spiattellare la solita risposta che tenevo pronta per deviare il discorso, quando mi accorsi che dietro tutto quel trucco i suoi occhi nocciola esprimevano un sincero interesse, sebbene non fossimo davvero amiche. Voleva che le dicessi la verità.

E così, con mia grande sorpresa, mi ritrovai a raccontarle come stavamo davvero, e quanto fossero stati duri gli ultimi mesi. Non sapeva molto delle tresche di Henry, ma glielo raccontai io. Condividemmo alcuni episodi di vita matrimoniale e parlammo dello sforzo che richiedeva bilanciare carriera e maternità, una sfida che lei pareva gestire con eleganza.

Arrivate a Grand Central, prendemmo insieme un taxi per il centro. Ci salutammo quando fu il suo turno di scendere. Le augurai buona fortuna e la osservai per un momento mentre camminava decisa con i suoi tacchi alti. Poi il taxi proseguì fino allo studio della dottoressa.

Un'ora dopo scendevo dalla sedia della dermatologa, sfiorandomi dove prima c'erano le rughe del sorriso, ancora dolorante per la mezza dozzina di iniezioni. La dermatologa, una donna il cui viso disteso suggeriva che razzolava come predicava, mi disse che le iniezioni di collagene avrebbero resistito per qualche mese. Alla reception buttai l'occhio alla ricevuta – ben ottocento sacchi – e tirai fuori la carta di credito. Non sarei mai stata capace di farne un'abitudine. Mentre stavo uscendo, mi fermai un momento a guardarmi nello specchio ovale. Il mio viso ringiovanito mi fissava, era il viso della foto che mi aveva scattato Henry poco dopo esserci conosciuti, un pomeriggio afoso al tavolo di un caffè in città. "Caspita. Felice di rivederti." La mia versione giovane era stata ottimista, idealista e pronta a grandi cambiamenti, esattamente come adesso.

Tornata a casa la gente cominciò a dirmi: «Oh, Julie, sembri proprio fresca e riposata». Sembrava di essere in una pubblicità.

Ovvio, non tutte le parti del corpo possono essere modificate così facilmente, dobbiamo vivere con la dotazione fornita alla nascita, anche se a volte incrociamo modelli umani che sfiorano la perfezione – proprio come se fossero appena scesi dal piedistallo di un museo d'arte.

Nel paesino italiano dove avevo vissuto per un po' quando avevo vent'anni, spesso mi ritrovavo ad aspettare seduta al tavolino di un piccolo bar sulla curva dello stradone che costeggiava il porto. Nell'epoca precedente all'avvento del cellulare, l'era dell'incertezza delle comunicazioni telefoniche, tutti quanti attendevano a lungo. In Italia, le poche cabine telefoniche sparse agli angoli delle strade funzionavano solo con il misterioso gettone – una moneta scanalata, che aveva un certo valore, per cui bisognava calcolare in anticipo quanto sarebbe durata la conversazione telefonica. Se si sbagliava a valutare la tempistica, la cabina inghiottiva il gettone e bisognava correre di nuovo al tabacchi per cambiare altre mille lire. Sembrava che nessuno avesse mai fretta. Siccome la strada principale era una sola, gli amici e il mio inaffidabile innamorato finivano sempre per raccogliersi in quel bar. Anziché incasinarmi con i gettoni, con il rischio di sentire la nostalgia di casa e delle efficienti cabine telefoniche di New York, sedevo a un tavolino all'aperto, ordinavo un caffè e mi godevo la vista della baia e delle montagne.

Di fianco al bar c'era un negozietto per turisti che vendeva costumi da bagno pacchiani, occhiali da sole, caramelle e una marca di gomme da masticare, le Brooklyn (sulla confezione era stampata un'immagine del famoso ponte). Quando i negozi chiudevano all'ora di pranzo, la giovane commessa usciva alla luce del sole per serrare la porta.

Quella ragazza aveva gambe incredibili, lunghe, abbronzate, slanciate. La guardavo ondeggiare sul selciato con i suoi sandali turchesi con il tacco, mentre la brezza faceva svolazzare la mini minigonna che indossava, scoprendo a tratti il bikini bianco. Era chiaro che passava le ore della pausa pranzo a lavorare sull'abbronzatura. Si destreggiava nel traffico lento dei milanesi che scendevano al mare per il weekend e degli stranieri che venivano a godersi il sole. Spesso le macchine si fermavano per guardarla mentre attraversava la strada e raggiungeva la spiaggia dall'altra parte.

Anche in quella terra meravigliosa di splendide ragazze con splendide gambe, le sue erano davvero di un'altra categoria, catturavano l'attenzione come un vero Botticelli in una galleria di riproduzioni.

«Una scema, ma due belle gambe» commentava Giancarlo quando arrivava al bar e si metteva anche lui a fissarla. Quel complimento trasversale diretto a me era abbastanza incoraggiante. Forse nella prossima vita anch'io avrei avuto gambe come quelle.

Chloe, la mia cara amica, compagna di shopping e consulente per tutte le faccende che riguardavano la vedovanza, sosteneva che era arrivata l'ora di iniziare a uscire con qualcuno, in maniera mirata. Aveva parecchia esperienza al riguardo. Erano quattro anni che Chloe gestiva la propria vita di giovane vedova, ricostruendo tutto quanto un po' alla volta. Adesso aveva un buon lavoro, uno degli ultimi appartamenti con affitto bloccato al Greenwich Village e, soprattutto, la cosa migliore che le potesse capitare: un nuovo compagno, un compagno davvero carino. Si erano conosciuti su internet. Nonostante il successo di Chloe, l'idea degli appuntamenti online a me sembrava orribile, così poco romantica. Volevo ancora credere nel Destino, anche se dovevo ammettere che non mi avesse reso un gran servizio in passato.

Le alternative, comunque, erano poco promettenti. Vivevo in una piccola città dove gli uomini non sposati erano gli ex mariti di donne che conoscevo. E conoscevo anche i motivi per i quali avevano divorziato. Gli uomini scartati erano ubriaconi, donnaioli, rompiscatole o irresponsabili inconcludenti. Qualche coppia si era divisa semplicemente perché con il tempo aveva finito per allontanarsi, ma in ogni caso io non volevo averci nulla a che fare.

E poi, c'era il peggio del peggio: il mio «pallino», un uomo su cui mi era caduto l'occhio un sabato pomeriggio di quell'estate a Brooklyn. Mi ero fermata a guardare un negozio di antiquariato insieme a Liza. Lei stava passando in rassegna uno scaffale pieno di utensili da cucina allestito all'esterno del negozio, tenendo in mano alcuni oggetti in attesa della mia approvazione. Io alzai gli occhi e sulla porta vidi lui.

«È suo il negozio?» chiesi, squadrandolo da capo a piedi. Magro, capelli rasati, quando sorrideva gli spuntavano delle graziose rughette ai lati degli occhi – azzurro chiaro.

"Vorrei sapere perché sugli uomini le zampe di gallina risultano vissute e dunque fascinose, mentre sulle donne sono solo un promemoria dell'imminente menopausa, seguita a ruota dalla decrepitezza."

«Già, è tutto mio!» La sua voce dolce e allegra chiuse la frase con un punto esclamativo – tipico ottimismo da venditore.

Fu una di quelle cose che non hanno senso: vedi un uomo e, puff!, sei già persa e non sai nemmeno come sia successo.

Avere un «pallino» era proprio fuori dai miei programmi. Avevo deciso che avrei agito con lucidità. Non era il momento di farsi prendere da una sbandata adolescenziale. Ero fermamente decisa a non perdere la testa per nessuno. Ma comprai una terrina e una frusta per Liza, la mia cuoca in erba, più che altro per fare in modo che si ricordasse di me, così in futuro avrei avuto una scusa per passare lì davanti e salutarlo.

Chloe mi dette dei consigli per gestire il mio profilo su internet. Mi raccontò storie terrificanti di alcuni suoi appuntamenti disastrosi con dei mezzi svitati. Scelsi una foto in cui ero insieme a Tomas – scattata un giorno in cui ero allegra. Impiegai un pensieroso quarto d'ora a «photoshopparlo» via dall'immagine – peccato non fosse così facile staccarsi dalle persone nella vita reale – e resistetti alla tentazione di migliorare qualche cosa qua e là prima di caricare la foto sul sito.

Dovetti ammettere che ignoravo completamente il significato della parola «appuntamento». Per «appuntamento» non si intendeva più quello che facevamo, o perlomeno facevo io, negli anni settanta. Frequentavo una scuola privata femminile, così gli unici ragazzi che incontravo erano quelli che venivano a casa della mia migliore amica di allora, Lucy, il sabato pomeriggio. Lei andava in un'altra scuola, meno rigida e molto più avanti della mia. Viveva in un cupo appartamento sulla Novantaseiesima Strada vicino a Central Park. Aveva un sacco di amici e dava delle feste, o eravamo noi ad andare alle feste organizzate da altri ragazzi in quartieri più fighi. Bevevamo in bar che non seguivano alla lettera, né condividevano lo spirito del divieto di servire alcol ai minorenni. Dopodiché, potevo ritrovarmi a baciare con la lingua uno di quei ragazzi appena conosciuti, magari stesa per terra sul pavimento di fianco al letto di Lucy, con l'unghia del piede impigliata goffamente nell'orlo sfilacciato del suo copriletto indiano. A volte si andava oltre, ma di solito non ci si rivedeva più.

Durante il college, un ragazzo mi portò a mangiare al World Trade Center da Windows on the World – sono felice di esserci andata almeno una volta – e poi all'opera. Quella volta capii cosa si intendesse per appuntamento. A eccezione del fatto che rimasi a dormire da lui – mentre avrei dovuto chiedergli di chiamarmi un taxi e tornare a casa. Evidentemente ancora non avevo afferrato bene il concetto. Dopo sei anni di disavventure, incontrai Henry, che mi portò una volta sola al ristorante, prima che finissimo a letto insieme.

Mentre cercavo di immaginare le sorprese che poteva avere in serbo per me il futuro, sperai di aver imparato qualcosa con l'esperienza, in tutti quegli anni. Appuntamento. Forse ripetendo la parola varie volte mi sarebbe entrato il concetto in zucca.

Tredici

ottobre 2003-marzo 2004

«La testa è tonda in modo che i pensieri possano cambiare direzione.»
Francis Picabia, pittore e poeta

«Quanto sei eccitante! Sto venendo di nuovo!»

"Stiamo tenendo il conto per caso?"

Ero a letto con una macchina del sesso e non è che la cosa mi rendesse felice. In maniera tragicomica, e purtroppo un po' in ritardo, mi resi conto che mi avrebbe fatto molto meglio un bell'abbraccio. Avevo miseramente fallito il mio primo tentativo di appuntamento. Quella era solo una situazione patetica alla quale sarebbe seguito un bel bucato di lenzuola – forse era il caso che le bollissi – non appena il tizio se ne fosse andato.

Rich era un uomo intelligente e passionale. La settimana prima quelle qualità mi erano sembrate la chiave di volta.

Rich mi era parso un po' troppo impaziente, ma quando mi disse che era single da qualche tempo ebbe tutta la mia comprensione. Sapevo bene, anche se non volevo ammetterlo, che le mie intenzioni erano impure. Tutto quello che desideravo era farmi una sana scopata, anche solo per poter dire a me stessa che stavo superando la storia con Tomas. Per quanto imperfetta fosse la nostra relazione, sapevo che non sarebbe stato tanto facile ricreare con qualcun altro un legame profondo come il nostro. Io e Tomas eravamo stati amici, prima che amanti. Ci eravamo sempre piaciuti prima di tutto come persone e io gli avevo voluto bene davvero.

Qualche settimana prima di conoscere Rich, un pomeriggio dopo la scuola, feci a Liza un discorso molto schietto. Le dissi che mi sentivo sola e che volevo cercarmi un fidanzato.

«Ok,» rispose «posso scegliere anche io?»

«Be', se trovo qualcuno che mi piaccia abbastanza, lo porto a casa e poi tu decidi se ti piace. Dovrò uscire un po' più del solito, ma prometto che ti lascerò sempre in posti divertenti. Ho anche trovato una babysitter molto carina. Credo che ti piacerà. Va al college. Mi ha detto che le piace molto giocare.»

«E giocheremo ad "Attacco!"? Come mai Tomas non viene più? Lui era bravo a giocare.»

«Amore, non so se la babysitter saprà giocare ad "Attacco!". Ma forse incontrerò qualcuno che ne sarà capace.»

Rich viveva in una cittadina a sud della mia. Quando mi contattò sul profilo, trovai la cosa allettante proprio per quel motivo. Mia figlia era sempre la priorità, anche se ora avevo una babysitter. Una sera, dopo esserci incontrati in un bar, andammo a fare una passeggiata. Salimmo in macchina e lui parcheggiò in un'area boschiva che non avevo mai visto prima – e che non sarei mai stata capace di ritrovare. Mentre camminavamo su per un sentiero che risaliva la collina, mi prese per mano. Io non mi sentivo pronta per questo, così, quando arrivammo in un punto un po' ripido, ritrassi la mano con la scusa della pendenza. Lui mi fece notare che a breve sarebbe stato il suo compleanno. Allora gli presi la mano. Non è piacevole la prospettiva di passare un compleanno in solitudine.

«Allora, che programmi hai fatto?» gli domandai allegramente.

«Non faccio mai programmi, di solito accadono cose terribili il giorno del mio compleanno.» "Oh buon Dio! È in arrivo una storia strappalacrime." Perlomeno io avevo cercato di minimizzare il mio passato straziante all'ora di cena.

«Tipo?» continuai, cercando di sembrare ottimista, mentre in realtà ero già in ansia al pensiero di dover tenere la mano a un tizio turbato per l'imminente compleanno, in un parco, da sola, di notte.

Disse che le donne di solito sceglievano proprio quel giorno per mollarlo.

Merda. Questo era proprio un gran fardello – pesante almeno quanto il mio. Ingenuamente avevo sperato di incontrare qualcuno che si portasse dietro meno pesi di me. Ero quasi sicura che qualsiasi cosa fosse successa, tra noi non avrebbe funzionato come lui sperava. Probabilmente la cosa sarebbe finita molto presto, prima dell'alba del temutissimo compleanno.

Non fu un lungo corteggiamento. Mentre io avrei avuto bisogno di più tempo per capire cosa volevo da lui, nel giro di una settimana eravamo già alla fase «edicolante scocciato»: per la serie «Allora? Non è mica una biblioteca! Lo compri o no 'sto giornale?». Non provavo attrazione fisica per lui, a parte una specie di curiosità. Ma una notte lo feci restare, dopo avergli preparato un bel pollo arrosto per cena.

E adesso mi ritrovavo intrappolata a letto con un tizio che urlava come un ossesso. Avevo già sentito raccontare casi del genere, anche se non ne avevo mai incontrato uno fino ad allora. Avrei potuto benissimo alzarmi e andare in cucina a prendere un bicchier d'acqua, dato che la mia presenza effettiva pareva del tutto superflua. Era una performance teatrale la sua, e io ero ammutolita dall'imbarazzo.

Credo che volesse davvero soddisfarmi. Soffocai una risatina, pensando a come avrei descritto la nottata ad Anna – farci quattro belle risate tra amiche mi sembrava l'unica maniera di trarre qualcosa di buono da quella serata. Immaginare la sua risata fragorosa mi rimise in condizione di sopportare fino in fondo la situazione in cui mi ero cacciata. Lui ebbe cinque orgasmi senza mai fermarsi, di grande effetto, ma un po' spiazzante...

Dovevo gratificarlo, a costo di fingere, un metodo deprimente ma efficace. Alla fine sussurrò un «Mi è venuto sonno...» e cadde in letargo, nel giro di un secondo. Lo osservai per qualche minuto mentre dormiva, poi andai in bagno in punta di piedi e mi sedetti in silenzio sulla tazza. L'avrei scaricato – molto presto – appena prima o proprio il giorno del suo compleanno. Una cosa orribile, davvero, perché era un bravo ragazzo, e se non fossi stata così imbecille da andarci a letto, avremmo potuto essere amici. Mi sarebbe potuto servire un uomo come amico, oltre a un fidanzato vero e proprio. Adesso avrebbe dovuto portare un altro peso sulle spalle. E io mi sarei sentita una merda, troppo codarda per dirgli il vero motivo per cui lo stavo scaricando. Sperai che prima o poi trovasse una donna che, diversamente da me, fosse in grado di apprezzare i cinque orgasmi di fila.

Disse che il giorno dopo sarebbe dovuto andare a Los Angeles per lavoro e mi promise che avrebbe chiamato. Mi chiamò e io chiacchierai con lui amichevolmente. Poi, da vera infame, troncai via mail.

Promisi a me stessa che la volta successiva mi sarei concessa un po' più di tempo per riflettere, prendendo una decisione che non avrei rimpianto il giorno dopo.

Chi avrebbe resistito al fascino di quell'accento inglese? Eliot aveva studiato a Oxford e portava una trasandata barbetta alla Van Dyck. Sul suo profilo di match.com c'era scritto che era un metro e novantadue, troppo alto per me. Sulla mia patente c'era scritto uno e cinquantasei, un dato sicuramente gonfiato. Non mi era mai piaciuto sentirmi un nano accanto a un uomo. E viveva nel Connecticut, a due ore di distanza.

Quando parlavamo al telefono Eliot tirava fuori un umorismo autodenigratorio, sfacciato e irriverente. Stesa sul mio divano di velluto rosso, tenendo il cordless contro il cuscino, ridevo e ridevo. Era un corteggiatore esperto e sfrontato: un tonico rivitalizzante. Per me era difficile parlare del tradimento di Henry con un uomo che praticamente era ancora un estraneo, ma quando gli raccontai la versione condensata di quel che era successo, lui fu solidale e gentile. Altro tonico.

Programmammo una cena per la settimana successiva, e scegliemmo un punto a metà strada – Danubry, nel Connecticut, una piccola città che conoscevo solo per una serie di centri commerciali e distributori di benzina all'uscita dell'autostrada I-84, che percorrevo per andare a trovare i miei nella loro casa a Litchfield County.

Eliot mi piaceva. Mi sembrò subito un tipo a posto. Il suo humour salace mi divertiva moltissimo, un tempo forse mi avrebbe offesa, ma ora era un sollievo. "Così è questo che pensano gli uomini." Avrei giurato che sapesse tutto in fatto di appuntamenti. Forse mi avrebbe insegnato qualcosa.

Non riuscivo a immaginare di frequentare una persona o di vivere in Connecticut – la periferia dello stato di New York era già stata un'esperienza disastrosa. Guidare fino in Connecticut per uscire a cena non esisteva proprio. Se le cose fossero andate avanti, avrei potuto svegliarmi all'improvviso in una camera da letto a due ore di distanza da mia figlia. Non ero assolutamente pronta per una separazione di quel genere. Me ne accorsi appena riagganciai il telefono e salii di sopra per prepararmi ad andare a letto.

Liza stava già dormendo in quello che ormai era il «nostro» letto, stringendo a sé un logoro leone di pezza, che era stato prima di mio fratello e poi in qualche modo era passato a me. Eliot poteva restare scandalizzato di fronte a quei particolari assai poco maturi della mia vita privata – cioè che tenevo ancora con me il mio leone di pezza e che mia figlia dormiva quasi tutte le notti nel mio letto perché, ignorando palesemente i saggi consigli della mia terapeuta, entrambe lo desideravamo.

Eliot mi chiamò il giorno seguente. Non per darmi indicazioni stradali ma per cancellare il nostro appuntamento.

«Sono certo che non sei pronta per una cosa seria» mi disse in tutta sincerità. «Io invece lo sono. Non voglio essere il tuo, hai presente, "uomo di passaggio".» Eliot aveva còlto nel segno. Davvero perspicace il ragazzo. Fui travolta da un'ondata di sollievo. Adesso mi piaceva ancor più di prima.

«Possiamo rimanere amici?» gli scrissi il giorno dopo. Certo, gli faceva piacere. Decidemmo di restare in contatto. E io immaginai che la cosa si sarebbe conclusa così.

Alcune settimane dopo, sentendo la mancanza del suo humour spensierato, gli scrissi una mail. Avevo già conosciuto un altro uomo – Daniel – ed Eliot un'altra donna.

Daniel era intelligente e simpatico, in modo sarcastico e riservato – sperando che il riservato non diventasse noioso. Sul suo profilo c'era scritto che era divorziato con un figlio. Quindi era in grado di comprendere le mie difficoltà riguardo all'essere genitore.

In ogni caso, stavo uscendo con qualcuno. Uscire con qualcuno significava fare conoscenza, mangiare qualcosa insieme, chiacchierare e non per forza fare subito sesso. Stavolta ero proprio decisa. Nessun impegno, nulla da cui non potessi scappare alla svelta.

Al nostro terzo appuntamento – una passeggiata autunnale per un sentiero di montagna – Daniel mi disse che si stava innamorando di me. Lo guardai: viso lungo e sereno, vestito proprio come un papà, camicia scozzese e jeans, pratiche scarpe di cuoio – un abbigliamento che né Tomas né Henry avrebbero mai e poi mai scelto. Non mi aspettavo un comportamento così impulsivo da quell'uomo. Ero allibita, per l'ennesima volta non sapevo cosa pensare, in quel momento non mi sentivo nemmeno io, mi pareva di stare a guardare me stessa in una fiction. Quando se ne uscì con quel commento io ero seduta sulle sue ginocchia (e già mi pentivo del bacio che ci eravamo dati un attimo prima – era anche stato bello) e adesso avrei solo voluto ridiscendere il sentiero e tornare di corsa a casa. Non avevo la minima idea di cosa pensare. Io non lo amavo. Stavo ancora cercando di capire se mi piaceva.

E poi c'era anche Tim, un altro che sentivo online, divorziato senza figli. Avevamo chiacchierato, ma avevo pensato che sarebbe stato meglio frequentare una sola persona alla volta. Inoltre, in base alle mie teorie da dilettante, era preferibile uscire con uno che avesse già dei bambini. Ma di uomini non capivo proprio niente.

E c'era ancora Eliot, che ormai era diventato un grande amico. Lo chiamai per raccontargli che Daniel si era dichiarato al terzo appuntamento. Significava che non avrei più potuto aspettare qualche altra settimana prima di andarci a letto?

«Stai scherzando, Jools? Certo che no,» sbuffò «nessun uomo

al mondo se ne uscirebbe con una sciocchezza simile per poi aspettare un mese per fare sesso.»

«Davvero, sei sicuro? Non aspetteresti se una donna che ti piace veramente te lo chiedesse?»

«No di certo» mi rispose. «Penserei che mi sta tenendo nascosta qualche stranezza sessuale, oppure che non le piaccio veramente. Non mi sembra che questo tizio ti interessi veramente.»

E ovviamente nemmeno io ne ero sicura.

«Ma Jools, a parte il sesso, la cosa importante che devi ricordare è la regola dei tre mesi» mi ricordò gentilmente Eliot. La sua teoria scaturiva dal buonsenso. In pratica l'idea era quella di aspettare sempre tre mesi prima di portare qualcuno a casa per conoscere tuo figlio. La tempistica era basata sull'ipotesi che sia difficile nascondere gli aspetti negativi della propria personalità (serial killer, banali malfattori, maniaci del controllo) per più di tre mesi. «Una volta che te lo sei portato a casa, tua figlia potrebbe sia affezionarsi che odiarlo. In ogni caso diventerebbe sempre più difficile per lei permettere a qualcun altro di entrare nella propria vita.»

«Eh sì.»

«Non mi hai dato retta, vero?»

«Adesso non arrabbiarti Eliot. Daniel e Liza si sono conosciuti nel weekend. Non mi è parso che sia andata male. È stato carino. Forse è un po' troppo vecchio per me. Non per l'età. Credo che abbia solo quattro anni più di me. Ma sembra più anziano, un tipo tranquillo, ma molto, *molto* tranquillo. Ha portato il suo cane. A Lizzie è piaciuto tantissimo – è un cagnone dolce, un Labrador.»

Mi fermai, sperando che Eliot dicesse qualcosa di carino. «Stai per dirmi che ho mandato tutto a puttane. Ho mandato tutto a puttane?»

«Sì, Jools, credo sul serio che questo sia un errore, è troppo presto. Ti importa di quest'uomo?»

«Non so.» Feci una risatina nervosa. «Ho pensato di far decidere a mia figlia.»

«Sono serio, Jools. Devi provare qualcosa. Altrimenti non può funzionare.»

«Ok, ok. Merda. Hai ragione. Ho fatto una cazzata.»

Avevo proprio fatto una bella cazzata.

Daniel era tranquillo e pacato, un uomo abitudinario. Pareva condurre un'esistenza da eremita, che mi deprimeva un po' – mentre io speravo di potermi concedere anche un po' di leggerezza in quel periodo. Aveva un buon lavoro da impiegato, esattamente quello che credevo di desiderare in un uomo. Aveva la camicia scozzese da bravo papà e altre del genere. Qualcuna kaki. Nessuna maglia sdrucita. Scarpe da ginnastica e scarpe di cuoio. Iniziai a sospettare che le sue idee politiche fossero ben più conservatrici delle mie. Ero sempre più preoccupata che fosse un repubblicano, ma avevo troppa paura a chiederglielo perché la cosa avrebbe messo immediatamente fine al nostro rapporto.

Ma quell'uomo aveva detto di amarmi con tale sincera e pacata intensità, che ormai ero curiosa di vedere come sarebbe andata. Come poteva essere innamorato di me se nemmeno mi conosceva? Volevo sapere cosa aveva trovato in me. Volevo sentirmi amata.

Ci eravamo messi d'accordo per vederci tutti i sabati, ma dato che così non riuscivo a vedere altri amici iniziai ben presto a sentirmi ingabbiata. Certo, non è che il sabato sera avessi fatto chissà cosa prima di conoscerlo. Avevo trascorso un sacco di weekend con Liza a guardare la tv o un film che entrambe avevamo visto almeno venti volte. Fu la routine della cosa che mi venne subito a noia. C'era già abbastanza routine nella mia vita. Lui aveva quarantotto anni e io quarantaquattro, ma mi sentivo come se fossi una ventenne che aveva iniziato a vedersi con il suo professore di letteratura che usava sempre il congiuntivo correttamente.

All'inizio erano state le mail che mi scriveva ogni giorno a conquistarmi, aveva un incredibile sarcasmo. Mentre leggevo mi facevo delle gran risate – ero compiaciuta e divertita di essere corteggiata da un talento letterario così naturale e sfrontato.

Io volevo stare con qualcuno giovane di spirito, spontaneo, anche se non spontaneo quanto Tomas o Henry. Il Daniel che mi scriveva quelle lettere mi piaceva moltissimo, anche se la persona reale non era proprio il «mio tipo». Però il «mio tipo» mi aveva trascinata in un matrimonio pieno di problemi. Il mio «pallino» incarnava perfettamente il «mio tipo», e avevo capito subito che non mi avrebbe portato altro che guai. Pensai che sarebbe stato meglio evitarlo del tutto.

Una sera Daniel portò delle foto. Presi anch'io i miei album e confrontammo le nostre vite. Mi mostrò la sua di giovane padre, abbracciato a quella che era stata sua moglie e al suo bimbo, infagottato in una tuta da sci. Piansi. Il naufragio del suo matrimonio mi rattristò molto.

Decisi – mi sembrava una decisione assennata e razionale – di stare con lui.

Daniel prese un venerdì libero dal lavoro. Seguii le indicazioni per arrivare a casa sua: «accesso sulla destra, casa con le erbacce» mi scrisse. Sorrisi non appena entrai nel vialetto. Non aveva esagerato. Era una casa su due piani affacciata su un prato incolto, salii gli scalini di calcestruzzo tutti rotti e aprii la zanzariera della porta. Lo chiamai ma non mi rispose. Nell'entrata c'era un vecchio pianoforte verticale, che chiaramente stava lì a prendere polvere: lo sgabello era coperto di sacchetti di negozi sportivi e panni sporchi, che potevano benissimo essere di un bambino dell'età del suo. C'erano anche delle scarpe da ginnastica sparse sul pavimento dell'ingresso. Probabilmente avrei sgridato Liza se avesse lasciato in giro un disastro simile, ma in quel caso gradii molto ritrovare le tracce della vita casalinga con bambini disordinati. Guardando oltre una porta vidi la sala, che aveva l'aspetto spoglio di un luogo in cui ci si è appena trasferiti. Non c'erano foto alle pareti né quadri, solamente due orrendi divani marroncini e una tv gigante di fronte al camino. Più in là, c'era la sala da pranzo disposta molto semplicemente, il tavolo pieno di riviste e giornali vecchi. Sempre dall'entrata riuscii a sbirciare in cucina. Pareva ci fosse un progetto in corso per tentare di rinnovare l'ambiente, ma evidentemente era stato abbandonato, sovrastato dai residui della vita quotidiana. I pensili di legno chiaro erano di secoli fa. Immaginai per un momento come dovevano essere stati da nuovi, all'epoca in cui quella casa soddisfaceva ancora le esigenze della vita famigliare. Adesso il compensato stava cadendo a pezzi.

Capii che Daniel viveva quella casa come un posto di passaggio, che non amava molto. Non come la meravigliosa casa in Vermont di cui parlava sempre con nostalgia, dove aveva trascorso molte estati con la sua famiglia. La casa in cui mi ritrovavo era una specie di parcheggio per la sua vita di neodivorziato, utile fino a che non avesse deciso davvero cosa fare. Ammiravo profondamente la sua capacità di non affezionarsi a quel posto. Io vivevo l'attaccamento a casa mia e alle mie cose in maniera quasi tormentata, specialmente quando iniziavo a pensare di lasciarmi tutto alle spalle. Quando venne da me la prima volta, Daniel mi fece notare che forse avrei dovuto far pagare il biglietto d'ingresso: pareva di stare in un museo delle curiosità.

Lo chiamai di nuovo e stavolta rispose. Era al piano inferiore. Scesi le strettissime scale di moquette facendo molta attenzione.

Là, splendida, c'era l'oasi della sua stanza da letto, l'unica stanza che aveva arredato secondo il proprio gusto. Era una meraviglia di pace, nei toni tenui della terra e della sabbia, un rifugio raffinato. Un rifugio giapponese, pensai, notando la fila di vasi orientali di ceramica disposta sulla cassettiera in legno. A un muro aveva appeso un pannello con ideogrammi dipinti. Ricordai che mi aveva detto che i suoi genitori avevano trascorso alcuni anni oltreoceano.

In mezzo alla stanza era posizionato il futon, da dove Daniel stava disteso a guardarmi, con le coperte scostate, fremente di desiderio. Mi sedetti accanto a lui e cominciai a spogliarmi, visto che sembrava la cosa più appropriata da fare. Le lenzuola erano perfette, bianche e pulite. Mi accorsi che aveva messo della musica. La voce di una donna, malinconica, accompagnata da una chitarra.

«Chi è che canta?» domandai.

«È Patty Griffin.» Era solo lei con la sua chitarra. Le parole mi ricordarono Joni Mitchell, poetica ma mai ermetica. Capivo bene di quale tristezza stava parlando. Parlava di solitudine, dell'incapacità di tenersi un uomo, dei bar in cui aveva trascorso troppo tempo, dei figli che crescono in povertà. Un brano, intitolato *Forgiveness* – «Perdono» – sembrava scritto apposta per me e decisi di comprare il cd tornando a casa. Scostò le lenzuola e mi accolse nel suo letto. Facemmo l'amore in silenzio, con le canzoni malinconiche in sottofondo. Lui fu incredibilmente attento e affettuoso. Io ero nervosa ma volevo godermi il momento, qualunque cosa significasse. Piansi mentre venivo. Ero ancora confusa circa i miei sentimenti nei confronti di quest'uomo, ma alla fine mi sentii coinvolta e presente e non avvertii l'impulso di scappare. Più tardi, parlammo delle nostre vite e dei nostri matrimoni, e mi accorsi che Daniel sapeva davvero ascoltare, anche quando a volte divagavo. Dormii un po' tra le sue braccia, e mi svegliai all'improvviso appena in tempo per vestirmi e correre a prendere Liza alla fermata dell'autobus. Mentre chiacchieravo con le altre mamme, i momenti con Daniel si erano già trasformati nella strana sensazione di quando ti sembra che tutti sappiano come hai trascorso il pomeriggio. Ma ovviamente ognuno pensava ai fatti propri e nessuno notò nulla di diverso.

Ero preoccupata che la staticità di Daniel mi avrebbe spronata a comportarmi male, come faceva l'adolescente vagamente ribelle che ormai avevo smesso di essere. A quarantaquattro anni ero una mamma responsabile che lavorava, faceva la spesa, cucinava, lavava, pagava le bollette. Essenzialmente desideravo riuscire a incastrare la mia vita di mamma con la mia vita insieme a lui. Dopo la volta in cui era venuto con il cane per conoscere Liza, non era più tornato. Mi domandai se anche lui condividesse il mio stesso dubbio – che le nostre vite non erano molto compatibili e che non aveva senso continuare a far finta che lo fossero. Ad ogni modo, tutte le sere, quando parlavamo al telefono, lui mi diceva «ti amo». Iniziai a dirlo anch'io, sebbene non fosse esattamente quello che sentivo. Non era l'amore che avevo provato per Henry e in qualche modo anche per Tomas. Era più qualcosa come sincera stima e affetto.

Le amiche, in città, erano felici di sapere che avevo una relazione e ci invitavano a cena. Ma Daniel non sembrava interessato a far parte della mia cerchia di amicizie. Sembrava che gli importasse solo di stare con me, scrivermi o telefonarmi la sera per le nostre lunghe chiacchierate – io stavo stesa sul divano di velluto rosso nel buio del salotto. E sapevo che lui stava steso sul futon nella sua bellissima stanza da letto.

A dicembre iniziammo a pensare di trascorrere un weekend insieme. Trovai un hotel sui monti Catskills e prenotai per febbraio. Mio fratello si offrì gentilmente di prendersi cura di Liza. La prospettiva di un weekend tutto per noi sembrava un bel passo avanti dopo tre mesi.

La mia amica del college, Sara, aveva invitato me e Liza ad andare in Inghilterra da lei per Natale. Partimmo non appena chiuse la scuola. Mentre ero in Inghilterra, Daniel mi scrisse tutti i giorni delle mail dolcissime, ma anche se fui davvero felice di riceverle, mi accorsi che non sentivo la sua mancanza come speravo. Quello che stavo facendo non era giusto, anche se all'inizio mi era parsa una buona idea.

Incapace di distaccarmi completamente dalle abitudini della mia vita coniugale, e in parte anche per distrarmi dall'imminente anniversario della morte di Henry, decisi di dare una piccola festa di Capodanno non appena tornate dall'Inghilterra. Nonostante Daniel non sembrasse entusiasta quando gli parlai del mio progetto, affrontò una tormenta di neve per riuscire a venire. Ma mentre la serata proseguiva, mi accorsi che lo sforzo per coinvolgerlo nel mio mondo, tra amici e parenti, non sembrava aver molto successo.

Io ero occupata in cucina tra i fornelli. Notai l'assenza di Daniel e sentendo gli strilli e le risate dei bambini capii che era stato reclutato per «Attacco!». Lo trovai all'ingresso assediato e quasi sopraffatto da uno stuolo di bambini, inclusa la mia, che penzolavano aggrappandosi a lui: senz'ombra di dubbio aveva già dato abbastanza. Aveva già fatto il padre, con amore e devozione, aveva fatto i propri sacrifici. La mia meravigliosa bimba di sette anni non sarebbe stata un incentivo sufficiente per affrontare un secondo round. Non gliene feci una colpa – ne aveva tutto il diritto. Eliot aveva ragione, me ne sarei accorta in tempo se avessi avuto un po' più di pazienza. Ormai, sfortunatamente, Liza si era affezionata a Daniel. Lo capivo dal modo in cui si era aggrappata alla sua gamba.

Pochi giorni dopo quella serata mi mandò una mail che avrebbe avuto un effetto devastante se fossi stata innamorata di lui. Disse che prevedeva un periodo di lavoro davvero pesante e avrebbe avuto meno tempo per stare con me, anche se non vedeva l'ora che arrivasse il nostro weekend programmato a febbraio. Io ero troppo distratta per capire cosa fosse in realtà – una cortese ritirata. Se fossi stata più attenta avrei potuto disdire immediatamente il viaggio e recuperare la caparra.

L'anniversario della morte di Henry, l'8 gennaio, fu tranquillo, anche se l'attesa era stata irrequieta e insonne. Avevo invitato Tomas e qualche altro amico per cena. Facemmo un triste brindisi alla memoria di Henry. Tomas non restò molto dopo mangiato, ma ero felice che fosse venuto.

Quando gli ospiti se ne furono andati, scrissi a mio fratello per dirgli che avevo riflettuto, dopo tutto, sul fatto di poter tornare a vivere a Brooklyn. Mi sentivo in colpa per aver speso tutti quei soldi nella ristrutturazione della mansarda, ma questo non sembrò preoccuparlo molto. Mi ricordò che adesso casa mia aveva acquistato valore. «Prenditi il tempo che ti serve,» mi scrisse David, «non c'è fretta, lascia che le cose seguano il loro corso.» Una parte di me era già pronta ad andare.

Forse entrambe eravamo pronte. Una sera Liza alzò gli occhi dal piatto e annunciò: «Sono triste che papà è morto, ma credo che posso essere felice».

Avevo lasciato che il mio flirt con Tim, il mio altro corrispondente in rete, proseguisse a spizzichi e bocconi. Aveva voluto regalarmi frustranti momenti di pathos che da giovane mi avrebbero attratta, perfino coinvolta, ma che ora percepivo semplicemente come invadenti. Il più allarmante arrivò un pomeriggio d'inverno quando trovai un bouquet e un bigliettino incastrati sotto il tergicristallo della mia macchina mentre stavo andando a prendere Liza alla fermata dell'autobus. Non ero sola a casa quando mi portò quel regalo, la macchina di Daniel era parcheggiata di fianco alla mia.

Ma dopo aver ricevuto la criptica lettera di Daniel, mi sentii ingabbiata e irascibile. Forse fu a causa di quello stato d'animo che mi ritrovai a casa di Tim un pomeriggio di gennaio, e che lo lasciai dormire da me una notte, anche se sapevo che non era un comportamento corretto. Daniel non era l'uomo giusto per me, ma era comunque una brava persona e non meritava il mio infantilismo. A ben pensare, forse avrei preferito che mi avesse scaricata senza girarci tanto attorno. Forse ci sarei rimasta un po' male, ma niente di che.

Dissi a Daniel di Tim. Cancellai il nostro weekend, perdendo la caparra. Io e Daniel rompemmo ufficialmente. Mi scrisse che aveva capito settimane prima che le cose tra noi non erano destinate a durare e, ovviamente, aveva ragione. A quel punto le sue lettere diventarono sorprendentemente meschine, ma forse era un atteggiamento giustificabile. Avevo mandato tutto a puttane.

Nel tentativo di salvare qualcosa dal mio ultimo pasticcio, infransi un'altra volta la regola dei tre mesi di Eliot e invitai Tim a mangiare da me. Il weekend successivo trascinai Liza alla pista di pattinaggio locale per conoscerlo. Lui la prese per mano per portarla a fare il giro della pista, ma lei non sembrò felice. Infatti Tim mi disse che gli aveva mollato un calcio sullo stinco. Questa cosa mi allarmò – Liza non era mai stata una bambina aggressiva. Mi scusai con lui e parlai severamente a Liza tornando a casa. Forse sarebbe andata meglio fra loro con il passare del tempo.

Invitai Tim per un'altra cena. Arrivò entusiasta, forse un po' troppo. Dopo aver indugiato qualche mese, gli avevo improvvisamente dato una chance per conquistarmi. Portò un regalo per Liza. Lei biascicò un «grazie» e continuò a tenerlo d'occhio in silenzio, rimanendo stranamente in disparte. Osservandola capii che avevo mandato tutto a puttane un'altra volta. Era ancora presto per presentarle una persona nuova. Come aveva previsto Eliot, mi stavo bruciando tutte le possibilità.

Dopo che Tim se ne andò, Liza disse: «Mamma, lui non mi piace proprio».

«Cos'ha che non ti piace?»

«Sembra quasi...» guardò in alto come faceva sempre, come se cercasse la frase più adatta sul soffitto, e poi si girò di nuovo verso di me «che si sforzi troppo.»

«Ok» dissi. Avvertii le lacrime salire e le asciugai in fretta prima che mi vedesse crollare. Mi sentii come una monella viziata che ha bisogno di un freno, o meglio, di una sonora sculacciata. Qualche settimana dopo, raccolte sufficienti energie, chiusi definitivamente con Tim.

Dopo il periodo autunnale e invernale, finalmente guardai con attenzione i quadri che avevo dipinto nel Maine. A Tomas erano piaciuti moltissimo. Sara mi aveva sempre incoraggiato a portare avanti la pittura, a lungo relegata alle poche settimane di vacanze estive. «Avranno successo» mi scrisse in una mail. Ne feci incorniciare alcuni, così avrebbero avuto un aspetto più serio e presentabile.

Nel frattempo le ricerche e gli appunti di Henry continuavano a imporre la loro presenza, come ospiti ormai indesiderati. A volte andavo nel suo studio e aprivo il suo archivio, rovistando tra i documenti incomprensibili. Lottavo per riuscire a leggere gli appunti sulle innumerevoli Moleskine, i famosi taccuini di Bruce Chatwin. Dopo i fatti dell'estate, non mi interessava più finire il libro al posto di Henry. In effetti mi dovetti contenere parecchio per resistere alla tentazione di buttare in un grosso sacco della spazzatura tutto quel che c'era nel suo archivio.

Irena aveva ragione. Ero stata attratta da uomini completamente assorbiti da se stessi, e loro avevano esaurito tutte le mie scorte d'ossigeno. Mi sentivo pronta per provare a vivere in modo da non dover cedere la mia parte d'aria, permettendomi anche un po' di rischio e di avventura. Niente che avesse a che fare con lo scalare l'Everest o attraversare il Sahara. A me, che avevo seguito fin troppo le regole, serviva solo un po' di audacia. Henry aveva sprecato il tempo che io gli avevo dato. Eliana mi ricordava in tutte le sue mail che mi era stato concesso altro tempo ed era importante che non sprecassi l'occasione.

Lessi il profilo. *Vi presento Derek, un ragazzaccio. Immaginiamo un po' cosa c'è nel suo armadio. Jeans neri. Maglie nere. Stivali neri. Una motocicletta, probabilmente nera, a meno che non sia rossa. Un chiodo per andare in moto.* Viveva nella City. Mi sembrò una buona idea iniziare a uscire con qualcuno a New York, per cominciare ad abituarmi all'idea di vivere in città. Immaginai che quell'uomo incarnasse il massimo di quel che avrei mai potuto tollerare: sarebbe stato un buon soggetto da studiare.

C'era una foto con lui a torso nudo, tutto peloso. E non era per caso un tatuaggio quel coso sull'avambraccio? Certo che era un tatuaggio, mi rispose nella prima mail che mi scrisse, e ne aveva anche altri addosso. Anch'io avevo un tatuaggio – un colibrì sul polpaccio, un regalo che mi ero fatta quando avevo compiuto quarant'anni – ma non ero una biker, ero semplicemente una ragazza che aveva voluto farsi un tatuaggio. Quel tizio era decisamente un ragazzaccio, che guidava la sua moto nera, o rossa, oltre i limiti di velocità e che sarebbe stato capace di battere Boris Eltsin a bevute. Io ci contavo.

Arrivai puntuale nel posto che aveva scelto, un ristorante messicano a est della Ventesima. Nonostante l'atmosfera di festa, io quella sera mi sentivo rigida e guardinga. "Non bere troppo, osserva." Mi sedetti al bar per aspettare, mettendomi in agitazione appena entrava un uomo che non fosse in coppia. Derek, inconfondibile, entrò tranquillamente poco dopo, vestito con jeans neri, maglietta nera, stivali neri e un giubbotto di pelle nero molto consumato buttato sulle spalle.

Derek ordinò tequila per tutti e due, roba leggera. Poi ordinò un secondo giro per sé. Era un uomo espansivo e fui felice di lasciarlo parlare quasi tutto il tempo. Quindi arrivò la cameriera con le nostre ordinazioni. Improvvisamente fui assalita dalla fame e mangiai con gusto – di certo non era un piatto memorabile ma fui felice di avere qualcosa da fare per tenere impegnate le mani. Mi parlò un po' del suo lavoro e poi iniziò a raccontarmi del suo matrimonio che era finito anni prima. Parlare dei precedenti alti e bassi al primo appuntamento era il divieto numero uno – l'avevo letto di recente su una rivista dal parrucchiere – ma non mi importava, dato che ero stata io a introdurre l'argomento e dato che mi trovavo lì per studiare un caso. Raccontava le cose come se si fosse preparato il discorso.

«Mia moglie mi chiama al cellulare, mentre sono fuori città per lavoro, e mi dice che vuole il divorzio.»

Continuò a parlarmi con aria triste di come il suo matrimonio fosse naufragato. Aveva perso la casa e la custodia dell'amatissimo cane. Ad ogni modo non aveva l'aspetto di uno che possedesse una casa. Cercai di immaginarmelo che falciava il prato con gli stivali di pelle e i jeans neri. Poi immaginai, come avevo già fatto tante altre volte, quanto avremmo litigato io e Henry per la casa e per la custodia di Liza.

Derek, che pareva un po' intontito dopo un altro paio di tequile, sembrava intelligente, capace di vero amore, ma ancora con il cuore in pezzi. E sicuramente non un tipo che avrei presentato a Liza. Né uno con cui avrei fatto sesso mai e poi mai. Anche solo un bacetto sembrava rischioso.

La cameriera portò il conto. Tirai subito fuori il portafoglio e chiesi a Derek se potevamo fare a metà. Mi bloccò immediatamente con un biascicato: «Le pupe non pagano».

"Aaah, grandioso." L'ultima volta che qualcuno mi aveva chiamato «pupa» (forse negli anni settanta?) era stato preso a male parole. Stasera non sembrava che valesse la pena scomodarsi. Con un po' di senso di colpa guardai il conto buttato sul tavolo. Non era basso, specialmente per un primo appuntamento, una vera rarità. Ma poi mi rincuorai, la maggior parte era dovuta all'alcol.

Uscimmo. Lui mi aprì la porta. Fuori, mi mise il braccio attorno alle spalle. "È affetto, desiderio, o ha solo bisogno di essere puntellato?"

«È presto» farfugliò. «Che ne dici se prendo una bella boccia di champagne? Fai un salto da me? Ci beviamo qualcosa?»

Anna, Chloe e tutti gli amici che mi volevano bene mi avrebbero detto di chiamare un taxi e andare dritta a casa. Ma ero davvero curiosa di vedere dove vivesse. Guardando i suoi occhi trasparenti non vidi alcun pericolo. Lui era ubriaco fradicio. Io ero perfettamente sobria. Visto il suo stato ero sicura di poter badare a me stessa. Provavo un gran piacere nel dare libero sfogo alla mia curiosità. Volevo spalancare gli occhi, vedere tutto ciò che c'era da vedere, e poi chiamare un taxi e andare a casa.

Camminammo giù per la Third Avenue fino al negozio di liquori più vicino. Derek mi tolse il braccio dalle spalle e barcollò fino al frigo. Tirò fuori una bottiglia di Veuve-Clicquot. Non mi offrii proprio di pagare. Aspettai in silenzio di fianco alla cassa mentre lui frugava alla ricerca della carta di credito. Firmò la ricevuta non senza qualche difficoltà.

Lo seguii fino allo squallido ingresso di casa sua, salendo delle scale di legno che quando non cadevano a pezzi traballavano. "Posso ancora andarmene per non tornare mai più."

Mentre saliva con passo malfermo le scale del secondo piano, si voltò improvvisamente, come se fosse stato investito da una forte folata di vento, e puntando il dito indicò l'appartamento di un vicino.

«Scemo» mi disse con il labiale, ruotando il dito sulla tempia per far segno che quello era tutto matto. E poi si voltò di scatto battendo violentemente la testa contro una trave. Rimase di sasso, barcollò, poi si fermò e ondeggiò di nuovo, tastandosi la fronte con la mano. Stava sanguinando copiosamente, il sangue gocciolava sul pavimento.

«Ho tagliato... mi sono tagliato. È profondo» disse.

Avrà avuto un taglio lungo qualche centimetro da cui letteralmente zampillava sangue. Ero nauseata e terrorizzata. "Merda. Solo a New York."

«Forse dovremmo andare al pronto soccorso» dissi. «Forse ti servono dei punti. Potresti avere una commozione cerebrale.»

«No, no, non voglio andarci. Mi sento scemo. Stavo, stavo solo cercando di farti divertire e... stava andando tutto così bene.»

Mi dispiacque per lui, davvero tanto. Voleva piacermi. Ma non aveva idea di chi fossi. Non aveva idea che quella serata per me era solo una specie di esperimento.

«Ok» dissi io. «Andiamo a pulirci.»

Fece l'ultimo sforzo per arrivare al suo appartamento, armeggiò con la chiave, aprì la porta, e si buttò su un divano letto – nero – lì a fianco.

Quando lui crollò sul divano io attraversai velocemente l'appartamento. La minuscola cucina era un vero delirio da scapolo. In mancanza di un rotolo di carta, trovai uno strofinaccio che sembrava sufficientemente pulito. Lo portai a Derek, che mi fissava stordito mentre andavo avanti e indietro per la stanza. Sembrava che si fosse un po' ripreso e iniziò a tamponarsi il sangue sulla fronte.

Dietro la porta d'ingresso, notai un collage di foto di famiglia e l'immagine di una donna davvero bella, in piedi, con i capelli scompigliati dal vento. Sembrava esattamente il tipo di donna con la quale sarebbe dovuto uscire. Sarebbe stata sicuramente a suo agio seduta dietro di lui sulla moto.

Adesso sanguinava un po' meno e mi permise di dare un'occhiata al taglio.

«Derek, bisogna davvero che tu vada al pronto soccorso. È un taglio profondo. Credo che tu abbia bisogno dei punti.»

«Ma non voglio proprio. Che rottura. Lascio la città dopodomani, dovrò andare a farmi togliere i punti da un'altra parte.»

«Dobbiamo andare all'ospedale e mettere dei punti. Andrà tutto bene, vengo con te.»

Per strada mi resi conto di non essere più stata in ospedale dalla morte di Henry. Ripensai a quei momenti ed ebbi paura. Scoppiai a piangere. Derek si fermò in mezzo alla strada.

«Che c'è? Guarda che sono a posto! È solo un taglio.»

Non riuscivo davvero a spiegarmi, non in quel momento. Mi prese la mano. Era bello sentirsi vicino a qualcuno, a qualsiasi livello. Quanti sentimenti, quante cose intime non condividiamo mai: il mio dolore, che lui non poteva capire, il suo imbarazzo e la sua delusione, qualsiasi cosa avesse avuto in mente per la serata.

Ci sedemmo nella sala d'aspetto sulle sedie di plastica colorata. Gli chiesi del suo lavoro e sembrò rilassarsi un attimo.

Si sedette in avanti, guardandomi. Non ero a mio agio – lui mi fissava dritto negli occhi ed era ancora stordito dalla tequila.

«Appoggiati, rilassati,» gli dissi «dovremo aspettare un po'.»

«Ti dà fastidio se ti guardo?»

«Certo che puoi guardarmi.» Avvertii il suo rimpianto per aver perso l'occasione di sedurmi quella sera. Capii che anche lui era solo come lo ero io. Ma non aveva una bambina meravigliosa che lo aspettava. Non vidi l'ora di poter tornare a casa di mio fratello a Brooklyn, dove in quel momento Liza dormiva tranquilla. Non vedevo l'ora di darle un bacio. Derek guardò il tatuaggio del colibrì sul polpaccio. Capii che gli sarebbe piaciuto toccarlo, ma non lo fece.

Finalmente un'infermiera lo chiamò dentro e lui andò a farsi rattoppare la testa. Sistemai il cappotto su una sedia e mi ci stesi sopra. Poco dopo sentii la sua mano toccarmi la spalla – mi ero assopita. Sembrava sorpreso che non fossi già sparita nella notte. Il taglio non era stato suturato ma sistemato con una colla speciale.

«Sono stanca» dissi con la serenità che segue un cessato allarme. «Vorrei andare a casa adesso.»

Grazie al cielo, non appena uscimmo fuori scorgemmo il giallo di una vettura in corsa e Derek, da vero cavaliere, si precipitò per strada a fermare il taxi. Ero senza fiato quando lo raggiunsi, non vedevo l'ora di godermi il caldo e la tranquillità del viaggio verso casa. Afferrai la maniglia della portiera e in quel momento Derek mi baciò sulla bocca con fermezza e passione. Mi voltai e finalmente salii sul mio taxi, esausta.

Però, mentre la macchina si allontanava dal marciapiede, pensai che Derek in fin dei conti non era un cattivo ragazzo, era solamente una persona confusa, che stava ancora cercando di capire come mai il suo matrimonio fosse finito e cosa fare per il resto della vita. Proprio come me.

Eliot disse che forse in fondo potevamo andare a cena. E io ero proprio curiosa di incontrarlo dopo tutto quel tempo in cui ci eravamo solo sentiti. In un modo o nell'altro il flirtare senza impegno, una distrazione piacevole nel «Paese delle Avventure Fallite», non avrebbe potuto che darmi una sferzata di energia. Sperai solo di aver messo un po' di giudizio dopo Daniel e Tim. Un appuntamento con Eliot, al quale ero certa di piacere ancora, nonostante la mia totale inaffidabilità, sembrava un'avventura innocua.

«Ok, Eliot, va bene. Vado a trovare i miei questo weekend. Credo che potranno tenere Lizzie per una notte.»

«Torno domani mattina. Vado solo a cena con un amico» dissi dando un'occhiata alle indicazioni stradali, cercando di sembrare disinvolta. Mentre spiegavo i miei piani per la serata e preparavo da mangiare a Liza, i miei genitori mi osservavano con aria interrogativa. Eravamo nella cucina della loro casa nel Connecticut, a quarantacinque minuti di distanza dalla casa di Eliot.

«È già tardi» disse mio padre guardando l'orologio. «Sei sicura di voler guidare a notte fonda?» Dalla morte di Henry i miei genitori erano diventati piuttosto protettivi e io lo apprezzavo.

«Oh, ma ha una stanza degli ospiti. Ha una casa gigantesca.» Mi sentii come una teenager che fa la finta tonta, non avrei potuto regredire più di così. Non c'era da meravigliarsi se Daniel si era stufato di me.

Mio padre fece spallucce e io continuai a preparare la cena per Liza. Lui si preoccupava ma mi conosceva abbastanza per sapere che in certi casi doveva lasciar perdere e non fare troppe domande e io gliene ero grata. Mentre mettevo in tavola il piatto di Liza, pensai che fosse il caso di sviluppare quella capacità in tempo per la sua adolescenza.

La casa di Eliot era più grande di quanto mi aspettassi. Si prendeva cura personalmente del giardino, annunciò con orgoglio. Anche alla fine dell'inverno le aiuole erano tenute in maniera impeccabile, i sempreverdi potati e protetti con il pacciame. Io avevo completamente abbandonato il mio giardino. Ma vedendo il suo lavoro ebbi un guizzo e mi tornò la voglia di approfittare della promessa di rinnovamento che portava con sé la primavera. Avrei tentato di rimettere in sesto i miei fiori, se non erano già stati sopraffatti dal gelo dell'inverno e dalla mia negligenza.

Mentre Eliot preparava i gamberoni alla griglia, primo raffinato piatto del menù, io saltai a sedere sul ripiano della cucina per non sentirmi proprio una nanetta. Dopo cena e dopo parecchi bicchieri di vino sorseggiati sbaciucchiandoci sul divano (tutti sono alti uguali sopra un divano) mi convinse – non ci volle molto impegno – a non dormire nella stanza degli ospiti.

Eliot era un amante tenero, e mi ricoprì di attenzioni e complimenti sinceri. Ma mentre lui si addormentò abbracciato a me, io restai sveglia, stesa ad ascoltare il rubinetto del bagno che gocciolava, in pensiero per Liza e per la mia sorte.

Ad ogni modo il mattino dopo mi svegliai euforica, come purificata e redenta. Feci un paio di piroette nel salone gigantesco, mentre Eliot preparava il caffè ridacchiando. Non m'importava se pensava che fossi matta. Mi godetti una sostanziosa colazione e poi mi rilassai con una doccia calda. Andando verso la mia station wagon tutta infangata lanciai intenerita l'ultimo sguardo alla sua BMW M Roadster parcheggiata nel vialetto. Aveva proprio una bella vita, ma non sarebbe diventata mai la mia. Ogni giorno ero sempre più convinta di ritrasferirmi a Brooklyn.

Saremmo rimasti amici, pensai – sperai. Memore delle mie recenti esperienze fallimentari, sapevo che non sarei stata in grado di tenere in piedi una relazione stabile. E comunque lui era troppo alto.

Poco dopo conobbe un'altra donna – alta. Andavano d'amore e d'accordo. Lei voleva sposarsi. Lui voleva sposarsi. E io mi sentii fortunata ad aver trovato un amico come Eliot, una persona che desiderava il mio bene, su cui potevo contare per ridere delle mie debolezze, che mi avrebbe detto che ero carina anche se avessi avuto l'aspetto di una vecchia megera. Fu il primo appuntamento da annoverare tra i successi. Ci divertimmo e nessuno si fece male.

Le mie scorribande erano state istruttive, ma spesso mi sentivo sola e depressa. La notte piangevo e davo pugni al cuscino. Liza mi guardava preoccupata e a mia volta io stavo in ansia per lei. Nei weekend continuavamo a fuggire in città. Stando a casa di mio fratello e sua moglie, mi sentivo molto più rilassata.

Io e Liza gironzolavamo per il mio vecchio quartiere. Un giorno la portai a vedere la casa in stile brownstone dove avevamo vissuto io e Henry quando nacque lei. I proprietari l'avevano dipinta di un color rosa salmone che le piacque molto. Io non avevo il coraggio di chiederle se le sarebbe piaciuto trasferirsi, così cercai di passare tutti i weekend a fare cose divertenti che non si potevano fare nella nostra piccola città. Andammo al cinema, a spasso nel giardino botanico, pranzammo nei caffè della Seventh Avenue. A volte andavo al negozio del mio «pallino». Cercavo di manipolare la conversazione in modo da avere una scusa per dargli il mio biglietto da visita. Ma avevo sentito che aveva una fidanzata, o che comunque usciva con una donna. Uscire con qualcuno. Chissà cosa voleva dire.

Ebbi una breve relazione con un amico.

L'avevo chiamato e ci eravamo incontrati a Brooklyn durante uno dei miei weekend in città. Forse la colpa era dei margarita. Io non sono abituata a bere e andai subito su di giri.

Lo guardai, incantata da quel viso così bello, che conoscevo così bene, e dissi: «A volte vorrei poter stare con te», perché lui mi piaceva e io sapevo di piacergli.

Mi guardò sbalordito. E io mi sentii una perfetta idiota. Che diavolo mi era saltato in mente? Aveva dieci anni meno di me. Lo conoscevo da tempo e sapevo che il suo più grande desiderio era sposarsi e fare dei figli – una cosa del tutto legittima, ma io non ero intenzionata a fare il bis.

Dopo i drink si era fatto tardi e gli chiesi se poteva accompagnarmi a piedi fino a casa di mio fratello. Arrivati davanti alla porta frugai dentro la borsa per trovare le chiavi. Lui si fermò qualche passo indietro, in attesa. Tutt'a un tratto disse che voleva baciarmi. Lo guardai mentre si avvicinava, senza stare tanto a pensare alle conseguenze. Ci baciammo sulla soglia.

Avevo scordato come un bacio riuscisse a farmi sentire amata, ma pensò lui a ricordarmelo. Ci stringemmo contro lo stipite della porta, baciandoci e toccandoci, sopraffatti dal desiderio.

Uscimmo altre volte dopo quella sera. Venne a trovarmi (quando Liza non c'era) e durante un weekend andai io nel suo appartamento. Mangiammo pollo arrosto per cena e poi guardammo un film. Più tardi facemmo del sesso favoloso e ci addormentammo vicini nel suo letto. Provai in tutti i modi, con tutte le mie forze a immaginare un modo per far funzionare questa cosa. Ma non c'era.

Una tiepida domenica di fine marzo 2004 lasciai Liza con mio fratello e mia cognata per andare a fare yoga a Manhattan, prima di tornare a prendere il treno la sera. Avevamo trascorso insieme l'intero weekend mangiando, giocando a Forza Quattro e a partite interminabili di ramino e scala quaranta. Quando era più piccola di solito lasciavo che Liza vincesse, ma mi ero accorta che ormai riusciva a battermi senza tanto sforzo. E mi impegnavo anche, ma non c'era nulla da fare, ormai ero abituata a perdere.

Ero contenta dopo la lezione di yoga, mentre mi rivestivo dietro la tendina del piccolo spogliatoio. Fuori l'aria era tiepida e sapeva di primavera, il cielo era azzurro e terso. Ero felice di essere in città, tra il rumore delle macchine e gli sbuffi degli autobus, carpendo stralci di conversazione di chi chiacchierava al cellulare. Adoravo essere un componente di quello strano organismo urbano, dove ci si poteva sentire parte di qualcosa restando anonimi allo stesso tempo. Nonostante il rumore tutt'intorno, io dentro mi sentivo calma. Tirai fuori il telefono e feci il numero di Anna.

«Anna, va bene. Torniamo a stare in città. Insieme ce la possiamo fare.»

«Aaah!» strillò. «Sono così felice!»

«Promettiamo di aiutarci a vicenda. Dovremo organizzarci bene.» Mi resi conto delle difficoltà a cui stavamo andando incontro – smantellare le nostre vite nelle nostre grandi case per tornare in città dove, al confronto, avremmo vissuto in scatole di sardine.

«Dovremo tenerci questa cosa per noi, almeno per un po'» disse.

Pensai a Emily che non sarebbe stata felice di scoprire che avevo intenzione di trasferirmi. Avrebbe potuto perfino sentirsi tradita se gliel'avessi tenuto nascosto. «Penso che tu abbia ragione. Ma andrà tutto bene, vero?» Mi venne un flash: l'immagine di casa mia piena di scatoloni. Realizzai improvvisamente che avrei dovuto lasciare almeno metà dei miei mobili. Per non parlare della ricerca di una scuola dove mandare Liza.

«Certo che staremo bene» mi rispose, probabilmente mentre pensava alle stesse cose a cui stavo pensando io. «Credo che ci servirebbero delle mogli, comunque, non dei mariti.»

«Mi sa che hai ragione.»

«Ehi,» fingendosi seria mi fece la proposta «vuoi essere mia moglie?»

«Ma certo» ridevo «se tu sarai la mia.»

Continuai a camminare su Lafayette Street superando l'università, quando, sentendomi improvvisamente ottimista, decisi di entrare nel mio negozio d'abbigliamento preferito (e costosissimo). Uscii mezz'ora dopo con un vestito nero a fantasia pieno di merletti, metropolitano e civettuolo, proprio adatto alla ragazza di città che volevo tornare a essere.

Parte quarta

LUCE

Quattordici

aprile-settembre 2004

«Il tetto si è bruciato.
Ora posso vedere la luna.»
Masahide

Dopo essermi preparata psicologicamente, andai a trovare Emily un pomeriggio dopo l'uscita da scuola. Pensavo di essere pronta al peggio e credevo che scegliere un momento qualsiasi in un giorno feriale mi avrebbe aiutato a darle la notizia. A posteriori, mi rendo conto di aver scelto il modo peggiore per dirle che mi volevo trasferire. Eravamo entrambe stanche dopo una lunga giornata di lavoro, ed eravamo da sole in cucina, senza nemmeno Justin, suo marito, che sarebbe stato d'aiuto e di conforto in un momento così difficile.

Feci un bel respiro, iniziai a spiegarle come stavano le cose, e mi accorsi ben presto, mentre i suoi occhi si riempivano di lacrime, che avevo sbagliato tutto. La notizia era stata devastante per lei, mi prese la mano e iniziò a piangere a dirotto. Mi sentivo meschina e offesa allo stesso tempo. Non era mia intenzione ferirla, solo che non sopportavo più di vivere così, dovevo andarmene via. Non ce la facevo a restare nella stessa città di Cathy, mi aveva fatto troppo male. Pensare a lei mi gettava ancora in un turbine di infelicità e rabbia. Ma ormai

Emily si sentiva abbandonata e non sarei più riuscita ad aggiustare le cose.

La situazione precipitò rapidamente. Quello che ci aveva sempre divise era il divario tra la mia vita lavorativa e la sua di mamma-casalinga e artista. A volte ci eravamo scontrate con questo problema – quando le segnalavo possibili opportunità di lavoro o quando lei desiderava prendersela comoda a pranzo proprio quando io avevo la consegna di un lavoro. Nel giro di un mese, quello che era stato uno screzio passeggero, che in altri momenti si sarebbe risolto in pochi giorni di silenzio telefonico, divenne un vero e proprio conflitto, dal quale non riuscimmo a districarci.

E adesso, come ragazzine permalose, non ci parlavamo più. La catastrofe della morte di Henry ci aveva perseguitato sin dal giorno in cui lei mi aveva accompagnata all'ospedale. A partire da quel momento lei aveva sempre aspettato che tornassi a essere la sua amica di sempre, ma la donna che aveva conosciuto ormai era solo un ricordo, un'immagine sfocata nella mia mente. La persona che ero stata non esisteva più e ancora non sapevo chi o cosa sarei diventata. Quella che stavo cercando di tirar fuori era la vera me stessa. Ma ero in alto mare – per il momento – e speravo davvero di riuscire a raggiungere un porto al più presto. Il primo passo era andarmene da lì. Il secondo passo era accettare l'idea di un lungo processo di ricostruzione basato su quello che la poetessa Elizabeth Bishop chiama «l'arte di perdere» – sia le cose che le persone – e accettare che non sarebbe stato piacevole. Al punto in cui ero avevo già perduto tante persone e prevedevo (come ebbi conferma successivamente) che non fosse ancora finita.

Dopo aver fallito con Emily, mi sentii in dovere di dire a Liza che stavamo per trasferirci prima che lo venisse a sapere da qualcun altro. Era difficile per me spiegarle le ragioni che mi avevano condotta a prendere una decisione simile, senza dirle cos'era successo fra me e Cathy. Cercai di presentarlo come un mio bisogno personale di ricominciare tutto daccapo. Purtroppo lei non aveva nessuna necessità di ricominciare e io mi sentii una grandissima egoista a strapparla dalla scuola che le piaceva, dai suoi amici, dalla sua casa. Non si rassegnava all'idea e passammo moltissime serate piangendo. Chiedeva sempre: «Ma perché, mamma?».

Verso la fine di maggio, dopo un'altra serie di appuntamenti fallimentari, ero davvero stufa degli uomini. Era stato peggio che alle superiori, mi sembrava che la Julie quarantaquattrenne non avesse capito e imparato nulla rispetto alla teenager impaziente che era stata. Decisi di fare una pausa. Forse, dopo l'estate, avrei avuto più fortuna.

Ma proprio il giorno in cui avevo deciso di cancellare il mio profilo online, mi contattò un uomo mai sentito prima. Le ironiche mail di Will mi fecero tornare a sorridere, pareva che avesse anche un lavoro interessante. Viveva a New York. Meglio ancora, viveva a Brooklyn, poco lontano da casa di mio fratello.

Dopo esserci scambiati cinque o sei mail, una sera Will mi telefonò. Aveva una voce cordiale, non riuscivo a capire che accento avesse – forse canadese? No, no, era del Wisconsin. Era cresciuto in una grande famiglia in campagna, il sesto di sette fratelli. Mi mandò una foto di gruppo. Avevano l'aria di chi aveva giocato in mezzo ai cespugli fino a due minuti prima, per poi mettersi in posa così com'era. Anche se non era mai stato sposato, sembrava che l'idea di avere intorno una bimba di sette anni gli piacesse.

«Non vedo l'ora di conoscerla,» disse «sarà divertentissimo!»

Liza mi venne vicino e mi chiese con chi ero al telefono. «Lo voglio salutare» insisté quando le dissi che stavo parlando con «un amico».

Passai la cornetta a Liza e con mio grande stupore lei e Will chiacchierarono per venti minuti della scuola e delle sue amiche, mentre io entravo e uscivo dalla stanza approfittando della loro conversazione per portare il bucato di sopra e la spazzatura sul marciapiede. Mi domandai in che maniera fosse riuscito a intrattenere così a lungo una bambina che non aveva nemmeno mai visto. Ad ogni modo sembrava proprio che fosse la persona che stavamo cercando.

E poi accadde che mi chiamò il mio «pallino». La cotta per lui non mi era mai passata. Provavo ancora un'inspiegabile attrazione fisica nei suoi confronti, c'era qualcosa in lui, qualcosa che aveva tutta l'aria di esser causa di guai. Ma ovviamente un secondo dopo aver sentito la sua voce al telefono ero già eccitata.

«Mi chiedevo se per caso avevi voglia di uscire con me sabato» esitò un secondo. «Sai, tipo cenare, vedere un film?»

«Devo dire» sottolineai, rendendomi conto in ritardo che stavo usando un tono un po' troppo seccato «che la tempistica non è proprio il tuo forte. Perché mi chiami solo adesso? Non ti stai già vedendo con un'altra?»

«Be'...»

«Quindi tra di voi è finita?» Mi sarei presa a schiaffi. Sembravo un inquisitore, il preside severissimo di una scuola, mentre il diavoletto dall'altra parte mi sussurrava all'orecchio: "Vai, vai, vai, esci con lui. È solo una cena".

«Andiamo» disse il mio «pallino». «Esci con me, è solo una cena.»

«Lasciami pensare. Ti richiamo io.»

Il giorno dopo lo richiamai. «Ok, verrò a cena con te. Ma niente cinema.» Immaginavo già la scena di lui che approfittava del buio in sala, e di me che lo lasciavo approfittare.

Avevo voglia di uscire con lui, ma ero piena di dubbi al riguardo. Quando raccontai a una conoscente che abitava nello stesso quartiere, peraltro in modo molto scherzoso, della cotta che mi ero presa, lei mi disse papale papale che il mio «pallino» era «un bel guaio». Non avevo nessun bisogno di altri guai.

Non c'era dubbio che questa cosa della cotta mi avrebbe incasinata totalmente. Sarei uscita con lui, ci saremmo baciati, avremmo fatto sesso. Ero spacciata. Avrei cercato di tenermelo stretto per mesi, forse un anno, fino a quando non si sarebbe stufato della mia vita noiosa, perennemente programmata in base a mia figlia, e avrebbe deciso di andarsene con un'altra. Avrei iniziato a farlo diventare una delle mie priorità, esattamente come avevo fatto con Tomas e con Daniel per un breve periodo. Ma a differenza di Tomas, che era felice di disegnare con Liza in cucina e giocare ad «Attacco!», non riuscivo a immaginare il mio «pallino» fuori dal suo negozio, che partecipava alla mia vita domestica. Invece avevo bisogno di trovare una persona che fosse in grado di farlo, che desiderasse farlo, che non desiderasse nient'altro che questo.

"Ma uscirci a cena non poteva essere così dannoso. Forse dovevo dimenticare tutto il mio schema e continuare semplicemente a vivere."

Chiamai Will quella sera. «Guarda. C'è un altro. Mi ero presa una bella cotta per lui. E adesso mi ha invitata fuori a cena. Credo che forse dovrei uscirci. Capito, rompere gli schemi prestabiliti.» Mi sentii proprio un'imbecille, udendo e addirittura credendo davvero alle parole che mi erano appena uscite di bocca.

Dopo un po' Will disse: «Mmm, non voglio che tu esca a cena con questo tizio. Per favore, non ci andare».

Ero a un bivio. Will mi stava dicendo chiaramente cosa provava. C'era qualcosa di gustoso, ricco di proteine, nutriente e salutare in quella sua richiesta – che era anche un'offerta. Le cose tra noi avrebbero potuto non funzionare per un milione di ragioni, oppure il risultato avrebbe potuto essere perfetto, come uno stufato cotto a fuoco lento, uno di quelli ancora più buoni il giorno successivo, succoso, saporito, uno stufato che in sé racchiudeva l'essenza dell'*umami* – esattamente ciò che Henry aveva cercato per anni.

Dall'altro lato il mio «pallino» probabilmente – in realtà quasi sicuramente – si sarebbe rivelato come il pacchetto di M&M's che compravo quando andavo al cinema, già finito cinque secondi dopo averlo aperto, con conseguenti sensi di colpa e nausea per i troppi zuccheri ingurgitati. E dopo un intero sacchetto di M&M's non c'era più niente che avesse un buon sapore. Nemmeno una crostata di lamponi.

Salato o dolce? Dolce o salato?

«Va bene, non ci vado. Vengo a cena con te però.»

Il nostro primo appuntamento non fu molto promettente. Una settimana prima Will aveva sottovalutato la sbucciatura sul gomito che si era procurato cadendo dalla bici. È difficile vedersi i gomiti, così aveva ignorato completamente i dolori nei giorni successivi. Dopo essersi accorto che la ferita si era infettata era dovuto correre al pronto soccorso, ed era finito ricoverato qualche giorno sotto antibiotici. Era stato dimesso il giorno prima del nostro incontro e mentre ce ne stavamo seduti l'uno di fronte all'altra, non mi sembrava che stesse troppo bene: avevo paura che svenisse a faccia in giù nel piatto. Ogni volta che si parlava di ospedali io iniziavo a diventare nervosa. Ad ogni modo tutte le settimane di mail e telefonate meritavano una seconda chance.

Quella volta ci incontrammo a New York. Andammo a mangiare il sushi e io diventai un po' brilla con il sake. Ero talmente terrorizzata dal fatto che fosse gentile, divertente e attento che dopo cena praticamente scappai di corsa, con la scusa di dover prendere un taxi subito, immediatamente, altrimenti avrei perso il treno per tornare a casa.

La settimana successiva, Will venne in treno da me. Lo andai a prendere alla stazione e lo portai a fare un picnic sul fiume. Avevo preparato pollo arrosto e insalata, pane e formaggio. Lui portò una bottiglia di vino. Dopo qualche bicchiere ci baciammo, seduti sulla tovaglietta da picnic sotto agli alberi. Avendo fatto una scelta precisa, mi sentivo come una ragazza anni cinquanta, timida e prudente, nervosa e a disagio. Desiderai aver portato anche Liza come sostegno morale, invece di lasciarla a casa con la sua bravissima babysitter. Ma stavolta ero fermamente decisa a seguire il consiglio di Eliot.

Will disse: «Non dobbiamo affrettare le cose. Parliamo, semplicemente, iniziamo a conoscerci». Era come se mi avesse letto nel pensiero. Oppure non gli piacevo. Ma continuammo a scriverci e a sentirci tutti i giorni. Battezzammo la nostra decisione di conoscerci un po' alla volta «il piano».

Poche settimane dopo tornai a Brooklyn. Arrivai al suo appartamento e dalla porta sbirciai la sua ordinatissima e moderna tana da scapolo. Pareti azzurrine a stucco veneziano, un grande pesce-trofeo appeso, uno stupendo divano ricurvo rosso vivo, posizionato proprio su un tappeto di lana color crema a pelo lungo – poco pratico ma molto invitante. Mensoline bianche a file di tre erano disposte ordinatamente lungo una parete, con sopra minuscoli vasi di vetro, ognuno contenente una gerbera coloratissima. Rimasi in piedi ad ammirare la stanza, pensando che l'ultimo uomo che avevo incontrato con un tale gusto per l'arredamento era gay. Ma non feci nemmeno in tempo a oltrepassare la soglia che Will mi prese in braccio, mi portò in camera sua e mi buttò sul letto.

Dopo quel weekend e con qualche settimana d'anticipo rispetto alla scadenza dei tre mesi di Eliot, invitai Will per presentargli Liza. Lei lo stracciò a dama giocando sul pavimento blu della cucina, dove fortunatamente non vedevo più l'immagine del corpo di Henry steso a terra.

Dopo la sconfitta Will si mise a ridere. Osservandoli mentre interagivano, pensai che alla fine non era stata una cattiva idea pensare di far scegliere a Liza il mio nuovo fidanzato. Mi domandai che cosa l'avesse colpita, come mai si fosse sentita subito così a suo agio. Io non mi sentivo a mio agio, ormai avevo capito che difficilmente qualcosa mi avrebbe fatta sentire così. Dovevo solo aver pazienza. Se piaceva a Liza, sarei andata avanti anche controcorrente.

Scrissi a Eliana di Will e lei si mostrò molto felice per me.

«Più sarai in grado di rifiorire» mi scrisse «più la guarigione, l'amore, la compassione penetreranno nel tuo essere, e più troverai persone in grado non solo di ammirarti, ma capaci di occuparsi di te e di nutrire la tua anima.»

Ormai non ci sentivamo più così spesso. Non che ora sminuissi il valore delle sue lettere, ma ero contenta di vedere che entrambe stavamo andando avanti per la nostra strada con nuovi progetti. Parlammo di come andava il lavoro e lei mi raccontò della sua nuova relazione amorosa, che pareva totalmente diversa da tutte quelle avute in passato. Sembrava che il suo nuovo fidanzato fosse un tipo dolce e tranquillo, e che il loro legame fosse molto simile a un vero fidanzamento.

Will veniva tutti i venerdì dopo il lavoro e si fermava fino al lunedì mattina. Lo accompagnavo alla stazione a prendere il treno, esattamente come tutte le mogli dei pendolari. Ma ero contenta che lui fosse il mio fidanzato e non mio marito. Ero felice di avere i miei spazi durante la settimana e felice di rivederlo quando tornava.

Mi prendeva in giro dicendomi che sembravo una sofisticata francesina (forse perché adoravo le gonne con le frappe) e cominciò a rivolgersi a me in francese. Ormai ero diventata *Julììì*. La mattina mi cantava strampalate canzoncine di sua invenzione, che mi facevano morire dalle risate – una cosa del tutto nuova per me, tanto che all'inizio i muscoli del petto e della gola mi facevano male, per poi rafforzarsi. Era stato una specie di miracolo riscoprire il mio senso dell'umorismo. Dopo qualche mese Will si avventurò coraggiosamente sul tema «mariti morti» e se ne uscì con un paio di battute che mi fecero sputare il caffè per terra.

Di lui apprezzavo soprattutto la capacità di stare ad ascoltare tutto quello che avevo passato l'anno precedente senza scappare a gambe levate. Mi accorsi che avevo davvero bisogno di parlare, volevo assicurarmi che lui fosse consapevole del peso che mi portavo sulle spalle in modo da poter essere paziente con me mentre ci lavoravo sopra. Disse che capiva il mio essere così volubile e dopo aver espresso la ferma intenzione di portare avanti quello che avevamo iniziato non si rimangiò la parola.

Nel corso delle nostre lunghe conversazioni scoprimmo alcune strane coincidenze. Venne fuori che quando io e Henry vivevamo a Brooklyn, subito dopo la nascita di Liza, Will, appena laureato, abitava proprio dietro l'angolo. Ero passata per la sua strada un'infinità di volte, spingendo il passeggino di Liza, mentre cercavo di farla addormentare.

«Non mi hai mai vista» scherzavo «spingere un passeggino Maclaren blu e verde, con un bel po' di sporte della spesa appese ai manici? Di solito le cantavo canzoni di Gershwin per farla addormentare.» E qui mi lanciai in una strofa di *Our Love is Here to Stay*. Be', forse mi aveva anche vista, disse ridendo, probabilmente proprio mentre cantavo. Facevamo la spesa negli stessi supermercati e mangiavamo negli stessi ristoranti, ma a quei tempi, passando per Park Slope sulla strada di casa, lui tentava disperatamente di schivare gli assalti delle mamme con passeggino, mentre io ero immersa fino al collo in pannolini e pappette biologiche di piselli.

Will poteva anche non essere stato interessato a fare il genitore nel 1996, ma lo era adesso. Mi resi conto molto presto che crescere una figlia con quell'uomo sarebbe stata un'esperienza completamente diversa da quella che avevo vissuto con Henry. Will non cercava di entrare in competizione con me. Desiderava instaurare una vera amicizia con Liza. Dopo la fase di «innamoramento» iniziale, Will sopportò pazientemente il breve periodo in cui Liza si allontanò un po' da lui, per poi ritornare con entusiasmo. Non avrebbe riavuto indietro il suo vero padre ma, dopotutto, quel tizio poteva andare. Era divertente, sapeva ascoltare e si divertiva a giocare con lei, a qualsiasi gioco, perfino ad «Attacco!».

Diversamente dai violenti e deleteri scontri che avevamo io e Henry, sembrava che i nostri sporadici conflitti ci spingessero a migliorare la nostra intesa. Scoprimmo che entrambi eravamo solitari per natura. Mentre il suo lavoro richiedeva un contatto e un impegno costante con le persone, durante il weekend poteva starsene in pace con me e Liza. La notte mi abbracciava teneramente e mi faceva sentire apprezzata.

Durante un afoso weekend di luglio, Anna venne a trovarmi insieme a Leo per fare il bagno in piscina e, ovviamente, dare un'occhiata al mio nuovo fidanzato. Facemmo un giretto in giardino, fingendo di dover andare a ispezionare i fiori, e mi sussurrò le parole che ogni donna vorrebbe sentirsi dire dalla propria migliore amica: «È carino! Bel culo! Davvero notevole... e poi si vede che ti adora».

Il viaggio annuale nel Maine si stava avvicinando. Anna decise di venire per due settimane con Leo, e ci ritrovammo di nuovo a inscatolare cibarie e biancheria. Decisi, dopo essermi consultata con Liza, di invitare Will a trascorrere con noi un po' di tempo sull'isola.

C'è una foto ricordo di quei giorni, con Will e Liza vicino alle loro bici. Lei è minuscola accanto a lui. Si stanno abbracciando. L'espressione di Liza è rilassata e felice, forse un po' timida. Ha una fasciatura al ginocchio, souvenir di una caduta della settimana precedente.

Will si rivelò un vero ciclista. A ventisette anni aveva pedalato in solitaria da Seattle, passando per le montagne rocciose canadesi, attraversando le pianure e il Midwest fino ad arrivare a New York City, dormendo in una tenda, mangiando solo pane e formaggio, pesche, sardine e bevendo birra, un viaggio epico che rivelava quanta fiducia riponesse in se stesso. Era ansioso di aiutare Liza a tirare fuori l'atleta che era in lei. E lei mostrava orgogliosa a tutti i suoi amici la propria cicatrice, affascinandoli con la sua capacità di raccontare – un'eredità di Henry.

Will ci accompagnò per il sentiero che conduceva alla nostra spiaggia. Io dipinsi e Liza cercò altri sassi da aggiungere alla nostra collezione, come se non ne avessimo già abbastanza. Guidammo per la strada polverosa fino alla spiaggia di sabbia, dove, per la gioia di Liza, Will nuotò nell'acqua gelata senza protestare, mentre io me ne stavo rannicchiata sul telo.

Andò in città una settimana per alcune riunioni, ma già il weekend successivo era di ritorno – sembrava che dieci ore di macchina non lo scomponessero minimamente, e noi fummo davvero felici di vederlo. Per qualche giorno calò un banco di nebbia. Costretta a stare in casa, mi tornarono in mente gli anni trascorsi sull'isola con Henry, e diventai malinconica e cupa. Will aveva la capacità di tirare fuori il buonumore dai miei momenti di depressione, un talento di cui si era spesso servito durante il nostro primo periodo insieme. In quel caso il mio umore si risollevò grazie a una partita a Monopoli, una di quelle che duravano tre giorni con alleanze, regole stravolte, ottimi affari, ipoteche e scambi di proprietà.

Il giorno previsto per la partenza, io e Liza accompagnammo Will fino al traghetto. Lo guardai salire sul pontile e già avvertivo la sua mancanza. Ero felice di sentirmi così perché era proprio in quel modo che mi dovevo sentire. Una volta salito uscì dalla macchina e ci salutò con la mano. La sua maglia bianca sventolava nella brezza come la bandiera di una nave. Mi tornò in mente una parte dell'enciclopedia che da piccola mi affascinava in modo particolare, un grafico che rappresentava i segni che i marinai usavano per comunicare. Mentre il traghetto partiva alzai le braccia facendo una V, e dal ponte Will fece altrettanto. Liza si unì al gioco e continuammo a scambiarci segnali finché la nave non prese velocità e io non fui più in grado di scorgere altro che la sua maglietta bianca in lontananza.

Arrivò l'autunno ed entrambi tornammo nelle nostre case. Will continuò a farci visita nei weekend.

«Ebbene,» gli chiesi una sera mentre ce ne stavamo stesi a letto «ho già subìto la terribile crisi di mezza età di un uomo. Come sarà la tua?»

«Tu sei la mia crisi di mezza età» rispose dandomi un buffetto scherzoso. «Tu sei ciò che ho sempre desiderato. Una compagna e una famiglia.»

«Allora ok» dissi, imbambolata. «Credo di poterla gestire.»

Nonostante fossimo da poco una coppia, io e Will iniziammo a prendere in considerazione l'idea di andare a vivere insieme una volta trasferitami a Brooklyn. Ero ansiosa più che mai di mettermi alla ricerca di un appartamento e quando i nostri figli ricominciarono la scuola, io e Anna iniziammo a fare qualche ricerca immobiliare. Miracolosamente, da una conversazione con un amico a cui non parlavo dal giorno del funerale di Henry spuntò fuori un acquirente per la mia casa. Feci il mio primo scatolone – un elegante servizio di piatti che ci avevano regalato per il matrimonio, che sapevo sarebbe rimasto a lungo inutilizzato. Fui sorpresa da quanti pochi piatti riuscii a stipare dentro uno scatolone così grande. Mi resi conto che avrei avuto bisogno di una quantità spropositata di scatole. Così misi in programma una visitina al Wal-Mart.

Mentre guidavo verso l'uscita dell'autostrada, mi tornò in mente un pomeriggio qualunque di ottobre, uno uguale a tanti altri, durante l'ultimo autunno di Henry, quando ancora eravamo impegnati a fare marito e moglie, a crescere nostra figlia e a riempire la dispensa di roba. Quel giorno del 2002, Henry e io eravamo in macchina diretti verso quello stesso Wal-Mart, dove facemmo scorta di tovaglioli, detergenti, passata di pomodoro e altri beni di prima necessità comprati alla rinfusa.

Dal suo posto di comando dietro il volante, senza nemmeno guardarmi, Henry disse: «Julie, volevo solo dirti che mi dispiace tanto per la faccenda di Rebel. Non so perché mi sono comportato così. Non lo farò mai più».

Nei film, quando la scena principale è girata in macchina, l'attore o l'attrice alla guida si gira per comunicare la notizia bomba al compagno di viaggio. Da spettatrice ansiosa quale sono, non riesco mai a fare attenzione alla notizia bomba – comincio sempre ad agitarmi pensando all'incidente disastroso che si verificherebbe se la scena non fosse girata ma reale. In quel caso, comunque, la notizia mi venne comunicata senza interruzioni nella guida, perciò impiegai qualche istante per capire l'importanza delle scuse di Henry. Come se avesse intuito che il messaggio aveva bisogno di essere sottolineato, si voltò un secondo a guardarmi e per un attimo i nostri occhi si incrociarono. Mi voltai dall'altra parte, stordita e inspiegabilmente triste, mentre lui aggiungeva in maniera accorata: «E spero che tu possa perdonarmi».

«Accetto le tue scuse» risposi io, confusa, sentendomi presa alla sprovvista. Proseguimmo il viaggio in silenzio. "Cos'è stato a fargli cambiare idea?" Una fugace sensazione di tristezza si insinuò dentro di me – un po' troppo tardi – e sminuì il valore delle sue parole, ma non ebbi il coraggio di dirglielo. Poteva anche essere davvero dispiaciuto, ma non riuscivo a credergli quando diceva che non si sarebbe mai più comportato in quel modo. Non gli credevo più, non pensavo più che fosse in grado di aiutarmi e sostenermi nelle difficoltà. Sapevo che avrebbe fatto di nuovo qualcosa del genere, forse qualcosa di peggio, e che poi sarebbe venuto da me a scusarsi e a chiedere il mio perdono – troppo tardi. Ero sola. Ormai avevo perso la fiducia necessaria in una coppia. Avevo perso l'amore. E adesso bisognava comprare i tovaglioli e la vita doveva andare avanti. Il matrimonio è per sempre.

"Julie, volevo solo dirti che mi dispiace tanto per la faccenda di Rebel. Non so perché mi sono comportato così. Non lo farò mai più. E spero che tu possa perdonarmi."

Sostituii il nome «Rebel» con «Cathy». È così che si sarebbe scusato per Cathy e le altre: "E spero che tu possa perdonarmi".

Aprii la portiera della macchina e uscii fuori, rimasi a fissare la scritta Wal-Mart sopra l'ingresso. Mi domandai che cosa avrei risposto. C'erano talmente tante cose in ballo: la nostra vita famigliare, la casa, la macchina e tutti gli altri orpelli della nostra vita agiata.

Improvvisamente pensai a Henry come a un Terrier abbandonato in un cortile, che correva e correva in tondo, abbaiando, cercando disperatamente di attirare la mia attenzione, l'attenzione di chiunque. Era un'immagine molto triste.

«Mi ami ancora? Mi ami davvero? Io non credo che tu mi ami ancora» mi aveva chiesto spesso durante gli ultimi anni, gli anni in cui aveva palesemente tradito la mia fiducia. Io gli rispondevo sempre sì.

Quindici

settembre 2004

«Il tuo corpo è l'espressione della forza vitale di decine di milioni di caratteri molecolari. Spetta solo a te scegliere, istante dopo istante, chi essere e come stare al mondo.»

Jill Bolte Taylor,
La scoperta del giardino della mente

Non avevo scatoloni sufficienti per impacchettare l'intera libreria di Henry. Avevo bisogno di scatole più piccole e più resistenti per i libri. Mi fermai all'enoteca per chiedere all'apologeta di Henry, il commesso con i capelli rossi, quando sarebbe arrivato il loro prossimo carico di vino.

Anche con trenta scatoloni fui costretta a fare una selezione. I titoli, suddivisi per argomento, comprendevano opere di filosofia, gastronomia e scienza – tutti libri che mi sarebbe piaciuto leggere se solo ne avessi avuto il tempo. Iniziai a smistarli, un lavoro che mi metteva a disagio quanto una vivisezione, dato che in quella stanza la presenza di Henry era ancora molto forte. La pila più alta era quella dei libri che non avrei tenuto, così pensai di fare una donazione alla biblioteca locale.

Un'edizione in brossura con la costola nera spiccava in mezzo alle copertine colorate sui ripiani. Un esercito di post-it catturò la mia attenzione, una sfilza di segnalibri infilati fra le pagine. Quando tolsi il volume dalla sua collocazione fra *Come funziona la mente* di Steven Pinker e *L'armonia meravigliosa* di Edward O. Wilson (notando che era pieno di post-it non solo nella parte superiore ma anche su tutto il lato lungo) mi accorsi che era *Evoluzione della sessualità umana* di Donald Symons, pubblicato nel 1979. Henry aveva citato parecchie volte quell'opera mentre scriveva il suo primo libro. Le pagine consunte erano piene di appunti. La quantità astronomica di post-it mi lasciava pensare che da qualche parte, in mezzo a quelle pagine, avrei trovato degli indizi importanti per riuscire a comprendere cosa pensava Henry della natura umana e delle relazioni. E del sesso. Perché alla fine tutto si riduceva a questo. Anche senza aver mai letto il libro, mi resi conto che mi ero appena imbattuta nella Bibbia di Henry.

I miei primi tentativi di lettura furono scoraggianti. Sembrava che Don Symons avesse scritto più che altro un libro per la comunità scientifica, e comunque di certo non per una lettrice come me. Molti concetti che riguardavano la biologia e le teorie di Darwin sulla selezione naturale presupponevano una conoscenza della materia che io non possedevo. Sfortunatamente, quand'ero alle medie, la dissezione delle rane conservate in formaldeide mi aveva traumatizzata sortendo l'effetto di allontanarmi per sempre dalla scienza.

Tuttavia la curiosità era forte, perciò sospesi la mia attività di imballaggio e mi misi a sfogliare il libro. Dopo aver consultato l'indice, saltai a piè pari introduzione e primi capitoli per gettarmi su «L'orgasmo femminile: adattamento o artefatto?». La conclusione del capitolo non offriva una visione molto incoraggiante: l'interesse femminile per la ricerca del piacere sessuale farebbe parte di una più vasta umana «abilità di giungere a compromessi vantaggiosi all'interno dell'economia sentimentale».

Avrei sperato in qualcosa di più poetico trattandosi di sesso.

E un certo brano del capitolo «Formazione della coppia, matrimonio, e la perdita dell'estro» descriveva con precisione la mia condizione di madre e moglie:

> Le virtù di una buona moglie – che coincidono solo in parte con i parametri di attrazione sessuale – dovrebbero includere la dimostrazione della fedeltà sessuale, l'essere giovane e in salute, la capacità di tenere unita la famiglia e di crescere i figli. Come già detto in precedenza, il matrimonio essenzialmente non è un legame tra uomo e donna basato sui comportamenti sessuali, ma piuttosto un'alleanza strategica economica e genitoriale, che ha i propri capisaldi all'interno della rete parentale e che comporta sia diritti che doveri in ambito sessuale.

Henry aveva evidenziato queste righe in giallo, segnando la pagina con uno dei diecimila post-it.

Scrissi una mail a Don Symons all'Università della California, Santa Barbara. Gli descrissi brevemente le relazioni extraconiugali di Henry che avevo da poco scoperto e gli chiesi se potevo parlare con lui in maniera scientifica dei comportamenti sessuali maschili e femminili. Mi tornò in mente il resoconto entusiasta dell'incontro di Henry con il professor Symons e le foto che mi aveva mostrato di loro due in spiaggia, abbronzati sotto il sole del tardo pomeriggio. Don aveva qualche anno in più – un bell'uomo, capelli grigi cortissimi e sorriso smagliante. Per la mia gioia il professor Symons rispose dopo due settimane, scusandosi per il ritardo. Ormai era in pensione e controllava la mail dell'università solo una volta ogni tanto.

Dopo un breve scambio di mail, in cui io gli spiegai in maniera più approfondita tutto quel che era successo dalla morte di

Henry in poi, ci sentimmo per telefono. Don – ormai avevamo superato la fase formale in cui mi rivolgevo a lui con «professor Symons» – si ricordava delle conversazioni con Henry ma non sapeva nulla della sua «seconda vita». Concludemmo la telefonata mettendoci d'accordo per risentirci dopo il trasloco. Nel frattempo lottai con gli ultimi scatoloni della mia vecchia vita da sposata, riponendo con cura il libro del professore.

Scrissi un'altra mail a Don chiedendogli se avesse pubblicato anche qualcosa di più adatto a una lettrice come me. Pochi giorni dopo mi arrivò un pacchetto con dentro un libriccino rilegato dal titolo *Amanti guerrieri: letteratura erotica, evoluzione e sessualità femminile*. La prima parte del libro, scritta a due mani con Catherine Salmon, era esattamente ciò di cui avevo bisogno: Darwin sic et simpliciter.

Nell'ultimo periodo avevo notato con interesse che diversi giornali e riviste importanti trattavano l'argomento «fedeltà all'interno della coppia». Le dissertazioni sulla genetica andavano per la maggiore. È colpa dei geni se uno è grasso, depresso e se, sostenevano gli autori, si hanno certi comportamenti sessuali piuttosto che altri – è a causa dei geni che gli uomini sembrano «programmati» per essere fedifraghi, mentre le donne finiscono con il crescere i figli.

Don Symons si prestò a farmi da «guida» nel tentativo di comprendere il tutto. La mia più grande preoccupazione era: se nell'accoppiarsi gli uomini e le donne hanno scopi apparentemente così incompatibili tra loro, siamo creature pensanti e responsabili delle nostre azioni o siamo prigionieri dei nostri stessi geni? In altre parole, Henry è stato bugiardo, imbroglione e incapace di essere un buon marito perché non aveva scelta? E se i nostri geni ci spingono a fare certe cose piuttosto che altre, possiamo ancora dirci capaci di scegliere liberamente? La mia impressione iniziale, basata su alcuni passi di *Amanti guerrieri*, non era troppo ottimista.

> Nel corso della propria storia evolutiva gli esseri umani hanno sviluppato nel gusto una predilezione per lo zucchero, i grassi e il sale, essendo tutte sostanze nutrienti e relativamente difficili da reperire. Tuttavia, di recente, all'interno dei nuovi contesti evolutivi dove la tecnologia e il capitalismo hanno fatto sì che queste ambite sostanze diventassero abbondanti e a buon mercato, la maggior parte di noi ne consuma una quantità decisamente maggiore di quanto non sarebbe salutare. [...] Il nostro adattamento del senso del gusto – come tutti i nostri adattamenti complessi, psicologici e non psicologici – è progettato per funzionare alle condizioni e nelle circostanze di quello che è stato il nostro passato evolutivo.

L'analogia con il cibo era semplice da capire. Tutti i giretti al supermercato del quartiere o al fast food del centro commerciale più vicino erano la conferma di ciò che già sapevo – abbandonati a noi stessi tendiamo quasi tutti a buttarci sulle schifezze. Solo l'autocontrollo, regole ferree e una buona conoscenza nutrizionale aiutano a trattenerci dal vivere di patatine fritte, hamburger e gelato. Il problema della vita moderna è che adesso abbiamo accesso a tutto con troppa facilità – cibo grasso, pieno di zuccheri, macchine veloci e partner sessuali arrendevoli – rispetto a quello che potevamo avere quando eravamo gruppi di cacciatori sulle pianure preistoriche.

Su consiglio di Don comprai *L'orologiaio cieco* e *Il gene egoista* di Richard Dawkins, eminente scienziato darwiniano. Lessi e – a causa delle lacune in scienze sopracitate – fraintesi il contenuto. Don mi corresse pazientemente. Mi gettai di nuovo sul libro. Proseguimmo le nostre conversazioni mentre Don mi faceva un corso intensivo sull'evoluzionismo.

Charles Darwin non è stato lo scopritore dell'evoluzione. Molti scienziati si erano già avvicinati all'idea prima che fosse pubblicata *L'origine delle specie*, nel 1859. L'intuizione rivoluzionaria di Darwin è stata la spiegazione del processo che conduce le specie a evolversi e ad adattarsi. Al contrario delle vaghe ed esoteriche spiegazioni dei suoi tempi, la teoria di Darwin dell'evoluzione gradualista per selezione naturale era basata sull'osservazione della natura. La sua teoria è incentrata sull'esistenza delle variazioni ereditarie nelle popolazioni. Si accorse dell'esistenza delle variazioni e del fatto che, con il passare delle generazioni, queste variazioni continuassero a esistere. Non riuscì a spiegare esattamente come, e nessuno riuscì a farlo prima del ventesimo secolo, con l'avvento della genetica.

Anche un bambino piccolo sarebbe in grado di capire che le diverse parti delle creature viventi servono a scopi diversi. Le ali permettono il volo, gli occhi permettono la vista e il cuore permette la circolazione del sangue. Negli organismi, queste componenti con funzioni specifiche si chiamano adattamenti.

L'obiettivo della psicologia evoluzionista è studiare gli adattamenti delle strutture cerebrali. Come mi spiegò Don, il cervello umano, così come il resto del corpo, è il risultato di una serie di adattamenti che si sono evoluti in un lasso di tempo lunghissimo per sopperire alle specifiche necessità dei nostri progenitori. I meccanismi della nostra mente e i nostri comportamenti sono, così come la capacità di vedere, udire, respirare, il prodotto dell'evoluzione per selezione naturale.

La cultura umana ha subìto un cambiamento radicale dall'alba di quella che noi chiamiamo società civile, partendo dai gruppi di cacciatori-raccoglitori nomadi del Pleistocene (da 1,8 milioni a 11.000 anni fa) fino ai primi insediamenti, dalle grandi civiltà maya ed egizia fino alla nostra attuale società tecnologica. Ma questo balzo enorme è avvenuto in pochissimo tempo all'interno del processo evolutivo. Il nostro corredo biologico non ha subìto cambiamenti. Come mi spiegò Don, «in breve, è un errore pensare che in qualche misura tutti noi conteniamo tracce dei nostri progenitori ancestrali; fondamentalmente, in tutti i nostri adattamenti, noi SIAMO i nostri progenitori ancestrali».

Più avanti Don chiarì anche i concetti di mutazione e selezione naturale: a partire dalle centinaia di mutazioni casuali prodotte dalla natura, gli individui di ogni specie che sopravvivono abbastanza per riprodursi in un dato ambiente sono in grado di passare in eredità il proprio corredo genetico – desiderabile o meno che sia – alla generazione successiva. Perciò la selezione naturale non è casuale, ma è un piano di «miglioramento» a lungo termine. Dobbiamo solo guardarci un po' attorno, osservare noi stessi, per capire che riproduzione e sopravvivenza non sono legate a un criterio selettivo di perfezione. Don descrisse il mondo dei primi uomini, i nostri progenitori, più simile al nostro di quanto non siamo disposti ad ammettere. A quei tempi le persone vivevano in gruppi di cacciatori-raccoglitori più o meno grandi in base alla disponibilità delle risorse. Il supporto del gruppo era fondamentale per la sopravvivenza – ed esserne esclusi poteva rivelarsi fatale. All'interno del gruppo tutte le donne fertili erano accoppiate e l'avere più partner era una pratica limitata e piena di rischi.

Contrariamente, la moderna famiglia nucleare vive in comunità più ampie e meno strutturate. Gli individui hanno la possibilità di incontrare diverse persone in ogni tipo di contesto. Possiamo spostarci in macchina e, da qualche tempo, possiamo addirittura nasconderci dietro l'anonimato della rete. Le abitudini sessuali sono cambiate radicalmente nel giro di pochissimi anni. Così, tutto è un po' come McDonald's – facile accesso a cibo e comportamenti che possono risultare dannosi.

Don la pose in quest'ottica: «L'infinita lentezza della selezione naturale paragonata alla rapidità del cambiamento ambientale che l'uomo è in grado di produrre è praticamente la garanzia del fatto che non abbiamo nessun adattamento complesso alle novità ambientali».

Io e Don continuammo la nostra discussione via mail:

IO

Allora gli uomini e le donne, evoluzionisticamente parlando, operano in disaccordo quando si mettono alla ricerca di un compagno. Le donne sono «spinte» a cercare un partner affidabile e in buona salute, mentre gli uomini sono «spinti» a cercare quante più partner possibili con il minor dispendio di energie.
E allora in quale misura siamo in grado di scegliere consapevolmente e definirci creature dotate di libero arbitrio?

DON

Per quanto riguarda la questione del libero arbitrio, posso affermare con sicurezza che i nostri cervelli sono, per scopi e intenti, identici a quelli dei nostri antenati cacciatori-raccoglitori del Pleistocene; perciò qualunque cosa fosse il libero arbitrio per loro, lo stesso è anche per noi.
Venticinque anni fa accennavo a George Williams, uno dei più grandi biologi evoluzionisti del XX secolo, che molte persone sostengono quel che tu sospetti fosse il ragionamento di Henry: cioè che se andava a donne non era colpa sua – erano i suoi geni che lo costringevano a comportarsi così. Sentendo queste parole Geor-

ge sembrò sinceramente sorpreso – immaginava che le persone reagissero nella maniera opposta: «Sono i miei geni che mandano questi impulsi, non devo obbedire per forza».

La psicologia evoluzionista può spiegare il perché noi sentiamo dentro certe cose, ma non ci dice se e in quale misura dobbiamo agire in base agli impulsi che sentiamo. Gli impulsi di cui abbiamo parlato in precedenza – il desiderio sessuale nei confronti di altre donne, in particolare donne giovani e belle – sono impulsi di cui tutti noi abbiamo coscienza, se prestiamo un po' d'attenzione. Tutte le leggi e le regole e le ingiunzioni etiche esistono per tenere a freno gli impulsi che molti o la maggior parte o quasi tutti hanno; ci sono regole e leggi che vietano di uccidere e rubare, ma non ce ne sono che vietino di mangiare i sassi.

Non sarei sorpreso se molti post-it nell'*Evoluzione della sessualità umana* fossero lì perché, leggendo una teoria evoluzionista sulla propensione maschile a cercare più partner sessuali, Henry si sentisse in qualche modo giustificato nelle proprie scelte; cosa assolutamente non vera.

Chiesi a Don se pensava che l'infedeltà fosse inevitabile nella società moderna dalle mille opportunità, controllata solo da uno sforzo consapevole e cosciente. Sembrava che le avventure di Henry fossero una specie di caccia primitiva. Soprattutto dopo aver letto – e forse frainteso – il libro di Don, era giunto alla conclusione di essere semplicemente un uomo che agiva secondo natura e in ogni caso per colpa di impulsi irrefrenabili. Nella nostra cultura, il concetto di rischio ha subìto un cambiamento. Quello che sarebbe stato un rischio inaccettabile per le famiglie di cacciatori-raccoglitori è pienamente accettato dalla nostra comunità odierna dove i ristretti gruppi familiari funzionano autonomamente, e anche anonimamente, con meno ficcanaso, meno anziani assillanti e meno limiti imposti dalla società. Anche se alla fine la nostra piccola cittadina si era rivelata molto simile alle antiche comunità.

DON

È importante tenere a mente che nella stragrande maggioranza delle società esistenti ancora basate su caccia e agricoltura (e anche in altre società) gli uomini sono poliginici, nel senso che hanno più di una moglie e la poliginia è «permessa». Non c'è dubbio che nel corso della storia evolutiva alcuni uomini abbiano generato una progenie con donne con cui non erano sposati, ma un modo molto più sicuro per incrementare la riproduzione era essere abbastanza bravi da riuscire a procurarsi molte mogli. Quello che voglio dire è che la psicologia maschile, che spesso porta al tradimento, dovrebbe essere vista come una psicologia della poliginia più che dell'adulterio. Le cose sono diverse dove la poliginia è normale, e sancita e vista come una prerogativa di chi appartiene a un ceto sociale alto.

La legittimazione della poliginia sarebbe stata perfetta per Henry. Ma, insieme al resto dei rapidi cambiamenti subentrati con il moderno stile di vita, anche le possibilità e le richieste delle donne sono cambiate radicalmente – in un battito di ciglia, evoluzionisticamente parlando. A parte nel caso di alcune sette mormoniche, la maggior parte delle donne al giorno d'oggi non si accontenterebbe di vivere come una tra le tante femmine che crescono i figli di un solo uomo. La poliamoria, l'ultima tendenza in fatto di legami plurimi, sembra altrettanto problematica. Dalle mie conversazioni con alcuni poliamoristi ho dedotto che in realtà siamo programmati per la gelosia – e ignorare la propria gelosia può portare tanto piacere quanta infelicità. Magari le future generazioni troveranno una soluzione.

Cos'avevo imparato dalle mie conversazioni con Don Symons? Che noi umani siamo creature imprevedibili e quindi imperfette. I nostri adattamenti fisici e psicologici sarebbero più consoni a quel tempo arcaico in cui percorrevamo le grandi pianure in gruppi familiari organizzati di cacciatori-raccoglitori che si muovevano seguendo le stagioni.

Non siamo molto ben adattati a quest'era di velocità, tecnologia, anonimato e facile accesso. Anche i concetti della coppia monogama e della famiglia nucleare sono nuovi per noi. Senza le regole prestabilite dettate dalla cultura, dalla religione, da una madre pressante o da qualsiasi altra base morale, tutti saremmo preda dei nostri istinti ancestrali. Facciamo molta fatica a limitarci ora che i nostri bisogni primari possono essere facilmente soddisfatti. Dopo le chiacchierate con Don, apprezzai molto di più le tradizioni come quella buddista, dove lo scopo è calmare il corpo per calmare la mente. Senza sapere come funzionavano corpo e mente, questi monaci riuscirono a capire come lavorare su se stessi e su quello che nell'uomo non può essere cambiato.

Gli uomini e le donne non riescono a convivere facilmente, ma è necessario che lo facciano o la nostra razza si estinguerà. Così dobbiamo tirare avanti, anche senza capirci fino in fondo. Le coppie si innamorano e si disamorano, e in molti casi è meglio che le unioni finiscano. Qualsiasi cosa succeda a una coppia, i figli devono essere la priorità, e bisogna adempiere ai propri doveri. Ci sono maniere onorevoli di chiudere un rapporto e maniere onorevoli di vivere.

Forse il progetto di portare avanti un legame è un processo continuo e graduale, è una specie di ameba in continuo cambiamento, che necessita di essere nutrita e cresciuta, e a volte limitata, ma mai troppo. Il trucco, ovviamente, sta nel trovare l'equilibrio tra quella che è la nostra natura – siamo uomini del Pleistocene dotati di cellulari, computer e automobili veloci – e quello che possiamo essere quando viviamo le nostre vite in maniera consapevole e onesta.

Sedici

ottobre 2004

«Quando si è in balìa di un'emozione, quando è evidente che quest'emozione è talmente semplice e irresistibile che vale la pena viverla, e il passo tra quello che provi e quello che potresti provare è breve, allora è il momento di seguire l'istinto.»

Richard Ford,
Sportswriter

Una volta presa la decisione di partire, passai alcuni giorni di straordinaria lucidità mentale, durante i quali avvertii il potenziale delle infinite opportunità che mi si aprivano accettando veramente il cambiamento. C'è un giorno, un giorno «qualunque», che ancora brilla fra i miei ricordi perché capace di farmi sperare che sarebbero arrivati altri giorni come quello.

Una mattina di un giorno feriale, nell'ottobre 2004, mi sveglio alle 6.30 per preparare Liza per la scuola. Spesso – quasi sempre – dormiamo ancora insieme. Prima di svegliarla mi piace guardare le sue manine abbandonate al sonno, sempre più simili a come sarebbero state le mie se non mi fossi mangiata le unghie da giovane. Sono felice soprattutto di vedere che è tranquilla, per niente afflitta dalle manie nervose che avevo io da bambina. È rassicurante cominciare così la giornata. Ho lottato per proteggere la sua infanzia. Cerco a tentoni la sveglia per spegnerla, buttando a terra uno dei tanti peluche che insieme ai gatti veri popolano il nostro letto e lo fanno sembrare un piccolo zoo.

Ci vestiamo e Liza ci mette un po' a pettinarsi, insistendo sulla ciocca ribelle che non riesce a far stare a posto. Mi ricordo bene l'età in cui mi immaginavo che a scuola i miei riccioli si sarebbero trasformati in elfi dispettosi mettendomi in imbarazzo all'ora di pranzo. Dopo averli sottomessi con gel e spazzola, trotterelliamo di sotto a dar da mangiare ai gatti che iniziano a girarmi attorno e miagolare non appena vedono che rovisto nella credenza. So bene di essere importante per loro. Io sono quella che apre le scatolette.

Una volta che i gatti sono tutti presi dalle loro ciotole, preparo le uova e io e Liza cominciamo a mangiare e a discutere un po' degli argomenti principali della settimana – il mutevole, drammatico universo che è la scuola, perché siamo al mondo, come funzionano le batterie (boh, andremo a leggere), come si formano i fiocchi di neve? (come sopra), cos'è la gravità? (ho dimenticato questa lezione di fisica). Poi le più gettonate: perché il cielo è blu? Cos'è un arcobaleno? Di queste due sono andata a controllare le risposte e adesso sono in grado di parlare in modo competente di rifrazione e assorbimento della luce. Ma quello che ci chiediamo tutti i giorni è: perché la cacca dei nostri gatti è così pestilenziale? (In particolare quella di uno che pare dotato della straordinaria capacità di cogliere il momento esatto in cui ci sediamo a tavola per mollarne una gigante.)

Certe mattine proviamo a parlare del giorno in cui Henry morì, dato che Liza ha un'immagine eidetica di ciò che successe quell'8 gennaio che cambiò completamente il corso della sua vita. Mi chiede in continuazione per quale motivo è morto. La mia versione della diagnosi medica non cambia mai, ma ancora non posso dirle apertamente quel che penso – i problemi di salute che gli costarono la vita facevano parte di un quadro molto più ampio. C'era stato prima un collasso emotivo e spirituale. Solo alla fine della propria vita Henry aveva tentato di uscire fuori da quel pozzo profondo, ma aveva perso la presa ed era precipitato.

Tengo l'occhio sull'orologio della cucina che ho messo apposta sette minuti avanti (così mi confondo le idee e anziché fare tutte le volte il conto, parto in anticipo e basta). Alle 7.25 ci stiamo mettendo scarpe e giacche. Corriamo sul vialetto di ghiaia fino alla nostra station wagon bordeaux e percorriamo il breve tragitto che va da casa nostra alla fermata del pulmino.

Ho trascorso un sacco di tempo nel parcheggio dove lo scuolabus carica i bambini la mattina e li riporta nel pomeriggio. È il lotto di asfalto malconcio dietro l'ospedale. Mi piace parcheggiare sempre nello stesso punto, con vista sul prato, vicino all'enorme faggio rosso che svetta sulla sinistra, meraviglioso a ogni stagione. La mattina bisogna sbrigarsi e fare tutto di fretta, ma al pomeriggio c'è più tempo, soprattutto quando il pulmino è (spesso) in ritardo. Nei tiepidi pomeriggi primaverili e autunnali sono riuscita a sferruzzare più di un maglioncino e persino a sonnecchiare. Ci siamo divertite a tirarci palle di neve anche a marzo, quando l'ombra dei rami del faggio preservava un rettangolino bianco. Le montagne poco distanti sfumano verso l'orizzonte come se si perdessero in soffici nuvole grigio-azzurrine. A volte capita che un falco o un avvoltoio scenda in picchiata giù dalle colline scagliandosi su una preda invisibile, sbucando talmente all'improvviso da farmi sobbalzare per lo spavento. I tramonti d'inverno sono spettacolari quando il cielo è solcato da nuvole grigie che corrono veloci, cariche di pioggia.

Qui sono rimasta ad ammirare il passaggio delle stagioni, come se stessi guardando i fotogrammi di un film al rallentatore: all'inizio dell'anno scolastico il manto di foglie rosse avvolge il faggio come una corona; poi, ormai secche, vengono soffiate via in mulinelli dentro al fiume, lasciando nudo lo scheletro dell'albero che mi ricorda i baobab africani della mia luna di miele. Mi sento sola, qui, ma è una solitudine piacevole – sono momenti in cui passo del tempo con me stessa, la persona che sto imparando a conoscere e apprezzare.

Vado di fretta stamattina. Devo essere in città fra qualche ora, perciò mi sbrigo a mettere Liza seduta al suo posto. Le do un bacio per salutarla, come al solito. Sento la pressione leggera delle sue labbra sulle mie, e questa è una di quelle cose che mi rendono felice. Lei porge la sua boccuccia rosa. Le do un bacetto, le auguro buona giornata e le ricordo che verrà Tanya a prenderla. Torno alla macchina e l'autobus parte.

Le corsie del supermercato sono ancora vuote alle 7.30. Il commesso del banco frutta e verdura mi conosce e a me piace chiacchierare con lui. Ha un vero e proprio talento per il suo lavoro, e ha nettamente migliorato la mia vita ogni volta che mi ha fatto assaggiare un ortaggio o un frutto esotico. Mi mancherà davvero.

Resto in fila alla cassa il tempo necessario per farmi prendere dall'agitazione, con i miei litri di latte e succhi Tropicana, e una barretta di cioccolato per dopo. Mi sento confusa e ansiosa se penso al mucchio di documenti che mi aspetta: rappresentano la fine della mia vita qui. Oggi sto ufficialmente per vendere casa mia: io e Liza resteremo come inquiline fino alla fine dell'anno scolastico. La cassiera sembra stanca e seccata, a quest'ora del mattino la sua è l'unica cassa aperta. "Dài che ho un sacco di cose da fare e devo andare a prendere il treno." Tamburello con le dita sul nastro della cassa mentre la donna davanti a me paga e poi si mette a contare il resto. Intanto un flemmatico commesso sistema la spesa nei sacchetti.

Mi fa venire in mente una scena di un libro che ho appena letto: *Long Quiet Highway*. Natalie Goldberg guarda il suo maestro Zen, Katagiri Roshi, impalato di fronte al centro Zen di Minneapolis. Un altro studente dovrebbe arrivare a prendere Roshi per portarlo all'aeroporto, deve partecipare a una conferenza. Lo studente è in ritardo e Natalie sta iniziando a preoccuparsi del fatto che Roshi possa perdere l'aereo, esattamente come farebbe chiunque altro. Descrive com'è stare a guardarlo: lui non sta attendendo, resta semplicemente lì impalato ma non attende. Vive il presente, non ha ansia per il futuro sul quale sa di non poter avere alcun controllo. "Aspettare, non attendere." Ho bisogno di concentrarmi su qualcosa che mi tenga lucida. Dei fili di ragnatela fluttuanti, attaccati a un angolo della cassa, attirano la mia attenzione. Osservo le figure casuali che disegnano nell'aria, mi rilasso. Sono mossi dal soffio del condizionatore: ondeggiano, si allungano, si ritirano, resto affascinata dalla loro resistenza. Noto il sottile strato di polvere che li ricopre. Saranno settimane che nessuno spolvera la cassa, dato che il ragno ha avuto tempo a sufficienza per costruire una minuscola meraviglia architettonica, fare i bagagli e trasferirsi in un posto migliore.

Me ne accorgo perché ho appena attraversato un anno di perdite e cambiamenti, e adesso sto per affrontare un cambiamento ancora più grande. Avrò bisogno di abituarmi all'idea e di riuscire a trovare un modo per affrontare questo momento con calma – nonostante la calma non sia un dono che la natura mi ha concesso. Perlomeno ora la mia vita è solo mia, dopo aver vissuto un matrimonio pieno di difficoltà e litigi.

La paura del cambiamento è una cosa che ti paralizza. È per colpa della paura del cambiamento e della paura della morte che innalziamo barriere credendo che ci proteggano. Io sto per abbandonare anche quel poco che è rimasto della mia roccaforte per andare incontro all'incertezza, nonostante stia ritornando nel posto dove ho già una famiglia e dove sto per iniziare a vivere una nuova vita con Will. Will ha detto che quando immagina la sua vita ci siamo anch'io e Liza: andremo avanti tutti e tre insieme, non saremo persi come una barchetta in mezzo all'oceano.

Anche se farà sempre parte della mia indole avere paura e stare in ansia, ho intenzione di vivere la vita senza preoccuparmi di fallire o di avere successo. Voglio poter insegnare a mia figlia almeno ciò che ho capito dopo tante sofferenze: fai del tuo meglio per essere preparata, ma soprattutto preparati a non esserlo. Anziché «essere preparati» forse è più giusto dire «tenersi pronti».

Finalmente pago la spesa. Infilo la roba dentro i sacchetti di plastica, continuando a fissare le ragnatele attaccate alla cassa.

Una volta a casa mi infilo un vestito di velluto color acquamarina, acquistato durante uno dei miei raptus di shopping post-vedovanza, non molto adatto all'appuntamento con il mio avvocato ma perfetto per l'aperitivo mondano di Irena allo showroom di gioielli.

Mi resta giusto un po' di tempo per fare un paio di chiamate, guardare la mia mail, dare un'occhiata alle bollette, e afferrare un libro e un lavoro a maglia per il treno. Guido fino alla stazione e parcheggio. Frugo nella borsa cercando le monetine per il biglietto di sosta. Mi dirigo al parchimetro sulla sinistra, quello di destra mi ha fregato cinque dollari la volta scorsa, e non l'ho ancora perdonato.

Dopo qualche minuto sono già sul treno e tiro fuori allegramente il mio lavoro a maglia. Faccio un punto alla volta e mi appisolo fino a che il treno non arriva alla Centoventicinquesima Strada, al che mi sveglio di soprassalto e, ancora intontita, recupero le mie cose.

Dopo aver concluso il passaggio di proprietà in centro, mi incammino verso lo showroom di Irena. Ascolto stralci di conversazione sulla Trentaquattresima Strada, una mescolanza di accenti fusi nella melodia che mi è familiare dalla nascita. Finalmente mi sento di nuovo a casa.

Lo showroom è allestito sfarzosamente con i gioielli creati da Irena, stuzzichini, bevande e una sfilza di giornaliste di moda vestite tutte uguali – scarpe a punta con il tacco a spillo che sbuca da sotto aderentissimi pantaloni a vita bassa – del resto è l'ultimo must. Prendo un bicchiere di Veuve-Clicquot dal vassoio di un cameriere. Sgranocchio un delizioso biscotto al cioccolato mentre mi domando se vale la pena rischiare di macchiare il vestito per mangiare una fragola immersa nel cioccolato fuso. Chiacchiero con Irena e altri amici e colleghi. Dopo un po' mi congedo per godermi la meravigliosa vista dei tetti di New York. L'aroma delle fragole tuffate nel cioccolato si mischia ai profumi di donna e aleggia nell'aria, trasportato dal calore delle luci appese al soffitto. Nel bel mezzo di questo momento di puro glamour metropolitano mi chiama Will, e ci mettiamo d'accordo per vederci a Grand Central entro un'ora.

Fuori, tra la Seventh Avenue e la Trentesima Strada, scorgo un ragazzetto seduto sopra uno di quei nuovi bici-taxi. È color turchese, come un sacchetto di Tiffany.

«Quanto vuoi per andare a Grand Central?»

«Dieci dollari.» Mi pare abbastanza dispendioso per un tragitto così breve, esito un momento, mentre osservo il blu stupendo della carrozzeria.

«È una figata!» aggiunge entusiasta.

Decido che divertirsi è di fondamentale importanza. Salto su. E appena inizia a pedalare mi si stampa un sorriso in faccia, come Liza al lunapark qualche mese fa, neanche avessi otto anni. Il ragazzo pedala velocissimo, perfettamente a suo agio in mezzo al traffico. È una serata autunnale tiepida, non fa ancora freddo. La città è meravigliosa, gli ultimi raggi di sole scintillano sui vetri, rivestendo d'oro la cima del Chrysler Building. Il cielo è di un azzurro intenso, profondo, come un quadro di Magritte. Sento la melodia dissonante dell'ode a New York di Leonard Bernstein – *è un inferno di città*! Mentre sfrecciamo di fianco ai pedoni fermi agli angoli dei marciapiedi scoppio a piangere di gioia. Qualcuno mi guarda e appena si accorge che sto sorridendo ricambia a sua volta con un sorriso.

Arrivo a Grand Central e mi metto ad aspettare Will davanti allo sportello informazioni. Sta per cominciare una serata elegante nella Vanderbilt Hall. Gli ospiti attendono chiacchierando nei loro splendidi completi: uomini in smoking, donne in abito lungo. Vorrei anch'io prendere parte a questa sciccosa serata newyorkese che inizierà di lì a poco, ma sono felicissima anche solo di stare a guardare – vedere e godermi di nuovo le piccole cose che fanno parte della mia vita. È stato questo il vero dono che ho ricevuto dopo la morte di Henry.

Sento un colpetto sulla spalla. Distolgo lo sguardo dall'elegante immagine di quella scena e mi accorgo che c'è Will che mi sta fissando. Si è fatto fare un bel taglio di capelli proprio stamattina – ha rasato praticamente tutti i capelli che gli erano rimasti. Indossa la coppola nera che gli ho regalato io e se la leva un momento per farmi vedere la testa. Mi scappa da ridere, sembra un adolescente. I suoi occhi blu luccicano sotto le luci della hall. Mi racconta che la sua pelata ha riscosso molto successo in ufficio.

Mangiamo un piatto di pasta al volo in uno dei ristoranti al piano di sotto e prendiamo il treno delle 18.40, pieno zeppo di pendolari. Ormai è tardi quando Will si accorge di aver lasciato il cappello al ristorante.

Essendo un mago del pisolino – un talento che gli invidio – Will si addormenta in un secondo, appoggiando la testa sulla mia borsa coperta da uno scialle. Accarezzo la peluria grigia che gli è rimasta in testa e gli tocco un po' la barba, ancora rossiccia. Giocherello con le sue orecchie, leggermente a punta. E poi parliamo un po' e ci baciamo. Qualcuno ci guarda, forse pensano che siamo stucchevoli. La donna che occupa uno dei quattro sedili accanto alla porta di fronte a noi si sposta da un'altra parte. Sì, siamo stucchevoli.

Una volta arrivati al parcheggio in città, saliamo in macchina e andiamo a prendere Liza. Entriamo in casa di Tanya, tappezzata di murales, e ci dirigiamo verso il giardino sul retro – dove ha creato una recinzione stravagante fatta di rami, accanto a cui spicca un cavallo a dondolo di plastica che ha trovato per strada vicino alla spazzatura. Ci sono due gatti e un coniglio che scorrazzano per il giardino, scappando dai bambini. Liza e un'altra mezza dozzina di pargoli esaltati stanno strillando e saltando sul tappeto elastico. Dopo una breve caccia alle sue scarpe Liza mi segue senza fare storie.

Non le piace il nuovo taglio di Will. Rimane zitta un secondo, fa una smorfia e poi sentenzia: «È un taglio da ragazzino, ma non sta bene con la tua faccia!».

Lui scoppia a ridere. «Grazie per l'onestà, mostriciattolo!»

Tornati a casa, dopo aver mangiato una coppa di macedonia con il gelato, Liza chiede se può fare il bagno e poi farsi leggere una storia. Il ripristino della fiaba serale è un dono inaspettato di questa nuova relazione. Nel pieno della crisi, questo genere di cose era passato in secondo piano – c'era il bucato da fare e il lavoro da finire.

Riempio la vasca e Liza entra nell'acqua un millimetro alla volta, come sempre, sprofondando delicatamente dentro la schiuma con un «ahhh» di soddisfazione. Io e Will facciamo turni di lettura. Dopo che ha fatto il bagno e si è lavata i denti, ci raduniamo in camera di Liza, tutti e tre schiacciati nel lettino. Poi io spengo la luce, Will va in bagno e io e lei ci facciamo un po' di coccole. Sono stanca dopo questa giornata, ho paura di addormentarmi lì di sasso, come facevo quand'era più piccola. Ma ho più voglia di fare l'amore che di dormire.

Mi tiro su e vado da Will che è ancora in bagno a lavarsi i denti. Me li lavo anch'io, mi infilo la camicia da notte di flanella e mi butto sotto le coperte, mentre Will fa stretching, necessario dopo l'incidente alla schiena avuto anni prima. Mi ricordo della prima sera che rimase a dormire. Quella sera restai a guardarlo ammirata mentre faceva i suoi esercizi, affascinata e piacevolmente sorpresa dal fatto che fosse tanto disciplinato da fare quello che doveva mentre chiunque altro avrebbe dato sfogo a bisogni più urgenti, come togliermi i vestiti. Non lo facemmo quella notte, dato che era parte del «piano» di fare tutto con calma. Ma ormai eravamo del mestiere, per così dire.

Liza fa una breve incursione per venire a dirmi che ha finito il diciottesimo libro della raccolta *Boxcar Children*. Mi congratulo con lei e le do un altro bacio della buonanotte. Anche Will le dà la buonanotte dicendole «ti voglio bene». Lei bofonchia qualcosa. Sta ancora cercando il suo equilibrio in questa situazione. Ci vuole ancora tempo perché capisca cosa è meglio per lei.

La riporto a letto e torno in camera. Chiudo la porta prima di infilarmi al calduccio sotto le coperte. Sento ancora freddo mentre il corpo di Will è ormai caldo sotto la trapunta. È della taglia giusta per me, in forma ma non troppo muscoloso. Ha le gambe da ciclista, strette al ginocchio, con polpacci proporzionati, caviglie sottili e bei piedi. Ha il busto stretto ma le spalle larghe, il collo lungo e la fossetta sul mento. Ha un naso aquilino, la gobbetta è un ricordo dei suoi giorni da pugile. E poi quegli occhi azzurrissimi. Le orecchie sono leggermente a punta, come quelle di un elfo (o di un vulcaniano?). E, ormai, non gli sono rimasti più molti capelli. Ha braccia forti, più di quanto ci si aspetterebbe da un uomo così snello. Mi lancia in aria per gioco – in quei pochi secondi sospesa sopra di lui mi percorre un brivido. Sono contenta di atterrare rimbalzando sul letto.

Restiamo avvinghiati sotto le coperte con le facce vicinissime e le gambe intrecciate. Lui ha una maglietta e un paio di boxer verdi natalizi, con piccole renne stampate. Io ho ancora addosso la mia camicia da notte di flanella. Sembra stanco e assonnato, magari possiamo solo goderci il momento di intimità, senza fare per forza l'amore. Ci abbracciamo e ci stringiamo più forte. Le sue mani cercano fra le lenzuola, trovano la mia schiena e scendono in basso fino al sedere. Un bacio e un sospiro. Mi dice che sono troppo eccitante. Fa bene sentirselo dire a quarantacinque anni. Penso al *dayenu*, il ritornello di un canto che si fa per la Pasqua ebraica, significa «ci sarebbe bastato». Se Dio avesse provveduto al nostro sostentamento nel deserto senza nutrirci di manna ci sarebbe bastato. Ma ci ha dato la manna. E la vita è bella, anche per un'ebrea pagana come me, che non ricorda esattamente tutte le parole di questa preghiera. Tolta la camicia da notte, tolta la maglietta, tolti i boxer con le renne.

Più tardi tiriamo su le coperte, ci accoccoliamo nel nostro nido come bestioline infreddolite, e scivoliamo lentamente nel sonno. Mi si chiudono gli occhi, e mentre sto per addormentarmi penso «sì». Mi appare chiaramente questa scritta in grassetto, con i contorni ripassati e le ombre rosa shocking, rosse e arancioni: siamo a Pepperland, c'è John Lennon che saltella, le persone si risvegliano dal sonno grigio che le paralizzava e alla fine i Biechi Blu vengono sconfitti sulle note d'apertura della Marsigliese. E poi la musica sfuma, la scritta precipita pian piano e la stanza sprofonda nella notte serena.

Diciassette

2005-2007

«C'è ben poca verità in noi se non ci siamo mai avventurati in quelle stanze e quegli armadi e quelle foreste e quegli abissi in cui ci avevano detto di non andare.»

Anne Lamott,
Bird by Bird

Dopo quel giorno perfetto ci furono molti altri giorni difficili. Una sera di primavera del 2005 mi chiamò mia madre. Era stata poco bene e il suo medico le aveva trovato del liquido nei polmoni. Mio padre l'aveva portata all'ospedale per una biopsia.

«È cancro» disse senza tanti giri di parole, come sempre. Io ero devastata. I miei genitori sarebbero dovuti partire di lì a poco per la Francia, un viaggio che progettavano di fare nel loro decimo anno di meritato pensionamento.

Mia madre non aveva granché voglia di parlare quella sera. Dopo aver chiuso il telefono feci l'unica cosa che mi sembrava sensata. Cercai su Google «mesotelioma», digitando attentamente le lettere di quella parola sconosciuta. Finii sul sito della BBC. Nel giro di mezz'ora scoprii che il mesotelioma è un tumore che non perdona. Dopo essere stati a contatto con l'amianto, anche solo una minuscola quantità, nei polmoni del soggetto esposto crescono dei piccoli tumori che si sviluppano nel corso degli anni. Perciò la malattia viene diagnosticata sempre troppo tardi, quando ormai è già a uno stadio inoperabile. Mentre le altre tipologie di tumore al polmone rispondono alla chemioterapia, nella maggior parte dei casi il mesotelioma non regredisce. L'aspettativa di vita va dai dodici ai diciotto mesi a partire dalla diagnosi. Dopo quel corso accelerato mi sentivo come se qualcuno mi avesse dato un calcio allo stomaco. Mia madre sarebbe morta a causa di quella malattia. Si trattava solo di capire quando.

Mia madre, rifugiata dall'Austria di Hitler, era una sopravvissuta, una tosta: affrontò le cure mediche con grande determinazione nonostante fosse già debole per il tumore che continuava a crescere. I miei genitori rinunciarono al viaggio in Francia e si rivolsero a degli specialisti. Quando esclusero definitivamente la possibilità di operarla, il suo oncologo la esortò a provare con la chemio. Parlava di maggiori aspettative e migliore qualità della vita. Dopo le ricerche che avevo fatto non ero molto convinta, ma accolsi il desiderio di mia madre di provare a fare qualunque cosa potesse essere d'aiuto. Mio padre la accompagnò per mesi alle sedute chemioterapiche, che non valsero a molto e servirono solo a indebolirla ulteriormente.

Nel frattempo io infilavo pian piano la mia casa negli scatoloni, in attesa che l'anno scolastico finisse. I legami familiari si strinsero ancora di più in quel periodo, nonostante dovessimo restare a guardare la mamma che svaniva a poco a poco. Quando io e mio fratello andammo a trovare i nostri genitori per il Quattro luglio, le nostre peggiori paure si tramutarono in realtà. Lei era scheletrica e pallida, aveva perso tutti i capelli, teneva la testa avvolta in un foulard e le tremavano le mani. Nelle pubblicità dei farmaci antinausea c'erano sempre un nonno o una nonna che rincorrevano i nipotini su un bel prato verde. Ma su mia madre non avevano praticamente alcun effetto. Nei giorni in cui era al meglio delle proprie possibilità riusciva a stare seduta su una sedia, mandar giù qualcosa con un po' di tè senza vomitare, fissare il vuoto, leggere qualche pagina, stare sveglia un po' per poi addormentarsi subito.

Il periodo della chemioterapia fu come mettere «pausa» per andare in bagno durante un film catastrofico. Quando torni e premi «play», sei allo stesso punto di prima. L'aeroplano sta sempre per cadere, hai solo fermato l'immagine per qualche minuto. Chiunque fosse stato al suo fianco durante quella battaglia non avrebbe certo potuto parlare di «qualità della vita», e nemmeno lei l'avrebbe fatto.

«Cos'ho fatto per meritarmi questo?» chiese una volta a mio padre. Lui me lo raccontò tempo dopo, quando ormai era tutto finito.

Il Giorno del trasloco, 30 giugno 2005, arrivò nel bel mezzo di quel dramma famigliare. La trattativa per l'immobile che avevo adocchiato era andata a farsi friggere, il che significava che ci saremmo dovute accampare da Will finché non avessimo trovato qualcos'altro. Dopo che i camion del trasloco andarono via lasciandoci nella nostra casa vuota, l'arrivo di una coppia di amici con due bambini mitigò la difficile mattinata. Liza fece un ultimo bagno nella piscina dove aveva provato a nuotare per la prima volta, sguazzando a cagnolino a soli tre anni. Le feci una foto con gli occhialini in fronte, sistemati come quelli di un asso dell'aviazione nella Prima guerra mondiale. Quell'immagine catturava tutto il suo coraggioso entusiasmo mentre ci preparavamo a incamminarci verso una nuova vita quello stesso pomeriggio. Stava per perdere tante cose – amici, oggetti che dovevamo lasciare, la scuola dov'era cresciuta e adesso la casa che amava. Mi aveva fatto presente più e più volte che non era felice di trasferirsi.

Mentre il pomeriggio volgeva al termine, depositammo i nostri ultimi bagagli nella Honda CRV di Will. Infilammo quattro gatti miagolanti dentro le loro gabbiette. Con la macchina che scoppiava uscimmo dal nostro vialetto per l'ultima volta e ci dirigemmo verso Brooklyn.

Non fu il glorioso rientro che avevo immaginato. Speravo che ci saremmo trasferiti nell'appartamento che avevo cercato di comprare. Ma New York è sempre uno spettacolo meraviglioso in una limpida sera d'estate. Attraversammo Triborough Bridge e mi incantai a guardare il tramonto scintillante su Manhattan. Nonostante la delusione per l'appartamento, ero talmente felice di essere tornata a casa mia che quasi avrei baciato il lurido marciapiede sulla Seventh Avenue.

Già dalla prima notte in cui ci sistemammo nell'appartamento di Will mi sentii più leggera all'idea che probabilmente non avrei mai più rincontrato Cathy. Non avevo mai realizzato quanto fosse opprimente la sua presenza, anche se l'avevo vista pochissime volte in città dopo la parata di Halloween.

Mi ero obbligata ad andare fino a casa sua la settimana prima del trasloco. Will era seduto accanto a me mentre guidavo lungo la sua via. Lei stava leggendo un libro sull'amaca, esattamente come quel giorno di luglio in cui l'avevo affrontata faccia a faccia. Alzò gli occhi, i nostri sguardi si incrociarono. Lei si voltò dall'altra parte.

«Eccola lì» feci cupamente a Will. "E speriamo che ci resti. Forse ora riuscirò a liberarmi dello schifo che quei due hanno fatto alle mie spalle. E magari un giorno non sarà più questa la prima cosa a cui penserò ogni mattina appena sveglia."

Il resto dell'estate passò in un lampo.

Quell'autunno dovetti darmi da fare per sistemare Liza in una nuova scuola, cercando contemporaneamente di destreggiarmi tra mia figlia, il lavoro, la ricerca di un nuovo appartamento e le visite ai miei. Purtroppo spesso non riuscivo a concludere quello che avevo programmato – a volte anche fare solo il minimo indispensabile pesava troppo. Mi aiutò molto tenere presente che la vita non era solo amara.

Avevo un compagno di viaggio. Tra il primo e il secondo trasloco e la malattia di mia madre, Will si prodigò per alleggerire il peso dei miei giorni, trascinando senza sosta la nostra roba avanti e indietro per depositi, con un furgoncino a nolo. Si prendeva cura di Liza volentieri, era entusiasta di andare ai suoi colloqui con gli insegnanti e la aiutava con i compiti di matematica. Spesso mi sentivo nomade ed esausta, ma allo stesso tempo sapevo di avere un sostegno.

A dicembre mia madre decise di averne abbastanza della chemio. «Non ho più voglia di giocare a questo gioco» osservò con macabro umorismo. «Non vorrei andarmene, ma mi sento pronta.»

La sua ultima cena di Natale nel nostro nuovo appartamento fu un piatto agrodolce. Almeno la chemioterapia era finita. Poté gustare lo spezzatino d'agnello che avevo preparato, un buon bicchiere di vino rosso e i tartufi al cioccolato. Non la vedevo mangiare con tanta soddisfazione da mesi.

Durante il breve periodo che trascorse prima dell'inevitabile declino, le erano rispuntati i capelli, che parevano lanugine grigia, e il suo incarnato aveva ripreso colore. Con qualche sforzo riusciva ad arrivare fino al ristorante vicino, o sedersi in veranda nella casa dove trascorreva i weekend con mio padre, godendosi la brezza estiva. Alla fine di luglio era di nuovo molto debole e ad agosto aveva deciso di non alzarsi più dal letto.

Morì il 22 ottobre del 2006. Negli ultimi tre mesi della sua vita sembrava un'ombra distesa, assistita da due infermiere che si davano il cambio. Se ne andò in pace, e tutti fummo grati di questo. Ma ancora non mi capacito di non poter riavvolgere il nastro. Nella mia versione del film, lei avrebbe rifiutato la chemioterapia e sarebbe saltata su quel volo notturno diretto a Parigi, a godersi l'ultima avventura con il compagno che era rimasto al suo fianco per ben cinquantacinque anni.

Nei giorni che seguirono il decesso iniziammo a rovistare nei cassetti della mamma. Trovai uno spazzolino da denti per bambini tutto consumato, tre spille da balia e due gioielli di smalto che avevo fatto per lei al campo estivo. Trovai una scatola con i miei nastri per capelli di quand'ero piccola e i guanti bianchi che mi aveva fatto indossare al Lincoln Center per andare a vedere *Lo Schiaccianoci*. Mio fratello trovò una fascetta di pelle con la fibbia, una specie di dito di guanto. Dopo aver riflettuto qualche istante si ricordò che era la fasciatura protettiva per il suo dito risalente al 1965: era stata colpa mia, gli avevo rotto l'anulare «apposta per sbaglio» con lo sportello della nostra credenza giocattolo. Ricordo che mi ero cacciata in un mare di guai per quell'incidente. In una tasca del cappotto di mia madre trovai un ciottolo nero, come quelli che raccoglievo sulle coste del Maine per la mia collezione. Trovai anche quello che probabilmente era il suo bouquet nuziale – le rose secche si disintegravano solo a sfiorarle – e un quadernino dei ricordi pieno di dediche scritte in tedesco da amici e parenti austriaci. Erano datate dal 1938 al 1940, tempi bui a Vienna. Io e mio padre ci chiedemmo quanti fra coloro che avevano lasciato la loro firma fossero sopravvissuti. Già la fuga della mamma con la sua famiglia era stata un rischio e un miracolo. Mio padre disse che non aveva mai visto quel quaderno prima. Lei custodiva i suoi segreti, ma avrei tanto voluto poterle chiedere di quel libriccino e dei suoi amici d'infanzia. Essendo madre, capivo bene perché avesse conservato tutte quelle cose di quando era bambina e di quando eravamo bambini noi. Come disse Liza, i ricordi sono belli, anche quelli dolorosi.

Durante gli ultimi mesi di malattia della mamma, io e papà andammo spesso a mangiare in un ristorante vicino a casa loro. Ogni tanto aveva bisogno anche lui di allontanarsi dal capezzale.

Mio padre, ancora in formissima a ottantadue anni, è famoso per la sua memoria di ferro. Ricorda ancora i sottilissimi sandwich che mangiò a un picnic durante la Grande Depressione, canzoni e motivetti degli anni quaranta, i risultati delle finali del mondiale di baseball nel '56 e non solo. Così non rimasi affatto sorpresa quando, durante una delle nostre cene, scoprii che ricordava perfettamente un giorno che io avevo completamente dimenticato.

Liza avrà avuto due anni e mezzo. Ci eravamo appena trasferiti da Brooklyn, quindi è probabile che fossimo tornati a far visita ai miei. I miei genitori ci vennero a prendere alla Grand Central Station. A papà si riempì il cuore di gioia scorgendo Liza che gli correva incontro sul binario. Vide anche me e Henry dietro di lei che camminavamo lentamente. «Liza aveva un'espressione radiosa, correva sul binario con le braccine spalancate, ma voi due sembravate così infelici» disse. «Io e tua madre non avevamo idea di cosa stesse succedendo tra voi, ma eravamo molto preoccupati.»

Papà sospettava che Henry potesse aver perso la bussola

e che il nostro matrimonio navigasse in cattive acque. I miei genitori non mi parlarono mai apertamente delle loro paure. Erano una coppia felice, sposata da tantissimi anni, e doveva essere stato molto doloroso per loro vedermi così giù. Dubito che sarei stata in grado di ascoltare i loro consigli, non sarei stata a sentire nemmeno Irena, neanche se mi avesse sbattuto in faccia l'evidenza dei fatti.

Ero felice che mio padre se ne fosse ricordato. Dopo aver ascoltato il suo racconto, riuscii a ricordare benissimo quel giorno, ma non la probabile lite che io e Henry dovevamo aver avuto in treno.

Ero pronta ad affrontare altri giorni dimenticati. Avevo alcuni filmini che Henry aveva girato con una vecchia telecamera analogica, una Hi8, trasferiti su DVD. Ero curiosa di rivedere quegli anni attraverso i suoi occhi. C'ero io mentre davo da mangiare delle pappette di fagioli a Liza o mentre le facevo il bagno, il genere di filmato che solo i neogenitori potevano avere il coraggio di registrare e riguardare. Un episodio a cui non avevo mai fatto caso era la ripresa dei festeggiamenti per il quarto compleanno di Amy, a casa di Cathy. Portano la torta, cantano la canzone e Amy soffia sulle candeline. Vengono scartati i pacchetti in mezzo a un coro di «oooh» e di «aaah» un po' esagerati per regali che presto finiranno nel dimenticatoio. Cathy fa una linguaccia e l'occhiolino a Henry che tiene la telecamera. Finalmente ero in grado di capire il significato di quei gesti, gli sguardi ammiccanti, i commenti allusivi di Henry. Anch'io vengo ripresa ogni tanto, ma non guardo in camera, sono troppo impegnata a badare a Liza.

Se decisi di rivedere il filmato fu per la curiosità di osservare con occhi nuovi la Julie che ero stata. Quando vidi Liza con il vestito della festa sorrisi felice. Riuscii persino a guardare Cathy senza sentirmi ferita.

Non tengo esposti molti ricordi di Henry. C'è una foto in cui mi guarda teneramente mentre tiene in braccio Liza da piccola – lei è in primo piano ma è venuta sfocata –, l'ho posizionata sul mio cassettone, non è in vista e spesso è coperta dalle pile di vestiti che non ho il tempo di mettere via. L'anello ad artiglio d'oro con il corallo incastonato e la fede nuziale sono riposti nel mio cofanetto dei gioielli, conservati per quando Liza sarà più grande. Custodisco con cura la copia del *Macbeth* con le illustrazioni di Dalí, anche se a volte penso che dovrei donarlo a una biblioteca di libri antichi, in modo che più persone possano godere della bellezza di quel libro eccezionale. Il menù che scrisse per il mio quarantesimo compleanno è attaccato al frigorifero. Quando mi capita uno di quei giorni in cui mi chiedo che amore fosse il suo, rileggo quel menù studiato nei dettagli. Nonostante amasse far colpo sulle mie amiche, nonostante flirtasse con tutte, nonostante ci fosse anche Cathy a quella cena, sono convinta che in quei piatti Henry avesse messo tutta la cura del vero amore: adesso ero in grado di apprezzarlo senza più turbamenti.

All'inizio della nostra relazione, durante una lunga chiacchierata, Will mi disse: «Devi riuscire a perdonarlo, così potremo voltare pagina insieme». Era una cosa difficile, ma sapevo che aveva ragione.

Il perdono è una cosa meravigliosa, la sola cosa che ci trattiene dallo sbranarci vivi l'un l'altro facendo del male a tutti quelli che amiamo. Continuo a lavorarci sopra. Anche se spero di non dimenticare mai quello che è accaduto.

Non posso scordare quello che ha fatto Henry. E nemmeno posso dimenticare il ruolo che ha avuto Cathy nel portare avanti l'inganno, anche se il ricordo della patetica assurdità di quella macedonia nel frigorifero adesso è un po' meno ingiurioso.

In seguito a tutti quegli eventi sono giunta alla conclusione di essere davvero pessima nel giudicare le persone. Quando lo dico i miei amici si mettono a ridere e pensano che io stia scherzando, ma per me non c'è proprio niente da ridere. Il problema sono quei brevi istanti di esuberante ottimismo che annebbiano la mia prima impressione. Non riesco a vedere oltre il bel sorriso, la battuta intelligente, i gesti studiati. Penso di aver bisogno di incontrare più volte una persona prima di poterla giudicare per quella che è.

Cathy e Henry nella mia memoria restano persone tossiche, il genere di persone con cui spero di non entrare mai più in confidenza. Alla fine credo di aver almeno imparato a identificare i soggetti come loro. Adesso li riconosco ai party, nei negozi, nei ristoranti, alle riunioni scolastiche. Cerco di capire il loro smarrimento e di associarlo al mio: siamo tutti esseri umani che stanno lottando. Posso conversare amabilmente con loro se la situazione lo richiede, ma non voglio più che facciano parte della mia vita.

Quando penso a Christine, Ellen e soprattutto Eliana, provo emozioni diverse. Per un momento quelle donne hanno varcato un confine rischioso. Ma non mi hanno conosciuta se non dopo la morte di Henry. Non hanno mai mangiato alla mia tavola né hanno fatto finta di essermi amiche. Le ho messe con le spalle al muro e non hanno tentato di fuggire. Abbiamo lottato come abbiamo potuto e alla fine abbiamo imparato qualcosa. Siamo state capaci di produrre dei cambiamenti. Sono fiera dei nostri sforzi comuni.

Nei giorni buoni, riesco a pensare a Cathy come a un altro essere umano imperfetto del quale dovrei avere molta compassione. Riesco a pensare all'immane tragedia delle scelte di Henry e mi sento davvero triste, sapendo che non potrà mai avere l'opportunità che è stata concessa a me – ricominciare. Nei giorni perfetti riesco proprio a non pensare né a Henry né a Cathy. Faccio del mio meglio cercando di vivere la vita nel presente.

L'idea di giornata perfetta per Henry era vivere avventurosamente dall'alba al tramonto. Era terrorizzato dal tedio della vita quotidiana, fra obblighi e routine. Ma in qualche modo ogni giorno vissuto nella realtà riserva la sua dose di monotonia.

Io avevo lottato per combattere la mia routine tenendomi sempre mentalmente impegnatissima, oppure comprando scarpe. In un momento straordinario avevo capito che, armati di pazienza, si può trasformare la propria monotonia in quiete e calma. È quando sono calma che riesco a entrare in contatto con la vera me. Mi saluto con gentilezza prima di tornare al mio lavoro quotidiano di donna e di mamma. Quando mi capitano questi momenti straordinari sento di essere davvero vicina al paradiso.

Henry rifiutava qualsiasi contatto con il vero se stesso, quello pieno di difetti, contraddizioni e talenti. Per il suo bene, e per il bene di Liza più che il mio, mi sarebbe piaciuto che avesse provato a fare lo sforzo di guardarsi allo specchio.

Un pomeriggio a Brooklyn, durante il repulisti generale del mio ufficio casalingo, mi imbattei di nuovo in una delle Moleskine di Henry – ne avevo conservate a dozzine e le avevo stipate nei cassetti della scrivania: erano le agendine con gli appunti per il suo *Umami*. Non le avevo mai lette, ma ora, con un po' di sforzo, mi impegnai a decifrare la sua calligrafia svolazzante.

> I simboli nascono nel subitaneo e continuo deteriorarsi della sensazione di cui si ha memoria a partire dalla prima esperienza.
>
> Il desiderio di mentire o romanzare è il tentativo di ricreare l'originale intensità della sensazione.
>
> Non c'è nulla di più seduttivo per una donna di un uomo che chiede scusa e ammette di aver sbagliato.
>
> Tutti comprendono questo livello di ossessione. Come disse Wilt Chamberlain (in un articolo che spiegava come mai fosse tanto difficile vendere la sua casa – dato che vi aveva dormito con 25.000 donne): «Tendiamo a diventare dipendenti da quel che facciamo, perciò sarà meglio assicurarsi di amare quel che si fa».
>
> Tutte le cose importanti che facciamo creano dipendenza, altrimenti non sarebbero importanti.

Henry aveva scelto di vivere all'estremo, tentando di ricreare una «prima volta» ogni giorno. Ma forse avrebbe vissuto più a lungo se fosse stato capace di trarre godimento dalle cose quotidiane, le emozioni del vero amore, le sporadiche soddisfazioni date dal successo professionale, la gioia di essere padre. Non concordo con la visione di Henry secondo la quale «tutte le cose importanti che facciamo creano dipendenza». Per non parlare del fatto che le rare volte in cui aveva chiesto scusa era stato tutto fuorché eccitante. Non si può assaporare l'*umami* tutto il tempo – sarebbe come essere dipendenti dall'eroina, alla ricerca della formula magica per accrescere continuamente lo sballo –, però possiamo tenere aperta la porta ai momenti «perfetti» e apprezzarli quando varcheranno la soglia, e forse saranno ancora migliori se sapremo accoglierli con calma.

In una giornata straordinariamente mite all'inizio del gennaio 2006, Will e Liza decisero di andare a fare un giro in bici a Prospect Park con Molly, una delle nuove amiche di scuola, e suo padre. Ero appena tornata da una lezione di yoga e avevo appena addentato il tramezzino al tonno che mi ero preparata al volo, quando ricevetti una chiamata.

«Mamma,» riferì Liza con una calma ammirevole «Will è caduto dalla bici, sta arrivando l'ambulanza.»

Lasciai cadere il sandwich nel piatto, afferrai il cappotto e mi precipitai al parco, giusto in tempo per vedere due ragazzi del pronto intervento che stavano sistemando Will sull'ambulanza. Era steso su una barella, la nuca appoggiata a un supporto di plastica, il viso sporco e ricoperto dal sangue che sprizzava da un ferita piuttosto estesa sulla sua guancia sinistra. Mi sentii girare la testa e fui assalita dalla nausea. Sperai che fosse a causa del pranzo che non avevo finito. Presi Liza da parte per consolarla e chiederle bene cos'era successo.

«Liza sta bene?» continuava a domandarmi Will.

«Sta bene, non preoccuparti» lo rassicuravo. Lei sembrava incredibilmente calma.

«Mamma,» mi disse «Will non mi ha riconosciuta subito dopo che è caduto. Si è messo seduto e mi ha chiesto chi ero.» Questo faceva pensare a una commozione cerebrale, anche se mi rassicurava il fatto che almeno si ricordasse il nome della bambina.

Molly stava pedalando insieme a suo padre qualche centinaio di metri più avanti sulla pista ciclabile. Si erano fermati aspettando Will e Liza, ma quando non li avevano visti arrivare erano tornati indietro. Così, fortunatamente, adesso Liza poteva andare a casa con loro mentre io salivo in ambulanza con Will. La mamma di Molly mi chiamò al cellulare, offrendosi di venire più tardi all'ospedale. Montai sull'ambulanza.

Will stava ancora farneticando. «Liza sta bene?»

«Lei sta bene, davvero, non preoccuparti.»

«Liza sta bene?»

La sirena risuonava senza sosta e l'ambulanza si buttò nel traffico di Brooklyn. Mi cadde l'occhio sull'orologio: erano le due del pomeriggio.

«Scusi,» un brivido mi percorse la schiena «che giorno è oggi?»

«Otto gennaio, signora, per tutto il resto del giorno» rispose, alzando lo sguardo dai moduli che aveva sul suo portablocco. «Ha mica idea di quale assicurazione abbia?»

Will sparò a raffica il suo numero di previdenza sociale.

«Hey,» disse ridacchiando il tizio del pronto intervento «eri nell'esercito o cosa?» Iniziò a fargli delle domande – nome, grado, numero di matricola. Will riuscì a rispondere a quasi tutte. Si ricordava il numero di telefono del suo ufficio, ebbe solo un attimo di dubbio sul nostro numero di casa. Era un buon segno. Magari aveva davvero una commozione cerebrale, ma sembrava che sarebbe andato tutto bene. La cattiva notizia era che mi ero dimenticata della ricorrenza. Will era caduto dalla bici nel giorno del terzo anniversario della morte di Henry, esattamente alla stessa ora. Adesso la testa mi girava sul serio.

Dopo i miei primi incontri con l'Henry morto, avevo assunto un approccio pragmatico nei confronti dell'aldilà. Credere agli spiriti forse non aveva senso, ma le mie esperienze erano state piuttosto reali. Ci eravamo dimenticati del suo giorno. E stavolta non era uno spiritello della cucina che mi raccomandava di salare la carne prima di cuocerla. Stavolta gli giravano davvero.

Dopo una notte passata sotto osservazione e più di venti punti fra narice sinistra, zigomo sinistro e labbro inferiore, Will si rimise in un battibaleno. Fu allegro nei tre giorni in cui rimase a casa dall'ufficio, gironzolando tutto imbottito: aveva una maschera di bizzarre bardature per aiutare le ferite e le sbucciature a rimarginarsi senza che si formassero cicatrici – sembrava il Fantasma dell'Opera. Per la fine della settimana Will era già in ufficio con solo una benda sulla guancia. Sembrava il pugile inflessibile che era stato da adolescente – ammaccato ma pronto per un altro round.

Quando tornammo sul luogo dell'incidente non c'era traccia di buche. Will era un ciclista esperto, aveva fatto il giro di Prospect Park per anni e anni. Quando Liza mi descrisse l'incidente disse che la sua bici si era semplicemente inchiodata e lui era volato dritto in avanti. Poteva essere colpa di qualche guasto meccanico, ma io avevo la mia opinione: Henry era geloso del nuovo status di padre di Will.

Will non era molto convinto di quella teoria. Attaccò a cantare il motivetto di *Ghostbusters*, che mi fece scoppiare a ridere ma non cambiare idea su ciò che era successo. Conoscevo l'Henry arrabbiato meglio di lui.

In casa ero sempre guardinga, preoccupata di cosa potesse succedere. Mi avrebbe fatto cadere una pentola in testa dallo scolapiatti mentre lavavo le padelle? Sarei inciampata cadendo per le scale? Avevo bisogno di un acchiappafantasmi.

Scrissi a Eliana. E lei non pensò che fossi matta. Disse che c'erano persone a cui mi sarei potuta rivolgere per sistemare quei problemi «energetici». Vivevo a Park Slope – che non era la

California ma pur sempre una mecca della New Age: ci doveva pur essere qualcuno che non mi avrebbe riso in faccia.

Quando provai timidamente ad accennare la cosa a una vicina, lei raccontò, con mia grande sorpresa, che una volta aveva chiamato una donna a fare quella che veniva definita «pulizia spirituale» a casa sua. Mi mandò il suo contatto per e-mail. La settimana successiva un folletto di donna bussò alla mia porta. Disse che prima di diventare una guaritrice spirituale era stata un avvocato. Con movimenti ponderati, e non privi di senso, riempì uno spruzzino dal rubinetto della cucina, intonò una preghiera e se ne andò in giro per l'appartamento vaporizzando acqua qua e là, sussurrando altre formule sottovoce. «Era qui» mi disse con molta calma guardando in ogni angolo della sala, come per accertarsi che Henry non fosse accovacciato dietro il divano. «Non è mai un bene quando indugiano. Aveva bisogno di una mano per andarsene.»

"Sì, sì, vattene, ti prego vattene."

«Ora respirerà un'aria nuova in casa e riuscirà a lavorarci bene» disse. Ci abbracciammo. Mi ringraziò accettando l'assegno e se ne andò. Non ero certa di cosa fosse successo, ma quando la vidi scendere le scale del portico già mi sentivo meglio.

L'8 gennaio 2007 trascorse tranquillamente. Avevo ritrovato felicità e produttività nella nostra nuova casa. Acquistai una candela Yahrzeit al supermercato. Io e Liza restammo un momento in silenzio. Sperai che se mai Henry fosse sceso dalla sua dimensione astrale per farci visita, sarebbe rimasto a guardare la vita della nostra famiglia lasciandoci in pace.

Adesso

«“Posso domandarvi, Mr. Fielding, se voi credete nel paradiso?” disse lei, guardandolo timidamente.
“Direi di no. Anche se credo sia là che l’onestà ci conduce.”»

E.M. Forster,
Passaggio in India

Anche a ventidue anni, molto prima che iniziasse il mio frenetico lavoro di mamma e insorgessero certi cedimenti dovuti all’età, ero preoccupata di perdere per strada i ricordi e le sensazioni che li imprimono nella memoria. Quando si tratta di preservare il ricordo di momenti d’amore puri e luminosi, a volte l’unica cosa che ci resta in mente è un’immagine, effimera come i bagliori di luce delle onde che si frangono sulla spiaggia.

Ero con Paolo, l’uomo di cui mi ero innamorata in Italia, su una barca a vela nel mare delle Cinque Terre. Un amico l’aveva invitato a una gita in vela di una settimana, Paolo aveva fatto tappa nel paese dove vivevo io e mi aveva convinta a seguirlo per qualche giorno, anche se questo significava dover posticipare la mia partenza per New York.

Ci eravamo conosciuti due anni prima, all’inizio del mio anno universitario in Francia. Avevamo subito legato anche se la natura della nostra relazione non era facilmente definibile.

Passai molto tempo con lui, e quando tornai al campus per finire l'università gli scrissi lunghe lettere. Un anno dopo la laurea andai a trovarlo per qualche settimana, una breve vacanza che si concluse con il giro in barca.

Una volta, mentre passeggiavamo sulla spiaggia frastagliata, attorniata da palme e case colorate, mi disse: «Ci sposiamo?». Pensai che mi stesse prendendo in giro e non risposi. Me lo disse in italiano. Anche se nessuno me l'aveva mai chiesto prima di allora, sapevo cosa volevano dire quelle parole.

Alla fine non avevamo mai parlato della natura del nostro legame. Lui aveva una vera fidanzata a Torino, dove trascorreva l'inverno – quasi tutti quelli che conosceva facevano lo stesso. Passarono le settimane. Avrei voluto trovare il coraggio di combattere per dare un nome al nostro rapporto, ma avevo paura che il fragile equilibrio della nostra relazione andasse in frantumi, come un bicchiere di cristallo sopra un pavimento di terracotta.

Mi svegliai presto, con il dolce dondolio della barca, allo sbattere della drizza sull'albero. Paolo dormiva ancora accanto a me, raggomitolato in posizione fetale. Dovevo partire quello stesso pomeriggio, sarei tornata alla mia vita a New York, qualunque valore avesse la nostra relazione. Paolo non mi aveva chiesto di restare. Sapeva che non avrei mai potuto. Rimanere in Italia sarebbe stato duro non solo per la difficoltà di imparare la lingua e trovare un lavoro. C'era un abisso culturale che avrebbe potuto schiacciarmi completamente. I miei giorni in Italia erano stati molto romantici, ma quell'estate avevo visto tante giovani americane dall'aria triste passeggiare insieme ai loro fidanzati, e ricordo di aver pensato "quella potrei essere io, troppo lontana da casa". E poi non credevo che l'appiccicosa madre di Paolo sarebbe stata contenta di avere una nuora americana. Io ero quel tipo di ragazza che molti della vecchia generazione avrebbero etichettato come «dannata femminista».

Paolo non era il tipo d'uomo che le donne definivano «bello». Era magro e peloso, praticamente senza muscoli, proprio il genere di ragazzo che aveva bisogno di trangugiare beveroni proteici per mettere su un po' di peso. A trent'anni già perdeva i capelli: aveva una prominente stempiatura con qualche raro ricciolo sparso sul resto della testa – ciuffetti di erba nel deserto. Il suo viso era scolpito, con zigomi squadrati e un nasone all'ingiù un po' da vecchio. Portava la barbetta corta e i baffi, che mi pizzicavano quando ci baciavamo. Se camminavamo mano nella mano sentivo le sue mani forti e ossute, e le unghie mangiate dall'ansia di quando non aveva una sigaretta da fumare. I suoi migliori amici lo definivano affettuosamente «bruttino».

Rimasi a guardarlo con tenerezza mentre dormiva. Era lui l'uomo che volevo, quell'uomo. Non avrei mai saputo spiegare il perché. A ventidue anni non avrei saputo spiegare il perché di nessuna delle cose che facevo. Ma ero abbastanza grande per immaginare cosa sarebbe venuto dopo.

Più tardi, quel pomeriggio, Paolo mi avrebbe portato alla stazione di Monterosso, dove avrei comprato il biglietto del treno che conservo ancora dopo tutti questi anni. Sarei tornata da sola a Santa Margherita Ligure, avrei fatto i bagagli, preso il treno notturno per Parigi e sarei volata verso casa, a New York. "Non andremo mai più a letto insieme." Lui sarebbe tornato a Torino, a fare il professore. Io avrei trovato un lavoro e le nostre vite avrebbero proseguito per strade separate. Un giorno lui avrebbe sposato la sua fidanzata torinese e forse anch'io avrei trovato qualcuno di cui mi sarei innamorata tanto quanto mi ero innamorata di lui, e l'avrei sposato. Desideravo con tutte le mie forze non dimenticare mai il nostro ultimo giorno insieme.

Sorse il sole. Dall'oblò filtrava un raggio di luce bianca che andò a disegnare un triangolo dorato sulla sua schiena. "Terrò a mente il triangolo di luce. Conserverò il mio ricordo in questo triangolo di luce."

Paolo mi accompagnò a piedi dal porto alla stazione. Restammo fermi in silenzio sul binario. Vidi il treno avvicinarsi, proprio quel giorno era maledettamente in orario. Si girò verso di me, mi strinse in un abbraccio e mi baciò.

Mi aggrappai a lui gettandogli le braccia intorno al collo, e poi lasciai la presa senza riuscire a dire una parola.

«Allora ci sentiamo» disse, come se avessimo potuto vederci per due chiacchiere il giorno dopo.

Gli dissi che l'amavo.

«Anch'io ti amo» mi rispose con un sorriso. Premette le labbra sulle mie, la sua barba mi fece il solletico.

Ormai ero sul treno.

Ventisei anni dopo il suo ricordo è ancora vivido e ben impresso nella mia memoria.

Alla fine, ci sono ricordi di Henry che voglio conservare, ricordi veri, come quel triangolo di luce. La mattina in cui ci incamminammo a piedi insieme per andare al lavoro, quando capii che ero innamorata di lui e che anche lui mi amava. La nostra escursione sull'altopiano di Nyika in Malawi, quando tutto sembrava magnificamente possibile. La mattinata stremante in cui nacque Liza e la sua espressione beata mentre teneva fra le braccia quel fagottino, quel minuscolo corpicino perfetto.

Ma ormai mi capita sempre più spesso di dimenticarmi di Henry. Mi accorgo che tutti i giorni penso alle persone che ho perso, quelle morte e quelle che ho lasciato: mia madre, la zia

Rose, un ragazzo che conoscevo negli anni ottanta – nonostante non fosse proprio un amico – morto di aids, il mio amico Jim del Maine, ed Emily, che non sento da anni. Vivendo troppo per se stesso Henry non aveva mai capito cosa significasse vivere per gli altri. Mi spiace che non possa vivere attraverso me la vita di tutti i giorni e che sua figlia ne debba portare silenziosamente il fardello. Mentre scrivevo questo libro, Henry è stato accanto a me per quasi tutto il tempo, guardandomi anche mentre battevo al computer.

Non mi sono mai dimenticata di salare la carne. Ormai sono pronta a lasciarlo andare.

Colsi l'occasione di dire a Liza tutta la verità su suo padre la scorsa estate, durante le vacanze nel Maine. Lei mi ascoltò in silenzio.

«Sei felice che sia morto?» Era una bella domanda per una ragazzina di undici anni, ad ogni modo era la più ovvia e meritava una risposta.

«Quello che è successo a papà è stata una cosa orribile. Ha fatto molti errori nella sua vita ed è morto senza avere la possibilità di rimediare e di scusarsi. Ha fatto molto male sia a me che a te, anche se ci amava molto.»

«Credi che avreste divorziato?»

«Credo che non saremmo più riusciti a stare insieme. Per questo sono felice di avere la possibilità di costruire una nuova vita insieme a te, anche se è terribile il fatto che papà sia morto così.» Sperai che il mio discorso non suonasse falso, come quelli dei politici nei dibattiti televisivi quando cercano di girare attorno a un argomento. «Spero di aver risposto alla tua domanda.»

Liza annuì pensierosa.

Di recente ho ricevuto una lettera da una donna che si chiama Avery, che conobbe Henry nel febbraio 2002, durante il suo anno di ricerche. Entrai in contatto con lei grazie all'amico che ospitò Henry nella settimana trascorsa in Nord California, che mi informò che questa donna aveva qualcosa di importante da dirmi. Parlai con Avery al telefono, poi mi mandò una mail in cui descriveva il suo strano e breve incontro con Henry:

> La festa fu davvero carina, c'erano un sacco di famiglie, amici, risate e musica. Io cantai *My Romance* e poi andai a sedermi in soggiorno per trascorrere il resto della serata. Mi sedetti vicino a Henry, che non occupava molto spazio e indossava un giubbotto nero chiuso con la zip fino al collo. Mi ricordo di aver pensato che fosse una cosa strana dato che in casa faceva piuttosto caldo. È divertente vedere cosa tira fuori il nostro cervello quando scaviamo fra i ricordi per cercare una risposta.
> Ci presentammo dandoci la mano e restammo per un po' ad ascoltare la musica. Mi disse che era uno scrittore e un appassionato di cibo e di cucina: era venuto a trovare il suo amico per fare il giro dei ristoranti di San Francisco, a intervistare famosi chef.
> Sorrisi educatamente e gli feci qualche domanda sulla sua famiglia. Mi piace conoscere le persone ascoltando quello che hanno da raccontare sulla propria famiglia, dato che per me è la cosa più importante. A quel tempo ero – e sono ancora – felicemente sposata e madre di due bambine. Mi disse che aveva una moglie stupenda e di successo e una figlia meravigliosa, la luce dei suoi occhi, e mi mostrò le foto. Continuammo la nostra conversazione e uscimmo fuori in giardino, io volevo tornare a casa a breve. Henry mi chiese se lì intorno ci fosse qualche buon posto per andare a correre. Dissi che la mattina seguente io sarei andata a correre alla diga e lo invitai a venire. Ci incontrammo il giorno dopo alle nove per fare una decina di chilometri. Non riuscivo a stargli dietro, così lui fece tutto il giro e mi riprese al secondo. Io

avevo bisogno di rallentare, perciò ci mettemmo a camminare.

È qui che la vera storia cominciò a venire a galla. Mi chiese se poteva confessarmi una cosa e avere la mia opinione. Mi spiegò che era innamorato di sua moglie e poi aggiunse qualcosa sul non credere di essere un gran bravo marito, ma un buon padre sì. Ricordo di aver pensato: «Bene, e io cosa ci posso fare?».

Poi accennò a quest'altra donna/amica in città che si era resa disponibile, che non gli aveva mai fatto pressioni e con la quale aveva avuto una relazione che durava da un po'.

Gli chiesi se la amava.

«No.»

Gli dissi qualcosa come: «Tu non pensi, che so, a un codice morale... voglio dire, come si fa a fare una cosa del genere e poi dormire tranquilli la notte?».

Mi rispose che lui non dormiva per niente bene e che stava cercando di lasciarla, ma le cose ultimamente si erano complicate e aveva scoperto che lei era violenta e instabile, aveva persino minacciato di fare del male a lui e alla sua famiglia se si fosse azzardato a mollarla.

«Mi sento in trappola» disse. «Ho paura di quello che potrebbe succedere se smettessi di vedere questa donna.»

Gli chiesi se tu eri al corrente della sua relazione. Credeva di no. Gli dissi che non importava come stessero le cose, bisognava che trovasse il coraggio di cambiare direzione e proteggere la cosa più importante della sua vita: la famiglia. Forse non era abbastanza coraggioso per prendere una decisione.

Ci fermammo a mangiare un panino e gli dissi che secondo me, se credeva che il vostro matrimonio fosse speciale e sufficientemente forte da affrontare e superare questa battaglia, la cosa migliore da fare era raccontarti tutta la verità. Gli suggerii anche di parlare con un avvocato, fronteggiare questa donna per vie

legali, se necessario, per difendere se stesso e la sua famiglia.
Mentre pranzavamo il suo telefono squillò un paio di volte. Disse che era «lei».
Gli consigliai di chiudere immediatamente questa storia e di dire a questa donna che non aveva più la forza per essere quello di cui lei aveva bisogno, che era stato un errore e che era dispiaciuto se per causa sua avrebbe sofferto, ma adesso aveva bisogno di ritornare dalla sua famiglia.
Henry rispose di aver paura che tu non riuscissi a capire e che non l'avresti più ripreso con te.
Lo incoraggiai a pensare che non avrebbe mai potuto scoprirlo fino a che non avesse provato a dirtelo.
Rispose: «Mi sento in trappola, come un ragno impigliato nella sua stessa rete».
Domandò se ci fossero negozi nei dintorni, voleva prendere un regalo per la sua bambina. Dissi che se aveva tempo avrei potuto accompagnarlo io in città, dove c'erano molti negozi di giocattoli carini. Ognuno andò con la propria macchina. Trovammo qualcosa di grazioso per tua figlia e poi andammo a fare un giro al negozio d'artigianato indiano che si trovava lì a fianco. Henry mi mise in mano un sottile braccialettino d'argento con le istruzioni su come indossarlo. Io non volevo accettare ma lui insistette, ringraziandomi per essere stata sincera con lui. Anche se il fermaglio si ruppe capii che non dovevo buttarlo. Sarei onorata di spedirtelo se vuoi.
Così ci abbracciammo e ognuno andò per la sua strada. Gli augurai buona fortuna e gli raccomandai di tenerci in contatto. Non mi scrisse mai più. Credo che non sapremo mai perché.
Ti porgo le mie sentite condoglianze per la tua perdita. Ma se Henry era così tormentato nel cuore e nei pensieri significa che in fondo sapeva di non poter vivere in quel modo.

Che tristezza... averlo conosciuto ed essere stata scelta per «vederlo» così. Perlomeno ho imparato a essere un'amica migliore per i miei amici, facendo più domande e pretendendo la verità da loro quando capisco che sono nei guai...
Per favore, sentiti libera di chiedermi quello che vuoi. Avrei voluto esserti amica e conoscerti già a quei tempi, così avrei potuto chiamarti, dato che so che non sarei riuscita a farmi gli affari miei. Forse le cose sarebbero andate a finire diversamente. Spesso mi domando per quale motivo le vite di certe persone si incrociano. Grazie per aver lasciato che condividessi questa cosa con te.
Con affetto,
A.

Un venerdì io e Will andammo in comune per registrarci come coppia di fatto. Le nostre ragioni erano di carattere pratico. Lui aveva una buona assicurazione medica mentre la mia costava un occhio della testa e tutti i mesi finivo a litigare con quei simpaticoni dell'Ufficio Reclami. Neanche a dirlo, l'amministrazione Bush non mi era di nessun aiuto in quel senso. Ad ogni modo Will aveva convinto il suo capo a estendere la copertura assicurativa anche al partner di sesso opposto se all'interno di una coppia di fatto.

Ci indirizzarono nella sudicia sala d'aspetto illuminata al neon del secondo piano. Compilammo i questionari, alzando di tanto in tanto lo sguardo per dare un'occhiata alle altre coppie che, al contrario di noi (ci eravamo presentati in jeans) erano vestite di tutto punto in attesa del grande momento – abiti bianchi, bouquet, smoking, fiori all'occhiello e quant'altro. Quando l'impiegato ci chiamò dallo sportello andammo a consegnare i nostri moduli. Ci fece qualche domanda, diede un'occhiata alle nostre patenti e alle nostre bollette. Poi fece la domanda di rito: «Avete anche altri partner che convivono con voi?». Noi due scoppiammo a ridere, firmammo i moduli e l'impiegato li timbrò consegnandoci il documento che attestava il nostro nuovo status.

«Siamo a posto?» chiesi, aspettandomi qualcosa di più teatrale. «Tutto qua?»

«Tutto qua» rispose sorridendo l'impiegato.

E tuttavia mi sentii stranamente diversa mentre uscivamo dal municipio per andare a mangiare un boccone su Court Street. Dopo un periodo di tribolazioni e disavventure finalmente mi sentii fortunata. Probabilmente, mi fece notare Will a bocca piena tra un morso di pizza e l'altro, era perché stavamo costruendo insieme la nostra fortuna e perché anche lui si sentiva davvero fortunato. In ogni caso avevamo preso un impegno. Adesso eravamo una vera famiglia.

Una mattina sentii cantare la metro. Mentre partiva dal binario 2 su Atlantic Avenue riconobbi distintamente le prime tre note prolungate e nostalgiche di *Somewhere* da *West Side Story*. Pietrificata, mi domandai se fosse stata una performance riservata a me, un evento eccezionale. Nessuno degli altri passeggeri pareva essersene accorto. Quando la volta successiva presi la metro mi capitò di sentirle di nuovo. Non potei fare altro che sorridere: nessun'altra melodia al mondo sarebbe stata più appropriata per me, la «figliol prodiga», che dopo aver provato a lasciare la città alla fine era tornata a casa.

È proprio vero che la Grande Mela non ti accoglie esattamente a braccia aperte. Dovetti sviluppare una corazza per sopravvivere nella giungla urbana e riaprire il terzo occhio. Non quello di cui si parla alle lezioni di yoga, in mezzo alla fronte. Mi riferisco a quello dietro la testa. Per qualche mese continuai ad andare a sbattere contro pali e persone finché non rimisi a punto il raffinato balletto che si danza sui marciapiedi di Manhattan. E dovetti insegnare a Liza qualche trucchetto per riuscire a cavarsela in mezzo al traffico di Union Street a Brooklyn.

Ma io e la City eravamo tornate a essere buone amiche. All'ultimo momento mi aveva lanciato un salvagente e mi aveva tratta in salvo riportandomi a casa. Il Gowanus Canal forse non era spettacolare come la vista sull'Hudson, ma quando in primavera passeggiavo tornando dal centro di Brooklyn il sole del tardo pomeriggio faceva risplendere le vetrate tra Bond e Union, mentre l'insegna dei Kentile Floors brillava in lontananza. Liza e io ci tenevamo per mano attraversando il ponte di Union Street, guardando incantate le paulonie rigogliose sulla riva del canale. Un gabbiano solitario solcava la brezza marina stridendo, in alto, sopra le nostre teste. Era in giornate del genere che dicevo a me stessa: «*È questa casa nostra*».

È sabato sera all'Hope & Anchor, un pub-ristorante a tema marinaro sulla strada principale di Red Hook. Siamo usciti a cena per conoscere le famiglie dei nuovi amici di Liza. I bambini stanno finendo di mangiare i maccheroni al formaggio. Noi più grandicelli stiamo spazzolando un mix di tagliolini cinesi alle verdure e pierogi. Io so già che vorrò anche una gigantesca fetta di torta al cioccolato. Spingo il lime dentro la mia Corona e finisce a galleggiare nella birra come la boa di un pescatore – come diceva sempre il grande, compianto comico Mitch Hedberg, «sono rimasto a galla aggrappandomi al limone nella birra». Liza, che di primo acchito era rimasta a bocca aperta, sta guardando affascinata la nostra intrattenitrice, Dropsy, una drag-queen con la pelle color cioccolato alta quasi due metri – inclusa la parrucca afro bionda –, strizzata in una minigonna nera lucida, che inerpicata su un paio di stivali con gli zatteroni si dirige verso il microfono a passo svelto invitandoci ad andare a cantare al karaoke. Apre le danze intonando *Sitting on the Dock of the Bay* in un falsetto strozzato. I nostri ragazzi – Dropsy li ha battezzati «il coro dei bambini di Hope & Anchor» – sono in attesa di poter cantare la loro canzone preferita del momento: *Bohemian Rhapsody* dei Queen. Gli spettatori applaudono e gridano d'entusiasmo. Arriva la cameriera con la mia fetta di torta al cioccolato. Non credo che si possa chiedere di meglio, almeno non in una serata genitori-figli.

Dopo essere state lontane per anni, ora io e Irena vivevamo a cinque isolati di distanza. Nonostante i tentativi di Henry di minare la nostra amicizia, praticamente era come ai bei tempi. C'era stato un momento, anni prima, in cui avevamo vissuto in due brownstone adiacenti i cui giardini sul retro erano separati da una recinzione che scavalcavamo usando una vecchia scaletta. A quei tempi ci ritrovavamo in giardino dopo una giornata di lavoro in casa, e programmavamo le nostre cene in base a quello che ognuna aveva nel frigo. I nostri gatti zampettavano su e giù dalla scaletta mentre sceglievamo il menù. La figlia di otto anni di Irena – che adesso era al college – badava a Liza, che era una neonata. Alla fine Henry grigliava una bistecca e cercava una bottiglia di vino mentre Irena cucinava la sua pasta speciale e scovava un'altra bottiglia. Riuscivamo anche a tirare fuori un'insalata mettendo insieme la verdura del mio e del suo scomparto frigo. A volte arrivavano anche altre famiglie. Mangiavamo da noi o da lei, restando seduti attorno al tavolo finché Liza non si addormentava sul mio grembo.

L'epoca in cui eravamo giovani e avevamo tutto il tempo

davanti a noi ormai è finita. Ma una volta ogni tanto io e Irena trascorriamo ancora pomeriggi oziosi insieme.

Quando ci accorgemmo che la nostra nuova casa era troppo piccola per tenere quattro gatti Irena si offrì gentilmente di adottare la vecchia Katie, che trascorse i suoi anni d'oro nel paradiso del loro elegante appartamento, sonnecchiando su mobili di modernariato danese anni cinquanta. Quando la vado a trovare riflettiamo su come siamo sopravvissute – noi e anche la vecchia micia Katie – a mille traversie che alla fine ci hanno fatto ricongiungere.

«No, mio caro signor egocentrino,» ribatto io lanciando una patatina a uno sghignazzante Eliot «non scriverò i dettagli succulenti del nostro primo e unico appuntamento. E non fare la faccia da cane bastonato.»

Ogni due o tre mesi il mio amico Eliot, ora felicemente sposato, viene in città per lavoro e pranziamo insieme. Seduti al tavolo di un bistrot siamo tutti alti uguali.

Stavolta mi racconta di quando ha conosciuto Patrick Stewart – uno dei miei «pallini» famosi – per la registrazione della voce fuori campo in una campagna pubblicitaria. Finito il lavoro Stewart lo invitò a un rinfresco nel pomeriggio – tè, Earl Grey, caldo – esattamente come in *Star Trek: The Next Generation.*

Eliot mi ascolta mentre straparlo dell'ultimo libro che ho letto. Adesso sto rileggendo i miei romanzi preferiti di E.M. Forster – l'ultimo è *Passaggio in India.* Le grotte di Marabar resteranno sempre un mistero per me, anche se in quest'ultima rilettura sono riuscita a immaginarmi benissimo l'oscurità in cui Adela Quested deve aver vissuto un terribile istante di autocoscienza.

Mentre finiamo di mangiare le nostre fragole con panna, io

ed Eliot ci confrontiamo sui nostri rispettivi compagni. Mi aggiorna su come stanno le sue rose in giardino e ci raccontiamo le avventure strampalate dei nostri animali (quella del suo cane che si è infilzato con un osso le batte tutte).

«Allora, Jools, mi ci metti nel tuo libro?» chiede.

Portano il conto, dividiamo e chiediamo la ricevuta. Sono certa che questo genere di pranzo si possa detrarre dalle tasse.

Io e Anna abitiamo in strade vicinissime di Brooklyn. Condividiamo ancora molte cose, incluso un dentista molto bello (se proprio una si deve sedere su quella dannata sedia almeno che ci sia qualcosa di piacevole da guardare). Ci sentiamo quando abbiamo problemi – professionali, personali o, com'è già capitato, immaginari. Il suo efficacissimo «ti ascolto sorella!» è sempre un'ancora di salvezza nei momenti bui. Nei giorni in cui riusciamo a essere sincronizzate andiamo alla stessa lezione di yoga, sorseggiamo un caffè sulla panchina della piccola gastronomia vicino casa, o mangiamo qualcosa da asporto da lei, sedute al tavolo della cucina insieme ai bambini.

I suoi capelli non sono mai stati di un rosso così brillante come alla sua ultima festa di compleanno: otto donne attorno alla tavola rotonda di un ristorante in centro a Manhattan – ordiniamo «uno di tutto», dall'antipasto al dessert, senza badare a spese.

Vivere nella City non è per nulla facile, ma a noi va bene così, almeno per ora. Ognuna segue la propria strada, fra carriera e vita affettiva, mentre condividiamo difficoltà e successi dei nostri figli e progetti per il futuro, trovando sostegno incrollabile l'una nell'altra.

Io ed Eliana ci scriviamo ancora. Mi sembra che le interessi sinceramente sapere come sto e cosa faccio, e spesso, nei momenti di dolce far nulla, penso a lei. La considero un'amica davvero insolita, perlopiù sconosciuta e inconoscibile, ma le auguro ogni bene e so che lei fa altrettanto.

Di recente mi ha spedito una foto e non ho potuto fare a meno di pensare a quanto entrambe siamo cambiate. Non è più vestita tutta di nero, ora porta abiti più colorati. I suoi occhi chiari ammaliano sfavillanti, liberi dal trucco pesante, e i capelli, mossi da una lieve brezza, hanno un taglio più corto e leggero. Ha un'aria rilassata e serena. Mi domando se la rincontrerò mai: vorrei poterla ringraziare di persona per essere stata davvero trasparente nei miei confronti.

Eliana e il suo compagno si sono sposati nel giugno 2003. Sono felice che almeno una di noi riponga questo tipo di fiducia ottimista nei riti tradizionali, anche se immagino che il suo matrimonio sia stato tutto fuorché convenzionale.

Liza dice che non ha importanza per lei se io e Will ci sposiamo.

«Mi va bene, direi. Però voglio scegliere il tuo vestito e venire in luna di miele con voi.» Ormai è troppo grande per fare la bimba che sparge i petali, probabilmente insisterebbe per essere una delle damigelle – e io non potrei chiedere di meglio.

Io, Will e Liza siamo venuti a Tulum, in Messico, per le vacanze di primavera, e alloggiamo in un bungalow, in mezzo al parco nazionale. Il vento costante ci ha regalato una settimana di cielo blu. Quando scende la sera un banco di nuvole basse cariche di pioggia si stende all'orizzonte, ma per fortuna resta sempre in lontananza.

Nel corso della settimana abbiamo fatto amicizia con un

signore, Doug, e sua figlia Savanna. Quando hanno scoperto che, contrariamente alla loro prima impressione, non siamo la classica famigliola perfetta, ci sono parsi piuttosto sollevati.

«E adesso vivete tutti insieme?» domanda Savanna – sette anni – con il suo accento di ragazzina del Sud, dopo che mi ha sentito parlare di Will usando il termine «compagno».

«Sì,» rispondo divertita «siamo una famigliola simpatica, nessuno di noi ha lo stesso cognome.»

Doug annuisce con l'espressione di chi sa cosa significa cadere in certi abissi esistenziali e rialzarsi, un po' ammaccati forse, ma ancora tutti interi. «Basta che funzioni» dice.

«Esatto» rispondo io.

Doug, Savanna, Will e Liza giocano in mare, due papà che aiutano due figlie a prendere l'onda sui boogie board – tavole piccole in sé ma comunque grandi se proporzionate a loro –, troppo grandi per me senz'ombra di dubbio. Io sono completamente vestita: gonna, maglietta e persino un golfino per proteggermi dal vento, guardo dalla spiaggia la mia coraggiosissima bambina e Savanna provare e riprovare a prendere onde che io non avrei mai avuto il coraggio di affrontare.

Il banco di nuvole si avvicina, il vento scuote le palme. Ho già visto alberi incurvati in quel modo e quei colori saturi del mare mosso e del cielo. In un quadro – *The Coming Storm*, l'arrivo della tempesta, di Winslow Homer.

Faccio segno agitando le braccia energicamente, che nel linguaggio universale materno significa: pericolo. Will si gira verso di me e sorride, assecondando con gentilezza un altro dei miei momenti da mamma ansiosa.

Nel giro di mezz'ora le bambine sono lavate e cambiate, e la laguna e l'orizzonte sono illuminati a giorno dai lampi, mentre i primi goccioloni di pioggia picchiettano sulle finestre e sul pavimento di calcestruzzo del ristorante in cui siamo seduti. Noi adulti ce ne stiamo a bere margarita ghiacciati chiedendoci se i nostri piccoli bungalow saranno ancora asciutti quando torneremo indietro – ci siamo dimenticati di tirar giù le tende –, più preoccupati di goderci i tacos di pesce fresco che la cameriera ha appena portato al tavolo. Le lucertole marroncine locali sono venute a ripararsi insieme a noi dentro al ristorante, arrampicate sui muri e sul soffitto. È bello sentirsi protetti e al sicuro.

La mia relazione con Will continua a evolversi. Non ha nulla a che fare con gli amori di quand'ero giovane, che includevano sempre una buona dose di inquietudine e disperazione. Non c'entra nulla con il matrimonio che abbiamo avuto io e Henry. Tutti i nostri sforzi sono rivolti a preservare il tenero e amorevole abbraccio che permette a una persona di sentirsi amata, di pensare lucidamente e di fare le migliori scelte possibili. Tra le migliaia di istanti che muovono gli ingranaggi della vita quotidiana, quelli che preferisco sono le vampate di amore e desiderio che prendono il sopravvento – come il primo sorso da un bicchiere di buon vino rosso corposo – quando cammino in metropolitana, scelgo le arance al supermercato, o mi sveglio al mattino e vedo i suoi limpidi occhi azzurri che guardano nei miei. È questa la mia idea di *umami*.

Liza mi ha detto timidamente che da «piccola» (perché ovviamente adesso non lo è più) era convinta che quando si metteva su un cd i musicisti stessero suonando davvero, solo per te. Mi ha confessato di aver capito che non poteva essere così a quattro anni, il giorno in cui ascoltando *Sgt. Pepper's Lonely Hearts Club Band* dei Beatles ho espresso il mio dispiacere per la morte di John Lennon.

È stato un momento utile per capire il modo magico e autoreferenziale con cui i bambini pensano a se stessi – così come fanno molti adulti. E comunque, a volte tutti noi abbiamo bisogno di sentirci protagonisti del vero spettacolo. A volte dobbiamo salire sul palco e fare delle scelte, le migliori possibili. Dobbiamo sforzarci di fare del nostro meglio, non importa se il pubblico è composto da migliaia di fan urlanti al Madison Square Garden, o dal piccolo mondo che è la nostra famiglia, o semplicemente da noi soli.

Mi sono accorta che la saggezza può arrivare da fonti inaspettate. Ho imparato dall'onestà e dalla perspicacia di mia figlia. Ho apprezzato la guida della mia famiglia, dei vecchi amici e di quelli nuovi che ho incontrato in questo viaggio. E mi sono anche accorta che le immagini surreali, comiche, erotiche e persino terrificanti dei miei sogni e dei miei dormiveglia sono capaci di rivelare con sorprendente chiarezza le mie preoccupazioni. Questo sogno che ho fatto di recente sembra contenere tutto il bisogno e, al contempo, tutta la paura che ho di spalancare le porte al cambiamento.

Sono nel mio vecchio quartiere nell'Upper West Side di Manhattan. Ne sono certa, anche se le strade non sono le stesse e non ci sono cartelli. Sto camminando su quella che credo sia West End Avenue, con le lastre di pietra per terra, com'era durante la mia infanzia: devo incontrare mia madre da qualche parte. Mi sono vestita con cura, con un completo da donna adulta: gonna marrone con orlo rifinito, giacca marrone, décolleté marroni di pelle. Ho anche quella che spero risulti una borsa marrone da signora. Tutto il completo è in tinta.

Improvvisamente, di fronte a me appare una piazzetta in pavé piena zeppa di scatole, file su file che sembrano non avere né inizio né fine. Le scatole sono a loro volta traboccanti di scarpe.

Le mani mi tremano e sudano. Voglio quelle scarpe. La tentazione è troppo forte nonostante la preoccupazione di far aspettare mia madre. Ci sono centinaia di scelte possibili – così tanti modelli di tutti i colori. Oriento la mia scelta in base al profumo delle pelli conciate. Butto da una parte le mie semplici décolleté di pelle marrone, lascio lì la borsa senza pensare e mi getto sulle scatole. Inizio a provare scarpe su scarpe, prima un paio alla volta, poi mi lascio prendere la mano e comincio a infilarmi la destra di un modello e la sinistra di un altro.

Quando mi viene in mente di andare a vedere dove ho lasciato la borsa, improvvisamente tutte le scatole e le scarpe scompaiono nella stessa maniera in cui erano apparse. Anche la borsa e le mie décolleté sono svanite nel nulla. Mi ritrovo sola, nella piazza vuota, con addosso le scarpe spaiate che avevo provato per ultime – due esperimenti fallimentari con due altezze di tacco del tutto diverse: un sandalo con il tacco alto blu pavone e una scarpa décolleté troppo a punta, giallo zafferano. Avverto una fitta di ansia filiale – non era così che dovevano andare le cose. Non ho il telefono per chiamare mia madre. Sono in ritardo e sono conciata in modo ridicolo e adesso lei sarà preoccupata o arrabbiata o entrambe le cose. Bisogna che vada così come sono, arrivando in ritardo con l'aspetto di un clown sbilenco. Più tardi penserò a bloccare le carte di credito e a comprare un portafoglio nuovo. Cerco di rassicurarmi pensando a quello che mi dice sempre Will nei momenti critici (quando ho problemi al computer, un lavoro da consegnare o discuto con il padrone di casa): «Qual è la cosa peggiore che potrebbe succedere?». Di solito la risposta è telegrafica: nulla di pericoloso per la mia vita, deleterio per le mie finanze, né veramente spaventoso.

Mentre sto ancora pensando in che razza di situazione assurda mi ritrovo, guardo sbalordita come il blu e il giallo iniziano a trasformarsi e a risplendere passando da una tonalità all'altra finché entrambe le scarpe non diventano verdi, colore delle olive appena raccolte – mature, succulente e gustose. Una è sempre un sandalo e l'altra una scarpa chiusa ma adesso i tacchi sono più o meno alti uguali. Sento dei passi – sono i miei – sto tentando di camminare sopra il pavé della piazzetta. Le scarpe continuano a cambiare, intanto io inizio a muovermi con più sicurezza. Ce la posso fare. Posso andare da mia madre adesso. Non andrà così male. Sto cominciando ad abituarmi al disagio.

Sento le fascette del sandalo che si allargano e si allentano sulle dita dei piedi. Mentre le mie palpebre si sollevano lentamente e il sogno scivola via, i miei occhi si aprono incontrando il bianco fresco e rilassante del soffitto. Accanto a me Will si volta e sospira, riaggiustandosi il cuscino. Liza appare sulla porta. Viene per un abbraccio e poi esce di corsa, pronta per i cartoni, i pancake e per trascorrere il resto del sabato insieme. Rimango ancora un po' a letto, godendomi il tepore dell'abbraccio di Will. Forse queste nuove scarpe, spaiate ma capaci di trasformarsi magicamente, finiranno per calzarmi alla perfezione.

Ringraziamenti

Vorrei ringraziare:

La mia famiglia e tutti gli amici, vecchi e nuovi, vicini e lontani, che hanno vegliato su di me mentre mi ricostruivo una vita.

Anna per aver condiviso questo viaggio con me; Sara e Irena per i tanti anni insieme; Tomas per esserci stato; Eliot per avermi fatto ridere; Eliana e Avery per la loro fiducia.

La mia fantastica agente, Elaine Markson, per avermi accolta sin dall'inizio con affetto e per aver creduto fermamente in me.

Tutti coloro con cui ho lavorato da Voice/Hyperion: Ellen Archer, Pamela Dorman, Barbara Jones, Sarah Landis, Laura Klynstra, Susan M.S. Brown, Claire McKean, Christine Ragasa, e l'arredatrice d'interni Sue Walsh. Il vostro entusiasmo e il duro lavoro al mio fianco sono stati fonte d'ispirazione.

Jeffrey Davis, per avermi aiutato a organizzarmi.

Jill Herzig di *Glamour*, per avermi spronata (nulla è come scrivere con una data di consegna...).

Il dott. Don Symons per le conversazioni, la corrispondenza e il suo evoluto senso dell'umorismo.

Jofie Ferrari-Adler, per il suo sostegno.

Cynthia, per le nostre chiacchierate su *Jane Eyre*.

Elizabeth Gilbert, per il suo generoso aiuto e i suoi consigli.

Scott Adkins e gli altri colleghi di The Brooklyn Writer's Space.

Clark, per aver coraggiosamente usato la sua penna su ogni stesura; Leah, Leigh e Suzanne, per aver letto le mille bozze; i miei altri meravigliosi lettori, per aver trovato il tempo di darmi il loro parere.

Monica, per avermi aiutato a fare più cose contemporaneamente mentre scrivevo questo libro.

Sarah T., per avermi aiutato a tenere i piedi per terra.

I miei insegnanti di yoga, per avermi guidato in questo periodo di cambiamento. *Namasté.*

La mia saggia e paziente figlia, per avermi insegnato ogni giorno qualcosa di nuovo.

Clark (di nuovo), per essere diventato, con brevissimo preavviso, un padre meraviglioso e un compagno leale. Amo la nostra straordinaria famiglia.

E infine vorrei ringraziare The MacDowell Colony per il supporto di inestimabile valore. Al Wood Studio ho finalmente trovato una stanza tutta per me.

MISTO
Carta da fonti gestite
in maniera responsabile
FSC® C023532

Stampato presso Giunti Industrie Grafiche S.p.A.
Stabilimento di Prato, azienda certificata FSC